Petra Hammesfahr, geboren 1951, lebt als Schriftstellerin in der Nähe von Köln. Ihre Romane erreichten bisher eine verkaufte Auflage von über zwei Millionen Exemplaren. In der Reihe der Rowohlt-Taschenbücher liegen vor: «Der Puppengräber» (rororo 22528), «Die Sünderin» (rororo 22755), «Die Mutter» (rororo 22992), «Der gläserne Himmel» (rororo 22878), «Lukkas Erbe» (rororo 22742), «Das Geheimnis der Puppe» (rororo 22884), «Meineid» (rororo 22941), «Der stille Herr Genardy» (rororo 23030), «Merkels Tochter» (rororo 23225), «Bélas Sünden» (rororo 23168), «Das letzte Opfer» (rororo 23454), «Mit den Augen eines Kindes» (rororo 23612) sowie die Erzählungen «Der Ausbruch» (Großdruck, rororo 33176).

Petra Hammesfahr

Ein süßer Sommer

Roman

Rowohlt Taschenbuch Verlag

4. Auflage August 2004

Veröffentlicht im Rowohlt Taschenbuch Verlag,
Reinbek bei Hamburg, Juli 2004

Der vorliegende Roman ist eine Neufassung
von «Am Ende eines Sommers» (Erstveröffentlichung 1992).
Umschlaggestaltung any.way, Cathrin Günther
(Foto: Photonica / Barnaby Hall)
Satz Aldus PostScript
bei Pinkuin Satz und Datentechnik, Berlin
Druck und Bindung Clausen & Bosse, Leck
Printed in Germany
ISBN 3 499 23625 7

1. Kapitel

Es ist schon so lange her, vierzehn Jahre, und ich träume immer noch von dem Abend, an dem Candy starb. In der vergangenen Nacht sah ich sie wieder einmal beim Cranachwäldchen am Niehler Hafen in den Wagen steigen. Da, wo später die Nutten liefen oder standen. 1990 gab es dort noch keinen Straßenstrich, keine Bedarfscontainer oder wie immer sie das nannten, als sie sich in der Presse darüber aufregten. Damals war das ein romantisches Fleckchen bei dem Stein, der den Stromkilometer 693 markierte. Dass an dieser Stelle einmal ein Mordopfer gefunden worden war, sah man nicht.

Die Bäume standen luftig, dazwischen war viel Platz für den Blick auf den Rhein und die gemächlich dahinziehenden Schleppkähne oder Ausflugsschiffe. Spätabends sah man die Lichter rundum – nicht nahe genug, um in einer sternenklaren Nacht dem Himmel etwas von seinem Flair zu nehmen. Wie geschaffen für Liebe, sagte Candy einmal.

Candy, es klingt nach Zucker. Das war sie auch. Ein Löffel Honig in der Milch meines bis dahin zwar aufregenden und abwechslungsreichen, aber trotzdem eintönigen Lebens. Ich wollte sie nicht wieder hergeben. Lieben wollte ich sie – bis ans Ende unserer Tage, wie man so sagt. Nie wieder loslassen wollte ich sie. So ist das, wenn man meint, etwas Einmaliges gefunden zu haben. Eine Frau, wie es eine zweite gar nicht geben kann. Die ganz große Liebe, von der es heißt, dass sie einem Menschen nur einmal im Leben begegnet.

Ich hatte davor nichts Vergleichbares erlebt. Und Candy wollte weg von mir, stieg in dieses verfluchte Auto. Ein 750er BMW, so hieß das zu der Zeit, da gab es noch keine 3er, 5er und 7er. Der 750er war eine schwere Kiste. Sie wirkte so klein darin, so verloren, verschwand fast hinter dem Lenkrad, das sehe ich noch vor mir, auch wenn ich nicht davon träume. Und wie sie eine Hand hob. Aber es reichte nicht ganz zu einem letzten Winken.

«Hau ab, Mike!», rief sie, als ich näher kam. «Hau endlich ab und lass mich in Ruhe!»

Mike, sie war die Einzige, die mich je so genannt hat. Alle anderen sagten Michael oder Herr Schröder. Und wie sie das aussprach, Mike – mit diesem weichen ai. Das passte zu ihr – und zu mir, jedenfalls in den wenigen Wochen, die ich mit ihr hatte.

Achtundzwanzig war ich in dem Sommer. Und jeder, der glaubte, mich gut zu kennen, meinte, ich sei ein Kopfmensch, rational, vernünftig, vorsichtig, sorgfältig abwägend, im Privatleben vielleicht zu bequem oder phlegmatisch. Ein Mann, der nach dem Motto lebte, dass man in einer Beziehung nur Probleme löste, die man allein gar nicht hätte. Ein Einzelgänger eben.

Im Prinzip war ich das auch – schon als Kind gewesen. Ich hatte nie einen so genannten besten Freund, kam aber mit allen gut aus. Alle mochten mich, und ich mochte alle, nur eben keinen besonders. Vielleicht hatte ich damals schon Probleme mit den Gefühlen anderer Leute. Ihr Verhalten war mir oft ein Rätsel, weil ich nicht nachvollziehen konnte, warum sie in verschiedenen Situationen die Unwahrheit sagten.

Mir persönlich war es lange Zeit zu anstrengend, kunstvolle Gebilde zu ersinnen, um Tatsachen zu vernebeln. Man musste sich doch mindestens die doppelte Menge an Fakten merken und höllisch aufpassen, dass einem bei der nächsten Schilderung diese Fakten nicht durcheinander gerieten. Vielleicht fehlte mir, wie meine Schwester Ina meinte, einfach die Phantasie zum Flunkern.

Ina war acht Jahre älter als ich, schaffte das locker und immerzu. Sie nannte es Notlügen. «Mir ist die Straßenbahn vor der Nase weggefahren», wenn sie später als befohlen heimkam. Oder: «So ein Mist, jetzt ist mir der glitschige Teller aus der Hand gerutscht», wenn sie keine Lust hatte, den kompletten Abwasch zu machen.

Besondere Vorteile hatte sie dadurch nicht, so oder so gab es Vorhaltungen, manchmal Stubenarrest, bei zerdeppertem Geschirr sogar Abstriche beim Taschengeld. Deshalb sah ich nicht ein, wozu lügen gut sein sollte.

Aber meine Mutter tat es auch. Einmal wurde ich Zeuge, wie sie das Bügeleisen auf ein weißes Hemd meines Vaters setzte und einschaltete. Sie konnte das Hemd nicht ausstehen, hatte bis dahin immer gemeckert, es sei so schwer zu bügeln. Das heiße Eisen hinterließ auf dem Stoff einen dunkelbraunen Abdruck. Und Mutter erklärte ohne das geringste Anzeichen von Schuldbewusstsein, sie habe das Eisen hochkant gestellt, als das Telefon klingelte. Es müsse ganz von allein umgekippt sein.

Später, als ich beruflich hin und wieder eine so genannte Legende brauchte, dachten sich meist andere etwas Sinnvolles aus. Damit hatte ich keine Schwierigkeiten, weil ich die Nützlichkeit falscher Behauptungen einsah. Aber als Kind wollte mir die nicht in den Kopf.

Ich galt als naiv oder blauäugig, wie Ina das oft ausdrückte, weil ich meist jede Behauptung für bare Münze nahm. Man hielt mich für gutmütig und hilfsbereit, weil ich mich bückte, wenn ein Baby den Schnuller aus dem Kinderwagen spuckte oder einem alten Mann am Kiosk das Kleingeld für die Zeitung aus den Händen fiel.

Mit sechzehn wurde ich zuerst von meiner Schwester, im Anschluss von ihrem gesamten Bekanntenkreis häufig als Babysitter angeheuert. Dann konnten sie sich unbesorgt einen netten Abend machen. Manchmal hütete, wickelte und fütterte ich drei Zwerge zur gleichen Zeit, und alle fanden, ich mache das besser als jedes Mädchen.

Mit achtzehn machte es mir immer noch mehr Spaß, am Samstagnachmittag mit Vater das Auto zu putzen und mich anschließend in meinem Zimmer aufs Bett zu legen, einen Kopfhörer aufzusetzen und Musik zu hören. In Diskotheken zog es mich überhaupt nicht, auch nicht ins Kino, ins Schwimmbad, auf Sportplätze oder an andere Orte, wo Jugendliche sich mit Vorliebe versammelten.

Mit zwanzig ging ich zur Polizei. Meine Eltern, Ina und mein Schwager meinten übereinstimmend, das sei genau der richtige Beruf für mich, ich sei prädestiniert als Freund und Helfer. Es sei ja auch ein krisenfester Job, dass die Firma pleite ginge, stünde nicht zu befürchten. Nur ist die Sicherheit im Staatsdienst die eine Seite, auf der anderen steht ein schlichtes Rechenexempel.

Gut bezahlt werden junge Polizisten nicht. Hinzu kommt der Frust. Wer freut sich denn wirklich, wenn so ein Freund und Helfer auftaucht? Man ist der Prügelknabe der Nation. Bei Verkehrskontrollen wird man beschimpft, bei Demos mit Steinen beworfen. Holt man einen Randalierer aus einer Kneipe, muss man sich vors Schienbein treten lassen, zurücktreten darf man nicht.

Mit vierundzwanzig hatte ich schon keine Lust mehr. Und zu dem Zeitpunkt – im Februar 1986 war das – las ich die Annonce der Agentur Hamacher. «Männliche Fachkraft für Sicherheitsbereich zu guten Konditionen gesucht.» Es war etwas schwammig formuliert. Was sollte ich mir unter Sicherheitsbereich vorstellen? Ich dachte an Werkschutz, war es aber nicht.

Die Agentur Hamacher war eine Detektei, allerdings nicht das, was man sich gemeinhin darunter vorstellt. Zwar hatte Peter Hamacher in den sechziger Jahren so angefangen, stundenlang mit einem Fotoapparat, einem Butterbrot und einer Flasche Wasser im Auto gesessen und darauf gelauert, ein paar kompromittierende Aufnahmen schießen zu können.

Aber als ich mich bewarb, ging es längst nicht mehr vordringlich um untreue Ehemänner oder -frauen. Inzwischen wurden nur noch manchmal welche gesucht, die sich vor Unterhaltszahlungen drückten oder ihre Kinder in ein Land verschleppt hatten, aus dem diese nur schwerlich wieder rauszuholen waren.

Seit Jahren war Hamacher Chef in einer richtigen Firma, die er kontinuierlich ausgebaut hatte. Es gab sogar eine Zweigstelle in Frankfurt mit sechs Angestellten. In Köln waren es – ehe ich dazukam – sieben, drei davon Mitarbeiter im Außendienst. Das klingt vornehmer als Schnüffler oder Leibwächter. Wir verfügten sogar über ein eigenes Labor, in dem nicht nur Fotos entwickelt wurden. Dort arbeiteten zwei Leute.

Im so genannten Sekretariat saß Tamara. Sie war Ende vierzig und kam aus dem Osten. Bei ihrem Nachnamen machte sich jeder drei Knoten in die Zunge, deshalb durften alle sie duzen. Tamara hatte eine Weile für den BND gearbeitet. Was sie dort getan hatte, weiß ich nicht. Aber sie hatte diverse nützliche Erfahrungen gesammelt, die sie in der Agentur nur noch gelegentlich anwenden konnte. Sie war zuständig, wenn es darum ging, einen Lebenslauf zu kreieren, damit ein Außendienstler in irgendeiner Firma tätig werden konnte. Darüber hinaus stellte sie Informationsmaterial zusammen, schrieb Rechnungen, tippte Berichte sauber ab und fungierte als Empfangsdame.

Vom Empfang aus ging es immer erst mal zu Frau Grubert, der Chefsekretärin, die auch als Hamachers Vertretung fungierte, wenn er sich in Frankfurt oder sonst wo aufhielt.

In gewisser Hinsicht war die Agentur ebenso straff organisiert wie eine Polizeidienststelle. Aber sie war entschieden besser ausgestattet, verfügte über einen gepflegten Fuhrpark, sogar über etliche Computer. Damit war es 1986, als ich für Hamacher zu arbeiten begann, zwar noch nicht so weit her. Aus heutiger Sicht bewegte man sich bei der elektronischen Datenverarbeitung oder Erfassung noch in der Steinzeit. Es hatte noch kein Mensch etwas von Pentium-Prozessoren gehört. Man arbeitete mit 286ern auf der DOS-Ebene, später waren es 386er. Alles wurde fein säuberlich ausgedruckt, abgeheftet oder in einen Umschlag gesteckt und zur Post gebracht. Und manchmal vergingen zwei oder drei Tage, ehe der Empfänger die Sendung dann in Händen hielt, kann sich heute kaum noch jemand vorstellen.

Doch sobald eine Neuheit auf den Markt kam, wurden die Computer der Agentur damit ausgestattet. Die Außendienstler mussten sich zwar ein Büro und eine dieser Rechenmaschinen teilen, aber das war kein Problem, weil nie alle zusammen in der Firma waren. Und Hamachers Leute wurden regelmäßig geschult, um mit allen Neuerungen der elektronischen Datenverarbeitung vertraut und auf alle Eventualitäten vorbereitet zu sein.

Ich war sehr beeindruckt, weil auch etliches an Überwachungsgerät zur Verfügung stand, wovon Polizisten nur träumen konnten. Dass alles ganz legal war, will ich gar nicht behaupten. Aber es war sehr effektiv, und Hamacher verstand sich darauf, seine Arbeit als seriös zu verkaufen.

Ein Großteil der Aufträge kam inzwischen aus der Industrie, große und kleinere Firmen, Handel, Banken und Versicherungen waren auch vertreten. Werkspionage, Sabotage, Versicherungsbetrug, Unterschlagung, Veruntreuung, alles, was man nicht an die große Glocke hängen wollte, um den Ruf des Unternehmens nicht zusätzlich zu schädigen, klärten Hamachers Mitarbeiter im Außendienst diskret auf.

Manchmal wurden Führungskräfte oder Wissenschaftler abgecheckt, bevor man sie unter Vertrag nahm. Und natürlich wurde in solchen Fällen geschnüffelt, ob sich jemand gerne mit Koks und Prostituierten in Hotelsuiten amüsierte. Ob jemand einen Berg Schulden hinter sich her schleppte oder heimlich der Spielleidenschaft frönte. Alles, was einen Mann in gehobener Position erpressbar oder leicht verführbar hätte machen können, musste ans Licht gebracht werden, damit der Konzern, der ihn engagieren wollte, keine böse Überraschung erlebte.

Gelegentlich musste auch ein Generaldirektor oder sonst ein wichtiger Mensch vor irgendwelchen Wirrköpfen geschützt werden. Deshalb verlangte Hamacher von der männlichen Fachkraft ein einwandfreies polizeiliches Führungszeugnis, das es erlaubte, eine Schusswaffe zu tragen. Eine eigene Pistole musste man nicht besitzen, es gab ein ganzes Arsenal in der Agentur. Aber man sollte auf der Straße einen Ballermann tragen dürfen und wissen, wie man damit umzugehen hatte. Das wusste ich.

Weitere Voraussetzungen waren Flexibilität und Unabhängigkeit, mit anderen Worten, man hatte rund um die Uhr sieben Tage in der Woche zur Verfügung zu stehen. Die drei Wochen Jahresurlaub gab es nicht am Stück, sondern tageweise und nur, wenn die Auftragslage es erlaubte. Bei einem Mann mit Familie hätte das problematisch werden können. Deshalb bevorzugte Hamacher bei der Einstellung für den Außendienst ledige Männer. Wenn sie später heirateten, war das ihr Problem oder das ihrer Frauen.

Ich war unter etlichen Bewerbern der Einzige, der sämtliche Voraussetzungen auf Anhieb erfüllte. Jung, ungebunden, eine äußerlich unauffällige Erscheinung, körperlich in Bestform. Und ich brauchte nicht lange, um mich zu entscheiden.

Hamacher bot mir ein Gehalt, das schon im ersten Jahr doppelt so hoch war wie das, was ich bisher verdient hatte. Und sollte mich noch einmal jemand mit Steinen bewerfen oder vors Schienbein treten, durfte ich nicht nur zurückwerfen oder -treten, es wurde erwartet, dass ich es tat.

Das soll jetzt nicht heißen, dass mich die Arbeit für Hamacher mit der Zeit aggressiver machte. Ich wurde nur häufiger als meine Kollegen im Personenschutz eingesetzt. Aber mir wurden auch schon in den ersten Jahren andere Aufträge übertragen.

Ich kam viel in der Welt herum, sogar bis Nepal. Dort spürte ich einen verschollenen Erben auf. In Spanien fing ich zwei entlaufene Teenager wieder ein. Im Sudan verbrachte ich mit einem Kollegen zwei aufregende Wochen. Dahin hatte ein Vater nach der Scheidung von seiner deutschen Frau die beiden gemeinsamen Söhne gebracht, obwohl der Mutter das Sorgerecht zugesprochen worden war. Wir holten ihr die Kinder zurück. Und so etwas machte einfach Spaß, von der Genugtuung ganz zu schweigen.

Natürlich gab es hin und wieder auch Aufträge, die eher mit Widerwillen erledigt wurden. Da waren vor allem zwei Stammkunden aus Hamachers Anfängen als Detektiv, die seine beziehungsweise die Dienste seiner Mitarbeiter gelegentlich noch in Anspruch nahmen. Die eine war eine ältere Dame mit Adelstitel, die ihrer auch nicht mehr ganz jungen Tochter mit schöner Regelmäßigkeit die Hochzeitspläne zunichte machte. Sie ließ ihre Schwiegersöhne in spe durchleuchten und überzeugte mit den Ergebnissen ihre Tochter davon, es sei besser, von einer Heirat abzusehen. Manchmal stimmte das auch.

Schlimmer war der Ministerialrat Dr. Holger Gerswein, ein Schlitzohr mit dem Lebensmotto: Genuss ohne Reue. Er war Mitte fünfzig und verheiratet. Seine Ehe war kinderlos, und er betrog seine Frau, wann immer sich ihm die Gelegenheit dazu bot. Damit hatte er schon vor der Hochzeit angefangen. Und zu der Zeit war er einmal an die Falsche geraten. Eine junge Frau, die im Anschluss an ihre Affäre eine Erpressung versucht hätte, erzählte Hamacher einmal. Seitdem beauftragte der Herr Ministerialrat die Agentur regelmäßig damit, den Hintergrund, nach Möglichkeit auch die Gesinnung seiner jeweils neuen Gespielin auszuleuchten, um vor weiteren bösen Überraschungen sicher zu sein. Aber mit ihm hatte ich in den ersten vier Jahren nichts zu tun.

Ich fand, ich hatte einen tollen Job und keine Defizite im Privatleben. Ich konnte mir eine schicke Wohnung am Wiener

Platz in Köln-Mülheim leisten. Nicht die üblichen viereckigen Zimmer, mein Wohnzimmer hatte sechs Ecken und zwei Ebenen. Dass auf der zweiten nur Platz für eine kleine Couch und die Stereoanlage war, störte mich nicht, es sah jedenfalls ungewöhnlich aus.

In die Einrichtung investierte ich ein kleines Vermögen. Mein Heim ist mein Schloss, nicht wahr? Mein Konto bei der Stadtsparkasse wies einen ansehnlichen Betrag auf der Haben-Seite aus. Und für die Mobilität in der knappen Freizeit gönnte ich mir 1988 einen ganz besonderen Luxus: ein Mercedes Coupé, weinrot mit beigefarbenen Ledersitzen, ein Traum von einem Auto, das nach zwei Jahren noch keine einzige Schramme und gerade mal fünftausend Kilometer auf dem Tacho hatte, weil ich beruflich immer Fahrzeuge der Agentur oder andere Verkehrsmittel wie einen Flieger oder den Zug benutzte.

Mit achtundzwanzig ging es mir in jeder Hinsicht sehr gut. Ich war nicht nur ein freier, ich war ein sorgenfreier Mann, den sein Beruf voll und ganz ausfüllte. Für die Liebe hatte ich gar keine Zeit. Natürlich hatte ich hin und wieder schon kleine Affären oder kurze Bekanntschaften gehabt, anders kann man es eigentlich nicht bezeichnen. Ein bisschen Sex. Nach ein paar Wochen war es meist vorbei. Entweder hatten die Frauen genug, weil sie sich vernachlässigt fühlten. Oder sie wurden mir lästig, weil sie zu neugierig waren und mir in meinen seltenen Mußestunden etwas abverlangten, wozu ich in dem Moment keine Lust hatte. Mal ins Kino zu gehen, ins Theater, in ein Konzert oder in ein Restaurant war ja ganz schön. Aber man musste doch nicht ständig etwas unternehmen.

Ich kochte gerne, empfand schon das Einkaufen als besonderes Vergnügen und fand es gemütlich, daheim zu essen. Ich war doch selten genug in meiner Wohnung. Wenn ich in Köln war, wollte ich es auch genießen. Ich fand so einen Abend auf der zweiten Ebene meines Wohnzimmers nicht langweilig, sondern erholsam und entspannend. Musik hören, Carlos Santana oder Pink Floyd, manchmal auch die Londoner Philharmoniker oder spanische Klänge. Die Augen schließen, abschalten und an gar nichts mehr denken. Dabei brauchte ich nicht unbedingt Gesellschaft – bis Candy meinen Weg kreuzte.

Ich traf sie in einem Intercity auf der Fahrt von München nach Köln, am letzten Freitag im Juni 1990. Nach vier hektischen und anstrengenden Tagen und Nächten freute ich mich auf eine geruhsame Heimfahrt. Ich hatte in München nicht sonderlich viel Schlaf bekommen. Von morgens früh bis weit in die Nacht hinein war ich zusammen mit meinem Kollegen Hartmut Bender an der Seite eines Mannes gewesen, der dort an einem Kongress teilnahm.

Ein wichtiger Mann, er arbeitete in der Entwicklungsabteilung eines Großkonzerns und hatte etwas entwickelt, wofür ihn einige in den Himmel lobten und andere in die Hölle wünschten. Es waren bei der Firmenleitung, auch bei seiner Familie ein paar durchaus ernst zu nehmende Drohungen eingegangen.

Personenschutz konnte einem das Letzte abverlangen, es kam auf die zu schützende Person an. Wenn man Glück hatte, geriet man an einen friedlichen und von der vermeintlichen oder realen Gefahr bereits eingeschüchterten Zeitgenossen, der es vorzog, sich ohne Begleitung nicht von der Stelle zu rühren.

Unser Schützling jedoch war eine rechte Frohnatur, der die Sorgen der Konzernleitung und seiner Familie für maßlos überzogen hielt. Er konnte sich gar nicht vorstellen, dass ihn jemand aus der Welt räumen wollte. Quer durchs Münchner Nachtleben hatte er uns gescheucht und tagsüber aus dem Kongressraum von einer Sehenswürdigkeit zur nächsten. Überall traf er gute Bekannte. Da hatten wir uns in entsprechender Entfernung zu halten, weil es ihm peinlich war, gleich zwei Leibwächter an den Fersen zu haben, wo andere, viel wichtigere Leute nicht mal einen hatten.

Blut und Wasser hatten wir jedes Mal geschwitzt, dass wir etwas übersehen könnten. Mehr als einmal hatte er auch versucht, uns zu entwischen, sich schon in der ersten Nacht unbemerkt aus dem Hotelzimmer schleichen wollen. Doch seine Frau hatte uns vorgewarnt, sodass wir wohl oder übel nachts vor seiner Tür abwechselnd Wache schoben.

Nun befand sich dieser agile Mensch, der offenbar niemals müde wurde, auf dem Heimflug – mit Hartmut Bender an seiner Seite. Es hatte nur einer von uns fliegen können, weil wir zwei Schusswaffen mitführten und damit nicht in die Maschine steigen durften. Aus dem Grund war ich auch schon mit dem Zug und den Schießeisen im Gepäck vorausgefahren. Um der Gerechtigkeit willen hätten wir für den Rückweg tauschen können. Großartig gelost oder ausdiskutiert, wer von uns schneller daheim sein durfte, hatten wir jedoch nicht.

Hartmut Bender war zwanzig Jahre älter als ich. Und er war verheiratet – schon zum dritten Mal. Jetzt war er zum ersten Mal Vater geworden, zwei Monate früher als erwartet. Das hatte er am Mittwochabend in München erfahren, seitdem war er ein bisschen aus dem Häuschen und verständlicherweise bestrebt, schnellstmöglich an das Bett seiner Frau zu gelangen und sich zu überzeugen, dass es dem winzigen, leichtgewichtigen Töchterchen wirklich den Umständen entsprechend gut ging.

Und ich fuhr gerne mit dem Zug. Man hatte entschieden mehr Platz als im Flieger, konnte die Beine ausstrecken, sich mal die Füße vertreten, genüsslich Kaffee oder sonst etwas trinken, und niemand kam, um eine halbe Stunde vor der Einfahrt in einen Bahnhof die Becher wieder einzusammeln.

Also hatte ich kommentarlos die beiden Berettas und eine nicht mehr ganz volle und von häufigen Transporten leicht lädierte Schachtel Munition – Kaliber 9 mm, wenn schon, denn schon – in meine Reisetasche gepackt, Hartmut Bender und den wibbeligen Chemiker zum Flughafen gefahren, den Mietwagen zurückgegeben und mich von einem Taxi zum Münchner Hauptbahnhof bringen lassen.

Ich war rechtschaffen müde und freute mich auf ein paar erholsame Tage. Bis einschließlich des kommenden Mittwochs hatte ich nämlich Urlaub. Bis Augsburg saß ich allein im Abteil und versuchte, ein bisschen zu dösen, was mir nicht gelang, weil es auf dem Gang zu laut war. Nebenan hatte sich eine Gruppe junger Leute niedergelassen, Studenten vermutlich. Es waren so viele, dass sie nicht alle in einem Abteil Platz gefunden hatten. Einige drückten sich um die Tür und auf dem Gang herum und beteiligten sich von dort aus lebhaft an der Unterhaltung.

Ich schaute die meiste Zeit aus dem Fenster, einfach nur so, ohne an etwas Bestimmtes zu denken. Und im Augsburger Bahnhof sah ich sie dann. Sie fiel schon deshalb auf, weil sie über einer weit geschnittenen Blousonjacke ein Monstrum von Rucksack auf dem Rücken trug, auf dem in abenteuerlicher Weise mit Lederriemen ein zusammengerollter Schlafsack befestigt war. Zusätzlich schleppte sie vor den Knien eine prall gefüllte Reisetasche aus geblümtem Gobelin-Stoff, die ziemlich antiquiert und geflickt aussah.

Mit beiden Händen hielt sie die Tasche fest und behinderte sich damit. Von ihrer linken Schulter baumelte noch ein winziges rotes Täschchen am Riemen, der ständig herunterrutschte und mit Schulterzuckungen in seiner Position gehalten wurde. Ich sah sie nur ein paar Sekunden lang auf dem Bahnsteig. Als der Zug zum Stehen kam, verschwand sie aus meinem Blickfeld, um kurz darauf vor der Tür meines Abteils wieder aufzutauchen. – Candy.

Um so etwas wie sie machte ich normalerweise einen weiten Bogen. Ein reizendes Persönchen, wobei die Betonung auf dem Wort reizend liegt. Sie konnte einen Menschen innerhalb von Sekunden in ein Fragezeichen verwandeln, zur Weißglut oder in die Flucht treiben. Gleichzeitig war sie die Sanftmut und Naivität in Person. Typ Nervensäge. Behütete Tochter aus wohlhabender Familie, geliebt und gehätschelt von sämtlichen Anverwandten.

Nicht ganz einssechzig groß, sie reichte mir gerade mal bis an die Schulter, nur knappe fünfzig Kilo schwer, aber imstande, mehr als das Doppelte ihres eigenen Gewichts hinter sich herzuschleifen, um rund einen Meter anzuheben und über die Kante in den Kofferraum eines BMW zu hieven. Ich habe es mit eigenen Augen gesehen, sonst würde ich es nicht glauben.

Neunzehn Jahre alt war sie, ein Bündel aus Energie und Lebenslust, ausgestattet mit einem eisernen Willen. Was sie sich in den Kopf setzte, zog sie auch durch – auf Gedeih und Verderb. Manchmal war sie melancholisch, manchmal überschwänglich und immer mit einem schnellen Urteil bei der Hand. Für Candy war die Welt nur gut oder böse, dazwischen gab es nichts. Und Langeweile war bei ihr ein Fremdwort.

So auf Anhieb war nichts an ihr, was mich in irgendeiner Weise angesprochen hätte. Ein rundes, noch kindlich weiches Gesicht, glatte Haut, ein kleiner Mund mit prallen Lippen, den sie nur mit äußerster Willenskraft oder im Zustand tiefster Depression geschlossen halten konnte. Beim Küssen funktionierte das auch, wie ich später feststellen durfte. Da hielt sie ihn zwar nicht geschlossen, aber sie war still mit hingebungsvoller Ausdauer.

Nackenlanges, leicht gewelltes, dunkelblondes Haar, grüne Augen, deren Farbe manchmal von Unbarmherzigkeit ins Braune getrieben wurde. Und dann strahlten sie arktische Kälte aus. Sie war zierlich wie ein Kind. Und lästig war sie mir in den ersten Stunden, furchtbar lästig. Ein junges Mädchen mit zu schwerem Gepäck und dem Herzen auf der Zunge.

Sie hatte die Tür zum Abteil noch nicht völlig zur Seite geschoben, da lief ihr Mund bereits über. Zuerst die üblichen

Floskeln. «Ist hier noch frei?» Sah man doch, außer mir saß keiner da, außer meiner Reisetasche stand oder lag auch kein Gepäckstück herum. «Darf ich mich zu Ihnen setzen?» Konnte ich kaum verhindern, ich hatte die restlichen Plätze ja nicht reserviert.

Ich nickte. Sie lächelte mich an und zeigte dabei eine Reihe kleiner, schneeweißer Zähne im Oberkiefer, die sich hervorragend für eine Zahnpasta-Reklame geeignet hätten, während sie sich mitsamt der quer vor den Knien gehaltenen Reisetasche und dem Monstrum von Rucksack durch die Tür zwängte.

Dann bekam ich auch schon die pralle Reisetasche in die Seite gerammt, weil ich leichtsinnigerweise die Armlehne zum Nebensitz hochgeklappt hatte, um es bequemer zu haben. Was ich für einen Flicken gehalten hatte, entpuppte sich bei näherer Betrachtung als Lederstreifen, der offenbar nachträglich angenäht worden war, um die Tasche sicher zu verschließen. In Form eines Riegels war der Streifen unter den Handgriffen durchgeführt. An seinem Ende befand sich ein kleiner Metallring, auf dem Gobelin-Stoff ein zweiter Ring, beide waren durch ein winziges Vorhängeschloss miteinander verbunden.

Das kleine rote Täschchen warf sie hinterher, es fiel mir in den Schoß. Ihr Gesicht hatte in etwa den gleichen Farbton und glänzte feucht, als sie sich unter Verrenkungen bemühte, den Rucksack loszuwerden. Linke Schulter nach unten beugen, linke Hand unter den breiten Gurt schieben, einige hoffnungsvolle, aber ergebnislose Zuckungen mit der Schulter, und die gleichen Bemühungen auf der rechten Seite, bis ich mich schließlich erbarmte. «Darf ich Ihnen helfen?»

Sie schenkte mir das zweite Lächeln, welches praktisch nahtlos in das erste überging und sich nur durch die Intensität von diesem abhob. Ein langer Seufzer begleitete das Strahlen. «Das wäre sehr nett von Ihnen.»

Dann stellte sie fest, dass ich mich garantiert bereits über ihre Bekleidung gewundert hätte. Das hatte ich tatsächlich.

Draußen herrschten hochsommerliche Temperaturen. Und sie trug diese Blousonjacke, wattiert, mit einem Gummizug in der Taille und vier beutelartigen Aufsatztaschen zu beiden Seiten der Vorderteile. Die Taschen hatte sie mit allem nur denkbaren Kleinkram gefüllt. Papiertücher, Münzgeld, ihre Fahrkarte, zwei Lippenstifte und ein Deoroller, zwei Tüten mit Pfefferminzbonbons, zu Kugeln gedrückte Alufolie, in der sich vor Tagen belegte Brote befunden haben mochten, jetzt waren die Kerngehäuse einiger abgenagter Äpfel darin eingewickelt.

Aber die erstaunlich geräumigen Aufsatztaschen waren nicht der einzige Grund, aus dem Candy sich entschlossen hatte, die Jacke zu tragen, statt sie im Gepäck mit sich zu führen. Es hing auch mit dem Gewicht des Rucksacks zusammen. Die Gurte ohne Abpolsterung auf den Schultern, unmöglich! Mit der Jacke und darunter noch einem dicken Pullover trug sich das Ding entschieden angenehmer.

Das alles erfuhr ich innerhalb der ersten drei, höchstens vier Sekunden, während ich ihr den Rucksack abnahm. Nun hätte ich mich natürlich über das Gewicht desselben wundern können. Doch bevor es dazu kam, erklärte Candy auch das, zumindest fing sie damit an. Vor ein paar Tagen, als sie in Hamburg in den Zug gestiegen war, um ihre Tante Gertrud in Augsburg zu besuchen, hatten sich nur der Schlafsack, das Waschzeug und etwas Obst im Rucksack befunden. Da hatte sie sich mit der Jacke über dem T-Shirt begnügt. Und das war eigentlich schon zu warm gewesen. Ob ich nicht auch fand, dass es für einen Juni in diesen Breiten viel zu heiß sei? Und ob ich mir vorstellen könne, was diese unnatürlichen Wetterbedingungen auslöste? Nein?

Die Umweltverschmutzung, was denn sonst!? Das Ozonloch, die unverantwortliche Verschwendung unersetzlicher Rohstoffe. Es musste ja jeder ein Auto haben! Wer ging denn noch einen Schritt zu Fuß oder nahm für längere Strecken ein öffentliches Verkehrsmittel? Nur Leute wie wir.

Sie hatte den Faden verloren, was immer für das Gewicht des Rucksacks verantwortlich sein mochte, erfuhr ich vorerst nicht. Stattdessen machte sie sich daran, mir zu danken. Es war wirklich unwahrscheinlich nett von mir, ihr zu helfen. Man traf heutzutage leider kaum noch Leute, die nett und auch noch hilfsbereit waren. Ihre Stimme überschlug sich vor Eifer, mir meine Einmaligkeit zu bescheinigen. Zwischen den einzelnen Worten und Sätzen war nicht die Zeit gewesen für einen Atemzug. Den holte sie jetzt nach und ließ sich dabei auf den Sitz mir gegenüber fallen.

Mir fiel währenddessen der Rucksack fast aus den Händen. Ich war bestimmt nicht schwächlich, stemmte bei den Übungen, die Hamacher seinen Mitarbeitern im Außendienst der Fitness halber verordnete, bis zu fünfzig Kilo. Der Rucksack musste schwerer sein und blieb erst mal zwischen meinen Beinen stehen.

Ich hievte ihn später neben ihre Reisetasche auf einen Sitz, stieß mir dabei das Knie an einer der vielen steinharten Ausbuchtungen. Fragte mich, ob sie Goldbarren oder Steine darin verstaut hatte und auf dem Weg zu irgendeiner Demo war. War wieder mal glücklich, den Beruf gewechselt zu haben, und musste flüchtig an eine Ameise denken, die ja erwiesenermaßen auch das Mehrfache ihres eigenen Körpergewichts schleppen konnte.

Währenddessen hörte ich mir an, dass Tante Gertrud im nächsten Jahr vierundsechzig wurde, die älteste Schwester ihrer Mutter war, keine eigenen Kinder hatte und vermutlich allein deshalb aus lauter Sorge um die Nichte halb verrückt wurde. Tante Gertrud hätte Candy eigentlich gerne persönlich zum Bahnhof gebracht, hatte aber heute Nachmittag an der Uni zu tun gehabt, sodass Candy notgedrungen ein Taxi genommen hatte.

Noch lieber hätte Tante Gertrud es gesehen, wenn Candy in Augsburg geblieben wäre. Aber Europa lockte. In den nächsten sechs bis acht Wochen wollte Candy so viel wie eben möglich davon sehen. Die schmutzigen Kanäle von Venedig, die auch nicht eben klaren Grachten von Amsterdam, ein Stück vom Rhein, dessen Wasserqualität sich ja angeblich verbessert haben sollte, was Candy allerdings nicht so unbesehen glaubte. Die Rhone, die Seine, den Po und natürlich die Adria, dieses erbarmungswürdige Fleckchen, dessen ökologischen Tod niemand mehr verhindern konnte.

Wenn das Studium erst begonnen hatte, war es vorbei mit dem Reisen. Da sollte man sich nicht zu lange an einem Ort aufhalten, vor allem dann nicht, wenn man den Ort ohnehin schon kannte wie seine eigene Hosentasche.

«Kennen Sie Augsburg?»

Ich hütete mich, den beständig plätschernden Wasserfall mit mehr als einem Kopfschütteln zu kommentieren, und ließ mir vom Sommer 88 berichten, in dem Candy volle drei Wochen bei Tante Gertrud verbracht hatte, um ihren Eltern nach einem Umzug beim Einräumen nicht im Weg zu stehen.

Inzwischen hatte sie die Beine ausgestreckt und zwei vergebliche Versuche unternommen, sie übereinander zu schlagen. Doch ihre Jeans war anscheinend zu eng. Die Jacke hatte sie neben sich gelegt, darunter trug sie tatsächlich einen offenbar selbst gestrickten und entsprechend dehnbaren Pullover. Er wurde urplötzlich und mitten in einem Satz über den Kopf gerissen und auf die Jacke gepackt.

Mit dem Pullover rutschte auch ihr ärmelloses T-Shirt in die Höhe, darunter kam ein Streifen sonnengebräunter Haut zum Vorschein und ein ziemlich dicker, breiter, ebenfalls brauner Gürtel, den sie auf der nackten Haut trug.

Candy fuhr einmal mit gespreizten Fingern durch ihr Haar, stopfte das T-Shirt zurück in den Bund der Jeans, kramte in den Jackentaschen nach einem Lippenstift, zog sich, als sie ihn endlich gefunden hatte, ohne Spiegel die Lippen nach und plapperte unerbittlich weiter. Ich hatte nur noch das Bedürfnis, mich nach nebenan zu setzen. Ein ganzer Hörsaal voller Studenten konnte nicht anstrengender sein als dieses Mädchen.

Was hat sie mir nicht alles erzählt in den ersten Stunden dieser Fahrt. Selbst wenn ich gewollt hätte, ich wäre gar nicht dazu gekommen, mir eigene Gedanken zu machen. Bevor eine Frage auch nur auftauchen konnte, hatte Candy sie bereits beantwortet. Sie sprach ein ausgezeichnetes Deutsch, allerdings mit dem typischen, breiten Akzent der Amerikaner. Über den ich mich doch gewiss schon gewundert hatte, oder nicht?

Aber sie war Deutsche, Ehrenwort. Und sie hatte praktisch von Anfang an Deutsch und Englisch gesprochen. Geboren war sie nämlich in den Staaten, stand jedenfalls in ihrem Pass, stimmte aber gar nicht. Sie war auf einem Schiff zur Welt gekommen, auf einem Forschungsschiff, um genau zu sein, das unter der Flagge der USA lief. Und damit sie als Geburtsort nicht irgendeinen Längen- oder Breitengrad angeben musste – wie hätte sich das denn angehört, siebzehn Grad östlicher Länge oder Breite oder so ähnlich, darunter hätte sich doch kein Mensch etwas vorstellen können –, hatte Dad ihre Geburt erst registrieren lassen, als sie wieder an Land waren. Dabei hatte er sie dann zwangsläufig ein bisschen jünger machen müssen, das merkte aber heute kein Mensch mehr, oder doch?

Und ihre Mutter stammte ebenso wie Margarete und Tante Gertrud aus Hamburg. Margarete war übrigens die jüngere Schwester ihrer Mutter – inzwischen auch schon Anfang sechzig und damit zwanzig Jahre älter als «meine Mutter».

Aber wie auch immer: Margarete war dafür verantwortlich, dass die gesamte Familie, mit Ausnahme von Tante Gertrud, lange Jahre in Philadelphia gelebt hatte. Vetter Tom, seine Frau Heather und die beiden Söhne lebten immer noch dort. Die restliche Familie war vor zwei Jahren in die alte Heimat zurückgekehrt und wohnte wieder in Hamburg. Mit Ausnahme von Tante Gertrud natürlich, die war aus Augsburg nicht mehr wegzudenken, obwohl sie früher auch gerne in Heidelberg gelebt hatte.

Wahrscheinlich hatte Candy wegen dieses Umzugs im letzten Sommer ihr Abitur nicht ganz mit eins gemacht wie erhofft und erwartet. Es musste am Schulwechsel gelegen haben. Das war doch eine sehr große Umstellung gewesen. Nach dem Abitur hatte sie sich um einen Studienplatz in Meeresbiologie beworben. Was sollte man auch sonst studieren, wenn man mit Wasser unter dem Kiel das Licht der Welt erblickt hatte? Gut, Ozeanographie hätte sich noch angeboten, war aber nicht ganz nach ihrem Geschmack. Sie fühlte sich den Fischen, den Walen und den Robben sehr verbunden. Und das Plankton musste ja auch geschützt werden.

Im vergangenen Oktober hatte sie den gewünschten Platz nicht bekommen, auch im März war sie leer ausgegangen. Aber irgendwann musste das klappen, man musste nur hartnäckig sein und durfte die Hoffnung nicht aufgeben. Einen Teil der Wartezeit hatte sie sich mit Arbeit vertrieben, sieben Monate lang, in einem Schnellrestaurant. Eine elende Plackerei war das gewesen, regelrechte Ausbeutung, ehrlich, für einen Hungerlohn. Jeden Pfennig hatte sie eisern gespart für ihren Europatrip. Die Familie hatte noch ein wenig draufgelegt. Und wenn sie sich ihr Geld geschickt einteilte, würde es bis Spanien reichen. Aber jetzt fuhr sie erst einmal nach Köln.

Ich vermutete, dass sie sich von der Wasserqualität des Rheins an Ort und Stelle überzeugen wollte und in dem Monstrum von Rucksack vielleicht ein komplettes Labor mitschleppte.

«Kennen Sie Köln?»

Ich war nahe daran, noch einmal den Kopf zu schütteln, nickte jedoch flüchtig und in der Hoffnung, sie damit zu ein paar Fragen zu inspirieren und dann mit Einsilbigkeit zum Schweigen zu bringen. Das war eine Fehlspekulation. Fragen an mich hatte Candy nicht.

Sie hatte schon ungefähr zwei Stunden lang erzählt, ab und zu nur durch die Schaffnerin unterbrochen, die nachschauen wollte, ob jemand zugestiegen war, als ihr endlich auffiel, dass wir uns noch gar nicht richtig miteinander bekannt gemacht hatten. Das Versäumnis wurde augenblicklich nachgeholt.

Ihre rechte Hand, die gerade in einer Jackentasche nach einem Pfefferminzbonbon gewühlt hatte, streckte sich mir mitsamt dem Bonbon entgegen. Doch das fiel ihr noch rechtzeitig auf, und sie machte aus der Not ein Angebot.

«Nehmen Sie ruhig, ich habe genug davon.»

Die kleinen Zähne blitzten mich wieder an. Alles an ihr, mit Ausnahme der Augen, war so klein. Das Gesicht, die Füße, die Hände. Feste, warme Kinderhände mit brauner Haut und kurzen, rund gefeilten Fingernägeln. Es war ein sonderbares Gefühl, sie für einen Moment zu halten, den festen Druck zu erwidern und dabei ebenfalls zu lächeln.

Vielleicht kam dabei ein wenig Sympathie auf. Sie wirkte so unbekümmert und tatendurstig, als ob die malträtierten Weltmeere, die Seine, der Po, der Rhein und die Adria nur auf eine Candy hofften. Vertrauensselig, als könne kein Mensch auf dumme Gedanken kommen, wenn sie bereitwillig mitteilte, dass sie den Lohn von sieben Monaten harter Arbeit, mit Beiträgen der Familie auf die runde Summe von siebentausend Mark gebracht, in dem Gürtel unter dem T-Shirt um die Taille trug. Abgesehen davon, dass allein schon ihre Taille den einen oder anderen auf dumme Gedanken hätte bringen können.

Ich stellte mich mit vollem Namen vor, Michael Schröder. Ihren Familiennamen erfuhr ich vorerst nicht, bei einer Reisebekanntschaft konnte der nur stören. Einfach nur Candy, bitte. So wurde sie seit Jahr und Tag genannt. Genau genommen hieß sie Candida. Ihre Mutter hatte den Namen für sie ausgesucht. Das klang, als sei damit alles erklärt.

Und es klang ein wenig verhangen. Die Munterkeit in ihrer Stimme war mit einem Mal wie ausgelöscht. Sie schaute mich auch nicht mehr an, wie sie es die ganze Zeit über getan hatte, drehte das Gesicht zum Fenster und betrachtete die vorbeihuschende Landschaft. Doch ich war zu müde, um dem auf Anhieb eine besondere Bedeutung beizumessen.

Ihre Mutter hatte George Bernard Shaw geliebt, vor allem dieses eine Stück von ihm, nach der gleichnamigen Figur Candida benannt. Das erfuhr ich noch.

Ich hatte damals noch nichts von dem Stück gehört und weiß bis heute nicht, worum es darin geht. Später habe ich zwar ein paar Mal daran gedacht, es zu lesen. Getan habe ich es nie, weil ich anfangs meinte, in frischen Wunden sollte man nicht herumstochern. Und irgendwann war es nicht mehr wichtig. Es hätte sie doch nicht wieder lebendig gemacht.

2. Kapitel

Wenn ich geahnt hätte, was aus all dem wurde, hätte ich wohl kaum kurz nach sieben das Abteil verlassen. Ich wäre geblieben, hätte ihr weiter und sehr aufmerksam zugehört. Doch zu dem Zeitpunkt brandeten mir die Wogen zweier Ozeane durch den Schädel. Mein Gehirn war vermutlich ebenso mit Dünnsäure verklappt wie die Nordsee, länger als drei Stunden an einem Stück hatte Candy schon auf mich eingeredet.

Zwischen sechs und sieben hatte ich mir in allen Einzelheiten anhören müssen, warum sie sich für Meeresbiologie als Studienfach entschieden hatte und sich gar nicht vorstellen konnte, etwas anderes zu tun. Es hatte nicht nur mit Verbundenheit zu ihrem Geburtsort zu tun. Vordringlich ging es natürlich um die Verschmutzung der Weltmeere. In der Folge kam ein Kapitel über das Robbensterben, den grässlichen Tod der Seevögel und dessen Ursache, das von Ölpest verklebte Gefieder.

Candy vertrat die radikale Ansicht, dass man die Verursacher nicht mit Geldstrafen belegen, sondern sie vielmehr in der Brühe schwimmen lassen sollte. Natürlich ohne sie wieder herauszufischen. Und das galt prinzipiell für jede Art von Straftat oder Vergehen. In dem Punkt hatte die Bibel ihrer Meinung nach absolut Recht. Auge um Auge! Zahn um Zahn! Nur so war für die Zukunft vielleicht noch etwas zu retten. Dad meinte das auch, und der musste es wissen, jedenfalls soweit es eine Ölpest betraf. Dad war nämlich Meeresbiologe.

Als Candy begann, mir Dads Ansichten und Beweggründe zu offenbaren, fand ich, dass ich eine Pause verdient hätte. Eine halbe Stunde Ruhe, nur ein bisschen Klappern von Geschirr und Besteck, vielleicht noch dezentes Gemurmel von den Nebentischen.

Als ich mich erhob und mit dem Hinweis, eine Kleinigkeit

zu mir nehmen zu wollen, die Abteiltür zur Seite schob, lächelte sie arglos und erkundigte sich, ob es im Speisewagen tatsächlich so teuer sei, wie man sagte. Als sie anfügte, dass sie sich eigentlich einen ordentlichen Kaffee leisten könne, fürchtete ich schon, sie wolle mich begleiten.

Aber vielleicht las sie von meiner Miene ab, was ich dachte. Gleich anschließend erklärte sie nämlich, sie müsse mit ihrem Vermögen sparsam umgehen, man wisse ja nicht, was bei einem Europatrip so alles an Ausgaben auf einen zukäme. Sie habe auch keine Lust, ihr Gepäck durch den ganzen Zug zu schleppen, unbeaufsichtigt im Abteil zurücklassen könne man es schließlich nicht. Dann machte sie sich an ihrem Rucksack zu schaffen, kramte einen Apfel und eine Dose Cola hervor, nickte mir kameradschaftlich zu und wünschte mir guten Appetit.

Meine Reisetasche nahm ich mit, wegen der beiden Pistolen und der Schachtel Munition. Meine Tasche war nicht abzuschließen. Nicht dass ich befürchtet hätte, Candy würde in meinem Gepäck stöbern. Es war Gewohnheit. Sorgsamer Umgang mit Schusswaffen! Hamacher war zwar in diesem Punkt nicht gar so pingelig wie die Polizei. In der Agentur musste man nicht Rechenschaft über jede Patrone geben. Aber trotzdem, ich hatte das vor Jahren einmal gelernt und hielt mich daran.

Direkt hungrig war ich nicht. Hartmut Bender und ich hatten mit unserem Schützling in München noch üppig zu Mittag gegessen. Ich gönnte mir eine Tasse Kaffee, eine scharf gewürzte Suppe und zwei Aspirin, um den Kopf wieder einigermaßen einsatzfähig zu machen. Während meiner Mahlzeit träumte ich davon, neben einem Chemiker, der meine Anwesenheit als aufdringlich empfand und mich deshalb mit Missachtung strafte, im Flugzeug zu sitzen. Aber da hatte Hartmut Bender gesessen, inzwischen waren sie wohl schon gelandet.

Nach einer Stunde ging ich zurück. Und um ehrlich zu

sein, ich wollte nicht wieder in dieses Abteil. Nur war der Zug inzwischen ziemlich voll. Im Großraumwagen war gar nichts frei. In zwei Abteilen sah ich leere Plätze, aber die waren nicht ganz nach meinem Geschmack. In einem Abteil paffte ein älterer Herr eine dicke Zigarre und nebelte drei Mitreisende ein. Im anderen versuchte eine junge Mutter, ihren Säugling zu stillen und gleichzeitig einen greinenden Zweijährigen davon abzuhalten, das Sitzpolster mit Schokolade zu beschmieren.

Da erschien mir Candy als das kleinere Übel. Trotzdem näherte ich mich meinem ursprünglichen Platz mit einem flauen Gefühl im Magen und der Gewissheit, dass Candy bestimmt noch etliche Geschichten für mich bereithielt. Doch als ich eintrat, war sie anders. Ganz still und klein saß sie am Fenster, das Gesicht der Landschaft zugedreht. Sie wirkte so zerbrechlich, irgendwie rührend und schutzbedürftig.

Ich setzte mich ihr wieder gegenüber. Sie schaute weiter zum Fenster hinaus, noch mindestens zehn Minuten lang. Dann sagte sie unvermittelt: «Jetzt sind wir bald da.»

Was hätte ich darauf antworten sollen? Ich nickte nur, sie sprach mit verhangener Stimme weiter: «Kennen Sie das? Zuerst ist man ganz wild auf eine bestimmte Sache und kann gar nicht erwarten, dass es endlich losgeht. Und dann bekommt man plötzlich so ein komisches Gefühl, fast so etwas wie Angst. Vielleicht liegt es daran, dass die Städte auf Landkarten nur rote Punkte sind. Alles sieht so überschaubar aus. Aber wenn man am Bahnhof steht, weiß man gar nicht, wo man anfangen soll.»

Ihre Hand auf der Ablage unter dem Fenster spielte mit der Coladose. Sie drehte mir das Gesicht zu, ihre Augen wanderten zu meiner Tasche, die ich neben mich auf den Sitz gestellt hatte. Mit verblüffender Hellsichtigkeit stellte sie plötzlich fest: «Ich bin Ihnen die ganze Zeit mächtig auf die Nerven gegangen, oder? Tut mir Leid. Ich weiß, dass ich zu viel rede.

Mami sagt oft, wenn ich mal sterbe, muss man mir den Mund wahrscheinlich zunähen, sonst schlage ich da unten alle Würmer in die Flucht.»

Der Wahrheit zuliebe hätte ich in dem Moment noch einmal nicken müssen. Doch das wäre nicht diplomatisch gewesen. Und Diplomatie hatte ich, speziell im Umgang mit der holden Weiblichkeit, in den letzten Jahren gelernt.

Man sagte einer Frau, die meinte, ihr Busen sei zu klein und die Hüften zu speckig, keinesfalls, dass sie ihr Äußeres richtig beurteilte. Da durfte man auch nicht sagen: «Ach, für eine Nacht stört mich das nicht.» Nicht einmal: «Mir gefällst du so.» Man sagte: «Das bildest du dir ein.»

Ich versicherte Candy, sie sei mir nicht auf die Nerven gegangen. So ganz glaubte sie mir das offenbar nicht. Selbst nach meiner Erklärung schwieg sie noch sekundenlang, seufzte vernehmlich und entschuldigte sich noch einmal.

«Sie hätten nur ein Wort sagen müssen, da wäre ich sofort still gewesen. Aber wenn ich einmal anfange und man lässt mich, kann ich nicht mehr aufhören. Wenn man redet, fühlt man sich nicht so allein. Meist ist ja jemand da, mit dem man spricht. Aber bei mir funktioniert das auch mit Selbstgesprächen.»

Darauf folgte noch so ein Seufzer, ehe sie weiter sprach: «Als ich noch klein war, habe ich mich einmal sehr gefürchtet. Mami war schwer krank, Krebs. Zuerst wurde sie operiert, dann bekam sie noch Bestrahlungen und eine Chemotherapie, ganz radikal, das volle Programm. Sie war lange in der Klinik und wurde immer weniger. So sagt man das doch, oder? Immer dünner, immer blasser, irgendwie sogar kleiner. Alle Haare fielen ihr aus, und ständig musste sie spucken. Ich hatte furchtbare Angst, dass sie stirbt. Da habe ich mir immer erzählt, dass sie bald nach Hause kommt, wieder ganz gesund und stark und lustig ist. Das half, und es funktioniert heute noch. Manchmal kann man Dinge herbeireden. Glauben Sie das?»

Als ich den Kopf schüttelte, zuckte sie mit den Achseln. «Man denkt aber nicht in die falsche Richtung, wenn man positiv spricht. Wenn man sich vor einer wichtigen Prüfung oder einer schweren Aufgabe sagt, ich schaffe das, dann schafft man es auch. Das können Sie mir glauben.»

Anscheinend war ihr jetzt mehr danach, in die falsche Richtung zu denken. Und ihr Schweigen störte mich fast mehr als der vorherige Redefluss. Es passte nicht zu ihr, gab ihr einen Hauch von Schwermut, nahm ihr all das Unkomplizierte. So still und verloren am Fenster wirkte sie uralt, verbittert und vom Leben betrogen.

So begann ich zu reden. Nicht über mich, ganz allgemein über die Stadt, in der ich aufgewachsen war, die ich wie meine Hosentasche zu kennen glaubte und für überschaubar hielt. Über das Gefühl, schon daheim zu sein, wenn ich den Dom nur aus der Ferne sah. Und ganz allmählich taute sie wieder auf.

Nachdem ich erklärt hatte, dass ich mir gar nicht vorstellen könne, meiner Heimatstadt irgendwann einmal für immer den Rücken zu kehren, stellte sie ein paar Fragen. Nicht etwa nach meiner Person, daran schien sie in keiner Weise interessiert. Aber es kamen auch nicht die üblichen Fragen nach Sehenswürdigkeiten oder dem Kölner Nachtleben. Selbst die Verschmutzung des Rheinwassers war plötzlich nicht mehr von Belang. Candy wollte vielmehr wissen, ob ich das Cranachwäldchen kenne, es müsse irgendwo am Rheinufer liegen.

Ich nickte wieder, sagte sogar: «Das kenne ich sehr gut.» Das Cranachwäldchen lag nämlich nicht irgendwo, sondern nahe dem Niehler Hafen und ganz in der Nähe meiner Wohnung.

«Da will ich übernachten», erklärte sie.

Das hielt ich für keine gute Idee, ein Mädchen mit siebentausend Mark am Leib ganz allein am Rheinufer und ausgerechnet im Cranachwäldchen. Dort war vor Jahren die Leiche einer jungen Frau gefunden worden. Das erwähnte ich ja eingangs schon. Hartmut Bender hatte mir davon erzählt, kurz nachdem ich meine Wohnung am Wiener Platz bezogen hatte.

Hartmut war, bevor er zur Agentur Hamacher wechselte, Reporter bei der Kölnischen Rundschau gewesen. Er hatte selbst über den Leichenfund berichtet, allerdings keine genaue Zeitangabe gemacht. Es konnte zehn, fünfzehn Jahre oder noch länger zurückliegen. Auf den ersten Blick ein Verkehrsunfall mit Fahrerflucht. Nur war die Frau zweimal überfahren worden.

«Das tut keiner, der versehentlich einen Menschen anfährt», hatte Hartmut gesagt. «So einer gibt Gas und lässt sein Opfer auf der Straße liegen. Er setzt nicht zurück und rollt nochmal drüber, um sicherzugehen.»

Auch die Polizei war von einem Verbrechen ausgegangen. Wahrscheinlich eine Anhalterin, die möglicherweise vergewaltigt und dann eben ermordet worden war. Anschließend hatte der Täter die Leiche zig Meter weit hinter den Stein geschleppt, der den Stromkilometer 693 markierte. Der Täter war nie gefasst worden; soweit Hartmut wusste, hatte man nicht einmal die Identität des Opfers klären können.

«Such dir lieber eine Pension», sagte ich.

«Warum?», fragte Candy.

«Zur Sicherheit», sagte ich.

«Ist es im Cranachwäldchen unsicher?»

«Manchmal schon», sagte ich und erzählte ihr, was ich über den Leichenfund wusste, ohne meinen Kollegen als Informationsquelle zu nennen.

Woher ich die Details kannte, interessierte Candy auch nicht. Sie zeigte den Ansatz eines ungläubigen Lächelns und sagte: «Ehrlich? Das ist ja furchtbar.» Es klang nicht so, als sei sie tatsächlich erschüttert. Anschließend wollte sie wissen: «Kennen Sie denn eine preiswerte Pension? Am besten in der Nähe des Hauptbahnhofs.»

Ich schüttelte den Kopf. Und sie erkundigte sich weiter, ob ich wüsste, mit welchen Straßenbahnlinien sie vom Hauptbahnhof nach Köln-Sülz, Köln-Klettenberg und zur Universität käme. Da konnte ich ihr auch nicht helfen. Ich fuhr nie mit der Straßenbahn.

«Meine Mutter hat in Köln studiert, Geschichte, Philosophie und Pädagogik», erklärte sie noch.

Und diesmal fiel mir der gedämpfte Ton auf. Aber ich kam nicht mehr dazu, mich nach der Ursache für den Trauerflor in ihrer Stimme zu erkundigen. Wir waren am Ziel.

Kurz nach neun fuhr der Zug im Kölner Hauptbahnhof ein. Candy zog ihren Pullover an und die Jacke darüber. Ich half ihr mit dem Rucksack und wunderte mich, dass sie mit diesem Gewicht auf dem Rücken überhaupt noch gerade stehen konnte. Sie hängte sich den Riemen des winzigen roten Täschchens über die Schulter. Dass ich ihr die antiquiert aussehende, pralle Reisetasche hinaus auf den Bahnsteig trug, lehnte sie ab.

«Das schaffe ich schon allein. Die ist nicht so schwer, wie sie aussieht. Ich muss sie ja danach auch tragen.» Sie lächelte mit einem Hauch von Bedauern. Inzwischen fand ich ihr Lächeln sehr sympathisch.

«Es war nett mit Ihnen», sagte sie. «Die Zeit ist viel schneller vergangen, als ich mir das vorgestellt hatte. Vielleicht sehen wir uns mal wieder. Ich bleibe ein paar Tage in Köln.»

Sie stand vor mir an der Tür, ein wenig unförmig mit dem prallen Sack auf dem Rücken, neigte den Kopf leicht zur Seite. «Und Sie kennen wirklich keine preiswerte Pension oder ein billiges Hotel? Es muss nicht komfortabel sein. Ich stelle keine großen Ansprüche. Und eigentlich haben Sie Recht, es ist vielleicht keine gute Idee, die Nächte am Rhein zu verbringen. Da sollte ich mich besser bei Tag umsehen.»

Das sah ich auch so, aber zu ihrer Frage musste ich passen.

«Mist», fluchte sie, kaute auf ihrer Unterlippe. «Dann muss ich doch im Cranachwäldchen schlafen und alles mitschleppen.

In einem Schließfach am Bahnhof kann ich mein Gepäck nicht lassen. Ich brauche die Sachen ja.»

Den Kopf immer noch geneigt, schaute sie mich abwägend an. Sie hatte mich wohl längst als harmlos eingeordnet. Ein unauffälliger, gutmütiger, grauer Mäuserich. So sah ich damals aus, das wusste ich selbst. Es war berufsbedingt. Wer anderen hinterherspionierte, durfte nicht auffallen. Auch als Leibwächter sollten wir nicht martialisch auftreten: Anzüge in gedeckten Farben und dezente Hemden waren erwünscht. Ich hätte ein Bankangestellter sein können.

«Verheiratet sind Sie nicht, oder?», wollte Candy wissen.

«Nein», sagte ich.

«Aber Sie leben mit Ihrer Freundin zusammen.»

«Nein», sagte ich noch einmal.

Candy überlegte, seufzte dabei, vielleicht nur, weil ich nicht auf Anhieb zu begreifen schien, worauf sie abzielte. «Viel Platz brauche ich nicht», erklärte sie.

Der Zug kam mit einem Ruck zum Stehen. Das ersparte mir, sofort auf ihre letzte Bemerkung zu reagieren. Sie stieg vor mir aus, drehte sich jedoch auf dem Bahnsteig gleich wieder zu mir um. Die Sonnenbräune auf ihrem Gesicht vermischte sich mit Entschlossenheit.

«Es ist bestimmt sehr aufdringlich, wenn ich Sie frage», stellte sie fest. «Aber ich brauche wirklich nicht viel Platz. Und wenn ich ehrlich sein soll, mir graut ein bisschen davor, jetzt allein am Rhein zu sitzen.» Ich meinte, so etwas wie Schalk in ihrer Stimme zu hören, als sie hinzufügte: «Wenn da schon mal eine junge Frau umgebracht wurde, vielleicht spukt es. Glauben Sie an so etwas?»

«Nein», sagte ich.

Sie lächelte. «Morgen früh verschwinde ich gleich wieder. Ich will nämlich ein paar Freunde meiner Mutter besuchen. Es wäre wirklich nur für die eine Nacht. Und ich brauche nicht mal eine Couch. Ich habe ja den Schlafsack.»

«Warum übernachtest du nicht bei den Freunden deiner Mutter?» Das wäre nahe liegend gewesen, fand ich.

Sie lächelte weiter, harmlos und naiv. «Da kann ich nicht so einfach abends auftauchen. Ich habe mich nicht angemeldet. Es soll eine Überraschung werden.»

«Ach so», sagte ich nur. «Ja dann. – Gut, für eine Nacht.»

Für einen Moment war sie richtig sprachlos, starrte mich ungläubig an. «Im Ernst? Ich kann bei Ihnen übernachten?»

Als ich nickte, stieß sie einen Seufzer der Erleichterung aus: «Das finde ich toll, ehrlich. Damit hatte ich gar nicht gerechnet. Sie sehen aus wie einer, der lieber seine Ruhe hat. Aber ich werde Ihnen keinen Stress machen, Hand drauf.»

Ich nehme an, sie meinte das ehrlich. Auch wenn sie mir die Hand nicht darauf geben konnte, weil sie beide Hände brauchte, um ihre Reisetasche zu schleppen.

Es haben sich später einige Leute darüber gewundert; meine Mutter, meine Schwester, allen voran mein Chef, der sich nicht nur wunderte, sondern auch maßlos verärgert war. Erklären konnte ich es keinem Menschen, Hamacher am allerwenigsten.

Warum habe ich sie mitgenommen? Ein Mädchen, über das ich nur wusste, was es bereitwillig erzählt hatte. Das passte nicht zu mir, und ich hatte mich garantiert noch nicht in sie verliebt. Im Bahnhof dachte ich eher mit Schrecken daran, was mir bevorstand. Gut, es war vielleicht schon ein amüsierter Schrecken. Noch ein paar Stunden mit Tante Gertrud und Margarete, mit Dad, meiner Mutter oder Mami und dem Rest der Familie, vielleicht noch ein Vortrag über Umweltverschmutzung oder eine Ölpest. Mehr stünde nicht zu befürchten, meinte ich.

Vielleicht war es eine Art Verantwortungsgefühl. Gut möglich, dass ich mich zurückversetzt fühlte in meine Zeit als Babysitter. Nicht dass ich beabsichtigte, aus Bauklötzen hohe

Türme für sie zu errichten, wie ich es früher für meinen Neffen und seine Spielgefährten getan hatte. Ich fühlte mich nur plötzlich um mindestens zwanzig Jahre älter, sehr lebenserfahren, sehr weise und reif.

Natürlich war es aufdringlich, um nicht zu sagen unverschämt, einen Wildfremden um eine Übernachtungsmöglichkeit zu bitten. Darüber hinaus war es bodenloser Leichtsinn. Und ich konnte doch dieses Kind mit seinem Geldgürtel um die Taille und dem Herzen auf der Zunge, das es ohne Zögern jedem direkt vor die Füße legte, unmöglich so einfach in eine fremde Großstadt laufen, den erstbesten Passanten, der ihm über den Weg lief, nach einer preiswerten Pension oder dem Weg zum Cranachwäldchen fragen und womöglich mit diesem Passanten gehen lassen.

Der vorsichtige und um persönliche Bequemlichkeit bemühte Teil in mir fluchte, was mir denn in den Sinn käme, eine streunende Katze aufzunehmen. Aber Candy sah nicht aus, als wolle sie mich kratzen. Ich ginge kein Risiko ein, dachte ich. Für eine Nacht. In allen Ehren selbstverständlich, ohne Hintergedanken. Und wenn sie ab morgen nicht bei den Freunden ihrer Mutter übernachten konnte, weil das vermutlich ältere Semester waren, die auch gerne ihre Ruhe hatten, könnte ich sie vielleicht überreden, sich nur tagsüber am Rhein aufzuhalten und für die Nächte eine preiswerte Pension zu suchen.

Morgen hätte ich Zeit und könnte ihr sogar bei dieser Suche helfen, um völlig sicher zu gehen, dass sie gut untergebracht war. Das sagte ich ihr auch. Vor mir lagen ja einige Tage, in denen ich ausspannen durfte. Vorausgesetzt, es kam nicht noch ein Auftrag herein, wäre ich bis zum 5. Juli, dem Donnerstag der kommenden Woche, mein eigener Herr. Dachte ich, war ich dann im Prinzip auch. Ich darf wirklich nicht behaupten, Candy hätte meine Hilfsbereitschaft oder Gutmütigkeit schamlos ausgenutzt.

Wir nahmen ein Taxi. Eigentlich hätte ich noch bei der

Agentur vorbeifahren, die beiden Beretta sowie die Schachtel mit der Munition abliefern und mich vergewissern müssen, dass ich in den nächsten Tagen nicht doch irgendeinen Einsatz hätte. Frau Grubert, Hamachers Vertreterin im Falle seiner Abwesenheit, wartete garantiert auf mich. Aber mit Candy im Schlepptau entschied ich mich, telefonisch durchzugeben, dass ich morgen vorbeikäme.

Kurz vor zehn betraten wir meine Wohnung. Ich machte Licht, Candy schaute sich um. Sämtliche Zimmertüren standen offen, eine Angewohnheit meiner Mutter. Sie kam zweimal die Woche, wenn ich länger unterwegs war, sogar täglich, machte sauber, goss die Pflanzen und leerte den Briefkasten. Das ersparte mir die Zugehfrau.

Candy ging langsam auf das Wohnzimmer zu, die Reisetasche wieder mit beiden Händen vor sich haltend. Das antiquierte Ding wollte sie einfach nicht abgeben, hatte auch nicht zugelassen, dass ich es vom Taxi ins Haus trug. Aber den Rucksack hatte ich übernehmen dürfen und war damit auch ausgelastet.

Über die Schulter schaute sie sich nach mir um, anscheinend bemüht, mir ein Kompliment zu machen. «Nett haben Sie es.»

Das klang, als sei sie es entschieden netter gewohnt. Sie ließ die Griffe der Tasche los, das pralle Ding fiel zu Boden und verursachte einen leisen, von Stoff gedämpften, metallischen Ton auf dem gefliesten Boden. Zu kurz und zu fein, um sich Gedanken darüber zu machen.

Candy streifte die Jacke ab, ließ sie hinterherfallen, beförderte Jacke und Tasche mit dem Fuß durch die Tür ins Wohnzimmer und lächelte mich an. «Darf ich zuerst zur Toilette gehen?»

«Das Bad ist da vorne», sagte ich, brachte meine Reisetasche ins Schlafzimmer und schloss vorsichtshalber die Tür ab. Dann ging ich in die Küche. Jetzt war ich doch hungrig. Leider fand sich im Kühlschrank nichts von Bedeutung. Zwei Becher Joghurt, deren Haltbarkeitsdatum bereits überschritten war, ein angebrochenes Glas mit Essiggürkchen, eins mit Konfitüre, die Butterdose und ein Rest Toastbrot. Die Scheiben waren während meiner Abwesenheit zwar nicht verschimmelt, aber trocken geworden.

Einkäufe machte meine Mutter schon lange nicht mehr für mich. Anfangs hatte sie es getan, aber wir hatten nicht den gleichen Geschmack. Für haltbare Nahrungsmittel in Dosen, die sie für praktisch hielt, konnte ich mich nicht begeistern. Ich hatte keine Lust, jetzt noch in irgendein Restaurant zu gehen, dann lieber mit knurrendem Magen ins Bett.

Candy kam aus dem Bad zurück, sah mich vor dem Kühlschrank stehen und bot an: «Wenn Sie auch Hunger haben, ich könnte uns etwas machen.»

Noch bevor ich erklären konnte, dass jede Bemühung mangels Masse scheitern musste, holte sie ihren Rucksack, den ich gleich bei der Wohnungstür abgestellt hatte. Sie hob ihn nicht großartig vom Boden hoch, sondern zerrte ihn an einem Gurt hinter sich her in die Küche. Dort angekommen, ging sie in die Knie, löste erst mal die Riemen, mit denen der Schlafsack befestigt war, schlug die Lasche zurück und erkundigte sich: «Mögen Sie Thunfisch? Dann mache ich uns einen Salat. Das geht ganz schnell.»

Das Gewicht des Rucksacks erklärte sich aus einer Unmenge exakt der Lebensmittel, die ich nicht sonderlich schätzte. Konserven- und Getränkedosen, Cola, Bockwürstchen, Thunfisch, Maiskörner, gebackene Bohnen in Tomatensoße, Ravioli und weiß der Teufel, was sonst noch. Candy versicherte, das alles könne man sehr gut kalt essen. Natürlich hatte sie auch mehrere Pakete mit Knäckebrot, Käsescheibletten, kleine Gläser mit gekochter Mettwurst, etliche hart gekochte Eier, ein paar Schachteln mit Keksen und noch ein gutes Dutzend Äpfel dabei, letztere wegen der Vitamine.

Ohne mich großartig um Rat oder sonst etwas zu fragen, öffnete sie wahllos Schranktüren, bis sie hinter einer fand, was sie suchte. Eine Schüssel und zwei Teller. Dann durchwühlte sie die Schubfächer. Und ich hatte das Gefühl, dass sie nicht nur Besitz von meiner Küche ergriff, sondern alles durcheinander brachte. Angenehm war mir das nicht. Ich hielt gar nichts von dem Spruch: «Das Genie beherrscht das Chaos», lebte vielmehr nach dem Motto: «Ordnung ist das halbe Leben.»

«Sag mir einfach, was du brauchst», forderte ich.

«Einen Dosenöffner und ein Salatbesteck. Einen Öffner habe ich zwar selbst. Aber der ist ganz unten im Rucksack.»

Ich gab ihr beides und ordnete den Inhalt des Schubfachs wieder. Sie machte keine großen Umstände, kippte Thunfisch und Maiskörner in die Schüssel, dazu kamen noch Zwiebelringe, die ich beisteuern konnte. Zwiebeln befanden sich in einem Holzkasten unter einem der Hängeschränke. Beim Schälen und Schneiden weinte sie ein paar Tränen, schniefte auch einmal und forderte mich auf, das trockene Toastbrot zu rösten, stark bitte, weil man es dann noch sehr gut essen könne.

Das klang nach Sparsamkeit, in diesem Punkt hatte man sie anscheinend gut erzogen. Aber vielleicht gehörten abgetragene Schuhe, Massen von Reiseproviant und altes Toastbrot auch zum Lebensstil eines jungen Mädchens, das mir seine radikalen Ansichten zum Thema Umwelt und Gerechtigkeit bereits in aller Deutlichkeit klar gemacht hatte.

Ein paar Minuten später saßen wir uns am Küchentisch gegenüber. Der Toast hatte die Konsistenz von Zwieback und krachte fürchterlich beim Kauen, aber ihr Salat schmeckte wider Erwarten und ganz ohne Dressing. Er sättigte auch rasch. Ich spendierte uns zum Abschluss noch zwei Cappuccino. Und sie häufte drei Löffel Zucker in ihre Tasse, um sich anschließend nach jedem Schluck den süßen Schaum von der Oberlippe zu lecken.

Beim Essen hatte sie kaum noch gesprochen, auch danach war ihr anscheinend nicht mehr nach einer Unterhaltung. Ich nahm an, sie sei sich allmählich der Tatsache bewusst geworden, dass sie alleine mit einem fremden Mann – der ihr bereits von Vergewaltigung und Mord erzählt hatte – in dessen Wohnung war.

Sie kratzte mit dem Löffel die Schaumreste aus ihrer Tasse, leckte sorgfältig den Löffel ab und erkundigte sich: «Soll ich im Wohnzimmer schlafen?»

Sie sollte und musste dafür nicht mal ihren Schlafsack ausrollen. Die kleine Couch neben der Stereoanlage auf der zweiten Ebene ließ sich ausziehen und ergab ein ganz passables Bett, das bisher noch nie gebraucht worden war. Angeschafft hatte ich mir eine Schlafcouch und zusätzliches Bettzeug mit dem Gedanken an meinen Neffen, der nach meinem Einzug in diese Wohnung oft davon gesprochen hatte, ein Wochenende bei mir verbringen zu wollen. Wir hatten immer ein sehr gutes Verhältnis gehabt. Und wenn der Onkel Privatdetektiv ist, klingt das sehr aufregend. Aber wenn der Onkel auch am Wochenende im Einsatz ist, nie über seine brandgefährliche Tätigkeit spricht, wenn er nicht mal eine Pistole zu Hause hat, ist es bei ihm gar nicht so spannend, wie ein Zehn-, Elf- oder Zwölfjähriger sich das vorstellt.

Ich holte ein Kissen, eine Decke und Bettwäsche aus der Truhe im Schlafzimmer. Während Candy das Kissen bezog, zog ich die Couch aus. Danach fiel mir meine Rückmeldung in der Agentur wieder ein. Für so etwas war man vor vierzehn Jahren noch aufs eigene Telefon oder Telefonzellen angewiesen. Handys – ich weiß gar nicht, ob es damals überhaupt schon welche gab, wenn ja, waren sie wohl noch unerschwinglich.

Ich wählte und hatte gleich nach dem ersten Freizeichen Frau Gruberts Stimme im Ohr. Das mag im Hinblick auf die Uhrzeit ungewöhnlich erscheinen, aber wenn man Frau Grubert kannte, war es völlig normal. Sie war siebenundfünfzig

Jahre alt, allein stehend, betrachtete die Agentur als ihre Familie und sich als Mutter der Kompanie, auch wenn sie jeden – mit Ausnahme von Tamara, mit der sie den ganzen Tag zu tun hatte – mit einem höflichen Sie ansprach. Und Mütter gehen erst ins Bett, wenn die Kinder wieder sicher daheim sind.

Ich fasste mich kurz, kein Wort zu viel, bestimmt keines, aus dem Candy Rückschlüsse auf meine beruflichen Aktivitäten hätte ziehen können. Es gab keinen besonderen Grund für eine derartige Zurückhaltung, oder doch, die Zurückhaltung gehörte zum Beruf. Ich mochte das nicht, zuerst diese erstaunt aufgerissenen Augen. Ein Privatdetektiv? Dann das abfällige Grinsen. Ach Gott, ein Schnüffler.

Mein Urlaub bis einschließlich Mittwoch war immer noch ungefährdet, obwohl nun auch Hartmut Bender eine Art Vaterschaftsurlaub bekommen hatte. Aber im Moment hatten wir ein bisschen Luft, der Chef stand wegen eines neuen Auftrags noch in Verhandlungen. Ob ich trotzdem rasch vorbeikommen könne, bat Frau Grubert. Nicht wegen der beiden Pistolen, die wurden über Nacht nicht gebraucht, und dass ich sie sorgsam aufbewahrte, bezweifelte sie nicht. Aber bezüglich des Auftrags, den ich ab Donnerstag übernehmen sollte, sei eine Mappe mit Material abgegeben worden, das ich mir vor meinem Einsatz unbedingt anschauen müsse.

«Reicht es, wenn ich mir die Mappe morgen hole?», fragte ich.

Das müsse ich selbst entscheiden, meinte Frau Grubert leicht pikiert von meinem mangelnden Arbeitseifer. Sie fand, für die Gehälter, die Hamacher speziell seinen Mitarbeitern im Außendienst zahlte, könnten wir uns getrost auch mal ein Bein für die Agentur ausreißen. «Es ist eine Menge Material.»

«Gut», sagte ich. «Dann komme ich morgen früh, jetzt passt es nicht. Ich habe Besuch.»

Ein besonderes Opfer verlangte ich Frau Grubert damit

nicht ab. Sie war auch samstags, sogar sonntags im Büro, von morgens bis abends. Ich glaube, sie ging immer nur nach Hause, wenn Hamacher sie rauswarf.

Anschließend rief ich noch bei meinen Eltern an, damit meine Mutter nicht am Montag, Dienstag oder Mittwoch hereinschneite, um mein Bett frisch zu beziehen, die Fenster zu putzen oder meine schmutzige Wäsche abzuholen.

Nachdem ich aufgelegt hatte, fragte Candy: «Darf ich auch kurz telefonieren? Ich bezahle das Gespräch natürlich. Ich möchte nur meiner Tante sagen, dass ich gut angekommen bin.»

Ich hatte den Verdacht, dass sie sich eine Rückversicherung schaffen wollte, indem sie ihrer Familie mitteilte, wo genau und bei wem sie sich aufhielt. Umso erstaunter war ich, als ich sie dann sprechen hörte. Den ersten Sätzen war zweifelsfrei zu entnehmen, dass sie sich klammheimlich aus Augsburg verdrückt und Tante Gertrud in helle Aufregung versetzt hatte.

Auf ein paar Beschwichtigungen – «Ich bin doch kein kleines Kind mehr. Und ich hatte dir gesagt, dass ich nicht lange bleibe. Mami meint auch, es wird höchste Zeit, dass ich mich mal in der Welt umsehe» – folgte ein Vorwurf, weil Tante Gertrud bereits Mami alarmiert hatte. Und es wäre nun wirklich nicht nötig gewesen, Mami in Sorge zu versetzen.

Anschließend behauptete sie, sie sei in einer Jugendherberge in der Nähe von Koblenz und könne nicht versprechen, sich morgen zu melden. Sie habe sich nämlich im Zug einer Gruppe von jungen Leuten angeschlossen, die über Paris in die Normandie wollten und bereit wären, sie mitzunehmen. Da wüsste sie nicht, wo sie morgen sei und ob es dort Telefon gäbe. Zum Abschluss bat sie, Tante Gertrud möge doch bitte sofort Mami verständigen, dass alles in bester Ordnung sei, sie selbst habe leider nicht so viel Kleingeld.

Als sie auflegte, lächelte sie mich an. Ihre Schwindelei vor mir zu rechtfertigen, hielt sie für überflüssig, kam gleich zur

Sache. «Sie haben keinen Gebührenzähler, ist eine Mark okay? Nach zehn Uhr ist es ja nicht mehr so teuer.»

«Das Gespräch für den Salat», sagte ich.

Sie schüttelte den Kopf, zerrte dabei bereits das T-Shirt aus der Jeans, griff sich mit beiden Händen in den Rücken, löste ihr Vermögen vom Leib und legte den Gürtel achtlos auf den Tisch, nachdem ihr eingefallen war: «Das Kleingeld habe ich doch in der Jacke. Machen wir es so, den Salat für die Couch, sie ist mehr wert, ich lege noch ein Frühstück drauf. Aber das Gespräch bezahle ich. Ich mag es nicht, wenn ich Leuten etwas schuldig bin.» Mit einem hinreißenden Lächeln fügte sie hinzu. «Bei netten Leuten mag ich es gar nicht.»

«Wie du meinst», sagte ich und wollte zur Dielentür.

Sie stand noch unschlüssig neben dem Telefon. «Sie müssen doch morgen früh weg, wann müssen Sie denn aufstehen?»

«Um sieben», sagte ich. Acht Uhr hätte eigentlich auch gereicht, aber ich wusste ja nicht, ob Frau Grubert sich damit begnügte, mir die Menge Material auszuhändigen. Wenn sie sich bemüßigt fühlte, mir auch noch alle Einzelheiten zu erklären, konnte das dauern. Und Einkäufe fürs Wochenende musste ich anschließend auch unbedingt machen. Das wollte ich nicht erst um elf oder zwölf tun, wenn all die Langschläfer ihre Einkaufstouren machten.

Candy nickte und lächelte wieder. «Okay, Frühstück um sieben. Danach verschwinde ich.»

Ich ging ins Bad und anschließend noch einmal in die Küche. Das benutzte Geschirr stand noch auf dem Tisch. Ich stellte es in den Ausguss, ließ Wasser über die Teller, in die Schlüssel und die Tassen laufen, damit nicht alles eintrocknete. Candy huschte währenddessen mit einer Kulturtasche in der Hand durch die Diele. Ihre Jeans und das T-Shirt hatte sie gegen ein bodenlanges, dunkelrotes Gewand getauscht, das sie noch kindlicher machte.

Dann lag ich im Bett, die Tür war bis auf einen schmalen

Spalt zugedrückt. Die beiden Pistolen lagen neben mir unter der Decke, was mir hirnrissig vorkam, aber sicher war sicher. Ich hörte Candy im Bad rumoren, zuerst rauschte die Dusche, dann der Wasserhahn am Becken, dazwischen ein Prusten und Gurgeln und anschließend die helle Stimme: «Ich habe mir eins von den Handtüchern aus dem Regal hier genommen, ist das okay?»

Ich war nicht gewöhnt an Logiergäste und hatte versäumt, ihr Handtücher hinzulegen, aber die Tücher im Regal waren garantiert alle sauber. «Ja, ist in Ordnung», rief ich zurück.

Kurz darauf klappte die Badezimmertür, ich hörte ihre tapsigen Schritte in der Diele. Die Wohnzimmertür wurde geschlossen. Ein paar Minuten später hörte ich etwas klimpern und im Anschluss daran ein vernehmliches Schaben. Der Fußboden im Wohnzimmer war auch gefliest, nur unter der großen Couch und dem Tisch lag ein Teppich.

Um Gottes willen, dachte ich, jetzt räumt sie mir auch noch das Wohnzimmer um. «Was machst du da?», rief ich.

«Nichts», kam es hastig und etwas atemlos zurück. «Mir war nur etwas unter die Couch gefallen, aber ich hab's schon wieder.»

Etwas. Ich nahm an, sie hätte ihr Kleingeld gezählt. Harmlos natürlich, völlig harmlos. Trotzdem hatte ich plötzlich Herzklopfen. Es war ein sonderbares Gefühl, nicht allein in meinem Reich zu sein. Natürlich hatte auch vorher hin und wieder eine Frau bei mir übernachtet. Doch da war ein Unterschied zwischen einer Frau in meinem Bett und einem Mädchen auf der Couch im Wohnzimmer. Einem fremden Mädchen, von dem ich nun immerhin schon mit Sicherheit wusste, dass es mit der Wahrheit recht großzügig umging und locker irgendeine Geschichte aus dem Hut zaubern konnte.

Am Samstagmorgen weckte mich kurz vor sieben, noch ehe mein Wecker klingeln konnte, das Klappern von Geschirr in der Küche. Candy musste seit mindestens einer halben Stunde auf den Beinen sein. Die Kaffeemaschine blubberte an den letzten Wassertropfen. Das Geschirr vom Vorabend stand bereits abgewaschen wieder im Schrank. Der Tisch war für zwei Personen gedeckt, als ich aufstand.

Mitten auf dem Tisch standen das Konfitüreglas aus meinem Kühlschrank und das Weidenkörbchen, in dem ich mir in der ersten Zeit des eigenen Haushalts immer eine Auswahl von mindestens drei Brotsorten zum Frühstück geboten hatte, bis es dann zu viel Mühe gewesen war, zwei davon wieder wegzuräumen.

Das Körbchen war mit Knäckebrot gefüllt. Marschverpflegung. Auf einem Teller lagen Käsescheibletten, garniert mit den Scheiben von zwei hart gekochten Eiern und ein paar Essiggürkchen aus meinen Restbeständen. Es sah sehr appetitlich aus.

«Reicht das so?», fragte Candy. «Ich kann noch ein Glas mit Mettwurst aufmachen. Aber wenn es offen ist, müssen wir es auch aufessen. Oder ich muss es Ihnen hier lassen. Ich kann es ja nicht kühlen.»

«Es reicht», sagte ich.

Sie benahm sich, als sei sie daheim, trug immer noch das Nachthemd. Es war aus einem weichen, innen angerauten Stoff, was gut zu sehen war, weil sich der Saum nach außen wellte. Ein wenig zu eng in den Schultern war es, spannte auch über der Brust. Und aus der Nähe bemerkte ich, wie ausgebleicht und verwaschen die Farbe war. Doch dieses alte Ding hatte etwas an sich. Es machte sie fast zu einem Schmusetierchen, mit dem man sich am Abend zum Knuddeln in eine Couchecke verzieht.

Ich hatte solche Vergleiche noch nie gemocht, hatte diese Grußbotschaften in Tageszeitungen immer so lächerlich gefunden. Der große Bär grüßt den kleinen Hasen oder der Tiger das Kätzchen. Aber Candy in diesem Nachthemd, da dachte ich plötzlich so ähnlich. Ein kleiner Hase. Und ebenso plötzlich gefiel mir die Vorstellung nicht mehr, dass sie sich gleich davonmachen, in die Stadt eintauchen und aus meinem Leben verschwinden wollte.

«Vielleicht sehen wir uns mal wieder. Ich bleibe ein paar Tage in Köln. Ich will nämlich ein paar Freunde meiner Mutter besuchen.»

Köln war groß, dass wir uns zufällig noch einmal über den Weg liefen, praktisch auszuschließen. Von dem Abstecher zur Agentur abgesehen, hatte ich ein paar freie Tage vor mir, in denen ich sie gerne etwas besser kennen gelernt hätte. Erst jetzt wurde mir richtig bewusst, dass ich im Intercity einem anderen Mädchen gegenüber gesessen hatte, jedenfalls in den ersten Stunden. Bei meiner Rückkehr aus dem Speisewagen war der Redefluss versiegt gewesen und nicht wieder so richtig in Schwung gekommen.

Auch jetzt schwieg sie, das Gesicht eine Mischung aus Konzentration und Ernst. Nur wenn ich sie anschaute, lächelte sie, kaute mit verträumter Miene auf ihrem Knäckebrot, wirkte dabei jedoch in keiner Weise verschlafen.

Während ich noch überlegte, wie ich ein Gespräch in Gang bringen könnte, erinnerte sie sich offenbar an mein Versprechen, ihr bei der Suche nach einer preiswerten Pension zu helfen. «Wenn Sie jetzt selbst wegmüssen», meinte sie, «haben Sie ja keine Zeit. Aber Sie fahren doch sicher in die Stadt, könnten Sie mich am Bahnhof absetzen? Von da aus habe ich bestimmt gute Verbindungen. Vielleicht sollte ich mir einen Stadtplan kaufen.»

«Was ich versprochen habe, gilt noch», sagte ich. «Ich muss nur ein paar Unterlagen aus dem Büro holen. Ganz in der Nähe ist eine Buchhandlung. Machen wir es doch so, du kaufst dir einen Stadtplan, ich hole währenddessen die Papiere, danach habe ich den ganzen Tag Zeit. Dann brauchst du keine guten Verbindungen. Du hast einen Wagen mit Chauffeur.»

Für einen Moment schien sie sprachlos, vergaß zu kauen, schluckte etwas heftiger und räusperte sich. «Das ist sehr lieb gemeint, aber das kann ich nicht verlangen.»

«Du hast doch nichts verlangt», sagte ich.

Sie schüttelte den Kopf und erklärte nachdrücklich: «Nein, das kann ich nicht annehmen. Es geht auch gar nicht. Ich will doch Freunde meiner Mutter besuchen. Das wird bestimmt länger dauern, da gibt es sicher viel zu erzählen.»

Ich dachte, sie wolle nur meine Hilfsbereitschaft nicht über Gebühr strapazieren. Also versuchte ich ihr begreiflich zu machen, dass ich es gerne tat, vielleicht sogar mit ein wenig Eigennutz, um mir ihre Gesellschaft noch ein Weilchen zu erhalten. Und wenn ich den halben Tag vor irgendwelchen Haustüren warten müsste, kein Problem. Ich könnte mir die Zeit mit den Papierbergen vertreiben, die Frau Grubert mir aufs Auge drücken wollte. Ob ich mich damit im Auto beschäftigte oder auf der Couch, machte keinen Unterschied. Sollte Candy bei der ersten Adresse kein Übernachtungsangebot gemacht werden, könnte ich sie weiter zur zweiten fahren, auch noch zur dritten oder vierten. Ich würde anschließend jedenfalls wissen, wo sie in den nächsten Tagen zu finden wäre. Vielleicht konnte sie sich mal für eine Stunde loseisen.

Schließlich erkannte auch sie die Vorzüge meines Angebots, gab nach und räumte den Tisch ab. Tassen und Teller spülte sie nur kurz unter fließendem Wasser, ging ins Wohnzimmer und meinte dabei: «Dann kann ich meine Sachen ja noch hier lassen. Es macht vielleicht auch keinen guten Eindruck, wenn ich gleich mit Gepäck vor einer Tür stehe.»

«Eben», sagte ich, während sie die Wohnzimmertür schloss, um sich umzuziehen.

Sie brauchte nicht einmal zwei Minuten, um das Nachthemd gegen Jeans und T-Shirt zu tauschen, fuhr wohl auch einmal mit gespreizten Fingern durchs Haar und war damit schon fertig.

Ich brauchte etwas länger, weil ich mich beeilen wollte und in der Eile übersah, dass die Schachtel mit der Munition nicht richtig geschlossen war, als ich sie zusammen mit den beiden Pistolen in einen Aktenkoffer tun wollte. So lag ich noch minutenlang auf den Knien und sammelte 9-mm-Geschosse vom Teppichboden im Schlafzimmer – bis ich meinte, alle beisammen zu haben. Ob das tatsächlich so war, konnte ich nicht feststellen, weil die Schachtel nicht ganz voll gewesen war und ich nicht nachgezählt hatte, als ich sie in Empfang nahm.

3. Kapitel

Um halb neun verließen wir die Wohnung. Auf dem Parkplatz hörte ich ein entzücktes «Wow» beim Anblick meines Männerstolzes. Candy erkundigte sich nach technischen Details wie ein Kaufinteressent. Der Kofferraum schien ihr ein bisschen zu klein. Ich versicherte ihr, für meine Bedürfnisse reiche er völlig.

Sie fragte weiter: «Was bringt er Spitze? Wie viel schluckt er denn so auf hundert Kilometer?»

Nachdem auch diese Fragen beantwortet waren und sie mit sehnsüchtigem Blick erklärt hatte, eigentlich habe sie ja etwas gegen den Individualverkehr, aber so ein toller Schlitten sei nicht zu verachten, plapperte sie wieder munter drauflos wie im Zug. Sie erzählte von Dad, der nicht gut Auto fahren konnte. Dafür war er wohl zu selten an Land gewesen.

Zweimal hatte er sie mitgenommen aufs Forschungsschiff! Es lag einige Jahre zurück, zu der Zeit hatten sie noch in den Staaten gelebt. Und das halbe Jahr war Dad unterwegs, schipperte mit seinem Team über den Atlantik, in der zweiten Hälfte vom Jahr wertete er dann die Arbeit der ersten im Labor aus. Und Mami beneidete ihn darum. Mami fühlte sich wohl manchmal auch ein bisschen einsam. Aber es war immer sehr schön gewesen, allein mit Mami.

Es war auch toll gewesen mit Dad auf dem Schiff vor Neufundland, tausendmal besser als die blöden Feriencamps. Die Camps hatte Candy gehasst wie die Pest. Mit Gleichaltrigen war sie nie gut ausgekommen, vielleicht, weil sie daheim nur Umgang mit Erwachsenen hatte und viel vernünftiger war als andere in ihrem Alter. Mami hatte das einmal so erklärt und vollstes Verständnis dafür gezeigt, dass Candy die Ferien lieber mit Dad und seiner Crew verbrachte.

Mit jedem Satz zeichnete sie für mich das Bild einer unbeschwerten und sorglosen Kindheit und Jugend, in der alles nach ihren Wünschen geregelt worden war – abgesehen vielleicht von der Zeit, die sie im Zug erwähnt hatte, als sie noch klein gewesen und Mami an Krebs erkrankt war, als sie befürchtet hatte, Mami zu verlieren. Aber davon war jetzt nicht mehr die Rede.

Kurz vor neun ließ ich sie vor der Buchhandlung aussteigen, zeigte ihr das Gebäude etwa fünfzig Meter entfernt, in dem die Agentur untergebracht war und sagte: «Da treffen wir uns gleich wieder. Bei mir dauert es wahrscheinlich etwas länger als bei dir.»

Minuten später lieferte ich die Pistolen und die Munition in der lädierten Schachtel ab und ließ mir von Frau Grubert die besagte Mappe aushändigen. Genau genommen waren es zwei Mappen. Ein Schnellhefter mit einer Auflistung von Schadensfällen, Lebensläufen und nicht immer aktuellen Fotos der gesamten Belegschaft eines mittelständischen Betriebs sowie Berichten meiner Kollegen Uli Hoger und Philipp Assmann, die in der Sache bereits aktiv gewesen waren, bis zu meiner Abreise nach München leider ohne nennenswerten Erfolg. Darüber war ich bereits in groben Zügen informiert.

Auftraggeber war der Geschäftsführer der Firma Mader, die Maschinenteile herstellte und auch ins Ausland lieferte. In den vergangenen Monaten waren mehrfach Aufträge sabotiert, vielmehr Bestellungen manipuliert worden. Nach ein paar kleineren Schäden, die zwar einigen Ärger mit der Kundschaft verursacht, sich finanziell jedoch im Rahmen gehalten hatten, war Ende Mai der Hammer gekommen. Aus fünfzig Kugellagern, die nach Südafrika geschickt werden sollten, waren zwischen der Bestellung des Kunden und der Auslieferung auf wundersame Weise fünftausend geworden. Das war mächtig ins Geld gegangen. Herstellungskosten, Verschiffung, zurückgeholt werden musste der Kram auch wieder, und auf Lagerhaltung war die Firma Mader gar nicht eingestellt.

Der erste Verdacht war auf eine junge Angestellte gefallen, die Bestellungen entgegennahm, Auftragsbestätigungen einholte und an die Fertigung weiterleitete. Die Frau wies die Vorwürfe weit von sich. Dass sie sich «mal» vertippt haben könnte, war bei der Häufung der Schadensfälle auch auszuschließen.

Da sie sich kürzlich ein neues Auto zugelegt hatte, vermutete der Geschäftsführer, sie sei von der Konkurrenz bezahlt worden. Deshalb hatten sich Uli Hoger und Philipp Assmann abwechselnd auf Umfeld und Kontakte der Angestellten konzentriert, aber nichts Verdächtiges herausgefunden.

Nun sollte ich ab Donnerstag innerbetrieblich als neuer Buchhalter auf Horchposten gehen und alle Belegschaftsmitglieder unter die Lupe nehmen, die Zugang zu den Büroräumen hatten – oder sich den unberechtigterweise verschafften. Meinen Kurzurlaub verdankte ich der Tatsache, dass der Geschäftsführer erst am Mittwoch von einer Auslandsreise zurückkam und es vermeiden wollte, dass ich mich mit der Seniorchefin auseinander setzen musste.

Bei der zweiten Mappe, die laut Frau Grubert erst am vergangenen Nachmittag von der Seniorchefin persönlich hereingereicht worden war, handelte es sich um einen Leitz-Ordner, so prall mit Papier gefüllt, dass kein Schnipsel mehr unter die Klemme gepasst hätte. Beim Durchblättern sah ich Unmengen Kopien von Bestellungen, Auftragsbestätigungen, Fertigungsprotokollen, Frachtbriefen, Rechnungen, Mahnungen und Reklamationen. Das allein müssen zwischen drei- und vierhundert Seiten gewesen sein.

Dahinter folgte noch eine rund fünfzig Seiten starke kryptographische Liste mit so aufschlussreichen Notizen wie: «Gam-Be. 27. 5. – 62 KB / Erto-Be. 29. 5. – 62 KB / Halag-Be. 2. 6. – 62 KB / Fer-Gam. 27. 5. – 68 KB / Fer-Erto. 29. 5. – 68 KB / Fer-Halag. 2. 6. – 68 KB»

«Was soll ich denn damit?», fragte ich verblüfft.

Frau Grubert hatte in der Zwischenzeit zum Telefonhörer

gegriffen, gewählt und auch etwas gesagt, was ich nicht richtig mitbekommen hatte. Nun lauschte sie aufmerksam ins Telefon und gab mir mit einem unwilligen Handzeichen zu verstehen, sie habe jetzt keine Zeit für ausführliche Erläuterungen.

Wer nicht kommt zur rechten Zeit, muss eben sehen, wie er klarkommt. Ich hätte ja gestern Abend antanzen können. Auf ihre Art war Frau Grubert ein Biest, aber vielleicht wusste sie auch gar nicht, was ich mit dem Inhalt des Leitz-Ordners anfangen sollte.

Den Schnellhefter mit Berichten und Lebensläufen brachte ich in meinem Aktenkoffer unter. Den prallen Ordner klemmte ich mir erst mal unter den Arm, ließ Frau Grubert am Telefon zurück und schaute noch kurz ins geräumige und komfortabel eingerichtete Nebenzimmer, um von Hamacher Aufklärung über all das Papier und die kryptographische Liste zu erhalten.

Hamacher kannte auch kein Wochenende, was nicht immer nur an der Arbeit lag. Er hatte Familie, Frau, Sohn und Tochter, beide im Teenageralter und mit einem überaus großen Freundeskreis gesegnet, der sich gerne bei ihm zu Hause aufhielt. Da war es in der Firma entschieden ruhiger. Wenn nichts Besonderes anlag, kam er am Samstagvormittag eben her, um ungestört ein paar Zeitungen zu lesen.

Dass in München alles glatt gegangen war, wusste er längst von Hartmut Bender, der sich gleich nach der Landung gemeldet und um seinen Vaterschaftsurlaub ersucht hatte – mindestens vier Wochen, bis sein Töchterchen aus dem Inkubator in eine Wiege verlegt werden könnte. Hamacher hörte mir trotzdem noch einmal aufmerksam zu. Zu dem Leitz-Ordner konnte er mir nur sagen, dass die alte Frau Mader gestern Nachmittag die Überzeugung geäußert hatte, sie habe den Übeltäter ausfindig gemacht. Wenn wir uns das bitte schön einmal anschauen wollten, es sei der Computer, der ändere eigenmächtig die Zahlen.

«Vergiss den Quatsch», meinte Hamacher. «Die Frau hat einen Sprung in der Schüssel. Sie ist über siebzig, hält Computer vermutlich für Teufelswerk und sich für unentbehrlich. Aber sie kommt nur zum Zuge, wenn der Geschäftsführer unterwegs ist. Schau dir den letzten Bericht von Uli an. Ich glaube, da zeichnet sich ein konkreter Verdacht ab.»

Nachdem das gesagt war, wünschte er mir ein paar erholsame Tage. Und ich sah mich im Geist bereits Candy bei älteren Freunden ihrer Mutter abholen, mit ihr über die Domplatte schlendern, dem Wallraf-Richartz-Museum einen Besuch abstatten, einen Bummel durch die Altstadt machen und einen Spaziergang zum Cranachwäldchen, wo wir am Rheinufer gemeinsam Wasserproben entnehmen könnten.

Candy wartete schon vor dem Eingang, als ich zurückkam. Den neu erworbenen Stadtplan in der Hand, betrachtete sie gedankenversunken die Messingtafeln an der Fassade. Das Gebäude wurde ausschließlich gewerblich genutzt, auf den Tafeln konnte man die beruflichen Aktivitäten der jeweiligen Mieter nachlesen.

Parterre residierte ein Reisebüro für spezielle Touren; quer durch die Sahara oder drei Wochen Grönland. Im ersten Stock der Ableger einer Versicherung, die bei jedem größeren Schadensfall aus Prinzip von Betrug ausging. Für die Leute waren wir schon mehrfach im Einsatz gewesen. Im zweiten Stock die Agentur Hamacher, im dritten ein karitativer Verein, der so karitativ gar nicht sein konnte, wenn er sich die Miete hier leistete, im vierten saß ein Steuerberater und im fünften ein Rechtsanwalt.

«Hier arbeiten Sie?», fragte Candy. Es klang nach Höflichkeit, nicht nach Interesse. «Wo denn?»

«Im vierten Stock», schwindelte ich, weil ich das abfällige Grinsen bei meiner Berufsbezeichnung eben nicht mochte.

Einem Laien gegenüber hätte ich den opulenten Inhalt des

Leitz-Ordners durchaus als Steuerunterlagen ausgeben können. Aber es war ein Fehler, Candy nicht sofort die Wahrheit zu sagen. Und wie das mit Lügen so ist, einmal in die Welt gesetzt, schafft man sie nicht so leicht wieder raus.

Nachdem wir wieder ins Auto gestiegen waren, widmete Candy sich ihrem Stadtplan und entschied, wir müssten zuerst nach Köln-Klettenberg. Danach war sie eine Weile still, betrachtete die Häuserzeilen, atmete mehrfach vernehmlich ein und aus, um plötzlich mit wehmütiger Stimme zu erklären: «Das ist ein komisches Gefühl. Wenn ich mir vorstelle, dass meine Mutter hier gelebt hat. Vielleicht ist sie oft diese Straße entlanggegangen. Und ein paar von den älteren Leuten da draußen sind ihr vielleicht begegnet. Aber wenn man sie fragen würde, es würde sich keiner erinnern. Ich finde das schlimm, dass man so einfach an Menschen vorbeiläuft, sie gar nicht richtig sieht und gleich wieder vergisst.»

Es klang nach Trauer und ließ sich mit der unermüdlichen Stimme, die mir kurz vorher noch von der schönen Zeit mit Mami erzählt hatte, nur schwer vereinbaren. Ich wollte irgendetwas sagen und fand auf die Schnelle nur eine Banalität.

«So ist das nun mal in einer Großstadt. An wie vielen Leuten bist du schon vorbeigelaufen, ohne sie bewusst wahrzunehmen? Wenn man sich jedes Gesicht merken wollte, dem man begegnet, hätte man im Hirn bald nur noch ein Fotoalbum und daneben keinen Platz mehr für etwas anderes.»

«Ja», seufzte sie, «da haben Sie wohl Recht.»

Dann lächelte sie wieder und kehrte damit die verhangene Atmosphäre im Wagen unter die Fußmatten. Bis zum ersten Ziel unterhielt sie mich mit den Jahren ihrer Mutter in Köln, wurde nicht müde, Einzelheiten vor mir auszubreiten. Als ob es etliche Jahre gewesen wären und jeder einzelne Tag eine immense Bedeutung gehabt hätte. Ganz ohne Zweifel war ihre Mutter eine wahre Bereicherung für die Stadt gewesen. Hin und wieder schwang ein wenig Zorn auf die undankbare Bevölkerung mit, die es bislang versäumt hatte, Candys Mutter ein Denkmal zu setzen.

In den ersten Monaten hatte «meine Mutter» in einer Wohngemeinschaft gelebt. Das hatte jedoch nicht ihrem Lebensstil und ihrem Charakter entsprochen. Die späten sechziger Jahre waren ja eine wilde Zeit gewesen. Protest an allen Ecken, Revolution in allen Betten, sexuelle Befreiung und so weiter. Es ging drunter und drüber. Jede trieb es mit jedem. Wer zweimal mit demselben pennt, gehört schon zum Establishment. So ein Durcheinander. «Meine Mutter» hatte sich natürlich nicht daran beteiligt.

Ganz freimütig erklärte Candy mir ihre Ansichten zum Thema freie Liebe. Sie stimmte völlig mit ihrer Mutter überein. Ein großes Gefühl musste einfach dazugehören, wenn man mit einem Mann schlief. Nur mal so zwischendurch, vielleicht einfach aus Neugier mit irgendeinem, das kam überhaupt nicht in Frage.

«Sie hat dann das Zimmer in Klettenberg bekommen», fuhr Candy fort. «Ein Freund hat ihr das vermittelt, normalerweise vermietete die Hausbesitzerin nämlich nicht an Studentinnen. Aber der Freund meiner Mutter war der Sohn der Hausbesitzerin. Da hat sie eine Ausnahme gemacht.»

Ein paar Minuten später hielten wir vor einem älteren Einfamilienhaus. Dass ich im Wagen warten wollte, hatte ich ihr bereits hinlänglich erklärt. Nun schien sie doch dankbar für meine Bereitschaft. Sie vergewisserte sich noch einmal, dass es mir wirklich nichts ausmache und ich mich zu beschäftigen wüsste, auch wenn es sehr lange dauern sollte.

«Keine Sorge», sagte ich und nahm den Leitz-Ordner in den Schoß. «Hierfür brauche ich etliche Stunden.» Das war optimistisch geschätzt. Hätte ich tatsächlich das ganze Papier durcharbeiten wollen, hätte ich wohl einige Tage veranschlagen müssen und meinen Kurzurlaub vergessen können.

Candy nickte, biss sich auf die Lippen, knetete ihre Hände, ihr Lächeln bestand nur noch aus wilder Entschlossenheit. «Dann mal los», murmelte sie und etwas lauter: «Drücken Sie mir die Däumchen, dass jemand da ist.»

Ich drückte ihr die Däumchen, bis sie ins Haus gelassen wurde. Nachdem sich die Tür wieder hinter ihr geschlossen hatte, klappte ich den Ordner auf und überflog die kryptographische Liste, wobei mir Hamachers Stimme im Hinterkopf tickte. «Die Frau hat einen Sprung in der Schüssel.» Den Eindruck hatte ich auch.

Mit dem Hinweis auf einen Computer als Übeltäter musste ich nicht lange raten, was sich hinter den mysteriösen Kürzeln verbarg. Dateibezeichnungen, Speicherdaten und Kilobyteangaben. Es sah aus, als hätte die Seniorchefin den kompletten Bestand einer oder sogar mehrerer Festplatten abtippen lassen, einschließlich sämtlicher Programm- und Systemdateien.

Ich legte den Ordner wieder auf die Rückbank und nahm mir stattdessen den Schnellhefter vor, um Uli Hogers letzten Bericht zu lesen, wie Hamacher es mir empfohlen hatte. Sehr weit kam ich mit meiner Lektüre allerdings nicht.

Schon nach einer knappen Viertelstunde kam Candy zurück. Die Enttäuschung ließ ihre Lippen zittern. Sie stieg ein, versuchte ein Lächeln, das ihr kläglich misslang, und bot eine sonderbare Erklärung für den neuerlichen Stimmungsumschwung: «Leo Scherer. Der Löwe Leo, darauf hätte ich auch von selbst kommen können.» Unvermittelt lachte sie auf, es klang nach Galle. «Pastor ist er geworden. Oder sagen die hier Priester? Ist ja egal. Er soll früher schon so fromm gewesen sein. Da hätte ein Lämmchen aber besser zu ihm gepasst.»

Ein verständnisloses Kopfschütteln beendete den Satz. Ich bekam noch die Auskunft nachgereicht. «Er wohnt nicht mehr hier. Seine Mutter erinnerte sich noch sehr gut an meine Mutter. Aber sonst wusste sie angeblich nichts. Und ich dachte schon ...»

Was sie dachte, blieb offen. Und ich machte mir nicht gleich großartige Gedanken über ihre Enttäuschung, amüsierte mich nur ein wenig darüber, hütete mich jedoch, zu grinsen. Ich kannte sie noch nicht einmal vierundzwanzig Stunden, doch ich fand, es passte zu ihr, einfach irgendwo aufzutauchen. «Hallo, da bin ich. Ich heiße Candy. Schöne Grüße von meiner Mutter.»

«Du hättest dich vielleicht doch besser angemeldet», sagte ich. «Wenn man unverhofft vor einer Tür steht, muss man immer damit rechnen, die Leute nicht anzutreffen. Und nach so langer Zeit, ich meine, damals waren das Studenten, die sind doch längst in alle Winde zerstreut.»

Aus den Augenwinkeln sah ich ein abfälliges Lächeln. Und als ich sie direkt anschaute, sah ich das Braun in ihren grünen Augen. Es verlieh ihrem Kindergesicht für einen Moment eine fast arktische Kälte. Ihre Stimme klang ebenfalls nach jahrhundertealtem Eis. «Ich habe nicht damit gerechnet, dass Leo Scherer noch bei seiner Mutter wohnt.»

«Womit dann?», fragte ich, bekam darauf aber keine Antwort. Sie griff nach dem Stadtplan und kommandierte: «Jetzt fahren wir nach Köln-Sülz. Da habe ich bestimmt mehr Glück.»

Eine gute halbe Stunde später saß ich dann wieder allein im Wagen, diesmal vor einem schäbigen, mehrgeschossigen Altbau, und versuchte noch einmal, aus Uli Hogers Bericht irgendwelche Erkenntnisse über den konkreten Verdacht zu gewinnen, der sich da abzeichnete, wie Hamacher es ausgedrückt hatte, erneut ohne großartigen Erfolg.

Diesmal dauerte es im Höchstfall zehn Minuten, bis Candy wieder neben dem Auto erschien und einstieg. Nicht enttäuscht wie in Klettenberg, nur wütend. So wütend, dass sie ihren Gefühlen Luft machen musste und wohl nicht lange überlegte, ob sie ihren vorangegangenen Erzählungen widersprach oder etwas preisgab, was ich nicht wissen sollte. Sie war den Tränen nahe, als sie losschimpfte: «Der spinnt doch. Bei ihm hätte nie ein Mann gewohnt, behauptete er.»

Gemeint war offensichtlich der Vermieter. Sie schniefte an den zurückgehaltenen Tränen, verzog kurz das Gesicht. Es sollte wohl ein abfälliges Grinsen daraus werden, aber es wirkte wie nackte Verzweiflung und pure Ratlosigkeit. Dann fluchte sie weiter: «Immer nur Studentinnen, sagte er. So sah er auch aus. Rausgeworfen hat er mich. Aber er lügt. Ich weiß genau, dass er lügt.»

Fehlte nur, dass sie mit dem Fuß aufstampfte. «Da hat ein guter Freund meiner Mutter gewohnt. Sie haben sich oft in seiner Wohnung getroffen. In ihrem Zimmer ging das ja nicht.»

Sie lachte einmal kurz und gehässig. «Keine Männerbesuche, das war die Bedingung für das Zimmer in der Höhle des Löwen. Wenn meine Mutter nachts zur Toilette wollte, musste sie sich immer komplett anziehen. Sie hätte ja dem Sohn des Hauses über den Weg laufen können. Am Ende hätte sie noch seinen Seelenfrieden oder seine Unschuld gefährdet.»

Die Begeisterung, mit der sie mir zuvor vom Umzug ihrer Mutter aus der wüsten Wohngemeinschaft in das Zimmer beim Löwen Leo erzählt hatte, war restlos verklungen. Jetzt war sie nur noch wütend, schimpfte abwechselnd auf Leo Scherer, auf dessen Mutter und den noch namenlosen Vermieter in Köln-Sülz, dieses verlogene Subjekt, das all ihre Hoffnungen zunichte gemacht hatte.

Welche Hoffnungen? Das fragte ich mich wohl, während wir zurück nach Mülheim fuhren, Auskünfte von ihr bekam ich keine mehr. Nachdem sie genug geschimpft hatte, verfiel sie in dumpfes Brüten. Ihr Schweigen bot mir Gelegenheit und Muße, die Gedanken schön breit auszuwalzen.

«Ich will nämlich ein paar Freunde meiner Mutter besuchen.» Und nach zwei Adressen war sie anscheinend mit ihrem Latein bereits am Ende. Nun gut, zwei waren auch ein Paar.

Aber so wie es aussah, hatte sie nur die beiden Adressen gekannt. «*Leo Scherer, der Löwe Leo, darauf hätte ich auch von selbst kommen können.*» Das hatte sie erst gesagt, als sie aus dem Einfamilienhaus in Klettenberg zurückgekommen war. Und jetzt: «*Da hat ein guter Freund meiner Mutter gewohnt.*» Kein Name.

Und es war doch wohl so, dass Mütter, die ihren Töchtern von früher erzählten, auch die Namen ihrer Freunde nannten. Meine Mutter hatte das immer getan, wenn sie meiner Schwester erklärte, um welche Zeit sie in ihrer Jugend daheim hatte sein müssen. Und dass ihr Vater die Uhrzeit nicht nur ihr, sondern vor allem den jungen Männern vorgehalten hatte, die sie eventuell eine halbe Stunde zu spät nach Hause brachten.

«Einmal bin ich mit dem Fritz auf einem Maifest gewesen. Der Fritz war ein Lieber, aber ein ganz Schüchterner, und als dein Großvater die Tür aufriss und mit seinem Vortrag begann, na ja, mit Fritz bin ich danach nicht mehr ausgegangen.»

Sollte Candys Mutter nie solche Geschichten erzählt haben? Oder kannte Candy zumindest die Vornamen und wollte mich nur nicht an ihrer Weisheit teilhaben lassen? Wie auch immer, plötzlich erschien mir die kleine Vorsilbe *be* so überflüssig. Ich begann zu ahnen, warum sie klammheimlich aus Augsburg verschwunden war und Tante Gertrud gestern Abend mit ihrem Aufenthaltsort beschwindelt hatte. Und ich fragte mich, wie Mami und Dad wohl reagierten, sollten sie erfahren, dass ihr Töchterlein sich hinter ihrem Rücken aufgemacht hatte, um in Mamis Vergangenheit zu stöbern.

Gegen elf waren wir wieder in meiner Wohnung. Ich brachte Aktenkoffer und Leitz-Ordner ins Schlafzimmer. Candy ging ins Wohnzimmer, setzte sich auf die große Couch neben dem Beistelltisch mit dem Telefon, betrachtete mit ratloser Miene ihre Reisetasche und den Rucksack. Beides stand noch neben der Tür zur Diele. Ein ellenlanger Seufzer, als ich den Raum betrat, dann hob sie den Blick.

«Jetzt sollte ich mich wohl verabschieden. Mit welcher Linie komme ich denn von hier aus zum Bahnhof?»

Im ersten Augenblick dachte ich, sie wolle Köln jetzt den Rücken kehren, und war beinahe enttäuscht. «Ich kann dich hinbringen», bot ich an. «Ich weiß allerdings nicht, wann der nächste Zug nach Paris fährt.»

Sie schaute mich verständnislos an. «Was soll ich denn da?»

«Ich denke, du willst in die Normandie.»

Sie lachte kurz und verlegen. «Sie meinen, wegen meiner Tante? Das habe ich doch nur gesagt, damit die sich zu Hause keine Sorgen machen. Was, glauben Sie, wäre bei uns los, wenn ich gesagt hätte, dass ich bei einem Mann übernachte, den ich im Zug getroffen habe und gar nicht kenne?» Ein Kopfschütteln, das mir klar machen sollte, der Teufel persönlich wäre los.

Ich konnte mir die Frage nicht verkneifen: «Und was wäre los, wenn deine Mutter erfährt, dass du hier bist, um ihre alten Freunde zu – besuchen?»

Ich ließ mit Absicht eine Pause und legte auch eine besondere Betonung auf die Vorsilbe *be*, die Candy sehr wohl registrierte. Sie ließ ein paar Sekunden verstreichen, schaute mir während dieser Zeit jedoch mit erstauntem Ausdruck ins Gesicht, als wolle sie mir allein schon mit ihrer Miene klar machen, das sei ja wohl eine selbstverständliche Angelegenheit. Dann zuckte sie mit den Achseln und lächelte harmlos. Ihre Stimme und die Wortwahl ließen sich jedoch absolut nicht mit diesem Lächeln vereinbaren.

Sie klang ziemlich patzig: «Ist doch meine Sache, oder? Ich bleibe auf jeden Fall noch ein paar Tage. Zur Uni kann ich erst am Montag. Da sind bestimmt noch Professoren, bei denen meine Mutter studiert hat.»

«Und warum ist das so wichtig für dich?», fragte ich. «Was ist denn so außergewöhnlich an deiner Mutter? Du wandelst auf ihren Fährten wie die Jünger auf denen des Herrn.»

Candy strich mit beiden Händen gleichzeitig durch ihr Haar, schob die Unterlippe vor und wirkte mit einem Mal sehr trotzig. «Ich wollte mir einfach mal ansehen, wie und wo sie früher gelebt hat und mit wem sie befreundet war. Das interessiert mich eben, ist doch normal, oder? Haben Sie Ihre Mutter nicht lieb?»

Ich hatte ein herzliches Verhältnis zu meiner Mutter, jedenfalls nahm ich an, dass es herzlich war, sonst hätte sie mir bestimmt nicht die Wohnung geputzt und meine Wäsche gewaschen. Sie nahm kein Geld dafür. Ich revanchierte mich auf andere Weise. Mal ein neuer Wintermantel oder ein schickes Kleid, mal ein teures Parfüm oder eine Handtasche, die sie sich vom Lohn meines Vaters nicht hätte leisten können. Ich freute mich, wenn sie sich freute. Ich war zufrieden, wenn ich sah, dass es ihr gut ging.

Und ich fand, Liebe und Neugier wären zwei Paar Stiefel. Mir wäre jedenfalls nicht der Gedanke gekommen, in ihrer Jugend herumzuschnüffeln. Aber ich kam nicht dazu, es Candy zu erklären. Es war nur eine rhetorische Frage gewesen.

Sie hatte mir zwar schon viel erzählt, aber noch längst nicht alles. Ihre Mutter war eine Frau, wie es keine zweite gab. Zweiundvierzig Jahre alt, im September würde sie ihren nächsten Geburtstag feiern. Aufgeschlossen war sie, verständnisvoll, liebevoll, zärtlich, immer da, wenn man sie brauchte.

Ich hörte mir ein paar harmlose Begebenheiten an, bei denen diese Mutter zu einem Raubtier geworden war, um Candys Haut unversehrt aus heiklen Situationen zu retten oder dem Töchterlein Steine aus dem Weg zu räumen.

Da war zum Beispiel in Philadelphia so ein widerlicher Nachbarsjunge gewesen, der Candy nicht in Ruhe ließ, bis ihre Mutter dem Rüpel seine Grenzen zeigte. Oder die Feriencamps, die Candy auf den Tod nicht ausstehen konnte. Davon hatte sie mir ja schon erzählt. Da genügte ein Anruf, ihre Mutter kam, holte sie ab und sorgte anschließend dafür, dass sie mit Dad und seiner Crew das weite Meer erforschen durfte, auch wenn dafür eigens ein Hubschrauber angemietet werden musste, weil Dad seine Arbeit vor Neufundland oder sonst wo nicht so einfach unterbrechen konnte, um Candy abzuholen. Oder im Abitur, wenn Candy vor lauter Prüfungsangst nicht einschlafen konnte, dann hatte ihre Mutter auf der Bettkante gesessen und immer das Zauberwort gefunden, das alle Nöte vertrieb.

Natürlich klangen ihre Darstellungen in einigen Punkten maßlos übertrieben – Hubschrauber – und in anderen so, als bausche sie Nichtigkeiten und Selbstverständlichkeiten zu herausragenden Leistungen auf. Aber bei ihr musste das wohl so sein.

Irgendwann fragte sie: «Möchten Sie meine Mutter sehen?»

Als ich nickte, erhob sie sich von der Couch. Ich hatte zwischenzeitlich in einem Sessel Platz genommen. Sie ging zu ihrem Gepäck neben der Tür, zog ein Schlüsselchen aus einer Hosentasche, öffnete damit das winzige Vorhängeschloss und nahm es aus den beiden Metallringen. Dann zog sie den Lederriegel unter den Griffen heraus und die Tasche auf. Sie kramte etliche Sekunden lang in den Tiefen, ehe sie sich wieder aufrichtete mit einem schmalen Fotoalbum in den Händen.

Sie hielt es tatsächlich mit beiden Händen, als trage sie einen geweihten Gegenstand. Ich musste mich neben sie auf die Couch setzen, damit sie das Album nicht aus der Hand geben musste, um mich einen Blick auf ihre Mutter werfen zu lassen. Dann saßen wir da, sie mit untergezogenen Beinen, so dicht an meine Seite gelehnt, dass ich den Arm auf die Rückenlehne und damit fast um ihre Schultern legen musste. Das Album hielt sie im Schoß, schlug es ganz hinten auf.

Ganz kurz sah ich auf der allerletzten Seite zwei Fotos mit Zeitangaben darunter. Beide Aufnahmen waren demnach im Dezember 1972 entstanden und dokumentierten offenbar einen

Trauerfall in der Familie. Auf einem war ein Doppelgrab mit pompösem Grabstein und üppigem Blumenschmuck abgelichtet, auf dem zweiten der Ausschnitt eines schlecht beleuchteten Zimmers. In einer Ecke war ein Teil des geschmückten Baumes auszumachen. Die brennenden Kerzen stachen wie Leuchtkäfer aus dem übrigen Dämmer hervor. Neben dem Baum eine Couch, auf der drei schwarz gekleidete Personen saßen.

Ehe ich genauer hinschauen konnte, klappte Candy eine Seite um, legte eine Hand auf den linken Teil der nun sichtbaren Doppelseite und zeigte mit einem Finger auf die rechte Haftfolie. Darunter war nur ein Bild in Postkartengröße genau in die Mitte der Seite gelegt. Und Candy sagte andächtig: «Das ist sie.»

Von einer erstaunlichen Ähnlichkeit zwischen Mutter und Tochter konnte man wahrhaftig nicht reden, es gab überhaupt keine. Die Aufnahme zeigte ein unscheinbares, pummeliges junges Mädchen mit schmalem Gesicht, sehr hellem Haar und scheuem Lächeln in einem geblümten Sommerkleid neben einem Baum auf einer Wiese. Im Hintergrund nur freies, grünes Land und weiter Himmel. Das Auge des Betrachters sollte wohl nicht abgelenkt werden von der Gestalt in der Mitte. Der Rocksaum bedeckte züchtig die Knie. Das Gras, in dem sie stand, reichte ihr fast bis zu den Fußknöcheln und ließ eben noch die Kanten der weißen Söckchen frei. Unter dem Bild stand fein säuberlich in Druckbuchstaben: Helga, August 1970.

In dem Jahr war ich acht gewesen, und ich erinnerte mich deutlich an die Minis, vor allem an den Krach daheim, wenn meine Schwester wieder einmal zur Schere gegriffen hatte, um den mütterlichen Vorstellungen von Rocklänge zuvorzukommen. Ich rechnete kurz nach, wenn Helga inzwischen zweiundvierzig war, musste sie im September 1948 geboren und auf dem Foto fast zweiundzwanzig Jahre alt gewesen sein. Sie sah entschieden jünger aus.

«Da war sie bei Margarete in Philadelphia», erklärte Candy.

«In den Semesterferien ist sie immer für einige Wochen in die Staaten geflogen.»

Immer. Das klang, als habe Helga ihr Studium in Köln abgeschlossen. Bisher hatte es auch jedes Mal so geklungen, wenn Candy über die Zeit ihrer Mutter in meiner Heimatstadt sprach.

«Sie hingen sehr aneinander», fuhr Candy fort. «Als meine Mutter geboren wurde, waren meine Großeltern schon alt. Tante Gertrud hatte in Heidelberg bereits ihr Examen gemacht. Margarete studierte in Hamburg und lebte noch daheim. Und sie sagte oft, sie hätte sich wie Helgas Mutter gefühlt, nicht wie ihre Schwester.»

Ein ellenlanger Seufzer, den Blick auf dieses unscheinbare Wesen gerichtet, ein Lächeln, dessen Zärtlichkeit mich ein wenig schaudern ließ. Candy strich mit den Fingerspitzen über die Haftfolie und erzählte weiter. Jetzt hieß es nicht mehr «meine Mutter», nur noch Helga.

Sie sei ein Kind wie ein Gottesgeschenk gewesen. Alle hätten Helga geliebt, die Eltern, die Schwestern, die beiden Schwager, sämtliche Nachbarn und alle Lehrer. Tante Gertrud hatte erst vor zwei Tagen wieder erzählt, was für ein stilles und zufriedenes Kind Helga immer gewesen sei. Nie geweint, stets freundlich, für jeden ein Lächeln, so einen Menschen musste man doch lieben, oder?

Ich konnte nur nicken, was hätte ich auch antworten sollen? Außerdem war es wieder nur eine rhetorische Frage gewesen. Candy sprach ohne Pause weiter.

Und Helga hatte diese Liebe in vollem Umfang zurückgegeben. Nach dem Abitur wollte sie gar nicht von daheim weg. Ihre Eltern waren schon so alt. Sie hatte Angst, dass ihnen etwas zustoßen könnte. Dann wäre niemand da gewesen, der sich um sie hätte kümmern können. Margarete lebte längst in Philadelphia und hatte dort Familie. Tante Gertrud war in Heidelberg verheiratet, hatte ihren Beruf und fand, Helga müsse ebenfalls an ihre Zukunft denken, sie dürfe sich nicht für andere aufopfern.

Und das hätte Helga bestimmt getan, hätte Tante Gertrud nicht dafür gesorgt, dass sie ihre Begabung sinnvoll nutzte, statt ihre Jugend mit Altenpflege zu verschwenden. Dafür könne man eine Fachkraft einstellen, hatte Tante Gertrud gesagt und veranlasst, dass Helga nach Köln zog.

Ein zärtlicher Seufzer, ein Nicken zur Untermalung. Candys Stimme vibrierte leicht, als sie weiter sprach. Wie schon gesagt, hatte Helga sich in Köln zuerst überhaupt nicht wohl gefühlt. Was verständlich war bei den Zuständen in der Wohngemeinschaft. Da machte ja nie jemand sauber, alle ließen ihren Dreck liegen, keiner respektierte eine Privatsphäre.

Das musste man sich vorstellen: Die anderen Mädchen waren zu faul, ihre Sachen zu waschen, und nahmen sich einfach Helgas Strümpfe oder Unterwäsche von ihr, benutzten auch ohne zu fragen das Geschirr, das sie von daheim mitgebracht hatte. Und einmal lag Helga friedlich schlafend in ihrem Bett, da kroch plötzlich einer dazu und sagte «Zicke», als sie ihn wegschickte. Und am nächsten Morgen lästerten dann alle über sie, nannten sie verklemmt und so.

Helga hatte entsetzliches Heimweh. Als ihr Vater starb, wollte sie nach der Beerdigung gar nicht wieder zurück nach Köln. Aber Margarete und Tante Gertrud überredeten sie mit vereinten Kräften. Kurz darauf fand Helga dann das Zimmer bei der Mutter von Leo Scherer, konnte die chaotische Wohngemeinschaft verlassen und blühte auf, obwohl Frau Scherer sehr prüde war. Aber das war immer noch besser als das Gegenteil.

Candys Schilderung blieb, was die zeitlichen Abläufe betraf, vage. Zuerst – im Auto hatte sie von ein paar Monaten in der Wohngemeinschaft gesprochen. Nach dem flüchtigen Blick auf die letzte Seite des Albums nahm ich im ersten Moment an,

Helgas Vater sei im Dezember 1972 gestorben. Doch das konnte nicht sein. Meiner Rechnung nach musste Helga 1968 oder 69 ihr Studium in Köln begonnen haben.

Candys Augen klebten an dem Blümchenkleid. Ihre Stimme bekam einen Hauch von Schwermut, als sie die glückliche Wende in Helgas Leben erreichte, wieder ohne Zeitangabe: Und dann begegnete Helga ihrer großen Liebe. Ein toller Mann, der ihr jeden Wunsch von den Augen ablas, der gar nichts anderes im Sinn hatte, als sie glücklich zu machen. Sie hatte eine herrliche Zeit mit ihm.

Leider war er verheiratet. Er sagte das nicht gleich, weil seine Ehe nur noch auf dem Papier bestand. Natürlich wollte er sich von seiner Frau trennen und Helga um keinen Preis der Welt verlieren. Aber sie fand heraus, dass er gebunden war. Und sie wollte ihr Glück nicht auf dem Unglück einer anderen aufbauen. Sie floh zu Margarete nach Philadelphia, um unerreichbar zu sein für den Herzallerliebsten, um nicht noch einmal in Versuchung geführt zu werden und um sich vom Liebeskummer zu erholen.

«Es war eine schlimme Zeit für sie», erklärte Candy. «Margarete hat mir einmal erzählt, wie sehr Helga gelitten hat. Alle hatten Angst, sie würde sich etwas antun. Zum Glück hat sie dann bald meinen Vater getroffen.»

Wieder so ein Seufzer, ein versonnenes Nicken, ein Lächeln wie aus Glas, so zerbrechlich. «Ich habe mir immer gewünscht, ihn eines Tages kennen zu lernen.»

Da anzunehmen war, dass sie Dad schon länger kannte, war klar, wen sie meinte. Völlig klar, wen sie in Köln be-suchen wollte, sonnenklar, warum sie ihre Familie bezüglich ihres derzeitigen Aufenthaltsortes beschwindelt hatte. Auf der Fährte von Mamis großer Liebe. Ein verheirateter Mann, dessen Ehe nur noch auf dem Papier bestand, der sich selbstverständlich von seiner Frau trennen wollte. Das wollten die verheirateten Männer ja immer, wenn sie ein junges Mädchen becircten.

Candy nickte noch einmal, ganz in Gedanken versunken. Ich wusste immer noch nicht, was ich sagen sollte. Aber ich wusste jetzt, glaubte zumindest zu wissen, wie es mit Helga weitergegangen war. Von der großen Liebe bitter enttäuscht, einen kleinen Trost bei Dad gefunden, der von jedem Jahr sechs Monate auf einem Forschungsschiff verbrachte und Helga mit der Tochter an Land zurückließ – und mit ihren Erinnerungen. Wie oft mochte Helga wohl von ihrer großen Liebe erzählt haben? Und Candy stöberte nun den verlorenen Träumen nach.

Ich wartete darauf, dass sie ihre Hand von der linken Seite des Albums nahm. Als sie das endlich tat, fiel mein Blick für den Bruchteil einer Sekunde auf ein Foto, das an Bord eines Schiffes entstanden sein musste, und nach einem weiteren Umblättern auf Helga, Mai 1971.

Manche Leute haben seltsame Gewohnheiten. Dieselbe Wiese, derselbe Baum, ein Kirschbaum, diesmal in üppiger Blüte. Das gleiche scheue Lächeln, dasselbe geblümte Sommerkleid, sogar die Kanten der weißen Söckchen waren wieder über dem Gras zu erkennen. Sie stand so verloren, so von Gott und der Welt verlassen im knöchelhohen Gras. Das Gesicht noch schmaler als im August 1970. Der Körper wirkte eingefallen.

Angesichts der Jahreszahlen wurde mir klar, dass es 1970 wohl nicht nur ein Besuch in den Semesterferien gewesen war. Zu dem Zeitpunkt musste unter dem geblümten Sommerkleid ein gebrochenes Herz geschlagen haben. Aber dem Anschein nach hatte Helga sich sehr schnell mit Dad getröstet. Im Arm hielt sie ein gewickeltes Bündel.

«Das bin ich», sagte Candy. «Da war ich drei Wochen alt.»

Und stramm gewickelt in ein weißes Tuch, wie man es eigentlich in den frühen Fünfzigern getan hatte, was ich von alten Fotos aus den Alben meiner Eltern wusste. Ein Mützchen auf dem Kopf, die winzigen Fäuste hochgereckt. Viel mehr war von ihr nicht zu erkennen. Ob sie tatsächlich erst drei Wochen oder etwas älter gewesen war, weil das Forschungsschiff vom siebzehnten Breiten- oder Längengrad bis nach Philadelphia eine Weile gebraucht hatte, ließ sich nicht feststellen. Ich nahm jedoch an, dass Dad nach ihrer Geburt schnellstmöglich Kurs auf den Heimathafen genommen hatte.

Die jammervolle Gestalt im Gras tat mir ebenso Leid wie das stramm gewickelte Bündel in ihrem Arm. Helga sah nicht aus, als hätte sie es irgendwann geschafft, sich aus ihrem Blümchenkleid zu befreien.

Vielleicht war es nur ihr Anblick; die Schwermut, die Candys Gesicht überschattete, tat gewiss auch etwas dazu. Fürs Erste, fand ich, hätte ich genug über Helga gehört und auch genug von ihr gesehen. Jetzt sollte ich dafür sorgen, dass wir etwas in den Magen bekämen.

Die dringend nötigen Einkäufe hatte ich am Vormittag nicht gemacht. Ich fragte Candy, ob sie eine Dose Ravioli entbehren könne, und bot als Revanche die Couch für eine weitere Nacht, auch für zwei oder drei. Bis Mittwochabend auf jeden Fall. Und wenn mich jemand gefragt hätte, warum ich ihr dieses Angebot machte, ich hätte es nicht begründen können, nicht zu diesem Zeitpunkt.

Es war kein reines Mitleid, aber es hatte auch noch nichts mit Liebe zu tun. Ich kam mir selbst ein bisschen verwegen und leichtsinnig dabei vor. Ihren Familiennamen kannte ich immer noch nicht, dachte momentan auch nicht daran, sie danach zu fragen. Ich mochte sie, traute ihr einfach keine Schlechtigkeit zu, das war alles. Ich konnte mir nicht vorstellen, dass sie nach zwei Fehlschlägen kapitulierte. Vielleicht gab es noch ein paar Adressen, zu denen sie sich von mir nicht hinfahren lassen mochte. Zur Uni wollte sie ja auf jeden Fall noch. Und ich wollte nicht, dass sie sich mit ihrer Naivität und Vertrauensseligkeit in Schwierigkeiten brachte. Genau so erklärte ich es ihr auch.

Sie hörte aufmerksam zu, neigte den Kopf leicht zur Seite,

tat sie immer, wenn sie unschlüssig war. «Das wäre toll», meinte sie nach ein paar Sekunden. «Ich bleibe gerne, aber nur unter einer Bedingung, genauso wie in der vergangenen Nacht, ich schlafe auf der Couch und Sie in Ihrem Bett.»

Als ich nickte, strahlte sie mich an. «Das würde ich sonst keinem glauben. Ich weiß nicht, warum ich es Ihnen glaube.»

«Dir», sagte ich. Ich duzte sie doch schon die ganze Zeit.

Sie nickte ernsthaft und streckte mir förmlich die Hand entgegen. «Okay, Mike.»

Da sagte sie das zum ersten Mal, und ich höre es heute noch, dieses weiche, lang gezogene ai. Und obwohl es immer noch so entsetzlich weh tut, wenn ich die Uhr um vierzehn Jahre zurückdrehen könnte, ich würde es tun. Und wahrscheinlich alle Fehler noch einmal machen, weil es keine andere Möglichkeit gäbe, die Wochen mit ihr noch einmal zu erleben.

4. Kapitel

Aus heutiger Sicht ist das alles gar nicht so leicht zu schildern. Später ist man immer klüger. Man weiß genau, was man falsch gemacht hat, wann und womit man belogen wurde und in welchen Situationen man anders hätte reagieren müssen. Alle Fragen sind beantwortet, alle Rätsel gelöst, auch die, die man zuvor gar nicht als Rätsel wahrgenommen hat.

Am letzten Samstag im Juni vor vierzehn Jahren gab es nicht mal ein Mysterium. Candy war nur ein junges Mädchen, mal unbeschwert, mal schwermütig, mit einem Hang zu Pathos, Übertreibung und Flunkereien und mit einem großen Herzen, das zum überwiegenden Teil ihrer Mutter gehörte. Vielleicht nicht mehr ganz angemessen für ihr Alter. Aber da sie ihren Worten zufolge in früher Kindheit beinahe ihre Mutter verloren hatte, hielt ich es für normal. Ich hatte eben nicht viel Erfahrung mit Frauen, mit jungen Mädchen schon gar nicht.

Wir machten uns die Ravioli heiß. Nach dem Essen verzog ich mich ins Schlafzimmer, um mir wenigstens den Bericht meines Kollegen einmal durchzulesen. Candy versprach, die Küche aufzuräumen, vorher rasch ein frisches Brot und etwas Aufschnitt zu besorgen, noch war Zeit dafür. Danach würde sie sich schon beschäftigen. Ich schloss die Tür bis auf einen Spalt, hörte, wie sie die Wohnung verließ und nach etwa einer halben Stunde zurückkam.

In der Zeit hatte ich zur Tarnung den Inhalt des Leitz-Ordners auf meinem Bett verteilt und bereits festgestellt, dass sich im letzten Bericht von Uli Hoger tatsächlich ein konkreter Verdacht abzeichnete. Die Buchhalterin der Firma Mader war in der vergangenen Woche zweimal mit einem Werksleiter von der Konkurrenz ausgegangen. Damit war meine Arbeit schon getan.

Ich deponierte den Schnellhefter im Kleiderschrank und

überlegte, ob ich Candy Gesellschaft leisten sollte. Aber mir war nicht nach einer weiteren Lobeshymne oder sonst etwas über «meine Mutter», die ganz bestimmt gekommen wäre.

Sie hantierte in der Küche, das hörte ich, verstaute ihren Reiseproviant in meinen Schränken – was ich erst abends bemerkte. Da waren mein Kühlschrank und der Vorratsschrank zum Bersten gefüllt. Im Kühlschrank standen hauptsächlich Coladosen. Nachdem sie damit fertig war, stopfte sie ihren Schlafsack in den Rucksack, brachte diesen und die wieder mit dem Vorhängeschloss gesicherte Reisetasche ins Schlafzimmer, kam aber nur bis zur Tür und fragte: «Wenn ich das hier hinstelle, stört es nicht, oder?»

«Nein», sagte ich.

Danach wurde es still in meiner Wohnung. Ich döste eine Weile zwischen Frachtbriefen, Bestellungen, Rechnungen, Mahnungen und anderem Papier auf dem Bett vor mich hin. Als ich gegen vier einmal ins Bad ging, saß Candy am Küchentisch. Vor sich ein aufgeschlagenes kleines Buch und Dutzende loser Blätter von einem kleinformatigen Block, vielleicht auch aus einem Schulheft gerissen. In der rechten Hand hielt sie einen Stift, auf dem sie jedoch nur grüblerisch herumkaute. Ob sie zuvor vom Büchlein auf die lose Blattsammlung oder umgekehrt etwas abgeschrieben hatte, war nicht zu sehen.

Sie schaute kurz auf, und als ich zurückkam, fragte sie, ob ich einen Kaffee trinken möchte. Noch bevor ich nicken konnte, war sie bereits aufgesprungen. Wenig später brachte sie mir eine Tasse ins Schlafzimmer, schaute sekundenlang auf die Papierflut, die sich über mein Bett verteilte.

«Das sieht aber kompliziert aus», stellte sie fest.

«Ist es auch», sagte ich.

«Und wieso musst du das im Urlaub machen?»

«Das ist ein neuer Kunde», sagte ich.

«Ja, aber wäre es nicht einfacher, wenn du das im Büro tust?»

«Nicht unbedingt», sagte ich. «Ehe ich das alles buchen kann, muss ich es erst einmal sortieren.»

Das leuchtete ihr ein. «Ach so», meinte sie und ging wieder.

Ich trank den Kaffee, lauschte dabei zur Küche hinüber. Und plötzlich tat sie mir wieder Leid, vermutlich langweilte sie sich zu Tode. Ich fand es äußerst unfair von mir, sie sich selbst zu überlassen, nur weil mir das Wesen im Blümchenkleid nicht ganz geheuer gewesen war. Also packte ich das ganze Papier wieder in den Ordner und diesen zum Schnellhefter in den Kleiderschrank, dann ging ich bis zur Küchentür. Wie vorhin saß Candy vor ihrem Papier am Tisch. Von Langeweile gequält sah sie nicht aus, nur ratlos und überfordert.

«Was hältst du von einem Stadtbummel? Wir könnten irgendwo gemütlich zu Abend essen», schlug ich vor, obwohl es mich normalerweise an einem Samstagabend nie in die Stadt zog. Aber nochmal Ravioli oder Thunfischsalat mit Mais und Zwiebeln musste auch nicht sein.

Sie betrachtete voller Skepsis und Nachdenklichkeit das kleine Buch und die lose über den Tisch verteilten Seiten. Von der Tür aus erkannte ich nicht viel mehr, als dass sie mit unterschiedlich langen handschriftlichen Texten gefüllt waren. Dann erwachte das Lächeln auf ihrem Gesicht. Sie raffte sämtliche Seiten zusammen, faltete sie einmal und schob sie ins Buch.

Es war ein ledergebundenes Büchlein, viel mehr ließ sich mit einem kurzen Blick nicht feststellen, weil sie es sich rasch unter einen Arm klemmte. Ich meinte, auf dem Buchrücken eine kleine Goldprägung zu erkennen. Gekreuzte Palmwedel oder gefaltete Hände. Der flüchtige Eindruck ließ mich unwillkürlich an eine Bibel oder ein Gebetbuch denken.

Candy huschte an mir vorbei ins Schlafzimmer, versenkte das Büchlein in ihrer Reisetasche, nahm den Gürtel mit ihrem Vermögen heraus, um einen Geldschein im roten Handtäschchen mit auf den Stadtbummel zu nehmen. Das tat sie bei offener Tür, ich sollte wohl sehen, dass ich sie nicht zum Essen einladen müsste. Sie schloss die Schlafzimmertür erst, um die eine verwaschene Jeans gegen eine andere und das T-Shirt gegen ein frisches zu tauschen.

Ich zog mich anschließend ebenfalls um und sah bei dieser Gelegenheit, dass die Reisetasche nicht mehr mit dem winzigen Vorhängeschloss gesichert war. Es war nur lose in einen der Metallringe eingehängt, das Schlüsselchen steckte. Ein weitere Beweis für ihre Vertrauensseligkeit, es steckte doch ein hübscher Batzen Geld in dem Gürtel.

Aber davon hatte ich selbst ausreichend für meinen Bedarf. Die ins Büchlein gelegten Seiten interessierten mich mehr, weil mir kein plausibler Grund einfiel, aus einer Bibel oder einem Gebetbuch etwas abzuschreiben. Ich gebe zu, es juckte mich in den Fingern, meine berufliche Neugier an ihrem Eigentum zu befriedigen. Doch ich tat es nicht, weil ich – nun ja, ich war eben nur beruflich ein Schnüffler.

Wir fuhren in die Innenstadt, aßen in einem Steakhaus. Beim Essen erzählte sie wieder, nicht mehr ganz so unbeschwert wie im Zug, aber immer noch lässig genug. Es wechselte in schneller Folge zwischen meiner Mutter und Mami, Tante Gertrud, Margarete und Helga.

Hätte mir da etwas auffallen müssen? Was denn?

Tante Gertrud, das klang nach Gesetztheit, Weisheit und Alter. Margarete, ebenfalls eine Tante, aber in den Staaten nahm man es vermutlich lockerer und verzichtete auf die steife Anrede. Und wenn Margarete von früher erzählte, nannte sie ihre jüngste Schwester eben beim Vornamen, sodass auch Candy in diesem Zusammenhang von Helga sprach. Mami, das waren Liebe und Fürsorge. Meine Mutter, und Candy bekam glänzende Augen.

Während des Essens – natürlich zahlte sie selbst –, während der Heimfahrt, anschließend noch eine halbe Stunde lang im Wohnzimmer, plapperte sie unentwegt.

Um Mitternacht zog ich die kleine Couch für sie aus, holte das Bettzeug, das ich tagsüber wieder in der Truhe im Schlafzimmer deponiert hatte. Dann ging ich ins Bad.

Als ich zurück in die Diele kam, saß sie noch vollständig bekleidet auf der größeren Couch, die der Dielentür gegenüberstand. Das Fotoalbum hielt sie im Schoß. Das rote Nachthemd lag neben ihr, das ledergebundene Büchlein mit den eingesteckten Seiten auf dem Beistelltisch neben dem Telefon.

Sie lächelte und wünschte: «Schlaf gut, Mike.»

«Mach ich», sagte ich. «Du auch.»

Sie nickte. Und ich dachte, dass sie vielleicht nach so vielen Worten noch einen Blick auf Helga werfen müsste, um einschlafen zu können. Das Licht im Wohnzimmer brannte noch eine Weile. Ich sah es durch den Türspalt.

Ihren Familiennamen kannte ich inzwischen, den hatte sie mir beim Essen verraten. Schmitt, schlicht und einfach Schmitt. Helga hatte zwar in den Staaten, aber dennoch einen Landsmann geheiratet. Und die Ehe mit Dad war durchaus glücklich, war sie immer gewesen, trotz oder gerade wegen der regelmäßigen, langen Trennungszeiten, in denen Mami vielleicht manchmal einsam gewesen war. Aber wenn man sich monatelang nicht sah, nur über Funk von der Sehnsucht erzählen durfte, das hielt die Liebe frisch. Doch Mami und Dad waren einander auch in Hamburg, wo sie nun schon seit zwei Jahren Tag und Nacht beisammen waren, noch innig zugetan.

Ich war müde, die Kehle wie zugeschnürt von der Sehnsucht, mit der sie mir ein glückliches Familienleben offenbart hatte, das es meiner Meinung nach nie gegeben hatte. Ich glaubte, durch das knielange Blümchenkleid und den stramm gewickelten Säugling entschieden mehr erfahren zu haben als von ihr.

Prüderie und Engstirnigkeit, eine Ehe, die vielleicht nur auf Vernunft basierte, wahrscheinlich sogar eine Mussehe. Zeitlich lag dieser Verdacht nahe, es waren ja nur neun oder zehn Monate zwischen Helga im August 1970 und Helga mit Baby im Mai 71 vergangen.

Nach der Enttäuschung in Köln ein verzweifeltes Abenteuer mit Folgen in den Staaten und dann für ein Leben gebunden. Keine Romantik mehr, keine großen Gefühle für Helga. Nur die kleine Tochter, die es ganz anders und viel besser machen oder haben sollte. Wollen Mütter das nicht immer?

Irgendwann hörte ich Candy ins Bad gehen, Wasser rauschen, das Prusten und Gurgeln, dann die tapsigen Schritte von nackten Füßen auf Keramik. Der Boden in der Diele und im Wohnzimmer war zu kalt, um barfuß darüber zu laufen. Das wollte ich ihr gleich morgen früh sagen. Mit dem Vorsatz schlief ich ein.

Ich schlief früher – abgesehen von der ersten Nacht mit Candy in meiner Wohnung und den zwei Pistolen unter der Bettdecke – immer rasch ein. Es dauerte nie länger als ein paar Minuten. Und zum Aufwachen brauchte ich prinzipiell den kleinen Reisewecker, den ich stets in meiner Nähe hatte. Dass mich daheim einmal mitten in der Nacht ein anderes Geräusch als sein feines Zirpen geweckt hätte, wüsste ich nicht. In der zweiten Nacht mit Candy geschah das zum ersten Mal. Es war kurz nach drei, und es war ein verhaltenes Schluchzen.

Ich weiß nicht, ob man sensibler für solche Dinge wird, wenn man sich für einen Menschen verantwortlich fühlt. Jungen Müttern soll es ja so ähnlich gehen. Sie werden beim geringsten Laut ihres Säuglings sofort hellwach. Zuerst horchte ich nur und fühlte mich sehr unwohl dabei. Nach zehn Minuten hielt ich es nicht mehr aus. Ich wollte ja nichts von ihr, sie nur trösten, wenn das möglich war, und natürlich erfahren, warum sie weinte.

Auch die Tür zum Wohnzimmer stand einen Spalt weit auf. Ich drückte sie ganz auf, trat ein und räusperte mich, was sie vermutlich nicht hörte. Also stieg ich die beiden Stufen zur kleinen Couch hinauf.

Es war nicht völlig dunkel in dem Winkel. Ich sah Candy unter der Decke liegen, das Gesicht halb im Kissen vergraben, sodass sie mich nicht bemerkte. Erst als ich mich zu ihr setzte, fuhr sie mit erstaunlicher Schnelligkeit hoch, griff mit beiden Händen nach der Decke und zerrte sie sich bis zu den Schultern hinauf. Dann kam auch schon der Protest.

«Das ist gegen die Abmachung, Mike. Jeder bleibt in seinem Bett, du hast es versprochen. Geh wieder.»

Sie deutete mit dem Kinn in Richtung der offenen Tür. Ich erhob mich, blieb aber neben der Couch stehen. «Darf ich wenigstens erfahren, warum du weinst? Du hast mich damit geweckt, sonst wäre ich nicht gekommen.»

«Sorry», murmelte sie. «Ich dachte nicht, dass es so laut ist.»

«Das ist keine Antwort, Candy.»

Sie schniefte ein wenig, leckte sich über die Lippen. Dann schaute sie mir ins Gesicht, ganz offen und frei, ohne Blinzeln. «Es ist nur wegen ...»

Sie brach ab, begann neu. «Ich hatte mir das so toll vorgestellt. Du weißt schon. Ich habe gar nicht damit gerechnet, dass die Leute nach all der Zeit noch da wohnen, ehrlich nicht. Aber warum musste mich dieser blöde Vermieter belügen? Er hätte mir doch wenigstens sagen können, wie der Mann ...»

Wieder brach sie mitten im Satz ab, schniefte, wischte sich mit dem Handrücken unter der Nase vorbei und fluchte: «Ach, Mist. Ich hätte dir nicht so viel erzählen dürfen. Das Ganze war wahrscheinlich eine blöde Idee. Und dafür verplempere ich Zeit, ich wäre besser bei Mami geblieben.»

Eine winzige Pause, der Blick blieb unverändert auf mein Gesicht gerichtet, als sie erklärte: «Ich war noch nie länger von ihr getrennt, weißt du. Nur damals, als sie so lange in der Klinik lag. Danach noch zweimal in den Ferien und die drei

Wochen vor zwei Jahren bei Tante Gertrud, das zählt nicht. Ich hatte mich wirklich darauf gefreut, endlich mal ganz allein etwas zu unternehmen. Und Mami meinte auch, es würde Zeit, dass ich mich auf eigene Faust in der Welt umsehe. Und nun fehlt sie mir so. Ich weiß, ich benehme mich kindisch. Aber ich hatte plötzlich das Gefühl, dass ich mit ihr reden müsste. Sie weiß gar nicht, wo ich jetzt bin. Sie macht sich bestimmt große Sorgen.»

Das kommt davon, wenn man die Tante beschwindelt, nachdem man sich heimlich abgesetzt hat, dachte ich und zeigte auf das Telefon. «Ruf sie an.»

Candy riss die Augen auf. «Bist du verrückt? Mitten in der Nacht? Sie wird denken, es sei etwas Schlimmes passiert, wenn mitten in der Nacht das Telefon klingelt. Sie wird sich erschrecken und aufregen. Ich rufe sie bei Tag an, wenn du einverstanden bist. Sonntags ist es ja auch nicht so teuer, und ich bezahle es dir. Ehrlich, Mike, ich bezahle dir alles.»

Unvermittelt begann sie zu stammeln. «Ich kann auch zu einer Telefonzelle ... das ist vielleicht besser. Du musst mir nur sagen, ob hier eine in der Nähe ist. Ich habe noch keine gesehen. Es macht mir nichts aus ... Es ist nur – ich weiß gar nicht, was ich ihr sagen soll.»

Und urplötzlich quollen die Augen wieder über. Candy ließ die Decke los und warf sich mit dem Gesicht in das Kissen. Diesmal war das Schluchzen lauter, sie versuchte gar nicht mehr, es zu unterdrücken.

Mit weinenden Mädchen hatte ich keine Erfahrung. Ich fühlte mich hilflos, fuchtelte ein wenig mit den Händen, weil ich nicht sicher war, ob ich sie anfassen durfte. Dann setzte ich mich wieder auf die Kante der Couch und strich behutsam über ihre Schulter. Sie ließ mich gewähren, war so außer sich, dass sie es vielleicht gar nicht registrierte. Selbst als ich sie an mich zog, ihren Kopf gegen meine Schulter drückte und ihr weiter über den Rücken streichelte, reagierte sie nicht.

Meine Hilflosigkeit legte sich allmählich. Ich begann zu murmeln: «Ist ja gut. Du rufst deine Mutter in ein paar Stunden an, sagst ihr, wo du bist und dass es dir gut geht.»

Als auch das nicht half, hob ich ihr Gesicht an und küsste sie. Ich schmeckte das Salz, fühlte die Feuchtigkeit in ihrem Gesicht und ihre Wärme. Auf den Wangen war ihre Haut von einem feinen Flaum bedeckt, ich spürte ihn wie Watte unter den Lippen. Ihre Mundwinkel zuckten immer noch, aber das gab sich.

Ein paar Sekunden lang erwiderte sie meinen Kuss und wurde ruhig dabei. Doch dann strafften sich die Schultern. Ihr Gesicht wich vor dem meinen zurück. Sie schüttelte den Kopf. «Bitte nicht, Mike. Lass das. Ich habe noch nie ... Ich meine, wir kennen uns doch eigentlich gar nicht, und ich ... Ich will das nicht. Ich mag dich, ich mag dich wirklich gerne. Aber das reicht nicht.»

Sie war hinreißend, verhaspelte sich in dem Bemühen, mir zu erklären, dass sie noch nie mit einem Mann geschmust, geschweige denn mehr getan hatte und damit auch warten wollte, bis sie absolut sicher war, den Richtigen gefunden zu haben. Sie verhaspelte sich vor allem deshalb, weil ich es so genau wohl gar nicht erfahren sollte.

Gar so schwer tat ich mich nicht mit meiner Erklärung. Aber ich wollte sie ja auch nur davon überzeugen, dass ich ohne jeden Hintergedanken, nur mit dem Bedürfnis, sie zu trösten, neben ihr auf der Couch saß. Dass ich sie im Arm hielt, wie ein großer Bruder die kleine Schwester halten würde. Und das stimmte nicht. Zu dem Zeitpunkt stimmte es nicht mehr.

Es kam nicht plötzlich über mich, hatte sich vielleicht im Laufe des Tages so ergeben, zwangsläufig, möchte ich behaupten. Sie war jung und süß. Der Ausdruck gefällt mir nicht, aber ich finde keinen, der es besser trifft. Sie war eben Candy, mein Löffel Honig in der Milch, um vieles lebendiger als jede Frau, die ich vor ihr gekannt hatte.

Ich saß noch ein paar Minuten bei ihr. Versicherte bei allem, was mir lieb und teuer war, dass ihre Abwehr mich nicht wütend machte, nicht einmal enttäuschte, auf gar keinen Fall kränkte. Weil ich ja wahrhaftig nicht als Mann neben ihr saß. Und dabei musste ich ein Stückchen zur Seite rutschen, damit sie nicht mit ihrem Ellbogen an die Wahrheit stieß.

Mit jeder Beteuerung wurde sie wieder ein bisschen weicher. Der Kopf an meiner Schulter wog schwerer. Der Rücken in meinem Arm verlor die Anspannung. Ich hätte sie stundenlang so halten können, legte sie jedoch lieber zurück, als sie mich in ernsthaftem Ton fragte, ob ich mir vorstellen könne, dass ein unerfahrenes Mädchen wie sie einem älteren Mann alles geben könne, was er brauche. In sexueller Hinsicht versteht sich. Und zwar nicht so, dass der ältere Mann ein kurzes Abenteuer suchte und, nachdem er das gefunden hatte, das Interesse verlor. Nein, so richtig mit Liebe und Trennungsangst, mit Abhängigkeit und Treueschwur, mit Zukunft eben.

Ein älterer Mann! Das kränkte mich doch ein wenig. So alt war ich mit meinen achtundzwanzig ja nun wirklich noch nicht, nur neun Jahre älter als sie. Ich sagte, ich könne mir das sehr gut vorstellen, und deckte sie dabei zu. Das rote Nachthemd machte mich halb wahnsinnig. Ich fragte mich, ob sie darunter noch etwas anderes trug. Gefühlt hatte ich nichts unter dem dicken Stoff, als ich ihren Rücken streichelte. Und ich wollte nicht in Versuchung geraten, nachzusehen. Deshalb stopfte ich die Decke noch unter ihre Schultern. Dann erhob ich mich und ging zur Tür.

Als ich den ersten Fuß in die Diele setzte, rief sie hinter mir her: «Mike! Und du bist mir wirklich nicht böse?»

Ich blieb noch einmal stehen, drehte mich zu ihr um. «Ich meine», sagte sie, «du lässt mich hier wohnen. Du hast dir doch sicher etwas dabei gedacht, als du mich mitgenommen hast, und gestern, als du gesagt hast, ich könnte bis Mittwoch bleiben.»

«Hab ich», sagte ich, «aber das erkläre ich dir morgen früh.»

Am Sonntagmorgen wirkte sie ein bisschen verkatert oder eher verschnupft. Sie sah aus, als hätte sie noch eine ganze Weile still und heimlich geweint. Von einem Anruf bei Mami sprach sie nicht mehr. Ich dachte auch nicht daran, sie zu erinnern, war viel zu sehr mit mir selbst und diesen ungewohnten Gefühlen beschäftigt.

Liebe. Es muss Liebe gewesen sein. Verliebtheit war anders, flüchtiger, das hatte ich schon erlebt. Jetzt war es so ein tiefes, warmes Gefühl in meinem Innern, das mir vor Augen führte, wie blutleer mein bisheriges Leben gewesen war, jedenfalls im privaten Bereich.

Es gab Brot und Aufschnitt zum Frühstück, und der Kaffee war zu stark. Ich beschrieb ihr den Eindruck, den sie im Zug auf mich gemacht hatte. Enthusiastisch, aber naiv, gutgläubig und vertrauensselig, das potenzielle Opfer für Männer mit Hintergedanken. Dann erzählte ich ihr von einer kleinen Schwester, unserem Nesthäkchen, das es gar nicht gab, und dass ich für sie so ähnlich empfand. Anschließend fragte ich, ob sie mir den Namen des Mannes nennen könne, den sie in Köln-Sülz gesucht hatte. Ich erklärte ihr sogar, dass ich eventuell die Möglichkeit hätte, die derzeitige Adresse dieses Mannes ausfindig zu machen – ohne meine Möglichkeiten näher zu erläutern.

Sie lachte verlegen und winkte gleichzeitig ab. «Nein, Mike, das ist sehr lieb gemeint, aber wirklich nicht nötig. So wichtig ist es nicht, dass du dafür deinen Urlaub verschwendest. Ich habe doch schon gesagt, es war eine blöde Idee, wenn man es richtig bedenkt. Ich hätte ihn eben gerne einmal kennen gelernt. Vielleicht war ich bloß neugierig, ob er immer noch ein toller Typ ist. Und wahrscheinlich wäre ich maßlos enttäuscht von ihm, weil er inzwischen einen Bauch hat und eine Glatze, eine dicke Frau und vier oder fünf Kinder. Nein, lieber nicht. Ich fahre morgen zur Uni. Vielleicht treffe ich dort noch einen von den Professoren, bei denen meine Mutter studiert hat.»

Da brach sogar ein bisschen Schalk durch. «Vorausgesetzt, die sind nicht in den letzten zwanzig Jahren alle gestorben.»

Sie lachte noch einmal kurz und leise. «Wenn ich viel Glück habe, kann sich vielleicht noch einer an meine Mutter erinnern. Den grüße ich dann schön, erzähle ihm, wie es ihr in den letzten zwanzig Jahren ergangen ist. Und dann ...» Ein Seufzer so dick wie ein Dachbalken, ein wehmütiges Lächeln. Ihre Stimme zitterte ein wenig, als sie weiter sprach. «Bedanke ich mich ganz lieb bei dir und sehe zu, dass ich wieder nach Hause komme.»

Die Vorstellung behagte mir nicht, und ich konnte ihr das nicht einmal sagen, musste mich weiter so benehmen wie der große Bruder. Damit mir das ein wenig leichter fiel, schlug ich noch einen ausgedehnten Stadtbummel vor. Das erschien mir sicherer, als mit ihr in der Wohnung zu bleiben.

Zu Mittag aßen wir wieder Steaks, für Candy die Idealvorstellung einer guten Mahlzeit. Viel besser als Fisch, den Mami seit dem Umzug nach Hamburg häufig auf den Tisch brachte. Fisch zu essen war in Candys Augen fast Kannibalismus – all den Fischkonserven zum Trotz. Die hatte ja auch Tante Gertrud besorgt. Nur ein kleiner Schwindel, eine Tante, die ihre Nichte lieber bei sich behalten hätte, besorgte keinen Reiseproviant. Aber beim Essen klang Candy noch ganz normal.

Nachmittags war sie anders. Wir machten einen Spaziergang am Rheinufer. Sie merkte nicht, dass ich sie ins Cranachwäldchen führte, war mehr am Schiffsverkehr und an der Wasserverschmutzung interessiert. Es gab ja auch keine Hinweistafel. Erst als ich ihr erklärte, wo wir waren, blieb sie unvermittelt stehen, fast so, als sei sie gegen eine Wand geprallt. Sie strafte mich mit einem Blick aus braun gefärbten Augen.

Ihre Stimme hatte eine gewisse Schärfe. «Das ist nicht fair, Mike. Hier wollte ich allein hingehen. Das habe ich dir auch gesagt. Ich habe mir immer vorgestellt, hier zu sitzen, es ist dunkel und ruhig, und dann tauche ich zurück in die Vergangenheit und fühle, was meine Mutter empfunden hat. Glaubst du an so etwas?»

«Nein», sagte ich.

«Aber ich», erklärte sie nachdrücklich. «Menschen hinterlassen überall Spuren, nicht nur Fußabdrücke oder so. Wenn sie an einem Ort besonders glücklich oder sehr traurig waren, kann man das noch nach Jahren spüren, wenn man sich darauf konzentriert. Geh ein Stück weiter.»

Beim letzten Satz wedelte sie ungeduldig mit einer Hand. Ich tat ihr den Gefallen, zog mich etliche Meter zurück und schaute zu, wie sie umherging, von einem Baum zum anderen. Bei jedem blieb sie stehen, legte die Hände an den Stamm, ein paar Mal auch das Ohr, als lausche sie, ob die Rinde ihr etwas erzählte.

«Soll ich dir eine Wünschelrute besorgen oder ein Pendel?», rief ich, als mir das zu dumm wurde. Mit esoterischen Spinnereien wollte ich nichts zu tun haben. Ich bekam schon Zustände, wenn sich jemand am Tageshoroskop orientierte, wie unsere tüchtige Tamara es gelegentlich tat.

«Sei einfach nur still!», rief sie zurück und schaute sich um, als suche sie etwas Bestimmtes. Dann entdeckte sie den Stein – Stromkilometer 693 –, ging hin, umrundete den Brocken einmal, strich mit den Händen darüber und setzte sich davor auf den Boden, mit Blick aufs Wasser.

Mit einem Mal wirkte sie gelöst und entspannt. «Komm her, Mike!», rief sie und klopfte mit einer Hand neben sich auf die Erde. «Setz dich zu mir, dann fühlst du es vielleicht auch. Hier hat man Schmetterlinge im Bauch.»

«Da muss man aber vorher Raupen essen», sagte ich.

«Ach, hör auf», kam es unwillig zurück. «Du hast überhaupt keinen Sinn für Romantik. Ich spüre es ganz deutlich. Hier muss es gewesen sein.»

«Was?», fragte ich und fühlte, obwohl ich noch einige Meter entfernt stand, schon in dem Moment etwas. Unbehagen, weil mir unwillkürlich eine gesichtslose junge Frau vor Augen stand, über deren Tod Hartmut Bender vor ewigen Zeiten in der Kölnischen Rundschau berichtet hatte. Zweimal überfahren, vorher wahrscheinlich vergewaltigt – das war den Vertretern der Presse nicht so genau mitgeteilt worden – und dann hinter den Stein geschleppt.

Es war exakt dieser Stein gewesen. Ich wusste nur nicht, auf welcher Seite die Leiche damals entdeckt worden war, vielleicht zum Rhein hin. Dann saß Candy jetzt genau auf dem Fleck, an dem die Tote gelegen hatte.

«Hier war meine Mutter unendlich glücklich», erklärte sie. «Das ist auch ein schöner Platz, findest du nicht? Wie geschaffen für Liebe. Es muss natürlich dunkel sein.»

«Ich kann mir schönere Plätze vorstellen», sagte ich, verlangte: «Komm weg da», und erinnerte sie an das, was ich ihr im Zug erzählt hatte.

Es schien ihr nicht gleich wieder einzufallen. Kein Wunder, wenn man selbst praktisch ohne Pause spricht, gehen kleinere Wortbeiträge von anderen verloren. Doch dann nickte sie und lachte mich aus. «Hast du Angst vor Geistern, Mike? Glaubst du, sie beißt mich in den Hintern, wenn ich hier noch länger sitze? Vielleicht greifen auch plötzlich ihre Hände aus der Erde und ziehen mich nach unten. Buh.» Mit zu Krallen geformten Händen griff sie in die Luft.

Aber dann stand sie doch auf, klopfte den Staub von ihrer Jeans, kam zu mir und sagte dabei: «Das arme Mädchen ist doch längst woanders von den Würmern gefressen worden.»

Später an dem Nachmittag saßen wir in einem Café. Candy war immer noch nicht wieder das Mädchen, das ich im Zug kennen gelernt und beim Mittagessen noch gesehen hatte. Ihre Körperhaltung, ihre Stimme, der Farbton ihrer Augen, alles war anders, irgendwie aggressiv, fast schon feindselig und kalt.

«Was machen wir nun?», fragte sie, nachdem ich die beiden Kaffee und zwei Tortenstücke bezahlt hatte. «Zeigst du mir jetzt den deiner Meinung nach schöneren Platz für Liebe und versprichst mir, ganz behutsam zu sein? Oder stürzen wir uns ins Nachtleben? An deiner Stelle würde ich es damit versuchen. Ich vertrage nicht viel Alkohol. Wenn du mich richtig abfüllst, kommst du bestimmt leichter ans Ziel.»

Ich verstand nicht, was mit ihr los war, hatte ihr doch keine Veranlassung gegeben, so zu denken, nicht den geringsten Annäherungsversuch unternommen. Zurück in meine Wohnung mochte ich sie nicht bringen, solange sie in dieser Stimmung war. Wahrscheinlich hätten wir uns gestritten, vielleicht hätte ich sie sogar rausgeworfen. Also stürzten wir uns ins Nachtleben, machten einen Zug durch die Altstadt, wo wir in einer urgemütlichen Kneipe hängen blieben.

Als ich meine Wohnungstür für uns aufschloss, war es Mitternacht vorbei. Candy hatte sich etliche Gläser Kölsch einverleibt, einen tüchtigen Schwips und immer noch miese Laune. Sie war auf Provokation aus. «Das ist deine Chance, Mike. Du solltest sie nutzen, eine bessere kommt nicht mehr», meinte sie in der Diele. Im Wohnzimmer riss sie sich das T-Shirt über den Kopf, darunter trug sie einen gut gefüllten Büstenhalter, reckte ihn mir entgegen und forderte: «Greif zu.»

Ich bugsierte sie in einen Sessel, beim weiteren Ausziehen helfen mochte ich ihr nicht, zog lieber die kleine Couch aus und holte das Bettzeug für sie aus dem Schlafzimmer. Sie kicherte, während ich ihr das Bett zurechtmachte. «Feigling.»

Als ich zur Tür ging, meinte sie: «Meine Mutter wird dir für deine Hemmungen ewig dankbar sein. Geh nur, ich komme schon allein zurecht.» Während ich das Bad ansteuerte, hörte ich sie noch sagen: «Die werden sich noch alle wundern, wie gut ich alleine zurechtkomme.»

Als ich aus dem Bad zurückkam, saß sie auf der Sesselkante, war dabei, sich aus ihrer Jeans zu schälen, und murmelte dabei trotzig vor sich hin. Was sie von sich gab, verstand ich nicht, dafür sprach sie viel zu leise. Den rechten Fuß im Schoß, riss und zerrte sie an einem Hosenbein, dass ich schon glaubte, sie werde sich die Hüfte verrenken. Mich beachtete sie nicht, war viel zu sehr mit sich selbst und ihrer mir unerklärlichen Wut beschäftigt.

Nachdem sie das rechte Bein befreit hatte, stach sie mit dem Finger einen Punkt in die Luft, nickte als Bekräftigung dazu und erklärte in normaler Lautstärke: «Keine Angst, Muttileinchen, was ich verspreche, halte ich. Ich schaffe das. Ich weiß genau, was ich tun muss.»

Muttileinchen, dachte ich und musste heftig schlucken, weil ich die Jammergestalt im Blümchenkleid vor Augen hatte, Helga. Ich ging ins Bett, kam aber nicht zur Ruhe. Immer wenn ich kurz davor war, einzunicken, schoss mir dieser Ausdruck durch den Kopf. Muttileinchen. Und ich war auf der Stelle wieder hellwach.

Die halbe Nacht wälzte ich mich mit Fragen herum. Was hatte Candy ihrer Mutter versprochen? Was wollte sie schaffen? War sie etwa im Auftrag ihrer Mutter in Köln? Ohne Wissen von Dad und Tante Gertrud. Hatte sie deshalb geweint und Mami nicht angerufen, weil sie noch keinen Erfolg vermelden konnte? Warum wusste sie den Namen des Mannes nicht? War Helga damals ein falscher Name genannt worden? Bei einem verheirateten Mann wäre das nicht verwunderlich gewesen. Aber was wollte Helga nach all der Zeit noch von ihrem ehemaligen Liebhaber?

Erst gegen Morgen schlief ich ein, draußen dämmerte es schon. Und lange hatte ich noch nicht geschlafen, als mich ein Rascheln wieder aufweckte. Candy hockte hinter der Tür meines Schlafzimmers und war gerade dabei, etwas Rotes aus ihrer Reisetasche in eine Plastiktüte zu stopfen.

Als sie bemerkte, dass ich aufgewacht war, richtete sie sich auf, leicht verlegen, dabei jedoch wieder so eifrig und unbekümmert, als hätte ich mir den hässlichen Nachmittag und ihre Wut des vergangenen Abends nur eingebildet.

«Tut mir Leid, wenn ich dich geweckt habe, Mike. Schlaf noch ein bisschen. Ich fahre jetzt zur Uni. Den Kaffee für dich habe ich warm gestellt.»

«Ich kann dich doch fahren», bot ich an, obwohl ich noch nicht ganz wach war.

Sie schüttelte den Kopf. «Das ist lieb von dir, aber du hast schon genug für mich getan. Und ich habe mich gestern nicht fair benommen, oder? Nein, du brauchst es gar nicht sagen. Du hast es gut gemeint, und ich war richtig gemein zu dir, nur weil mal etwas anders war, als ich es mir ausgemalt hatte. Tut mir wirklich Leid, es wird nicht wieder vorkommen. Genieß deinen Urlaub. Schlaf dich richtig aus und vergiss, was ich gesagt habe.»

Sie spitzte die Lippen, deutete einen Kuss an und schlich auf Zehenspitzen hinaus. Die Wohnungstür fiel hinter ihr ins Schloss, noch bevor ich mich aufrichten konnte. Und das war ja dann auch überflüssig.

Bis kurz nach zehn blieb ich im Bett und döste mich von einer Traumvorstellung in die andere. Die meiste Zeit saß ich neben ihr auf der Couch und hielt sie im Arm, aber anders als in der Nacht zum Sonntag, ohne Nachthemd. Als ich sie dann auch noch neben mir im Bett fühlte, stand ich lieber auf.

Der Kaffee war nur noch lauwarm und wieder mal viel zu stark. Ich brühte mir frischen auf und frühstückte in aller Ruhe. Danach duschte ich ausgiebig, rasierte mich, zog mich an, räumte die Wohnung auf und wusste anschließend nicht, was ich tun sollte. Das war mir noch nie passiert. Normalerweise hätte ich jetzt Einkäufe gemacht, gekocht und dabei die

Vorfreude aufs Essen genossen. Aber jetzt hatte ich plötzlich den Geschmack von Mais, Thunfisch und Zwiebeln auf der Zunge und wollte auch die Wohnung nicht verlassen, damit Candy bei ihrer Rückkehr nicht vergebens klingeln müsste.

Es wäre bestimmt einiges anders gekommen, hätte nicht um die Mittagszeit Frau Grubert angerufen und mitgeteilt, es sei soeben von der Seniorchefin der Firma Mader eine weitere Mappe mit höchst brisanten Daten hereingereicht worden, die ich am besten sofort abholen sollte.

«Das ist im Moment schlecht», sagte ich.

«Es scheint aber wichtig zu sein», erklärte Frau Grubert. «Die Dame sprach von Vergleichsdaten, sie war sehr aufgeregt.»

Ja, das hatten alte Frauen mit Sprüngen in der Schüssel manchmal so an sich. Aber ich hatte – verdammt nochmal – Urlaub und nicht vor, einen Fuß vor die Tür zu setzen, solange Candy nicht zurück war. Frau Grubert belehrte mich, es sei niemand da, den sie mit der Mappe zu mir schicken könne. Einen Taxifahrer dafür anzuheuern, lehnte sie kategorisch ab. Es seien wohl sehr heikle Daten, die könne man keiner fremden Person anvertrauen.

Sie redete so lange auf mich ein, bis ich schließlich sagte: «Na schön, ich komme.»

Vielleicht kam Candy ja erst am Nachmittag zurück. Wenn sie an der Uni jemanden aufgetrieben hatte, der sich an ihre Mutter erinnerte, gab es bestimmt eine Menge zu erzählen. Und dann könnte ich mir mit den heiklen Daten vielleicht ein wenig die Zeit vertreiben, dachte ich, ging in die Diele, nahm meine Jacke und – suchte anschließend geschlagene fünf Minuten nach meinem Schlüsselbund, ehe ich begriff, wo es sich derzeit befinden musste. Zwischen Pfefferminzbonbons, Deoroller, Lippenstiften, Kleingeld und Papiertüchern in Candys geräumigen Jackentaschen.

Das machte aber nichts. Ich hatte Ersatzschlüssel, so kam

ich wenigstens aus der Wohnung. Fürsorglich eingeschlossen hatte sie mich nämlich auch noch. Hatte ich im Halbschlaf gar nicht mitbekommen. Und weiter als ins Freie kam ich nicht. Mein Parkplatz war leer.

Ob ich wütend war? Klar war ich das, von einer Sekunde zur nächsten waren alle Besorgnis und jede romantische Anwandlung vergessen. Dass Candy schon in den ersten zehn Minuten ihrer Anwesenheit in meiner Küche Chaos verbreitet hatte, darüber hatte ich hinwegsehen können. Dass sie den Inhalt ihrer Kulturtasche locker in meinem Badezimmer verteilt hatte – wo ich Ordnung hielt – und meinen Kühlschrank derart mit Getränkedosen voll gestopft, dass kein Platz mehr war für ein paar frische Joghurts, auch kein Beinbruch. Aber beim Auto hörte der Spaß auf. Vor allem, weil es sich um ein noch neuwertiges Mercedes Coupé handelte, das völlig frei von Schrammen, Beulen und dergleichen war und mich mehr als einen halben Jahresverdienst – Brutto – gekostet hatte. So einen Wagen nahm man nicht, ohne um Erlaubnis zu fragen. Ich hatte doch angeboten, sie zu fahren!

Ich war mehr als wütend, stinksauer war ich, am meisten vielleicht auf mich selbst. Ihr Interesse an den technischen Daten meines Prachtstücks schien mir mit einem Mal sehr verdächtig. Plötzlich fragte ich mich, ob ich tatsächlich ein wohlbehütetes Töchterlein aus gutem Haus bei mir aufgenommen hatte oder ob in Augsburg irgendwer schmerzlich siebentausend Mark vermisste. Vielleicht gab es gar keine Tante Gertrud. Am Freitagabend konnte Candy auch die Zeitansage angerufen haben. In gut situierten Familien war es doch wohl üblich, den Kindern beizubringen, dass man sich nicht an fremdem Eigentum vergriff.

Ich hetzte wieder hinauf in die Wohnung. Dass ihr Gepäck noch in meinem Schlafzimmer stand, hieß nicht viel. Die Reisetasche war nicht abgeschlossen, der breite Geldgürtel weg und der Rest nicht viel wert. Bis auf den Grund kontrollierte ich die Tasche nicht. Das alte Fotoalbum und das Büchlein mit der Goldprägung auf dem Einband bekam ich auf diese Weise nicht zu Gesicht, aber beide interessierten mich in dem Moment einen feuchten Dreck.

Den Rucksack rührte ich gar nicht an, weil es mich zu meinem Wohnzimmerschrank zog, nachdem ich meine Brieftasche kontrolliert hatte. Sie hatte zusammen mit dem Schlüsselbund in meiner Jacke gesteckt und den Kraftfahrzeugschein enthalten. Der war nun verschwunden. Und im Schrank lag – außer einigen hundert Mark Bargeld – immer der Kraftfahrzeugbrief, der es erlaubt hätte, mein Auto zu verkaufen. Den hatte Candy sich allerdings nicht «ausgeliehen». Auch mein Geld hatte sie nicht angerührt.

Ich beruhigte mich ein wenig und nahm an, sie habe nur in einem Nobelschlitten bei den Professoren an der Uni Eindruck schinden wollen. Seht her, wie weit meine Mami es gebracht hat.

Notgedrungen rief ich mir ein Taxi, nicht um zur Agentur zu gelangen. Die neue Mappe von der alten Frau Mader war mir in dem Moment schnurzpiepegal. Zuerst ließ ich mich zur Universität bringen in der Hoffnung, dort irgendwo mein Auto zu entdecken. Aber nachdem der Taxifahrer eine halbe Stunde lang durchs Viertel gefahren war, nannte ich ihm die Adresse der Agentur. Wozu hatten wir einen Fuhrpark? Damit könnte ich preiswerter suchen, dachte ich.

Kurz nach zwei betrat ich die Eingangshalle. Im Hintergrund schloss sich gerade die Tür des Aufzugs, eine Person stand drin. Vom Eingang bis zum Aufzug waren es etliche Meter, und die Tür war verdammt schnell. Es lohnte sich nicht, loszusprinten, wenn sie sich bereits schloss.

Abgesehen davon blieb ich auch erst einmal wie angenagelt stehen, weil ich dachte, ich hätte eine Halluzination. Nackenlanges, leicht gewelltes, dunkelblondes Haar, rundes Gesicht, rotes Kostüm, knappes Jäckchen, unter dem der breite Geldgürtel hervorlugte. Der Rock war so kurz, dass ich unwillkürlich schlucken musste. Dazu trug sie hochhackige Schuhe, die sie um fast zehn Zentimeter größer machten und nur aus Sohle, Absatz und ein paar ebenfalls roten Riemchen bestanden.

Es war fast wie ein elektrischer Schlag. Ich hatte das Bedürfnis, durch die Halle zu rufen und, dem besseren Wissen um die Schnelligkeit der Aufzugtür zum Trotz, doch noch loszuhetzen, um mich zu vergewissern. Da hatte ich sie nun mehrfach in engen, ausgebleichten Jeans und T-Shirts gesehen, letzte Nacht im Büstenhalter und ein paar Mal in einem verwaschenen roten Nachthemd, das sie in ein kleines Plüschtier verwandelte. Die Frau im Aufzug hatte absolut nichts von einem Häschen oder Kätzchen an sich gehabt.

Doch kaum hatte sich die Aufzugtür völlig geschlossen, war ich mir meiner Sache absolut sicher. Es mochte ja Doppelgänger geben oder die verblüffende Ähnlichkeit bei Zwillingen. Aber die Frau im Aufzug war Candy, dafür hätte ich beide Hände ins Feuer gelegt. Sie hatte wie hypnotisiert auf die Stockwerksanzeige gestarrt und mich nicht bemerkt.

5. Kapitel

Während ich wie ein Trottel in der Eingangshalle stand, fuhr der Aufzug nach oben. Von außen gab es keine Anzeige. Theoretisch konnte Candy in jedem Stockwerk aussteigen. Aber da ich ihr das Büro des Steuerberaters als meinen Arbeitsplatz genannt hatte, nahm ich an, sie sei in die vierte Etage gefahren. Warum? Keine Ahnung, ich dachte nicht darüber nach, sondern rannte die Treppen hinauf.

Erster Stock, zweiter Stock, dritter Stock. Im vierten Stock stand ich vor einer verschlossenen Tür. Mittagspause von 12:30 bis 14:30 Uhr. Und von Candy keine Spur. Da auf mein Klingeln und Klopfen niemand öffnete, konnte sie auch nicht mehr Glück gehabt haben. Sekundenlang stand ich da wie ein Idiot. Dann kam mir die vermeintliche Erleuchtung.

Ich wusste nicht, um welche Zeit sie aufgestanden war, hatte weder die Dusche noch die Kaffeemaschine oder sonst etwas gehört. Sie hatte genügend Zeit gehabt, sich gründlich in meinen Schränken umzutun. Und darin gab es Hinweise auf meinen tatsächlichen Arbeitgeber. Im Wohnzimmerschrank lag ein Hefter mit Gehaltsabrechnungen. Na warte, dachte ich und hetzte wieder hinunter in den zweiten Stock.

Ich rechnete damit, sie noch in Verhandlungen mit unserer Schreibkraft und Empfangsdame Tamara, allenfalls im Vorzimmer bei Frau Grubert anzutreffen. Da war sie aber nicht – oder nicht mehr. Und mir kam nicht der Gedanke, Frau Grubert gegenüber mein hektisches Auftauchen mit ihrem Anruf bei mir zu begründen. Statt nach den neuen Unterlagen erkundigte ich mich, ob gerade eine junge Dame in einem roten Kostüm hier gewesen sei und nach mir gefragt hätte.

Frau Grubert überreichte mir die heiklen Papiere, nur ein Schnellhefter diesmal, der Inhalt bestand aus einer weiteren, etwa fünfzig Seiten starken kryptographischen Liste mit

Dateikürzeln. Dabei lächelte sie so hintersinnig, als sei sie in sämtliche Geheimnisse eingeweiht, und wollte wissen, ob ich die junge Dame kenne.

«Flüchtig», sagte ich.

«Und die Familie?»

«Noch flüchtiger», sagte ich.

«Gibt es da Probleme?», bohrte Frau Grubert weiter.

«Warum?»

«Nun, die Dame verlangte in einer dringenden familiären Angelegenheit den Chef zu sprechen», teilte Frau Grubert mit.

Ihrer Miene nach zu schließen, erwartete sie jetzt von mir Aufklärung über diese Angelegenheit. Candy hatte ihr offenbar nähere Auskünfte verweigert. Und unsere gute Frau Grubert war nicht daran gewöhnt, wie eine Vorzimmerdame behandelt zu werden. Immerhin war sie Chefsekretärin und Vertretung des Chefs, im Gegensatz zu ihm immer da und deshalb die erste Anlaufstelle für jeden Auftraggeber.

«Probleme würde ich das nicht nennen», antwortete ich. «Soweit ich weiß, sucht sie nur einen früheren Bekannten ihrer Mutter.»

«Und was ist daran so dringend?»

Wenn ich das gewusst hätte, hätte ich es ihr verraten. Aber es musste sehr dringend sein, wenn Candy die Hilfe eines vermeintlichen Steuerberaters ablehnte, sich nur dessen Auto *borgte* und lieber einen Fachmann mit der Suche beauftragte. Dass sie aus purer Neugier auf Mamis Jugendliebe eine Menge Geld ausgeben wollte, konnte ich mir nicht vorstellen.

«Nun», meinte Frau Grubert immer noch lächelnd, «wir werden es sicher bald erfahren.»

Dass Candy es geschafft hatte, bis zu Hamacher vorzustoßen, grenzte an ein Wunder. Ohne vorherige Terminvereinbarung ging bei ihm normalerweise gar nichts. Nicht einmal alte Stammkunden wie die Gräfin von Sowieso, die ihrer Tochter sämtliche Männer vermieste, oder der Herr Ministerialrat Dr. Holger Gerswein mit seiner Vorliebe für junge Mädchen und seiner Angst vor unliebsamen Überraschungen konnten einfach so hereinplatzen.

In Hamachers Terminkalender gab es keine Lücken. Selbst die Mittagszeit verbrachte er häufig mit Kunden, natürlich außer Haus. Aber vielleicht hatte er bis zur nächsten Verabredung noch zehn Minuten Zeit und langweilte sich. Er war ein Typ, der absolut keinen Leerlauf verkraftete, mit Leib und Seele Detektiv. Und der überaus seltene Name Schmitt amüsierte ihn und machte ihn neugierig.

Hamacher glaubte keine Sekunde lang, dass Candy sich mit ihrem richtigen Namen vorgestellt hätte. Sie sei zu Beginn ihres Auftritts ziemlich forsch gewesen, sagte er später. Und er habe unentwegt an den Titel des Schlagers denken müssen, mit dem sein Sohn ihm abends mindestens zwanzigmal auf die Nerven ging. «Lady in Red».

Gut, eine Lady war sie nicht, nur ein junges Mädchen in einem knappen, roten Kostüm, das entschieden mehr als üblich von ihren Beinen zeigte, vielleicht in der Hoffnung, damit eher zum Ziel zu kommen. Aber der kurze Rock bewirkte das Gegenteil. Hamacher war ein Mann, der aus solchen Äußerlichkeiten seine Schlüsse zog.

Dass sie sich an meinen Chef wandte, ahnte Candy kaum. In meinen Schränken geschnüffelt, wie ich zuerst meinte, hatte sie wohl doch nicht. Vermutlich war ihr die entsprechende Messingtafel neben der Eingangstür wieder eingefallen, obwohl man aus dem Begriff Agentur noch nicht auf eine Detektei schließen konnte.

Vielleicht hatte sie sich auch im Branchenverzeichnis kundig gemacht, wie sie es Hamacher erklärte. Ein paar Adressen herausgesucht, sich die Leute, vielmehr ihre Büros angeschaut. Sie wollte keinen von diesen Habenichtsen engagieren, die sich mit Mühe und Not über Wasser hielten, sondern einen Detektiv, dessen Büro zeigte, dass er erfolgreich arbeitete. Im Branchenverzeichnis war die Agentur Hamacher unter der richtigen Rubrik zu finden. Und dass sie erfolgreich war, begriff man spätestens, wenn man Frau Grubert gegenüberstand.

Hamacher nannte Candy zielstrebig und sagte, ihm seien wegen des Namens Schmitt gleich drei Dutzend der alten Detektivgeschichten in den Sinn gekommen, die er als Kind pfundweise verschlungen habe. Sie hatten ausnahmslos im fernen Amerika gespielt, und jeder der Akteure, der etwas zu verbergen hatte, nannte sich Smith oder Miller. Und dass sie dort herkam, bewies ihr Akzent.

Ich hätte zu gerne die Gegensprechanlage auf Frau Gruberts Schreibtisch in Betrieb genommen und nach nebenan gelauscht. Stattdessen verhandelte ich über ein Auto, von dem sie nicht einsehen wollte, dass ich es dringend brauchte. Ich hatte doch Urlaub und einen eigenen Wagen.

Dass Candy derzeit meinen Wagen benutzte, mochte ich Frau Grubert nicht anvertrauen. Das hätte weitere Fragen zur Folge gehabt, deren Antworten mir peinlich gewesen wären. Ich redete mich mit einer leeren Autobatterie heraus, so was passierte ja mal, wenn ein Wagen nur selten gefahren wurde. Aber das glaubte Frau Grubert mir auch nicht so unbesehen, weil ich kurz nach der jungen Dame im roten Kostüm hereingestürmt war und mich als Erstes nach ihr erkundigt hatte. Da nahm sie – völlig zu Recht – an, ich wolle nun in einem unauffälligen Fahrzeug die Verfolgung aufnehmen.

Ich musste eine Weile mit ihr verhandeln, ehe mir zugestanden wurde, einen älteren, grauen Ford zu benutzen, mit dem ich im Notfall, also bei einer tatsächlichen Verfolgungsjagd, den Kürzeren gezogen hätte. Ich überlegte kurz, zu warten und ein paar Takte mit Hamacher zu reden, wenn Candy sein Büro wieder verlassen hatte. Aber da hätte ich selbst eine Menge erklären müssen und nicht gewusst, wie ich ihm die Sache begreiflich machen sollte.

«Ich habe das Mädchen am Freitag im Zug kennen gelernt und mit nach Hause genommen, weil ich mich plötzlich für sie verantwortlich fühlte und nicht wollte, dass sie sich in Schwierigkeiten brachte.» Das hätte Hamacher mir natürlich auf Anhieb geglaubt. So etwas passierte einem Mann, den man als Einzelgänger und im Privatleben auf Ruhe und Überschaubarkeit bedacht kannte, im Durchschnitt ja dreimal die Woche.

Hamacher lief mir nicht weg. Und das Bedürfnis, ich sollte kurz auf der Straße nachsehen, ob Candy einen Parkplatz für mein teures Stück gefunden und es unbeschadet darauf untergebracht hatte, wog entschieden schwerer. Danach wollte ich mich an ihre Fersen heften.

Mit dem Schnellhefter in der Hand lief ich die Treppen wieder hinunter und konnte mich zwanzig Minuten später davon überzeugen, dass Candy überaus diszipliniert am Straßenverkehr teilnahm. Eine gute Viertelstunde blieb ich hinter ihr. In welcher Verfassung sie war, konnte ich nicht feststellen, so dicht fuhr ich nicht auf, um nicht bemerkt zu werden.

Als sie mein Coupé im Parkhaus der Ladenstadt abstellte und zu einem Einkaufsbummel aufbrach, fuhr ich erst einmal heim in der Absicht, ihr Gepäck etwas gründlicher zu durchsuchen und mir das ledergebundene Büchlein vorzunehmen. Vielleicht fand sich darin oder auf den eingelegten Seiten ein Hinweis auf die Dringlichkeit ihrer Suchaktion.

Hinzu kam, dass ich mir bereits lebhaft unsere Unterhaltung beim Abendessen vorstellen konnte. Es gab zwei Möglichkeiten, entweder packte Candy ihre Sachen und suchte sich endlich die preiswerte Pension oder – nach der versöhnlichen Begrüßung am Morgen hielt ich das für wahrscheinlicher – sie versuchte, eine Aufenthaltsverlängerung, vielleicht sogar einen Kredit bei mir zu erschwindeln.

Die Dienste der Agentur waren nicht eben billig und würden ihre Reisekasse rasch aufzehren. Zweitausend pro Tag plus Spesen war der übliche Satz, wobei es dann keine Rolle spielte, ob Hamacher einen, zwei oder gar drei Mitarbeiter im Außendienst einsetzen musste. Einen Preisnachlass, besser gesagt einen zeitunabhängigen Festpreis gab es nur in besonderen Ausnahme- oder Notfällen. Wenn eine verzweifelte Mutter ihre in den Sudan verschleppten Kinder zurückhaben wollte und es sich nicht leisten konnte, dafür ein Vermögen hinzublättern. Beim nächsten Auftraggeber aus Industrie, Handel, Banken oder Assekuranz wurde der Verlust dann dezent aufgeschlagen.

Bei Candys siebentausend war es eine simple Rechnung, drei Tage könnte sie sich leisten. Halbe Tage rechnete Hamacher nicht ab. Und da Candy dem Anschein nach nicht mehr hatte als zwei Adressen, bei denen sie sich bereits selbst vergebens bemüht hatte, konnten die Recherchen schon ein Weilchen dauern.

Dass Hamacher ihren Auftrag ablehnen könnte, kalkulierte ich nicht ein. Ich ging sogar davon aus, dass ich es übernehmen müsste, weil sonst niemand zur Verfügung stand. Philipp Assmann und Uli Hoger hatten garantiert inzwischen etwas anderes zu tun. Und von Hartmut Bender mit seinem zu früh geborenen Töchterchen würde Hamacher nicht ohne Not verlangen, den gerade erst bewilligten Urlaub wieder abzubrechen. Blieb nur ich, der dann eben seinen restlichen Kurzurlaub opfern und beruflich tun müsste, was er privat und unentgeltlich hatte erledigen wollen.

Ich hätte ihr besser gesagt, was ich mache, dachte ich und war durchaus geneigt, ihr noch länger Quartier zu bieten, auch wenn ich selbst unterwegs wäre, um Helgas große Liebe aufzuspüren. Allein beim Gedanken, Candy in meiner Wohnung anzutreffen, wenn ich heimkäme, flatterte mein Herz – dem gerechten Zorn des stolzen Autobesitzers und ihrem aggressiven Verhalten vom vergangenen Nachmittag und Abend zum Trotz – ein wenig. Aber dann sollte ich in Erfahrung bringen, wen genau ich bei mir aufgenommen hatte.

Im Schlafzimmer legte ich den Schnellhefter sofort zu den anderen Unterlagen der Firma Mader in den Kleiderschrank. Dann machte ich mich erneut und diesmal gründlich über Candys Gepäck her. Im Rucksack steckten nur ein Häufchen getragener Wäsche und der zusammengerollte Schlafsack. Ich zog ihn nicht völlig heraus, wickelte ihn auch nicht auseinander, zerrte die Rolle nur ein Stück weit heraus, um festzustellen, ob noch etwas darunter lag, aber da war nichts.

Bei der Gelegenheit kullerte etwas über den Fußboden und verschwand so rasch unter meinem Bett, dass ich es nur aus den Augenwinkeln sah. Ich meinte, es wäre eine Münze gewesen, ein Groschen vielleicht. Ob dieser kleine, metallische Gegenstand aus der Schlafsackrolle oder der getragenen Wäsche gefallen war, hätte ich nicht sagen können. Ich kümmerte mich auch nicht weiter darum, sondern räumte nun systematisch die Tasche aus.

T-Shirts, Jeans, zwei Shorts, einige Garnituren Unterwäsche in Weiß, Gelb und Lindgrün, der selbst gestrickte Pullover, was ein junges Mädchen eben so mitnimmt, wenn es für einige Wochen aufbricht, um Tante Gertrud zu be- und Muttileins große Liebe zu suchen. Ganz unten lag ein zusammengerolltes, schlauchförmiges Etwas aus schwarzem, dehnbarem, mit Gummizügen gerafftem Material. Wenn ich nicht später gesehen hätte, dass es sich um ein Kleid handelte, von allein wäre ich darauf nicht gekommen. Bei manchen Dingen fehlte mir wirklich die Phantasie.

Im schwarzen Schlauch waren Fotoalbum und Büchlein – ohne die losen, beschriebenen Seiten – eingewickelt. Wo letztere abgeblieben waren, fragte ich mich nicht lange. Ich nahm an, Candy hätte sie in den Müll geworfen. Das Album legte ich zur Seite, widmete mich erst mal dem Buch.

Die kleine Goldprägung auf dem Rücken stellte tatsächlich ein Paar gefalteter Hände dar. Vorne auf dem abgegriffenen Einband gab es die Prägung nochmal größer. Der lederne Einband hatte sich von der festen Pappe gelöst, sodass eine Tasche entstanden war, bestimmt nicht von selbst. An ein paar Stellen sah die auf der Innenseite mit winzigen Palmzweigen bedruckte Pappe aus, als wäre sie mit einem Messerchen bearbeitet worden.

Wahrscheinlich war es mal ein Gebetbuch gewesen, für eine Bibel erschien es mir bei näherer Betrachtung zu klein. Seinem ursprünglichen Zweck konnte das Büchlein kaum noch dienen. Mit großer Sorgfalt und vermutlich einem scharfen Messer oder einer Rasierklinge waren die ursprünglichen Seiten entfernt und durch andere ersetzt worden. Ein schmaler Streifen Papier war geblieben und diente als Halt für einen Klebestreifen.

Wie viele Seiten eingeklebt worden waren, konnte ich beim bloßen Durchblättern nicht feststellen. Und lesen konnte ich kein einziges Wort. In der rundlichen Handschrift eines jungen Mädchens waren die Buchstaben zu sinnlosen Kombinationen aneinandergereiht. Weiter hinten entdeckte ich auch winzige, aber sehr detaillierte Zeichnungen, bei denen kein Zweifel aufkommen konnte, was sie darstellen sollten. Löwenköpfe, Herzchen und Erdkugeln. Dass Candy sich diese Mühe gemacht haben sollte, zog ich nicht in Betracht. Ich glaubte, beim Anblick der Löwenhäupter zu begreifen, wer diese Seiten beschrieben haben musste. Und heißt es nicht: *«Wer lügt, der stiehlt auch.»*

Der Himmel allein wusste, was Helga den eingeklebten Seiten anvertraut hatte. Jedenfalls hatte sie damit die Neugier und den Ehrgeiz ihrer Tochter geweckt. Candys Bemühen mit den losen Blättern bekamen damit einen Sinn, Übersetzungen. Auch ihr ratloses Kauen auf dem Stift leuchtete ein. Sie war mit ihrer Weisheit am Ende gewesen.

Mein Zorn über die unerlaubte Inbesitznahme meines Wagens war schon fast völlig verraucht. Sie fuhr ja auch ganz manierlich. Angesichts der Hieroglyphen in dem ehemaligen

Gebetbuch löste sich auch der letzte Rest von Unruhe in Wohlgefallen auf. Man durfte einfach Candys Alter nicht übersehen. Ganze neunzehn Jahre, wie viel Enthusiasmus lag darin, wie viele zu Wichtigkeiten aufgebauschte Nichtigkeiten.

Ich hörte sie über die Dünnsäureverklappung referieren und über das Sterben der Robbenbabys. Ich hörte sie sagen: «Und wenn ich dann anfange, sind vielleicht keine mehr da. Können Sie sich vorstellen, wie wütend mich das macht und wie traurig?»

Ach, Candy, dachte ich. Ein Löffel Honig gegen die Profitgier der Welt. Mit neunzehn Jahren erschien das noch durchaus realisierbar. Und ebenso realisierbar schien die Suche nach Muttileins verlorener Jugend, nach den Monaten des unbeschwerten Glücks und der großen Liebe – um die sich irgendein Geheimnis ranken musste, wozu sonst so viel Mühe mit einer Geheimschrift? Und es passte zu Candy, nach zwei ergebnislosen Versuchen auf eigene Faust einen Fachmann mit der Aufgabe zu betrauen. Dass sie sich dafür meinen Wagen ausgeliehen hatte – Schwamm drüber.

Es reizte mich, ein paar der Seiten abzulichten, mich später in Ruhe an einer Dechiffrierung zu versuchen und meine Vermutung zu beweisen. Aber dafür brauchte ich einen Fotoapparat aus den Beständen meines Arbeitsgebers, mein eigener schien mir für solche Zwecke ungeeignet.

Ich wickelte Album und Büchlein wieder in den schwarzen Schlauch, räumte die Tasche ebenso systematisch ein, wie ich sie ausgeräumt hatte. Dann wollte ich zur Wohnungstür, um den Ford zurückzubringen und stattdessen einen Fotoapparat auszuborgen. Doch genau in dem Moment wurde der Schlüssel von außen eingesteckt.

Es war eine Sache von Sekundenbruchteilen, stehen bleiben und so tun, als sei ich gar nicht fort gewesen, oder … Es ist nun mal sehr aufschlussreich, Leute zu beobachten, die sich unbeobachtet fühlen. Und da gab es den zweitürigen Einbauschrank in der Diele, zentral gelegen, mit Belüftungsschlitzen in Augenhöhe, die groß genug waren, um durchzuschauen.

Ich stand direkt davor. Und noch ehe die Wohnungstür völlig offen war, hatte ich mich zwischen Staubsauger, Putzeimer und das Bügelbrett gequetscht, das ich noch nie gebraucht hatte, weil meine Mutter mir die Wäsche einschließlich meiner Hemden immer schrankfertig zurückbrachte.

Mein Sehfeld war zwar stark eingegrenzt, aber ich hatte alle Zimmer im Blick, mit Ausnahme des Badezimmers. Das lag neben dem Einbauschrank. Das Wohnzimmer befand sich direkt gegenüber. Die große Couch und der Beistelltisch mit dem Telefon darauf waren sehr gut zu sehen. Von der Küche sah ich nur eine Ecke vom Tisch und den Kühlschrank, im Schlafzimmer einen Teil vom Bett.

Von Candy sah ich erst einmal nichts, aber ich hörte sie. Zuerst die unbefangene Stimme: «Hallo, Mike. Tut mir Leid, dass es später geworden ist. Aber ich habe noch eingekauft, und …» Dann das Stutzen, das Zögern. Noch ein fragendes: «Mike?»

Sie kam dicht am Einbauschrank vorbei. Ich sah ein bisschen von ihrem Haar und hörte das schmatzende Federn von Gummisohlen auf den Keramikfliesen. Sie ging in die Küche, bepackt mit zwei Plastiktüten. Das Handtäschchen hatte sie unter den Arm geklemmt. Sie musste sich in irgendeinem Klo umgezogen haben, trug Jeans und die Blousonjacke mit den geräumigen Taschen. Wozu sie die angezogen hatte, war mir ein Rätsel, draußen waren es um die achtundzwanzig Grad. Vielleicht kaschierte sie mit der Jacke nur den prallen Geldgürtel, der unter einem T-Shirt zwangsläufig auffallen musste.

Die Tüten legte sie auf dem Tisch ab, suchte offenbar nach einer Nachricht. Ich hatte keine hinterlassen, und sie zuckte mit den Achseln. Ihr Gesicht bekam etwas Gleichgültiges. Sie griff in eine der Tüten, nahm den Inhalt heraus und legte ein Päckchen mit Frischfleisch in den Kühlschrank. Ein paar Joghurtbecher, eine Schale mit frischen Champignons und ein Toastbrot blieben vorerst auf dem Tisch liegen.

Candy nahm die zweite Tüte wieder auf und ging ins Schlafzimmer. Ihr Handtäschchen warf sie achtlos auf mein Bett, zog die Jacke aus, zerrte das T-Shirt aus der Jeans. Darunter trug sie den Gürtel mit ihrem Vermögen, löste ihn und warf ihn zu Jacke und Täschchen aufs Bett. Ihre Bewegungen und die Mimik dabei verrieten Wut und Frust. Fast rechnete ich damit, dass sie irgendetwas gegen die Wand schleuderte.

Anschließend zog sie das rote Kostüm und die hochhackigen Sandalen aus der Tüte, faltete das Kostüm akkurat auf meinem Bett zusammen. Dann wurde die Tür zugedrückt, anscheinend verstaute sie Kostüm, Schuhe, Gürtel und Plastiktüte in ihrer Reisetasche. Als sie die Schlafzimmertür wieder öffnete, hielt sie das ehemalige Gebetbuch in der Hand, nahm ihr Täschchen vom Bett, öffnete es, zog ein Foto heraus, betrachtete es sekundenlang mit eingezogener Unterlippe, schlug sich mehrfach damit in den linken Handteller und schob es dann in die Tasche zwischen dem gelösten Einband und dem festen Karton des Büchleins.

Danach ging sie ins Wohnzimmer, setzte sich auf die große Couch, legte das Buch auf den Beistelltisch, griff nach dem Telefon und nahm es in den Schoß. Ihre Finger huschten über die Tastatur, den Hörer mit der Schulter ans Ohr gepresst, verschränkte sie die Beine im Schneidersitz und begann zu lächeln, wehmütig, fast schmerzlich. Ihre Stimme passte nicht dazu, klang jung und sorglos, munter wie ein Spatz auf dem Dach.

«Ja, hier auch. Hallo, Mami, nicht böse sein, dass ich mich jetzt erst melde. Ich wollte dich vorgestern schon anrufen, und für gestern hatte ich es mir ganz fest vorgenommen. Aber du weißt ja, wie das ist, wenn ich mir etwas ganz fest vornehme. – Nein, das war bestimmt nicht das schlechte Gewissen. Du kannst dir gar nicht vorstellen, wie aufregend die letzten Tage waren. Hat Tante Gertrud dir nicht ausgerichtet, dass ich …»

Offenbar wurde sie unterbrochen, lauschte sekundenlang. Dann lachte sie zärtlich und intensiv. «Das kann ich mir denken. Aber ich habe ihr gleich gesagt, dass ich nicht die ganze Zeit in Augsburg bleibe. Und du weißt ja, wie sie ist. Sie ließ sich jeden Tag etwas Neues einfallen, um mich nicht zum Bahnhof bringen zu müssen. Da darf sie sich nicht wundern, wenn ich fahre, ohne mich zu verabschieden.»

Eine Pause, in der Mami vielleicht drei oder vier Sätze von sich gab, wobei Candy die Zähne in die Unterlippe grub. Dann sprach wieder sie, Protest vom Scheitel bis zu den Fußsohlen: «Onkel Paul hat mir erlaubt, die Tasche zu nehmen. Ich brauchte doch Verpflegung für unterwegs, und in meinem Rucksack war kein Platz mehr. Aber an ihrem Schreibtisch war ich nicht. Ich habe in ihrem Arbeitszimmer nur einen Fahrplan gesucht. Was vermisst sie denn? Vielleicht hat Onkel Paul ...»

Erneute Unterbrechung. Candy schob einen Daumen zwischen die Zähne und kaute am Nagel. Dann wieder munter und fröhlich: «Ja, natürlich, Mami, mir geht es bestens. Das war ein echter Glückstreffer, ehrlich. Die Leute sind alle sehr nett, eine richtig lustige Clique, alle in meinem Alter. – Nein, wir sind noch in Paris, in einer winzigen Pension am Montmartre. Die Besitzerin ist die Großtante von einem der Mädchen. Sie hat mir erlaubt, das Telefon in ihrem Büro zu benutzen, deshalb ist es so still, Mami. Morgen oder übermorgen wollen wir weiter.»

Daraufhin gab Mami wohl eine längere Erklärung ab oder stellte einige Fragen. Candy lauschte und knabberte dabei weiter am Daumennagel, dann sagte sie: «Drei oder vier Wochen, dachte ich. Die wollen runter nach Spanien, da möchte ich gerne mit. Leisten kann ich mir das, ich habe noch nicht viel ausgegeben. Hältst du es denn noch drei oder vier Wochen ohne mich aus? Du hast mir noch gar nicht gesagt, wie es dir geht. Alles okay bei euch? Was macht Helen? Sie leidet bestimmt unter der Hitze, oder?»

Jetzt sprach wieder Mami, und Candy wischte mit einem Handrücken über die Augen. Ihre Stimme klang ein wenig belegt. «Ich vermisse dich auch sehr. Aber du musst dir keine Sorgen machen, Mami, wirklich nicht. Du kennst mich doch. Ich passe gut auf, ehe ich einem auch nur die Hand gebe, habe ich ihn mir ganz genau angeschaut. – Bis dann, Mami, ich hab dich lieb. Grüß alle und gib Dad einen dicken Kuss von mir.»

Sie legte auf, stellte das Telefon zurück auf den Tisch. Das Gesicht so starr wie eine Gipsskulptur, griff sie nach dem zweckentfremdeten Gebetbuch, betrachtete es mit zuckenden Lippen, wiegte den Oberkörper vor und zurück wie ein Kind auf einem Schaukelpferd. Dabei schluchzte sie gerade so laut, dass ich es noch verstand: «Was soll ich bloß tun, Muttileinchen? Ich weiß nicht mehr weiter. Warum hilfst du mir nicht? Hilf mir doch.»

Minutenlang ging es so, ehe sie das Schaukeln einstellte und ihre Sitzhaltung veränderte. Nie im Leben werde ich diesen Anblick vergessen. Ich muss nicht einmal die Augen schließen, um es überdeutlich vor mir zu sehen. Mit nackten Füßen, die Beine untergezogen, einen Ellbogen auf die Couchlehne gestützt, den Kopf gesenkt, saß sie da, das kleine, ledergebundene Buch auf den Oberschenkeln.

Als sie den Kopf hob, das Deckblatt zurückschlug, mit den Fingerspitzen über die erste eingeklebte Seite strich, sah ich, dass sie weinte. Ich sah auch, dass ihre Lippen sich bewegten. Sie murmelte etwas. Verstehen konnte ich nichts. Und ich wollte nur noch verschwinden. Aber da hatte ich mir nun selbst einen großen Riegel vorgeschoben.

Länger als eine Stunde steckte ich noch zwischen Staubsauger, Putzeimer und Bügelbrett im Schrank fest und durfte mich nicht bewegen, um keinen Lärm zu verursachen. Beobachtete durch die Belüftungsschlitze, wie Candy zuerst den Tränen freien Lauf ließ, nicht einmal den Versuch machte, sie mit dem Handrücken von den Wangen zu wischen. Nur das

Buch schützte sie davor, indem sie es zuerst mit beiden Händen abdeckte und später gegen die Brust drückte. Aus den Tränen wurde ein Zucken und Schluchzen, der ganze Körper erzitterte darunter, wurde durchgeschüttelt wie in einem Krampf.

Es war kein Vergleich mit den Tränen, die in der Nacht zum Sonntag geflossen waren. Das war schon schlimm gewesen, nun war es weit schlimmer. Und die ganze Zeit über saß sie steif und aufrecht da, kniff vor Elend und Schmerz die Augen zusammen, presste die Lippen aufeinander, grub die Zähne hinein. So hatte ich noch nie einen Menschen weinen sehen.

Jedes Mal, wenn ich dachte, ich könne es keine Minute länger ertragen, beruhigte sie sich ein wenig, um dann erneut in dieses Elend auszubrechen. Nur ganz allmählich fand die Verzweiflung ein Ende. Die Schluchzer wurden weniger, ein paar Mal schüttelte sie so heftig den Kopf, als wolle sie irgendwelche Gedanken zu den Ohren hinausschleudern. Dann endlich legte sie das Büchlein zurück auf den Tisch und erhob sich von der Couch.

Sie kam in die Diele, und einen Moment lang befürchtete ich, sie würde den Schrank öffnen. Aber sie ging nur ins Bad und schloss die Tür hinter sich. Als sie den Wasserhahn aufdrehte, nutzte ich die Gelegenheit zur Flucht.

Es war tatsächlich eine Flucht. Ich saß danach minutenlang im Auto, völlig verunsichert und erschüttert, im Zweifel, ob ich nicht wieder hinaufgehen müsste. Ganz offen die Wohnung betreten, nach ihr rufen, ihr Gesicht betrachten, feststellen, dass sie geweint hatte und fragen, warum. Sie in die Arme nehmen. Mehr wollte ich gar nicht, sie nur halten und trösten, wenn das möglich sein sollte. Und den Grund erfahren für diesen Ausbruch und ihre Schwindeleien.

Ich kannte sie erst seit zwei Tagen, wusste so gut wie nichts von ihr, spürte nur den unbändigen Drang, sie zu beschützen und ihr zu helfen. Sie war so sehr Kind in Mutters Schuhen. Ein einsames Kind und ein völlig verzweifeltes. Und ich wollte wissen, woran sie verzweifelte. Dass ich es von ihr selbst erfahren würde, glaubte ich nicht. Dann hätte sie doch in den beiden Tagen mal etwas gesagt, zumindest eine Andeutung gemacht. Also ließ ich den Motor an und fuhr über die Mülheimer-Brücke zurück.

Eine halbe Stunde später betrat ich die Agentur. Frau Grubert lächelte bei meinem Eintreten sanft. «Der Chef möchte Sie sprechen, Herr Schröder.»

Ob Hamacher eigens auf mich gewartet hatte, keine Ahnung. Viel Zeit hatte er nicht, der nächste Termin drückte. Statt einer Begrüßung grinste er und erkundigte sich jovial: «Was sollte denn die Verfolgungsjagd eben?»

Meine Antwort wartete er nicht ab, sprach gleich weiter: «Frau Grubert sagte, du kennst diese Frau – Schmitt und ihre Familie.» Vor dem Namen ließ er gekonnt eine Pause einfließen. Ich sollte wissen, wie er darüber dachte. «Woher? Und was verstehst du unter flüchtig?»

Da ich nicht sofort antwortete, zuckte er mit den Achseln. «Na, das geht mich ja nichts an. Aber verrate mir wenigstens, warum du unbedingt sofort hinter ihr herfahren musstest und dafür ein unauffälliges Auto brauchtest. Darum ging es doch. Und wenn möglich wüsste ich auch gerne ihren richtigen Namen.»

«Schmitt», sagte ich. «Candida Schmitt, Rufname Candy. Die Familie hat lange Zeit in den Staaten gelebt. Vor zwei Jahren sind sie zurück in die alte Heimat gekommen.»

Hamacher grinste wieder und meinte lakonisch: «Wenn du das so genau weißt, nehme ich mal an, du hast beim Umzug geholfen. Und warum warst du hinter ihr her?»

«War ich gar nicht», widersprach ich und mischte die Tatsachen mit der Version, die ich bereits geboten hatte. «Frau Grubert hatte mich herzitiert. Ich musste ein Taxi nehmen, weil mein Auto nicht ansprang. Als ich unten reinkam, sah ich Candy zufällig im Aufzug und fragte mich, was sie hier wollte.»

«Das wusstest du doch», stellte Hamacher fest. «Sie sucht einen früheren Bekannten ihrer Mutter. Warum?»

«Habe ich Frau Grubert doch schon erklärt», sagte ich. «Ich weiß es nicht.»

«Na schön», meinte Hamacher, steuerte dabei bereits das Vorzimmer an und teilte noch mit: «Ich muss weg. Da ist ein Band. Die ersten Minuten fehlen. Den Rest schaust du dir bitte an, wir reden darüber, wenn ich mehr Zeit habe.»

Sehr wichtig war es ihm offenbar nicht, sonst hätte er einen Termin genannt, mich eventuell sogar dazu verdonnert, zu bleiben, bis er zurückkäme. Aber er wusste ja auch nicht, wo Candy derzeit ihr Quartier aufgeschlagen hatte.

Sein Büro war seit geraumer Zeit mit einer Videoanlage ausgestattet. Zwei fest installierte Kameras, von denen eine auf die beiden Sessel vor seinem Schreibtisch und die andere auf die gemütliche Sitzgruppe in der Ecke gerichtet war, sowie ein kleiner Monitor zur Wiedergabe. Der Monitor war im Schreibtisch eingebaut. Man sah ihn nur, wenn man auf Hamachers Platz saß.

Auch die beiden Kameras stachen nicht unbedingt ins Auge, obwohl sie für heutige Verhältnisse fast klobig waren. Eine steckte im Schreibtisch, da musste nur die Abdeckung vom Objektiv entfernt werden, das geschah automatisch, wenn Hamacher aufs Knöpfchen drückte. Und es fiel nur auf, wenn man das Möbel genau betrachtete. In geschlossenem Zustand unterschied sich die Abdeckung nicht von den anderen Schnörkeln oder Rosetten, mit denen Hamacher die Rückseite seines Schreibtischs zur Tarnung hatte ausstatten lassen. Die zweite Kamera befand sich in einer Vitrine hinter der Maske eines afrikanischen Medizinmannes, so sah die Fratze zumindest aus. Auch die hatte Hamacher eigens für diesen Zweck anfertigen lassen.

Er benutzte die Anlage selten, eigentlich nur bei privaten Auftraggebern, die vielleicht ganz etwas anderes wollten als das, was sie vorgaben. So einen Fall hatten wir 1986 gehabt, als ich gerade erst ein paar Monate dabei war. Ein verlassener Ehemann suchte seine Frau und die beiden Kinder, weil er angeblich fürchtete, der neue Partner seiner Frau habe mit den Kleinen Übles im Sinn. Er wolle sich nur überzeugen, dass es den Kindern gut ginge, hatte er sein Ansinnen begründet.

Philipp Assmann spürte die Familie auf. Hamacher leitete die Adresse an den Auftraggeber weiter. Und zwei Tage später waren Frau und Kinder tot, kaltblütig erstochen vom besorgten Ehemann und Vater, der dann auch noch versuchte, das Blutbad dem neuen Lebenspartner in die Schuhe zu schieben, und Hamacher als Zeugen für seine väterliche Besorgnis benannte.

«Du siehst den Leuten ins Gesicht», hatte Philipp Assmann gesagt. «Aber hinter die Stirn kannst du ihnen nicht blicken.»

Natürlich nicht, Hamacher meinte jedoch, wenn man sich die Stirn oft genug anschaue, auf Gestik, Mimik und Wortwahl achte, bekäme man vielleicht doch den Durchblick. So betrachtet war es eine reine Vorsichtsmaßnahme, dass er die Anlage bei Candy in Betrieb genommen hatte. Bei Leuten, die man nicht kannte, sollte man immer vorsichtig sein.

Ich machte es mir hinter Hamachers Schreibtisch bequem, schob die Abdeckung des Monitors beiseite und musste danach nur zwei Knöpfe drücken. Gleich darauf erschien Candy auf dem Monitor. Sie saß auf der Couch der Sitzgruppe, die Beine züchtig zusammengestellt, was bei dem kurzen Rock aber nicht viel half. Vor ihr auf dem Tisch stand weder eine Tasse noch ein Glas. Ungewöhnlich, normalerweise bekam jeder Besucher von Hamacher umgehend ein Getränk offeriert.

Das rote Handtäschchen hielt sie geöffnet im Schoß, kramte darin und zog ein Foto heraus. Sie hatte ihm wohl schon einiges erzählt, ehe er die Anlage in Betrieb nahm und sich ebenfalls zur Sitzecke begab. Er nahm in einem der Sessel Platz und betrachtete ungeniert ihre nackten Schenkel. Als sie ihm das Foto reichte, fand er endlich einen Fluchtpunkt für seine Augen.

Candy zupfte am Rocksaum, vergebens natürlich, länger wurde das Röckchen davon nicht. Ihre Stimme klang kühl und sachlich. «Das ist der Mann.»

Es musste sich um das Foto handeln, das sie ihrem Handtäschchen entnommen und unter den abgelösten Einband des Gebetbuchs geschoben hatte. Wer darauf abgebildet war, konnte ich nicht erkennen, dafür war der Monitor zu klein. Aber ich sah, dass Hamacher für einen Moment irritiert die Stirn runzelte.

«Seinen Namen wissen Sie wirklich nicht?», fragte er. «Nicht einmal den Vornamen?»

Candy schüttelte den Kopf, ihr Gesicht wurde vom Anflug eines um Wohlwollen bettelnden Lächelns überzogen, das sofort wieder erlosch, weil Hamacher es nicht erwiderte. Ersatzweise schlug sie die Beine übereinander. Aber Hamacher hielt den Blick nun auf ihr Gesicht gerichtet und lauschte ihren Ausführungen.

Viel wusste sie wahrhaftig nicht. Der Mann auf dem Foto habe zumindest 1970 in Köln-Sülz gelebt und als Gastdozent an der Universität unterrichtet, meinte sie. In Ermangelung anderer Fakten erzählte sie, was sie den Vormittag über getan hatte.

Mit dem Bild die Universität heimgesucht – und wahrscheinlich für geraume Zeit das Sekretariat lahm gelegt. Anschließend war sie bei einem Straßenverkehrsamt gewesen – weil auf dem Foto nicht nur ein Mann, sondern auch ein schwarzer Porsche abgebildet war. Erreicht hatte sie jedoch nichts. Logisch, auf Ämtern bekamen Privatpersonen keine Auskunft. Danach hatte sie noch ein paar Detektive in ihren Büros begutachtet und sich für den Besten entschieden.

Hamacher gestattete sich ob dieser Schmeichelei ein Grinsen und jetzt doch einen Blick auf die übereinander geschlagenen Schenkel. Dann wollte er wissen, wie sie sich das vorstelle. Ob er seine Mitarbeiter mit dem Foto in der Stadt herumlaufen, es Passanten auf den Straßen vorhalten oder Lokale damit abklappern lassen sollte.

«Man kann doch das Autokennzeichen gut lesen», sagte Candy. Ihr Ton machte deutlich, dass sie darauf ihre gesamte Hoffnung setzte. Vergebliche Hoffnungen. Bei den Straßenverkehrsämtern wurden die Daten vier Jahre nach der Stilllegung eines Fahrzeugs gelöscht. Das Foto musste mindestens zwanzig Jahre alt sein. So lange hielten nur Liebhaberfahrzeuge, die sorgsam gepflegt wurden. Hamacher erklärte ihr das.

«Wenn Sie nicht mehr haben als dieses Foto», sagte er, «und nicht mehr wissen, als dass dieser Mann vor zwanzig Jahren in Köln-Sülz gelebt hat und zu der Zeit einen Porsche fuhr, ist das bitter wenig, und es macht die Suche völlig aussichtslos. Man muss auch die Kosten bedenken, nicht wahr?»

«Die spielen keine Rolle», erklärte Candy, löste ihren Gürtel, zog den Reißverschluss an der Innenseite auf, zerrte Bündel um Bündel die Geldscheine heraus und stapelte sie auf dem Couchtisch. «Das sind siebentausend Mark.» Kurze Pause. «Wenn das nicht reichen sollte …» Sie sprach nicht weiter. Stattdessen zupften ihre Finger wieder am Rocksaum, doch diesmal zogen sie ihn nicht nach unten, im Gegenteil. Ihr linker Fuß mit der aufreizenden Sandale wippte leicht.

Ich konnte es kaum fassen, aber es sah so aus, als deute sie an, dass sie sich auch auf andere Weise erkenntlich zeigen könne. Hamacher ignorierte ihre Bemühungen und entschloss sich, ein wenig direkter vorzugehen, um sie loszuwerden. «Es tut mir wirklich sehr Leid, Frau – Schmitt.»

Da war sie wieder, die Pause vor dem Namen. «Aber ich kann Ihnen absolut keine Hoffnungen machen. Ich kann mir vorstellen, dass Ihnen die Sache viel bedeutet. Sonst wären Sie nicht hier.»

Candy stellte das Fußwippen ein und schüttelte den Kopf. Ihre Lippen zuckten. «Sie können sich nicht vorstellen», sagte sie, und das kleine Wörtchen «nicht» klang wie ein Hammerschlag, «wie viel mir diese Sache bedeutet. Dieser Mann war nicht einfach nur ein Freund meiner Mutter. Er war ein sehr guter Freund. Und ich würde alles tun, um ihn zu finden.»

Deutlicher muss niemand werden, um die große Liebe begreiflich zu machen und die eigene Entschlossenheit. Ihre Stimme tat ein Übriges. Da war er wieder, dieser Trauerflor, den ich schon mehrfach bemerkt hatte, wenn sie von ihrer Mutter sprach. Ihre Kehle ruckte, sie musste schlucken, bevor sie es aussprechen konnte. «Meine Mutter hat ein paar wundervolle Monate mit diesem Mann verbracht. Leider war er zu der Zeit noch gebunden, deshalb hat sie die Beziehung beendet.»

Das hatte sie mir ja auch erzählt. Auf dem Monitor senkte sie den Kopf, nestelte wieder am Rocksaum und erklärte mit merklich gedämpfter Stimme, was sie mir gegenüber ganz anders dargestellt oder einfach verschwiegen hatte: «Meine Mutter hat nichts von ihrem Leben gehabt, gar nichts, von den wenigen Monaten hier in Köln einmal abgesehen. Mein Vater ist Wissenschaftler – mit Leib und Seele, wenn Sie verstehen. Die Familie kam für ihn immer an zweiter Stelle. Er hat uns lieb – auf seine Weise. Aber er war nie wirklich für uns da und hat nie begriffen, was er meiner Mutter damit angetan hat.»

Ihr Oberkörper wiegte sich leicht vor und zurück, was ihr aber anscheinend sofort bewusst wurde. Sie richtete sich gerade auf, umfasste mit beiden Händen das obere Knie und schaute Hamacher direkt an. «Haben Sie schon einmal davon gehört, dass viele Ärzte einen unmittelbaren Zusammenhang zwischen bestimmten Tumorformen und der Psyche sehen? Meine Mutter ist ein klassischer Fall. Sie hätte gerne mehr Kinder bekommen, mein Vater wollte das nicht und wusste es zu verhindern. Da wurde sie krank. Zuerst die linke Brust, da war ich fünf. Als man ihr die rechte amputieren musste, war ich sieben und schon alt genug, um meinem Vater für einige Zeit Gesellschaft zu leisten. Als ich zehn war, mussten ihr die Gebärmutter und die Eierstöcke entfernt werden. Danach eine Niere. Jetzt ist es der Darm, inoperabel, sagen die Ärzte. Sie wird im Höchstfall noch ein Vierteljahr leben. Dass ich hier bin, weiß sie nicht. Niemand weiß das. Sollte meine Familie davon erfahren, werde ich eine Menge Ärger bekommen. Aber ich würde alles tun, wirklich alles, um meiner Mutter zu ermöglichen, diesen Mann noch einmal zu sehen, bevor sie ...»

Ihre Stimme brach. Die Augen wurden so rund und groß, dass es einen Stein erweicht hätte. «Es wird für den Mann keinerlei Scherereien geben, das verspreche ich. Zurzeit ist meine Mutter daheim. Aber in drei oder vier Wochen muss sie wieder in die Klinik. Und so beschäftigt, wie mein Vater immer ist, kann ich es arrangieren, dass sie dort besucht wird, ohne dass er oder sonst jemand davon erfährt. Ich will doch nur, dass sie sich noch einmal daran erinnert, wie schön Leben sein kann. Wenn ich mit dem Mann reden könnte, für ihn wäre es doch eine Kleinigkeit, an einem Tag zu erledigen. Und er hat sie doch auch einmal geliebt.»

Hamacher blieb kühl und sachlich, in keiner Weise angerührt. «Das ist eine sehr traurige Angelegenheit, Frau Schmitt», sagte er. «Und wenn ich eine wirtschaftlich vertretbare Möglichkeit sähe, würde ich Sie nicht abweisen. Aber wie ich schon sagte, ich halte es für völlig aussichtslos.»

«Aber dieser Vermieter lügt.» Candys Stimme kippte verdächtig. «Wenn Sie wenigstens einmal mit ihm reden könnten. Bitte, oder schicken Sie einen Ihrer Mitarbeiter. Ich habe mich da vielleicht falsch benommen. Ich bin zu heftig geworden. Aber Sie, bitte, wenn ein Mann wie Sie mit ihm spricht, bekommt es doch viel mehr Gewicht. Er wird Ihnen den Namen nennen, da bin ich sicher. Und wenn man den Namen hat, ist es doch einfacher.»

«Haben Sie sich nie gefragt, warum Ihre Mutter den Namen verschweigt?», wollte Hamacher wissen. «Dafür muss es doch Gründe geben.»

«Ich sagte doch, er war damals gebunden. Meine Mutter wollte ihm keine Schwierigkeiten …»

«Das ist kein Grund», schnitt Hamacher ihr das Wort ab. «Es tut mir wirklich Leid, Frau Schmitt. Aber ich kann nichts für Sie tun.»

Mit dem letzten Wort erhob er sich auch bereits und deutete einladend auf die Tür zum Vorzimmer. Es war ein glatter Rauswurf. Candy stand notgedrungen ebenfalls auf. Dann war auf dem Monitor nur noch Flackern zu sehen.

Ich saß noch minutenlang in Hamachers Sessel und fühlte mich wie der größte Trottel aller Zeiten, weil sie mir doch schon im Zug erzählt hatte, dass ihre Mutter an Krebs erkrankt war. Gleichzeitig war ich wie vor den Kopf gestoßen und dankbar, dass Hamacher nicht in der Nähe war. Jetzt bekam alles einen Sinn, ihre Enttäuschung über den Löwen Leo, der nicht mehr daheim wohnte, und seine Mutter, die angeblich nichts wusste – oder nichts sagen wollte. Ihre Wut über den vermeintlich lügenden Vermieter in Köln-Sülz, ihre bodenlose Verzweiflung, die Hilflosigkeit, ihr Telefongespräch mit Mami, die Flunkereien und die Tränen.

Und das passte nicht zu Hamacher, das nicht. Er war kein mildtätiger Menschenfreund, und seine Agentur war nicht die Caritas oder das Rote Kreuz. Zudem waren wir ziemlich ausgelastet mit Aufträgen. Aber so eine kleine Spielerei nebenher, aus Spaß an der Sache oder um der alten Zeiten willen. Dass er einem verzweifelten jungen Mädchen solch eine Bitte hatte abschlagen können, wollte mir nicht in den Kopf.

Gut, sie hatte es auch bei ihm falsch angefangen. Doch was tat man nicht alles in der Not? Es war nicht völlig aussichtslos. Und wirtschaftlich vertretbar, solch einen Quatsch hatte ich bis dahin noch nie von Hamacher gehört.

6. Kapitel

Als ich – wieder mit einem Taxi und ohne Fotoapparat – heimkam, war es kurz vor sechs. Candy saß auf der Couch neben dem Telefon, in derselben Position wie am Nachmittag, aber ruhig, irgendwie verträumt. Dass sie herzzerbrechend geweint hatte, sah man ihrem Gesicht nicht mehr an. Sie musste es sehr lange gekühlt haben, hatte sich die Stereoanlage angemacht und hörte leise Musik. Pink Floyd – «Wish You Were Here».

Als ich die Diele betrat, sprang sie mit beiden Beinen zugleich auf den Boden. «Hallo, Mike.»

Auf nackten Füßen kam sie auf mich zu. Einen Augenblick lang rechnete ich damit, dass sie die Arme um meinen Nacken schlang. Aber dicht vor mir blieb sie stehen, legte beide Hände auf den Rücken und wippte auf den Zehenspitzen. Dann kam ein lang gezogener Seufzer.

«Da bist du ja endlich. Ich habe mir schon Sorgen gemacht. Wo warst du denn die ganze Zeit? Warum hast du mir keinen Zettel hingelegt? Ich wusste gar nicht, was ich tun sollte.»

So begrüßt man Leute, die man seit einer Ewigkeit kennt und für einige Zeit entbehren musste. Ihre Stimme klang tatsächlich nach Erleichterung.

«Ich bekam einen Anruf und musste ins Büro», erklärte ich wahrheitsgemäß.

Sie zuckte unbehaglich mit den Achseln, ein Hauch von Schuldbewusstsein schob ihr kurz die Zungenspitze über die Lippen. «Aber du hast doch Urlaub. Ich dachte nicht, dass du wegmusst, sonst hätte ich nicht …»

«Ich habe mir ein Taxi genommen», sagte ich knapp.

Sie seufzte zum Gotterbarmen. «Du klingst so komisch, Mike. Bist du mir böse, weil ich dein Auto genommen habe?»

«Dir nicht», sagte ich, «nur meinem Chef.»

Das leuchtete ihr sofort ein. Wer aus dem Urlaub gepfiffen wurde, durfte sauer sein. Der vertraute Strom brach sich für ein, zwei Minuten seine Bahn. Ein Satz nach dem anderen, so rasch, dass sie fast übereinander purzelten.

«Ich hatte eine Menge zu erledigen, weißt du. Und ich dachte, wo du Urlaub hast und daheim bleibst, brauchst du den Wagen ja nicht. Und ich fahre gut, Mike, ehrlich, da musst du dir überhaupt keine Sorgen machen. Ich hatte das ganze letzte Jahr Mamis Wagen, der ist noch größer als deiner. Mit der Straßenbahn wäre das viel zu umständlich gewesen, damit kenne ich mich hier ja auch gar nicht aus. Und Taxi ist immer gleich so teuer. Das Geld habe ich lieber für wichtige Dinge ausgegeben. Ich habe nämlich eingekauft. Wenn ich gewusst hätte, wann du heimkommst, hätte ich schon angefangen zu kochen. Ich mache uns sofort etwas. Du bist doch sicher hungrig. Schnitzel, das geht ganz schnell. Du magst doch Schnitzel.» Und gleich weiter, ohne auf eine Antwort zu warten. «Mit frischen Pilzen und Zwiebeln und Röstkartoffeln und dazu Maissalat.»

«Mit Thunfisch und Zwiebeln», sagte ich.

Sie lachte und huschte in die Küche. «Nur mit Zwiebeln und Sauerrahmdressing.»

Es war schon merkwürdig, wie vertraut das alles bereits war. Aber Gewissheit war auch nicht zu verachten. Frau – Schmitt. Man durfte Hamachers Instinkt oder seine Berufserfahrung nicht unterschätzen. «Während du dich um das Essen kümmerst», sagte ich, «ziehe ich mir etwas Bequemeres an.» Eine glaubwürdige Erklärung für die Schlafzimmertür, die ich dann hinter mir schloss.

Ihr Handtäschchen lag nicht mehr auf meinem Bett, aber ihre Reisetasche war nicht abgeschlossen. Die gefaltete, leere Plastiktüte und der prall gefüllte Geldgürtel lagen obenauf. Das rote Täschchen steckte an der Seite. Sein Inhalt war dürftig.

Eine Dreimonatspackung Antibabypillen, in der sich zwei volle und ein angebrochener Streifen befanden. Was mich wohl ein bisschen wunderte, weil sie doch warten wollte, bis sie sich ihrer Gefühle für einen Mann völlig sicher war. Warum hatte sie dann bereits angefangen, ein Verhütungsmittel zu schlucken? Sie hatte doch bestimmt nicht einkalkuliert, beim Europatrip den Mann fürs Leben zu finden. Andererseits mochte es medizinische Gründe geben, meine Schwester hatte vor Jahren auch behauptet, sie brauche die Pille, weil sie einen unregelmäßigen Zyklus hätte und eine entzündliche Akne.

In Candys Geldbörse steckten ein Fünfzigmarkschein, ein paar Münzen und mein Kfz-Schein, hübsch in der Mitte geknickt, was ich bisher vermieden hatte. Aber die Börse war wirklich winzig. Außerdem fand ich einen Taschenkalender mit dem Werbeaufdruck einer Versicherung und einem herausnehmbaren Adressenverzeichnis. Ich blätterte es durch, es enthielt nur die Adressen von Tante Gertrud in Augsburg, Vetter Tom in Philadelphia und ein paar weiteren in Hamburg, zu denen jeweils auch nur ein Vorname vermerkt war.

Im Plastikeinband des Taschenkalenders steckten ihr Personalausweis und der Führerschein. Der war erst vor einem halben Jahr in Hamburg ausgestellt worden, demnach konnte sie nicht das ganze letzte Jahr Mamis großen Wagen gefahren haben. Kleine Übertreibung, aber sie fuhr ja wirklich gut.

Ihren Ausweis hatte sie vor zwei Jahren in Hamburg erhalten. Und allzu kompliziert wollte sie ihre Verschleierungstaktik wohl nicht gestalten, um sich nicht zu verheddern. Sie hatte keinen falschen Namen genannt, lediglich die letzten drei Buchstaben des richtigen unterschlagen. Schmitting, Candida, geboren: 18. Mai 1971, Geburtsort: Philadelphia, USA, Staatsangehörigkeit: Deutsch. Auf der Rückseite eine Adresse in Hamburg-Blankenese – arm konnte ihre Familie demnach nicht sein –, Körpergröße, Augenfarbe, keine besonderen Kennzeichen.

Das Geburtsdatum passte für mein Empfinden nicht so ganz zu dem Foto von Helga im Mai 1971 und Candys Behauptung, da wäre sie drei Wochen alt gewesen. Der Kirschbaum auf dem Bild hatte in voller Blüte gestanden, und das taten Kirschen meines Wissens Anfang Mai. Aber war wohl witterungsabhängig. Es mochte 1971 ein kaltes Frühjahr gewesen sein. Oder die Bäume in Philadelphia schlugen grundsätzlich etwas später aus als bei uns. Wie hätte ich das wissen sollen? So wichtig schien mir das auch nicht.

Ich verstaute alles wieder im Täschchen, zog Jacke, Hemd und Hose aus, einen Jogging-Anzug an und ging zurück in die Küche. Candy stand neben dem Herd, bewachte die beiden zwischen Pilzen in der Pfanne brutzelnden Schnitzel, schnitt zwei dicke Zwiebeln in Scheiben, verteilte sie in Ringen über Fleisch und Champignons und weinte dabei ein paar Zwiebeltränen.

Nur ein paar Minuten später saßen wir uns am Tisch gegenüber. Beim Essen erzählte sie, sie habe den gesamten Vormittag auf dem Gelände der Universität verbracht, sich alles angeschaut und sogar noch einen Mann aufgespürt, der sich an ihre Mutter erinnerte. Ein alter Professor.

Sie konnte kauen, schlucken, schwindeln und dabei noch an ihrer Coladose nuckeln – «Ein Glas brauche ich nicht, Mike, das macht nur mehr Abwasch.»

Der alte Professor hatte sich natürlich, trotz der inzwischen vergangenen zwei Jahrzehnte, noch lebhaft an seine Musterstudentin Helga erinnert und es aufrichtig bedauert, dass sie ihr Studium abgebrochen hatte, um in die Staaten auszuwandern. Natürlich wusste er auch noch, wie beliebt Helga bei allen Kommilitonen gewesen war und dass sie zwei besonders gute Freunde gehabt hatte. Leo Scherer und den Mann aus Köln-Sülz.

Letzteren hatte Helga ihrem Professor sogar einmal persönlich vorgestellt – auf dem Universitätsgelände. Deshalb vermutete Candy, es sei ein Gastdozent gewesen. Leider hatte es davon so viele gegeben, dass man ihr im Sekretariat überhaupt nicht hatte helfen können.

Ein Seufzer und einer von den seelenvoll naiven Blicken. Candy war die Unschuld in Person und flunkerte weiter, was das Zeug hielt. Unglücklicherweise hatte sich der alte Professor nicht mehr auf den Namen des möglichen Gastdozenten entsinnen können. Aber dass dieser Mann in Köln-Sülz gewohnt und einen schwarzen Porsche gefahren hatte, das wusste er noch. Alte Leute hatten ja oft ein Gedächtnis, das nur noch um drei Ecken herum funktionierte. Das Kennzeichen des Porsche war ihm nämlich auch noch bekannt gewesen. Candy war mit dieser Information natürlich sofort zum Straßenverkehrsamt gefahren …

Warum sie mir das erzählte – ich war vielleicht ein wenig naiv, im privaten Bereich manchmal wohl auch zu leichtgläubig und manchmal regelrecht blind. Aber wenn mir erst der berüchtigte Kronleuchter aufgegangen war, konnte ich sehr schnell eins und eins zusammenzählen.

Ein gutmütiger und hilfsbereiter Steuerberater mochte neben einem so erfolgreichen Privatdetektiv wie Hamacher zweite oder sogar dritte Wahl sein. Doch nach Hamachers herber Abfuhr musste die dritte Wahl zwangsläufig zur letzten Hoffnung werden. Man durfte nicht vergessen, dass Steuerberater regen Kontakt zu Finanzämtern pflegten und dass auch die Kfz-Steuer vom Finanzamt eingetrieben wurde.

Ich war ziemlich sicher, dass sie das Autokennzeichen nur aus dem Grund ins Spiel brachte. Und ich war kein Schauspieler, sah ihr Gesicht auf dem Monitor vor mir und die Jammergestalt im Blümchenkleid, hörte Helgas Leidensgeschichte und Candys inbrünstige Bitten an Hamacher.

Und ich sagte: «Ich wurde gegen Mittag ins Büro gerufen, Candy. Als ich in die Eingangshalle kam, fuhr der Aufzug gerade nach oben. Ich weiß, dass du im zweiten Stock warst. Wir machen die Steuererklärungen für die Agentur Hamacher.»

Ich konnte es längst nicht so perfekt wie sie, aber ich war

ganz zufrieden mit dem Ergebnis. Und ihr jetzt zu gestehen, dass dieser Mann ohne Herz mein Arbeitgeber war, hielt ich nicht für gut.

Mein erster Satz hatte ihren Redefluss unterbrochen, mein letzter veranlasste sie zur Aufmerksamkeit. Ich sprach ruhig weiter. «Ich musste ohnehin zu Hamacher und hörte, wie die Empfangsdame und seine Sekretärin über dich sprachen. Dein Kostüm war nicht ganz nach ihrem Geschmack. Ich habe mich bei Hamacher nach dir erkundigt. Als er hörte, dass ich dich kenne, hat er mir ein Band gezeigt. Ein Videoband, Candy. Er hat das gesamte Gespräch mit dir aufgezeichnet.»

«Das ist ja eine Unverschämtheit», begehrte sie auf. «Wie kommt dieser Mensch dazu? Der darf mich doch nicht filmen, ohne zu fragen, ob ich einverstanden bin.»

«Doch, darf er», behauptete ich. «In seinen Räumen dürfte er sogar den Papst filmen, aber der wird ihn wohl nie besuchen.»

«Aber er darf niemandem erzählen, warum ich bei ihm war. Er hat doch Schweigepflicht. Dem werde ich …»

Ihre rechte Hand fuhr mitsamt dem Messer auf und ab. Ich griff nach dem Handgelenk und hielt es fest, damit sie sich nicht noch verletzte. «Detektive haben keine Schweigepflicht. Bei der Polizei müssen sie sogar Auskunft geben. Warum hast du mir nicht die Wahrheit gesagt, Candy?»

Sie senkte den Kopf und betrachtete die Reste auf ihrem Teller. Nach einer halben Ewigkeit hob sie den Kopf wieder, schaute mir ins Gesicht und erklärte: «Ich wollte dich damit nicht belasten, Mike. Ich will kein Mitleid, deshalb gehe ich damit nicht hausieren. Oder soll ich mir ein großes Schild um den Hals hängen? Ich möchte den letzten Wunsch meiner Mutter erfüllen.»

«Ist es ihr letzter Wunsch?», fragte ich. «Oder glaubst du nur, ihr damit einen Gefallen zu tun? Vielleicht will sie den Mann gar nicht wiedersehen. Er hat sie damals belogen. Für ihn war sie vielleicht nur eine kleine Affäre. Und ich könnte mir vorstellen, dass sie das weiß. Ich meine, Hamacher hat nicht völlig Unrecht, wenn er sagt, es müsse Gründe geben, wenn sie seinen Namen verschweigt.»

Ein gallebitteres Lachen. «Du hast doch keine Ahnung, Mike. Ihr habt alle keine Ahnung. Männer! Was wisst ihr denn, wie einer Frau zumute ist, deren Leben vergeudet wurde? Meine Mutter verschweigt nicht bloß seinen Namen, sie verschweigt alles. Immer nur lächeln, immer vergnügt, und wie es drinnen aussieht, geht niemand was an. Kennst du die Operette: Land des Lächelns? Das ist ihr Lieblingslied. Ich könnte heulen, wenn sie diese Platte auflegt und auch noch mitsingt.»

Bei den nächsten Worten troff ihre Stimme vor Sarkasmus: «Nein, Schätzchen, ich habe keine Schmerzen, meine Organe mögen sich auflösen, ich mag innerlich verfaulen, aber es geht mir gut, ich fühle mich wunderbar. Würde ich sonst singen?»

Dann kippte ihre Stimme wieder. «Sie tun, als wäre überhaupt nichts. Immer belügen sie mich. Immer schicken sie mich weg, wenn es kritisch wird. Jetzt auch wieder. Mach dir eine schöne Zeit, Schätzchen. Sie denken, ich merke nichts. Bis vor einem halben Jahr wusste ich auch nicht, wie schlimm es wirklich ist. Dass sie oft krank war, habe ich natürlich gemerkt, obwohl sie versucht hat, sogar das vor mir zu verbergen. Sie haben mir nicht einmal erklärt, warum sie vor zwei Jahren unbedingt zurück nach Hamburg wollte und warum Dad sofort nachgab, obwohl er dafür seinen heißgeliebten Job aufgeben musste. Aber sie wollte nicht in Philadelphia sterben. Sie will in Hamburg beerdigt werden. Wir haben dort ein Familiengrab, da liegen auch ihre Eltern.»

Ein Schniefen, ein rascher Handstrich über die Augen. «Vor drei Monaten habe ich selbst einmal mit ihrem Arzt gesprochen. Und ich dachte …» Sie sprach den Satz nicht zu Ende, winkte ab. «Vergiss es, Mike. Vergiss es einfach wieder. Wen interessiert denn, wie es bei uns zugeht und was ich dachte?»

«Mich interessiert es», sagte ich.

Sekundenlang betrachtete sie mich, skeptisch und zweifelnd, atmete vernehmlich durch und zuckte mit den Achseln. «Ich hatte mir das wohl viel zu einfach vorgestellt. Dass ich herkomme und jeder mir hilft, diesen Mann zu finden. Natürlich auch, dass er bereit ist, meine Mutter zu besuchen. Und vielleicht habe ich mir eingebildet, ich könnte sie damit in letzter Sekunde retten.»

Mit Messer und Gabel schob sie das letzte Häufchen Röstkartoffel auf ihrem Teller hin und her, vermischte es mit den übrig gebliebenen Zwiebelringen, erklärte dabei tonlos: «Der Onkologe, der sie behandelt, hat mir von einem hoffnungslosen Fall erzählt, bei dem es zu einer Spontanheilung kam, als sich die Lebensumstände dramatisch veränderten. Das war auch eine Frau – mit einem Leberkarzinom. Ihr Mann muss ein furchtbarer Mensch gewesen sein. Er besuchte sie jeden Abend, die Krankenschwestern sahen ihn oft weinen. Und alle dachten, er weint, weil seine Frau nicht mehr lange zu leben hat. Aber in Wirklichkeit war er ein haltloser Säufer und bettelte sie um Geld an. Wenn sie ihm nichts gab, weinte er eben. Eines Tages wurde er bei einem Streit in einem Wirtshaus erstochen. Man traute sich zuerst gar nicht, ihr das zu sagen. Nur konnte man es ihr auch nicht verschweigen, er kam ja nicht mehr. Und als sie hörte, was mit ihm geschehen war – das war ihre Rettung, Mike. Ein halbes Jahr nach seinem Tod wurde sie als geheilt entlassen.»

Noch so ein tiefer Atemzug und einmal kurz mit einem Handrücken über die Augen gestrichen. Dann schränkte sie ein: «Ich weiß nicht, ob das stimmt, oder ob der Onkologe es mir nur erzählt hat, damit ich mich beruhige. Aber ich habe mich daran festgehalten, weil es mir logisch erscheint. Wenn ein todkranker Mensch plötzlich einen Ausweg aus einer unerträglichen Situation sieht, wieder Hoffnung schöpft und neuen Lebensmut, dann mobilisiert er alle Kräfte. Warum soll so ein Mensch dann nicht gesund werden? Meine Mutter hat diesen Mann wahnsinnig geliebt und er sie ebenso, das weiß ich. Und Krebs ist auch eine Krankheit der Seele, sagte der Onkologe. Ich dachte, vielleicht ist der Mann bereit, so zu tun, als wolle er meine Mutter nun, wo er sie endlich wieder gefunden hat, nicht mehr hergeben. Ich fange bald mein Studium an, bin alt genug, um auf eigenen Füßen zu stehen und auch mit geschiedenen Eltern klarzukommen, theoretisch, meine ich. Sie sollte es ja erst einmal nur glauben. Das wollte ich ihr sagen, wenn ich ihn zu ihr bringe. ‹Sieh mal, wen ich gefunden habe, Mami. Du schuldest Dad nichts und mir noch weniger. Denk jetzt nur an dich. Gib dich nicht auf, Mami. Kämpfe um dein Leben, du kannst noch so viele glückliche Jahre haben.› Und wenn es nicht funktioniert hätte, wäre sie aber nicht so hoffnungslos zugrunde gegangen. Sie hätte in ihren letzten Sekunden noch geglaubt, dass da ein Mann ist, der sie liebt und auch wirklich braucht.»

Die grünen Augen wurden dunkler, ihr Glanz intensiver, ein wenig vom Glanz löste sich, perlte am Nasenflügel entlang zum Mundwinkel. Candy richtete den Blick auf einen Punkt über meiner Schulter und flüsterte nur noch. «Ich dachte, ich könnte wenigstens das für meine Mutter tun. Sie hat so viel für mich getan. Ich sollte alles haben, was ich brauche. Eine Mami, die immer für mich da ist, und einen Dad, der mich liebt. Das tut er auch. Er wollte mich ursprünglich nicht, ich war ein Unfall, aber jetzt bin ich sein Darling. Und dafür hat sie auf alles verzichtet, auf ihr eigenes Leben, verstehst du? Nein, das kannst du nicht verstehen. Männer können so etwas nicht nachvollziehen.»

Wieder so eine Situation, in der ich nur nicken konnte. Candy begann sich auf dem Stuhl vor und zurück zu wiegen und sprach dabei weiter – sprach aus, was ich bereits mit eigenen Augen gesehen oder mir zumindest zurechtgelegt hatte.

«Vor unserem Umzug musste viel gepackt werden. Dabei durfte ich helfen. Auf dem Dachboden stand ein Karton mit alten Papieren. Studienunterlagen von ihr, Rechnungen und ein paar Tagebücher. Ich wollte nicht indiskret sein, aber ich war neugierig und habe angefangen zu lesen. Und da habe ich überhaupt erst begriffen, wer wirklich meine Mutter war und wie sehr sie gelitten hat.»

Wie lange wir an dem Montagabend noch vor unseren Tellern am Küchentisch saßen, wie lange Candy sich abwechselnd vor und zurück wiegte oder ihr Restehäufchen mit Messer und Gabel bearbeitete, weiß ich nicht mehr. Sie erzählte von Helgas überstürzter Flucht aus Köln zu Margarete nach Philadelphia, nachdem sie dahinter gekommen war, dass ihre große Liebe schon eine Frau hatte. Dass seine Ehe nur noch auf dem Papier bestand, du meine Güte, das behaupteten doch alle Männer, die sich nebenher noch eine Geliebte leisteten. Helga glaubte es so wenig wie ich.

Bitter enttäuscht von diesem vermeintlichen Ehebrecher und Lügner stürzte Helga sich schon bei der Willkommensparty, die Margarete für sie gab, Hals über Kopf auf den Nächstbesten. Man musste den Teufel mit Beelzebub austreiben. Natürlich war Dad kein Beelzebub. Auf seine Art war er ein lieber Kerl, ein bisschen schusselig vielleicht, immer mit dem Herzen bei den Fischen. Wie die sich vermehrten, wusste er. Bei Menschen war ihm das anscheinend nicht so klar.

Margarete habe einmal erzählt, er sei aus allen Wolken gefallen, als ihm eröffnet wurde, dass seine Aktivitäten bei der Party nicht ohne Folgen geblieben seien. Aber er war sofort bereit, Helga zu heiraten. Dass er sich gleich anschließend unters Messer legte, um weitere Unfälle zu verhindern, sagte er nicht. Zur Trauung war er über eine halbe Stunde zu spät gekommen, ohne Ring, der war in der Eile im Labor liegen geblieben, umziehen können hatte er sich auch nicht mehr. Die halbe Hochzeitsgesellschaft hatte darüber geschmunzelt, Helga auch, obwohl ihr wohl eher zum Heulen gewesen war.

Zur Hochzeit waren selbstverständlich auch Tante Gertrud und Onkel Paul nach Philadelphia gekommen. Und spätabends, nach etlichen Gläsern Wein, hatte Gertrud offenbart, was sie eigentlich verschweigen wollte. Dass Helgas große Liebe ganz Deutschland nach ihr absuche. Bei ihrer Mutter in Hamburg sei er gewesen und natürlich bei Gertrud, die damals noch in Heidelberg lebte. Gebettelt und gefleht habe er, man möge ihm doch sagen, wo seine Liebste sei. Er habe die Scheidung eingereicht, sei in Kürze frei für Helga und ein gemeinsames Glück.

Aber nun war Helga gebunden und erwartete ein Kind, dem sie den Vater nicht vorenthalten wollte. Wer wusste denn, ob die große Liebe das Kind eines anderen einschloss? Vielleicht hätte er von Helga verlangt, das Baby wegzugeben. Außerdem war es nicht Helgas Art, einen Mann zu heiraten und ihn nur ein paar Stunden später wieder zu verlassen. Sie meinte eben, sie müsse nun zuerst an das Glück ihres Kindes denken und nicht an ihr eigenes.

«Dann müssten doch deine Tante Gertrud oder Onkel Paul wissen, wie der Mann heißt», sagte ich.

«Warum, glaubst du, bin ich zuerst nach Augsburg gefahren?», fragte Candy. – Um in Tante Gertruds Schreibtisch zu schnüffeln, dachte ich, und bei Onkel Paul die alte Reisetasche abzustauben. Vermutlich hatte die mal ihrer Mutter gehört.

«Aber ich konnte sie nicht direkt fragen, Tante Gertrud hätte bestimmt sofort Dad oder Mami angerufen. Und Margarete weiß den Namen nicht. Als sie mir von der Hochzeit erzählt hat, sagte sie, Tante Gertrud sei damals ziemlich angetrunken gewesen und habe sich über den Mann lustig gemacht. Sie mochte ihn nämlich nicht, sie meinte, ein Geschiedener sei nicht gut genug für Helga.»

Irgendwann erhob Candy sich und ging ins Schlafzimmer, es war mehr ein Schleichen. Sie machte sich an ihrem Rucksack zu schaffen. Zurück kam sie mit dem Büchlein und ein paar gefalteten Seiten, die vermutlich im Schlafsack gesteckt hatten. Auszüge aus Helgas Tagebüchern in Reinschrift.

Sätze, die mir eine Gänsehaut verursachten. «Ich bin völlig machtlos. Wenn er mich berührt, zerfließt mein Verstand. Wenn er mich verlässt, mein Herz.»

Candy erklärte, was ich mir schon dachte, dass anstelle des Er ein Herz gemalt sei. Kein Name, nirgendwo ein Name. Auch nicht zu Anfang, wo es um die Zeit in der Wohngemeinschaft ging. Da hatte Helga ihre Mitbewohner nur mit einem Buchstaben bezeichnet, wahrscheinlich die jeweiligen Anfangsbuchstaben der Vornamen. Und später hatte sie wichtige Personen durch diese kleinen Zeichnungen dargestellt. Leo, der Löwe. Er, das Herz. Und die Erdkugel. Der Vermieter in Köln-Sülz hieß Erdmann. Helga hatte wohl einen Sinn für Symbolik gehabt.

Candy zeigte mir auch die vermeintlich entsprechenden Stellen im Büchlein, die ich natürlich nicht auf ihre Richtigkeit prüfen konnte. Ich stellte nur fest, dass Helgas Verstand ziemlich weit hinten im Buch zerflossen war.

«Was ist das für ein Code?», fragte ich.

«Das ist ganz kompliziert. Wenn man das Datum nicht kennt, kann man ihn nicht knacken», sagte Candy nur. Sie konnte die wichtigen Stellen ja lesbar präsentieren, zum Beweis ihrer Behauptung, dass Erdmann ein Lügner war.

«Die Wohnung gehört», dahinter eine Erdkugel und weiter: «Mir ist sie trotzdem das Paradies. Und jedes Mal werde ich daraus vertrieben. Wird es immer so weitergehen?»

Und: «Mit niemandem kann ich noch über (Herz) reden. Nicht einmal», da kam ein winziges Löwenhaupt, «versteht, dass ich gar nicht anders kann. Gottlos hat er mich genannt und von Sünde gesprochen. Wie kann es Sünde sein, wenn man liebt? Wenn man die Berührungen braucht, an nichts anderes mehr denken kann. Alles hat sich verändert, nur die ewig Gestrigen sind hinter der Entwicklung zurückgeblieben, berufen sich auf ihren Gott und seine Verbote. Das kann er nicht verboten haben, das nicht. Aber was hilft mir diese Einsicht? Ich wollte mir auch ein Stück von der Freiheit nehmen, und das ist nun mein Leben. Die wenigen Augenblicke, in denen er mich spüren lässt, was es bedeutet, eine Frau zu sein, und dazwischen die Hoffnungslosigkeit.»

«Da wusste sie schon, dass er verheiratet war», erklärte Candy.

Ich wies sie darauf hin, dass sie einen Denkfehler machte. Wenn sie die Erdkugel gleichsetzte mit Erdmann, dem Vermieter, konnte in der betreffenden Wohnung auch irgendeine Studentin gelebt haben, vielleicht eine Freundin von Helga, die ihr und dem Herz stundenweise Obdach gewährt hatte. Ein verheirateter Mann konnte seine Geliebte nicht so ohne weiteres in die eheliche Wohnung bringen.

Darüber hatte Candy noch nicht nachgedacht, weil ihre Mutter den Tagebüchern zufolge in Köln keine Freundinnen gehabt hatte.

«Dann war es vielleicht eine Bekannte von ihm oder eine Freundin von Leo Scherer», sagte ich.

«Leo hatte bestimmt keine Freundin», meinte sie.

«Deine Mutter war doch auch mit ihm befreundet», sagte ich und bot noch einmal meine Hilfe an. Zuerst lehnte sie wieder ab. «Nein, Mike. Das möchte ich nicht. Du schuldest meiner Mutter nichts. Das muss ich ganz allein schaffen, sonst hat es keinen Wert, verstehst du?»

«Von Hamacher wolltest du dir doch auch helfen lassen.»

«Das ist doch ganz etwas anderes, Mike. Einen Detektiv hätte ich bezahlen müssen. Für das Geld habe ich hart gearbeitet. Und jetzt habe ich ja einen neuen Ansatzpunkt. Ich werde noch einmal mit Herrn Erdmann reden.»

«Und du glaubst, dass er dir Auskunft gibt, wenn du ihm mit einem neuen Ansatzpunkt kommst? Zu Hamacher hast du gesagt, du hättest dich falsch benommen.»

«Ja, weil ich gleich wütend geworden bin, Mike. Aber wenn ich mich dafür entschuldige …»

Da hatte ich mich getäuscht. Sie wollte bei ihrer Suche meine Hilfe nicht, und dafür hatte sie gute Gründe, aber das begriff ich erst viel später. An dem Montagabend musste ich noch eine ganze Weile argumentieren, mich förmlich aufdrängen, ehe Candy nachgab und wissen wollte: «Warum tust du das alles für mich, Mike?»

«Weil ich dich mag», sagte ich.

«Nein, weil du dich in mich verliebt hast», widersprach sie. «Weil du denkst, wenn du so viel für mich tust, muss ich mich irgendwann revanchieren.»

«Nein, das denke ich nicht», behauptete ich.

Sie betrachtete mich nachdenklich. Immerhin wusste sie, dass ich auf dem Video gesehen hatte, was sie sich in Hamachers Büro geleistet hatte. «Du machst dir wirklich keine Hoffnungen, dass ich dann vielleicht eher mit dir – du weißt schon.»

«Nein», sagte ich noch einmal.

Sie lächelte weich und zärtlich: «Jetzt hast du gelogen, Mike. Aber du bist lieb. Und ich will nicht, dass du irgendwann glaubst, ich hätte deine Gefühle ausgenutzt. Ich mag dich sehr. Als du mich geküsst hast, das war schön, ein ganz warmes Gefühl im Innern. Vielleicht war ich deshalb gestern so garstig zu dir, weil ich mich auch in dich verliebt habe. Und weil ich es nicht richtig finde, dass ich glücklich bin, solange meine Mutter leidet.»

Sie saß schon die ganze Zeit neben mir auf der Couch, die Seiten mit dem Klartext und das codierte Tagebuch im Schoß. Nun legte sie alles auf den Tisch und den Kopf an meine Schulter. Eine halbe Stunde Zärtlichkeit gewährte sie mir. Ich wollte nicht, dass sie sich mir verpflichtet fühlte, und wusste nicht, wie weit ich gehen durfte. Nur ein paar Küsse. Und ein lahmes Gefühl in den Knien.

Um elf zog ich die kleine Couch für sie aus. Sie holte das Bettzeug aus meinem Schlafzimmer und lächelte unsicher. «Bist du mir böse, Mike?»

«Warum sollte ich?»

«Weil ich noch nicht mit dir schlafen will.»

«Ich kann warten», sagte ich.

Beim Frühstück am Dienstagmorgen war sie nervös und fahrig. Zweimal fiel ihr das Messer aus der Hand, statt in die Zuckerdose tauchte sie ihren Löffel in die Butter, goss den Kaffee neben ihre Tasse und erkundigte sich beinahe schüchtern, ob sie mich begleiten dürfe. Als ich ablehnte, wollte sie wissen, ob ich vorhätte, auch noch einmal mit Frau Scherer zu sprechen. «Ich glaube, den Weg kannst du dir sparen, Mike. Sie wusste ja gar nichts.»

«Sie wird zumindest wissen, wo ich ihren Sohn finden kann», sagte ich. «Und Leo weiß vermutlich, wie unser Mann heißt.»

So hatte ich die vermeintliche Übersetzung der Tagebuchpassage interpretiert. Candy stimmte mir zwar zu, machte aber sofort Einschränkungen. Vielleicht wusste Leo Scherer nur einen Vornamen. Das brachte uns nicht weiter. Unter Studenten war es noch nie üblich gewesen, sich mit dem Familiennamen anzusprechen. Die sagten: Gitte und Walter und Amelie und so weiter. Aus dieser Aufzählung hätte ich durchaus den Schluss ziehen können, dass sie diese Namen einmal gelesen und Helgas Tagebücher selbst verschlüsselt hatte. Aber so weit dachte ich nicht.

Es schien ihr nicht recht zu sein, dass ich mich mit Frau Scherer unterhielt. Sie brachte noch mehr Argumente vor, um mir das auszureden. Wenn alte Frauen ins Plaudern gerieten, fänden sie so schnell kein Ende. Herr Erdmann sei bestimmt hilfreicher, und als Vermieter musste er auch vollständige Namen wissen. Wenn er mir Auskunft gäbe, müsste ich ja wahrscheinlich zuerst noch nach einer Frau suchen, die «unseren» Mann damals gut genug gekannt hatte, um ihm ihre Wohnung zur Verfügung zu stellen. Das würde vielleicht auch viel Zeit in Anspruch nehmen. Da würde ich bei Frau Scherer nur wertvolle Zeit verlieren, so viel Urlaub hatte ich doch nicht mehr – und so weiter.

Ich ließ sie reden und verlangte ihr die beiden Fotos ab. Helga 1970 und die Aufnahme, die sie Hamacher gezeigt hatte. Das Bild ihrer Mutter überließ sie mir mit schwerem Herzen und zittrigen Fingern. Bei dem Porschefahrer fiel es ihr nicht leichter. «Wenn das verloren geht, Mike, dann habe ich gar nichts mehr.»

«Es geht nicht verloren», sagte ich.

Die Aufnahme war zehn mal zehn Zentimeter groß, undatiert und an den Kanten abgestoßen. Die Farben hatten mit der Zeit einen Rotstich bekommen. Ein schwarzer Porsche, das Kennzeichen war tatsächlich gut lesbar, weil das Fahrzeug von vorne aufgenommen worden war. Eine Kölner Nummer, doch davon versprach ich mir nichts, daran würde sich heute kein Mensch mehr erinnern.

Der Porschefahrer stand neben der offenen Autotür, einen Arm erhoben, als wolle er das Foto verhindern. Aber vielleicht schützte er auch nur seine Augen vor der Sonne. Sein Gesicht lag jedenfalls im Schatten und war nicht größer als der Nagel eines kleinen Fingers. Ich nahm eine Lupe zu Hilfe, um es mir genauer anzusehen. Es war ein Durchschnittsgesicht, durchaus attraktiv, freundlich und unbekümmert, umrahmt von dunklem Haar, das auf dem alten Foto fast schwarz aussah. Altersmäßig war Helgas große Liebe schwer zu schätzen. Er mochte damals Mitte zwanzig, konnte aber auch schon Anfang dreißig gewesen sein.

«Damit sollte sich etwas anfangen lassen», sagte ich. «Auch wenn das Nummernschild uns heute nicht mehr hilft, ein Porsche ist schließlich kein alltägliches Auto.»

In Candys Augen glomm Hoffnung auf. «Wenn du das wirklich schaffst, Mike. Wenn du ihn findest, du kannst dir gar nicht vorstellen, was du dann für mich getan hast – und für meine Mutter.»

Nein, das konnte ich mir wirklich nicht vorstellen, als ich kurz vor neun die Wohnung verließ.

Zuerst fuhr ich nach Köln-Sülz, traf Herrn Erdmann jedoch nicht an. Er machte Besorgungen in einem Baumarkt, erfuhr ich von seiner Frau. In einer Stunde sei er vermutlich zurück. So lange wollte ich nicht tatenlos im Auto sitzen, fuhr weiter nach Klettenberg zur Mutter von Löwe Leo, was ich ohnehin vorhatte, gerade wegen Candys Klimmzügen, mir das auszureden. Da nahm ich an, ich würde von Frau Scherer etwas erfahren, was ich nicht wissen sollte. So war es auch.

Die alte Frau war sehr überrascht, dass sich innerhalb weniger Tage bereits zum zweiten Mal jemand nach Helga erkundigte. Helga Kuhn, um genau zu sein, den Mädchennamen ihrer Mutter hatte Candy mir auch noch mit auf den Weg gegeben.

Der Grund für meine Neugier interessierte Frau Scherer nur am Rande. Ich hatte mir ein paar Sätzchen zurechtgelegt. Privatermittler, im Auftrag der Familie unterwegs, um einen alten Freund aufzuspüren und an ein Sterbebett zu bringen. Doch das musste ich auf Anhieb gar nicht alles vorbringen. Wie Candy gesagt hatte, ältere Frauen: Frau Scherer war anscheinend hocherfreut, ein wenig Unterhaltung zu bekommen.

Kaum hatte ich den Namen Helga Kuhn erwähnt, da lief ihr der Mund bereits über. Ich hatte sie beim Frühstück gestört und musste unbedingt auf einen Kaffee bleiben. Ein wenig erinnerte sie mich an Candy. Es grenzte an Anbetung, was sie mir neben die Kaffeetasse auf den Tisch legte. Helga! Ein Mensch, wie man einen zweiten lange suchen musste. Frau Scherer hatte in den letzten zwanzig Jahren keinen vergleichbaren mehr gefunden.

Das alte Foto wurde mir mit einem Ächzen aus der Hand genommen und mit verdächtig feucht glitzernden Augen betrachtet. Sie wischte verstohlen unter ihrer Brille herum, seufzte noch einmal vernehmlich und verlor sich in Schwärmereien. Ein tüchtiges Mädchen, die Helga, so fleißig, so begabt, so klug und so bescheiden. Immer für andere da. Egal, wer in einer Vorlesung nicht aufgepasst hatte, Helga stellte ihre Unterlagen zur Verfügung.

Drei Studienfächer hatte sie belegt. Geschichte und Pädagogik, um später möglichst vielen Kindern erklären zu können, welche Fehler in der Vergangenheit gemacht worden waren. Und Philosophie, darüber hatte sie stundenlang reden können, und zwar so, dass man es auch verstand, wenn man selbst nicht Philosophie studiert hatte.

Von Adorno war Helga sehr beeindruckt gewesen. Vor allem diese Sätze über die Realität, die jeder Mensch sich selber schaffen musste – oder so ähnlich, wörtlich bekam Frau Scherer das nach all der Zeit nicht mehr zusammen. Aber wenn Helga und Leo debattiert hatten, das war immer die helle Freude gewesen. Da sagte Helga so kluge Sätze wie: «Ehe man nach dem Himmel greift, sollte man auf Erden stehen können.»

Frau Scherer meinte, das hätte sich auf Raumfahrt bezogen, die erste Mondlandung, das war ja zu der Zeit gewesen. Leo hatte allerdings die Ansicht vertreten, es sei Blasphemie. Nun, mit Gott hatte Helga auch nicht viel im Sinn gehabt, was aber nicht hieß, dass sie liederlich gewesen sei. Mit Männern hatte sie nämlich noch weniger im Sinn.

Schon eine Andeutung in Richtung einer Affäre hatte zur Folge, dass Frau Scherer ihr freundliches Gesicht in Ablehnung verzog. Ich zeigte ihr das zweite Foto, gab ein paar Erklärungen zur Person ab und hörte lautstarken Protest. Ein verheirateter Mann? Wer hatte mir denn den Bären aufgebunden?

Helga hatte überhaupt kein Verhältnis gehabt, sie war durch

und durch anständig gewesen. Mit einem verheirateten Mann hätte sie sich nie und nimmer eingelassen. Frau Scherer hätte sie auch achtkantig an die Luft gesetzt, wenn sie von so etwas erfahren hätte. Vorher, in der verlotterten Wohngemeinschaft, mochte es zu irgendwelchen Intimitäten gekommen sein. Dazu konnte Frau Scherer sich nicht äußern, hielt es aber eigentlich für undenkbar. Von denen war auch noch keiner verheiratet gewesen. Und Helga hatte sehr unter den Verhältnissen gelitten, hatte Leo mehr als einmal gesagt. Und er hätte seiner Mutter niemals zugemutet, ein moralisch verkommenes Geschöpf aufzunehmen.

Dabei war Helga dann, fand ich jedenfalls, vom Regen in die Traufe gekommen. Um es mir mit Frau Scherer nicht zu verscherzen, räumte ich ein Missverständnis ein und griff auf Candys Gastdozenten zurück. Eine freundschaftliche Beziehung, rein platonisch, so wie die Freundschaft zu Leo. Doch davon wusste Frau Scherer auch nichts. Sie fasste sich wieder, kehrte zu ihren Lobgesängen zurück und gab auch ein paar Daten preis.

Als Leo seine Mutter damals bat, das kleine Zimmer an Helga zu vermieten, hatte sie ja zuerst abgelehnt. Man musste schließlich an die moralische Seite denken. Einen Sohn im Haus und dann ein junges Mädchen aufnehmen, das aus so einer verlotterten Wohngemeinschaft kam? Unmöglich. Doch Helga hatte sie rasch dazu gebracht, ihre Vorurteile gegenüber Studentinnen zu ändern.

«Wie lange hat sie bei Ihnen gewohnt?», fragte ich.

Frau Scherer musste überlegen. «Warten Sie mal, eingezogen ist sie im März 69. Das weiß ich genau. Leo hat nämlich im März Geburtstag, am dritten. Und er sagte damals, wenn ich ihm ein Geschenk machen will, über das er sich von ganzem Herzen freut, sollte ich mir Helga wenigstens einmal ansehen. Wir haben sie dann zu seinem Geburtstag eingeladen, und zwei Tage später ist sie eingezogen. Das müsste der 5. März gewesen sein.»

Ausgezogen war Helga nach etwa anderthalb Jahren, im Sommer 1970. Auf den Tag genau konnte Frau Scherer das nicht sagen, weil sie zu der Zeit zur Kur gewesen war und später nur von Leo gehört hatte, wie Hals über Kopf das gegangen sei. Eigentlich hatte Helga nämlich während der Semesterferien 1970 in Köln bleiben und fürs Studium arbeiten wollen. Aber dann sei ein Anruf aus Hamburg gekommen, hatte Leo erzählt. Helgas Mutter hätte einen Schlaganfall erlitten. Leo war unendlich traurig gewesen und Frau Scherer nach der Rückkehr aus ihrer Kur bitter enttäuscht, weil sie sich nicht von Helga hatte verabschieden können und dann erst mal nichts mehr von ihr gehört hatte.

«Anfangs hab ich mich oft drüber geärgert und gedacht, schreiben könnte sie ja mal oder mal anrufen.»

Bis dahin hatte Frau Scherer mir im Prinzip nichts Neues und auch kaum etwas von Bedeutung erzählt. Aber das kam nun, als ich einfließen ließ, Helga sei im Juli oder August 1970 in die Staaten gezogen und hätte dort wohl erst einmal alle Hände voll zu tun gehabt.

«Unsinn», protestierte Frau Scherer. «Wer hat Ihnen denn das erzählt?» Meine Antwort wartete sie nicht ab.

Natürlich hatte Helga in Amerika eine Schwester gehabt, die Margarete mit ihrem Mann Ed oder Ted und den beiden Söhnen Tom und Rudy. Den letzten Namen sprach Frau Scherer sehr amerikanisch aus. Ich hörte zum ersten Mal von einem zweiten Vetter. Candy hatte während der Zugfahrt nur von Vetter Tom, seiner Frau Heather und den Kindern gesprochen.

Gedanken über diese kleine Unterschlagung konnte ich mir nicht machen, weil Frau Scherer eifrig weitersprach. 1969 war Helga auch für zwei Wochen drüben gewesen. Aber 1970 war sie ins Elternhaus zurückgekehrt. Es musste sich doch jemand um die alte Mutter kümmern. Der Vater lag schon seit November 68 unter der Erde. Der war ja gestorben, kaum dass Helga mit dem Studium begonnen hatte. Die beiden älteren Schwestern lebten in weiter Ferne, da blieb nur Helga. Ihre hilflose Mutter in ein Heim abzuschieben, hätte sie nie übers Herz gebracht.

Fast ein Jahr lang hatte Helga die alte Frau aufopfernd gepflegt. Das wusste Frau Scherer ganz genau. Im Frühjahr 71 war die Mutter gestorben, und Helga wollte nach der ersten Trauer nun ihr Studium an der Universität in Hamburg wieder aufnehmen. Das hatte sie selbst erzählt, als sie im Sommer, ungefähr ein Jahr nach ihrem Auszug, nochmal zu Besuch gekommen war.

Nur für einen Nachmittag, das müsse so im Juli oder August gewesen sein, meinte Frau Scherer. Helga hatte Studienunterlagen von der Kölner Universität gebraucht und einen Rat von einem Professor, der erst abends Zeit für sie hatte. Helga wusste nämlich nicht, ob sie weiterhin drei Studienfächer belegen oder vielleicht die Philosophie aufgeben sollte. Die Wartezeit hatte sie sich mit einem Kaffee bei Frau Scherer vertrieben, sich tausendmal dafür entschuldigt, dass sie nie angerufen oder geschrieben hatte. Aber es sei sehr anstrengend gewesen, die Mutter zu pflegen, Tag und Nacht bereit stehen, nie mehr als zwei Stunden Schlaf an einem Stück. Da wäre sie zu gar nichts gekommen.

Wie auch immer, dieser kurze Besuch sprach ja wohl gegen einen Umzug in die Staaten. Von dort kam niemand nur so vorbei, um fehlende Papiere zu holen und mit einem Professor zu sprechen. Da ließ man sich die Unterlagen mit der Post schicken und rief den Professor an.

Dass Helga im Sommer 71 seit Monaten verheiratet gewesen und sogar schon Mutter geworden sein sollte, hörte Frau Scherer zum ersten Mal und glaubte es so wenig wie alles andere, was ich von Candy gehört hatte. Nein, also wirklich, das wurde ja immer doller. Wer erzählte denn so einen Blödsinn? Das junge Mädchen etwa, das am Samstag da gewesen war und behauptet hatte, Helgas Nichte zu sein?

«Die Nichte», wiederholte ich und bemühte mich, es nicht zu sehr nach einer Frage klingen zu lassen.

Frau Scherer nickte eifrig. «Hat sie gesagt. Sie wäre die Tochter von der Margarete. Das stimmte aber nicht, oder?»

Statt ihr darauf zu antworten, erkundigte ich mich: «Warum sollte das nicht stimmen?»

«Na, die Margarete war doch damals schon über vierzig», erklärte Frau Scherer. «Und ich meine, Helga hätte gesagt, dass ihre Schwester keine Kinder mehr kriegen könnte. Sie hat mal heftig mit Leo diskutiert, ob es Sünde ist, wenn Mann und Frau zusammenkommen, ohne ein Kind zeugen zu wollen. Leo meinte, das sei nicht im Sinne des Herrn. Und daraufhin sagte Helga, dann dürfte ihre Schwester auch nicht mehr mit ihrem Mann verkehren. Kann aber auch sein, dass sie die andere gemeint hat, die aus Heidelberg – wie hieß die noch gleich? Das ist ja alles schon so lange her.»

«Gertrud», half ich.

«Ja, genau.» Frau Scherer nickte. «Die Gertrud hatte nämlich keine Kinder. Ich glaube, die konnte keine kriegen. Und in so einem Fall wäre es keine Sünde, sagte Leo. Man bemüht sich ja immer. Und es könnte ja doch noch was werden. Abraham und Sarah sind auch erst im hohen Alter Eltern geworden.»

«Ja», sagte ich. «Und Helga wurde auch erst geboren, als ihre Schwestern schon erwachsen waren. Warum soll Margarete dann nicht noch eine Tochter bekommen haben?»

«Ach was», winkte Frau Scherer ab. «Das junge Ding hatte doch keine Ahnung. Schneit hier rein, richtet mir einen schönen Gruß von Helga aus und behauptet, Helga wäre in die Entwicklungshilfe gegangen, deshalb hätte sie sich nicht mehr bei uns melden können. Und jetzt wäre Helga ziemlich krank geworden – so ein gefährliches Virus aus Afrika.»

Frau Scherer tippte sich vielsagend an die Stirn und sprach weiter: «Dann wollte sie wissen, ob mein Sohn Examen gemacht hat und wo er unterrichtet. Der Leo hat doch nie Pädagogik studiert. Und das Mädchen wusste nicht mal, wie er hieß. Hätte sie mich ausreden lassen, wäre mir das vielleicht nicht aufgefallen. Aber kaum sag ich was von Theo – logie, wollte ich sagen. Da fragt sie schon, ob Theo verheiratet wäre. Und dann wollte sie seine Adresse haben. Die hab ich ihr aber nicht gegeben. Der Leo ist eine Seele von Mensch, er gibt sein letztes Hemd her. Da werde ich mich hüten, ihm so ein Mädchen vorbeizuschicken, das ihm das Hemd vielleicht ausziehen will.»

Mir blieb nichts anderes übrig, als mich völlig unwissend zu stellen, was ich ja auch tatsächlich war. Ich griff zurück auf das, was ich mir ursprünglich zurechtgelegt hatte. Privatermittler im Auftrag der Familie. Über die Verhältnisse und die Anzahl von Margaretes Kindern sei ich nicht genau informiert. Mir sei nur bekannt, dass Helga tatsächlich schwer krank sei und nicht mehr lange zu leben habe. Ich wolle nicht ausschließen, dass ihre Nichte – in Unwissenheit des von den Eltern erteilten Auftrags – auf eigene Faust aufgebrochen sei, um ehemalige Freunde ihrer Tante an deren Sterbebett zu holen.

Damit rührte ich Frau Scherer zu Tränen. Auf meine vorherigen Behauptungen Ehe und Mutterschaft kam sie nicht noch einmal zurück, wollte nur wissen: «Die arme Helga. Was hat sie denn, um Gottes willen? Warum muss es denn immer die Guten treffen?»

Das konnte ich ihr nicht sagen. Sie notierte umgehend Leos Anschrift samt einer Telefonnummer. Er betreute mehrere kleine Pfarreien in der Eifel. Da sollte ich mich besser telefonisch anmelden, damit ich die Fahrt nicht umsonst machte, meinte sie, Leo sei ja sehr beschäftigt. Sie war aber sicher, dass er sich einen Nachmittag frei nähme, um Helga Trost zu spenden und sie auf die Begegnung mit ihrem Schöpfer vorzubereiten. Zur Beerdigung käme er selbstverständlich auch, ganz bestimmt.

Ich bedankte mich, rief jedoch nicht in der Pfarrei an, fuhr auch nicht in die Eifel. Ich meinte, mit Leo Scherer nicht mehr sprechen zu müssen, weil ich beim zweiten Versuch in Köln-Sülz Glück hatte, was ich jedoch schon wenige Stunden später nicht mehr so nennen mochte.

7. Kapitel

Herr Erdmann, ein Mann Ende sechzig, war aus dem Baumarkt zurück und etwas unleidlich, weil er für zwei Rollen Elektrokabel und ein paar Meter Wasserrohre einen seiner Meinung nach viel zu hohen Preis hatte zahlen müssen. Das schäbige Mehrparteienhaus gehörte ihm, war sozusagen seine Altersversorgung. Er lebte mit seiner Frau im Erdgeschoss und führte notwendige Reparaturen aus Gründen der Kostendämpfung eigenhändig aus.

Der Einfachheit halber erzählte ich ihm gleich von der Nichte, die ein paar alte Freunde ans Sterbebett ihrer Tante holen wollte. Auch Herr Erdmann erinnerte sich lebhaft an Candy, war nur bei der Nichte nicht sicher. Offenbar hatte sie sich bei ihm als Helgas Tochter geoutet. Niedliches Ding, meinte er, war aber gleich pampig geworden. Und als Lügner ließ er sich nicht bezeichnen. Da ich seine Ehrlichkeit nicht bezweifelte, bekam ich Auskunft.

Er war ein sehr korrekter Mensch, der über alles penibel Buch führte und niemals ein Schriftstück wegwarf. Ein Zimmer der Wohnung war als Büro eingerichtet. Herr Erdmann bezeichnete es als die Verwaltung. Mittendrin ein voll gepackter Schreibtisch, der aussah, als stamme er auch aus dem Baumarkt und könne jeden Moment unter der Papierlast zusammenbrechen. Rundum überquellende Regale, die letzten zehn Jahre ordentlich abgeheftet, der Rest in Schuhkartons und ähnlichen Behältnissen, die mit Jahreszahlen beschriftet waren.

Ein zielsicherer Griff, und Herr Erdmann hielt das komplette Jahr 1968 in den Händen. Dabei musste er gar nicht nachsehen, wer zur fraglichen Zeit die kleine Wohnung im Dachgeschoss gemietet hatte. Erika Jungblut war das gewesen. Ihre Eltern hatten sich damals für die pünktlichen Mietzahlungen verbürgen müssen. Deshalb war die damalige Anschrift der Eltern, eine Adresse in Düren, in den Unterlagen vermerkt. Und danach suchte Herr Erdmann im Schuhkarton.

Während er das tat, stellte ich meine Fragen. So weit war Candy am Samstag ja nicht gekommen. Der Name Helga Kuhn sagte ihm nichts. Das scheu lächelnde Wesen im geblümten Sommerkleid bedachte er nur mit einem Achselzucken. Möglich, dass er sie vor zwanzig Jahren mal auf dem Weg zum Dachgeschoss gesehen hatte. Aber auf dem Weg waren damals viele gewesen. Nach all der Zeit, und so was Unauffälliges vergaß man schnell.

An den Fahrer des schwarzen Porsche dagegen erinnerte Herr Erdmann sich gut, mit dem hatte er einen tüchtigen Krach gehabt. Wie der Mann hieß, konnte er mir nicht verraten. Aber das war ein Freund oder Bekannter von der Jungblut gewesen. Der kam mindestens dreimal die Woche und mit Vorliebe dann, wenn die Jungblut selbst gar nicht da war. Meist hatte er eine andere im Schlepptau.

Darüber allein hätte Herr Erdmann sich nicht aufregt. Er hatte nie etwas gegen Herrenbesuche gehabt, nicht mal Einwände erhoben, wenn die Herren über Nacht blieben oder wie in dem Fall noch eine Dame mitbrachten. Aber wenn sie mit einem eigenen Schlüssel kamen, das ging entschieden zu weit. Man konnte als Hausbesitzer nicht dulden, dass Schlüssel nachgemacht wurden. Sonst wusste man bei Beendigung des Mietverhältnisses doch nicht, wie viele man zurückverlangen musste.

Ich bedankte mich noch einmal, nachdem er die Adresse von Erika Jungbluts Eltern gefunden hatte. Vielleicht war Helgas Sinn für Symbolik doch nicht so ausgeprägt gewesen, wie ich gedacht hatte. Die Wohnung gehört … Wahrscheinlich standen Erdkugel und Löwenkopf nur für die Anfangsbuchstaben der Vornamen. Und das Herz war immer noch Er.

Nochmal ins Auto und weiter nach Düren, eigentlich mit wenig Hoffnung. Erika Jungbluts Eltern seien schon damals nicht mehr die Jüngsten gewesen, hatte Herr Erdmann gesagt. Wenn sie inzwischen verstorben und die Tochter verheiratet war, müsste ich es morgen bei den Einwohnermeldeämtern versuchen, dachte ich. Das taten Mitarbeiter der Agentur Hamacher normalerweise nie. Es war aber auch nicht nötig.

Herr und Frau Jungblut lebten noch – in einem alten Siedlungshaus am Stadtrand. Auf dem Nachbargrundstück spielten ein paar dunkelhäutige Kinder. Das ganze Viertel machte einen verwahrlosten Eindruck. Erika Jungbluts Vater öffnete mir die Tür, äugte misstrauisch und vorsichtig durch einen schmalen Spalt hinaus, erkundigte sich nach meinem Begehren und zuckte heftig vor dem Begriff Ermittlungen zurück. Ich beruhigte ihn, keine Polizei. Nur ein Privatdetektiv, der einen ehemaligen Bekannten von der Erika suchte.

Daraufhin durfte ich eintreten und wurde in ein dunkel gehaltenes Wohnzimmer gebeten, wo Herr Jungblut mich erst einmal über die Untaten der spielenden Kinder belehrte. Ich solle mich nicht wundern, wenn an meinem Auto gleich die Antenne, der Außenspiegel und die Radkappen fehlten.

«Die klauen wie die Raben. Nichts darf man draußen hinstellen, auch keine Wäsche mehr in den Garten hängen.»

Um mein teures Gefährt nicht unnötig lange unbeaufsichtigt zu lassen, brachte ich ihn rasch wieder auf seine Tochter, auf die er sehr stolz war. Ja, die Erika hatte damals in Köln studiert. Ein fleißiges Mädchen, hatte während des ganzen Studiums gearbeitet und sich das alles selbst verdient. Nein, verheiratet war sie nicht. Der Beruf ließ ihr keine Zeit für eine Familie. Studienrätin war sie, unterrichtete an einem Gymnasium in Aachen, lebte auch dort. Über frühere Bekannte, Freunde oder Freundinnen ihrer Tochter wusste das alte Ehepaar nicht Bescheid. Doch Erikas derzeitige Adresse nannte ihr Vater mir ohne Zögern.

«Vielen Dank, Sie haben mir sehr geholfen.» Ein Händedruck zum Abschied. Mein Auto war noch unversehrt. Und weiter damit nach Aachen. Ich hatte keinen Stadtplan dabei, es dauerte eine Weile, ehe ich die Adresse fand.

Inzwischen war es weit nach Mittag. Der Nachmittag war unterrichtsfrei, Frau Studienrätin daheim. Ein strenger Typ war sie, das Haar straff zurückgebunden, ein herbes Gesicht mit einem schmallippigen Mund und zwei tiefen Kerben über der Nasenwurzel. Sie war entschieden weniger offen und hilfsbereit als ihre Eltern, erinnerte sich erst mal an gar nichts.

Natürlich hatte sie in Köln studiert. Aber Helga Kuhn? Nein, beim besten Willen, der Name sagte ihr gar nichts. Ich zeigte ihr Helga, August 1970. Beim Anblick des scheuen Rehs im knöchelhohen Gras schien bei Frau Studienrätin etwas zu klingeln. Doch vorerst blieb sie bei einem Achselzucken. Ich zeigte ihr den schwarzen Porsche samt Fahrer und hatte das Gefühl, dass Erika Jungblut sämtliche Jugendsünden auf einmal einfielen. Da kam so etwas wie ein Lächeln zustande, wissend und abfällig. Sie verlangte, Helga noch einmal zu sehen, dann wollte sie erst einmal wissen, in wessen Auftrag und aus welchen Gründen ich mich erkundigte.

Ich erklärte es ihr so, wie ich es sah, weil Tante Helga sich nicht mit Candys Ausbrüchen von Verzweiflung vereinbarte. Ein Löffel Honig auf der Suche nach Mamis verlorener Glückseligkeit. Der letzte Liebesbeweis für eine Sterbende, an der das Leben vorbeigerauscht war, mit etwas Entgegenkommen und gutem Willen durchaus erfüllbar.

Helgas jämmerliches Schicksal rührte auch Frau Studienrätin ein wenig, immerhin war sie im gleichen Alter und zitterte jedes Mal ein bisschen vor der Krebsvorsorge. Sie glaubte sich nun zu erinnern, ein paar Seminare zusammen mit Helga besucht zu haben. Durchaus möglich, dass Helga auch zwei- oder dreimal in ihrer Studentenbude gewesen war, um Vorlesungsmitschriften vorbeizubringen. Aber dass Helga bei solch einer Gelegenheit mit dem Porschefahrer zusammengetroffen war, wollte Erika Jungblut ausschließen.

Das dürfte an der Uni passiert sein, meinte sie. Da trieb er sich häufig herum, versuchte die jungen Wilden für antiquierte Politik zu begeistern und Nachwuchs für seine Partei zu requirieren. Auf die Weise hatte auch Erika Jungblut seine Bekanntschaft geschlossen. Aber als Gastdozenten konnte man ihn nicht bezeichnen.

Eine Affäre zwischen dem Porschefahrer und Helga hielt die Frau Studienrätin für durchaus denkbar. Sie mussten ja wohl ein kurzes Verhältnis gehabt haben, wenn Helgas Tochter ein Foto von ihm besaß. Aber davon hatte Erika Jungblut wirklich nichts mitbekommen. Es konnte auch nur ein sehr kurzes Verhältnis gewesen sein. Länger als ein paar Wochen hätten seine Affären nämlich nie gedauert, erklärte sie und nannte mir seinen Namen.

Und plötzlich bekam Hamachers strikte Ablehnung, diesen Auftrag zu übernehmen, einen Sinn. Ich dachte an sein Stirnrunzeln beim Anblick des Fotos. Hamacher hatte ihn wohl auf Anhieb erkannt, seinen Stammkunden, der ihm aus den Anfängen als Detektiv erhalten geblieben war. Den Widerling, über den wir Mitarbeiter im Außendienst von Zeit zu Zeit herzogen. Ministerialrat Dr. Holger Gerswein. Inzwischen in den Fünfzigern und immer noch auf der Jagd nach frischem Fleisch, das er aus Sicherheitsgründen durch Hamachers Mitarbeiter abklopfen ließ, damit ihm im Anschluss an sein Vergnügen keine dumm kam. Mit einem Mal erschien Hamachers Weigerung in einem ganz anderen Licht. Wirtschaftlich nicht vertretbar, das war wohl nur ein eleganter Ausdruck für ersparte Enttäuschung.

Dass Holger Gerswein sich ans Sterbebett einer ehemaligen Geliebten bequemte, konnte auch Erika Jungblut sich nicht vorstellen. Es sei anzunehmen, dass er sich überhaupt nicht an Helga erinnere, weil es einfach zu viele gewesen wären, meinte sie. Er würde seine Aufmerksamkeit vermutlich eher der

Tochter widmen. Das befürchtete ich auch. Und sollte er Candy jemals in diesem sündhaft kurzen Kostümrock zu Gesicht bekommen, würde er sich wahrscheinlich überzeugen wollen, ob sie darunter auch warm genug oder – sollte die Hitzewelle noch länger anhalten – nicht zu warm angezogen war.

Ich hatte noch nie etwas mit ihm zu tun gehabt. Wir Außendienstler kamen in der Regel nur mit Auftraggebern in Berührung, wenn wir, wie es mir ab Donnerstag bevorstand, innerbetrieblich tätig werden mussten. Ansonsten beschränkten sich die Kontakte auf den Chef der Agentur und auf Frau Grubert. Doch man musste Holger Gerswein nicht persönlich kennen, um ihn nicht zu mögen.

Erika Jungblut mochte ihn auch nicht – oder nicht mehr, nannte ihn nur noch abwertend den schönen Holger. Damals schon in den Dreißigern und kein Blümchen am Wegrand, von dem er die Finger lassen konnte. So betrachtet passte Helga, August 1970, vortrefflich in seine Sammlung. Mauerblümchen, die pflückte er reihenweise. Immer die sanften, die spröden, die unscheinbaren, die von sonst keinem Mann beachtet wurden.

Er brauchte das, zuerst die Jagd oder die Blumenpflege. Es machte ihm ungeheuren Spaß, so ein Pflänzchen im Verborgenen zu umschmeicheln und zu umhegen, bis es das Köpfchen ins Licht hielt, weil es meinte, nun sei die Sonne direkt über ihm aufgegangen. Dann die Anbetung und die Ergebenheit – für ein paar Wochen. Danach waren ihm die mickrigen Pflänzchen meist schon zu anspruchsvoll oder er ihrer überdrüssig geworden.

Seine Sammelleidenschaft ließ er sich schon damals etwas kosten. Nicht dass er die Mädchen mit Geschenken verwöhnte, er bezahlte sie auch nicht für ihre Hingabe. Bezahlt wurde nur Erika Jungblut, die ihm ihre Wohnung zur Verfügung stellte, damit er ungestört und ungestraft Blümchen pflücken konnte.

Sie selbst hatte angeblich kein Verhältnis mit ihm gehabt, war wohl auch nicht ganz sein Typ gewesen. Und an Helga erinnerte sie sich wirklich nur vage und ausschließlich im Zusammenhang mit irgendwelchen Notizen zu Vorlesungen.

«Die Mädchen, mit denen er sich amüsierte, habe ich praktisch nie zu Gesicht bekommen», erzählte sie. «Ich habe abends gekellnert, ging um sieben aus der Wohnung und brauchte mein Bett erst um zwei in der Nacht. Es ist nur einmal vorgekommen, dass ich ihn samt Anhang rauswerfen musste, weil er eine völlig Verklemmte erwischt hatte und noch nicht am Ziel war, als ich nach Hause kam. Aber das war nicht Helga, sonst würde ich mich besser an sie erinnern.»

Meist habe der schöne Holger auf dem Unigelände Bescheid gesagt, dass er ein Bett brauche, damit sie es frisch bezog, fuhr sie fort. In dem Punkt sei er sehr penibel gewesen. Im Bad hätten immer frische Handtücher liegen und im Kühlschrank ein paar Delikatessen für ein Mondscheindinner stehen müssen.

«Die Flasche Champagner brachte er selbst mit. Die Mädchen hatten solch ein edles Tröpfchen noch nie gekostet und wussten nicht, was er ihnen kredenzte. Er löste zu Hause die Etiketten von teuren Marken und klebte sie auf ein billiges Gesöff aus dem Supermarkt. Ich glaube, er hat die Mädchen damit auch geduscht. Das Laken war oft feucht, wenn ich mit geschwollenen Füßen von der Arbeit kam. Ich musste ein Gummituch darunter legen, damit er mir nicht auch noch die Matratze versaute. Aber mein Schaden war es nicht. Dreißig Mark zahlte er mir pro Abend. Was ich für ihn einkaufte, rechnete er auch großzügig ab.»

Im Wesentlichen bestätigte Erika Jungblut, was ich bereits von Herrn Erdmann gehört hatte. «Er hatte einen eigenen Schlüssel. Deshalb gab es ein paar Mal Ärger mit dem Hausbesitzer. Ich glaube, dem hat er dann auch etwas zugesteckt, und mir wurde die Umlage erhöht, weil in meiner Wohnung mehr Wasser verbraucht wurde. Damit war die Sache erledigt.»

Verheiratet war der schöne Holger im Sommer 1970 noch nicht gewesen, das wusste Erika Jungblut mit Sicherheit. Nur verlobt mit einer von und zu, Geldadel, Tochter eines Industriellen. Durchaus attraktive Frau, etwas älter als er und nicht so anschmiegsam, wie er es für sein Ego brauchte. Die Geheimniskrämerei mit Erika Jungbluts Wohnung erklärte sich in der Tatsache, dass der schöne Holger damals keine eigene Wohnung hatte. Er lebte bereits mit seiner Verlobten und den Schwiegereltern in spe unter einem Dach, war aber zu knapp bei Kasse, um neben seiner offiziellen Bleibe ein verschwiegenes Liebesnest anmieten zu können. Hotelzimmer waren ihm nicht diskret genug.

Dass er politisch sehr aktiv war, hatte sie bereits erwähnt. In die Regierung wollte er jedoch nicht, nur ins Umfeld, die Spitze war ihm zu unsicher. Ein ruhiger Posten in einem Ministerium. Dafür hoffte er auf die Unterstützung seines zukünftigen Schwiegervaters und konnte es sich nicht leisten, die Familie zu verärgern.

Ihr herbes Gesicht spiegelte Genugtuung, als sie vom abrupten Ende ihrer Bekanntschaft mit ihm berichtete. «Zwei oder drei Monate vor seiner Hochzeit war das, im Sommer 71. Vom einen Tag auf den anderen, ohne jede Vorankündigung, gab er dem Hausbesitzer den Schlüssel zurück, nicht etwa mir. Ich hatte den Schlüssel anfertigen lassen und dafür bezahlt. Danach habe ich den schönen Holger wochenlang nicht zu Gesicht bekommen. An der Uni ließ er sich nicht mehr blicken, in seinem Parteibüro verleugnen. Erst als ich Druck machte, kam er noch einmal vorbei, gab mir ein paar Mark und beschwor mich, ihn nicht zu kennen, falls seine Verlobte oder sonst wer nach ihm fragen sollte. Ich nehme an, die Braut war ihm auf die Schliche gekommen und hatte ihm die Pistole auf die Brust gesetzt. Da musste er es zwangsläufig mit einem sittsamen Leben probieren. Im Herbst 71 hat er geheiratet, ein paar Presseleute waren dabei, so habe ich davon erfahren. Danach verschwand er aus den Telefonbüchern. Wo er heute ist, kann ich nur vermuten.»

Auf ihre Vermutungen war ich nicht angewiesen. In der Agentur mussten seine Daten in mindestens drei Computern gespeichert sein. Im Chefbüro, bei Frau Grubert im Vorzimmer und bei unserer tüchtigen Tamara im Sekretariat, wo Berichte und Rechnungen geschrieben wurden.

Gersweins Privatanschrift war vermutlich nicht vermerkt. Es war nicht anzunehmen, dass er sich Post von der Agentur nach Hause schicken ließ, wo sie seiner von und zu in die Hände hätten fallen können. Seine Büroadresse oder Telefonnummer könnte ich mir jedoch beschaffen, nahm ich an. Natürlich nicht bei Hamacher oder Frau Grubert. Tamara arbeitete nur zu den üblichen Bürostunden. Ab fünf Uhr nachmittags war ihr Platz nicht mehr besetzt. Dann müsste ich nur aufpassen, dass Frau Grubert, die ihre Augen überall hatte, mich nicht erwischte.

Dass ich meinen Job aufs Spiel setzte, wenn ich unberechtigt auf Kundendaten zugriff und Informationen an eine außenstehende Person weitergab, war mir sehr wohl bewusst. Doch das war mir egal. Ich bedankte mich bei Erika Jungblut und machte mich auf den Heimweg, den Kopf so voller Gedanken, dass daneben kein Platz für Besorgnis um die eigene Person war.

Ich wusste nicht, was ich tun sollte. Ich wusste es wirklich nicht. Was immer Helga ihren Tagebüchern anvertraut oder was Candy sich aus den kryptischen Schriftzeichen und Margaretes Berichten zusammengereimt haben mochte, die Geschichte stimmte hinten und vorne nicht. Das fing schon bei den glücklichen Monaten an. Aber gut, Gersweins Affäre mit Helga mochte ausnahmsweise länger gedauert haben als alle anderen. Weil Helga um einiges anschmiegsamer, ergebener, unerfahrener und naiver gewesen war als ihre Vorgängerinnen und Nachfolgerinnen. Ohne eine komplette Übersetzung des verschlüsselten Tagebuchs ließ sich dazu nichts sagen.

Dass der schöne Holger jedoch nach ihrer Flucht aus Köln ganz Deutschland nach seiner Liebsten abgesucht und bei ihrer Familie um Auskunft über ihren Verbleib gebettelt haben sollte, durfte man ausschließen. Das passte nun wirklich nicht zu ihm.

Auf dem ersten Stück Weg überlegte ich, noch zur Agentur zu fahren, um mit Hamacher zu reden und mir von ihm bestätigen zu lassen, was ich dachte. Bring Candy um Gottes willen nicht mit diesem Lüstling zusammen. Den kümmert es einen Dreck, ob eins von seinen früheren Blümchen jämmerlich verdorrt. Er legt das Mädchen flach, reiht Candy in seine Sammlung ein, vielleicht als Kuriosum. Wahrscheinlich hatte er das noch nicht, zuerst die Mutter und zwanzig Jahre später die Tochter.

Doch dann sah ich Candy mit Rucksack und Tasche ins Zugabteil kommen – und im roten Kostüm in Hamachers Büro sitzen. Als Mauerblümchen oder schüchtern konnte man sie nun wirklich nicht bezeichnen. Vermutlich war sie gar nicht Gersweins Typ. Ich konnte nicht beurteilen, ob sein Geschmack sich mit den Jahren gewandelt hatte. Da hätte ich die Kollegen fragen müssen, die schon in seinem Auftrag junge Mädchen auf ihre Gesinnung und ihr Umfeld geprüft hatten.

Und wie sollte ich Hamacher erklären, womit ich mir die Freizeit vertrieb? Dass ich einfach so ein mir völlig unbekanntes junges Mädchen mit nach Hause genommen hatte, weil meine Beschützerinstinkte oder sonst etwas geweckt worden waren. Und dass ich meinen Kurzurlaub nutzte, um einem unserer Stammkunden auf die Spur zu kommen. Natürlich hatte ich das nicht ahnen können, als ich zu recherchieren begann. Begeistert von meinen Bemühungen wäre Hamacher trotzdem mit Sicherheit nicht. Und wenn er mir untersagte, Candy diesen ersten Erfolg zu vermelden, was sollte ich dann tun?

Also verzichtete ich auf den Abstecher zur Agentur, hielt nur noch einmal bei einem Postamt und überzeugte mich, dass Holger Gerswein in den Telefonbüchern wirklich nicht zu finden war und die Auskunft seine Nummer auch dann nicht preisgab, wenn man behauptete, es ginge um Leben und Tod.

Anschließend überlegte ich, eventuell dasselbe zu sagen wie Hamacher. Völlig aussichtslos. Um Candys Enttäuschung im Rahmen des Erträglichen zu halten und nicht als totaler Versager dazustehen, hätte ich ihr eine rührselige Geschichte auftischen können. Dass ich zwar die frühere Mieterin der Wohnung in Köln-Sülz aufgespürt, von ihr aber nur etwas ganz Entsetzliches gehört hätte. Dass nämlich Mamis Herz damals bei der Suche nach ihr – oder später aus Verzweiflung im Suff – mit seinem Porsche tödlich verunglückt sei.

Und wenn Candy daraufhin ihre Sachen packte, weil es keinen Sinn mehr machte, noch mehr von Mamis kostbaren, aber gezählten Stunden bei einer Reisebekanntschaft in Köln zu verschwenden? Wenn sie umgehend zurück nach Hamburg fuhr, um Mami beim Sterben Gesellschaft zu leisten?

Ich wollte nicht, dass sie ging, nicht sofort. Natürlich konnte ich sie nicht auf Dauer festhalten, das war mir auch klar. In einigen Wochen würde sie so oder so aus meinem Leben verschwinden, ob mit oder ohne den Herrn Ministerialrat. Und wenn Mami unter der Erde war, würde Candy ihren Studienplatz in Hamburg bekommen und ich weiter für Hamacher arbeiten, an allen möglichen und unmöglichen Orten.

Ich hatte keine echte Chance, sie an mich zu binden, das wusste ich auch, zumindest während dieser Heimfahrt wusste ich es genau. Nur noch drei oder vier Wochen, bis Mami wieder in die Klinik musste. Dann wollte Candy bestimmt nach Hause. Und wenn ich ihr nicht einen Anreiz bot, wenigstens noch so lange bei mir zu bleiben, wollte sie vielleicht schon früher zurück. Mit dieser Erkenntnis oder Befürchtung wurde Holger Gerswein für mich plötzlich zum Hoffnungsträger.

Candy hatte den Tag auf ihre Weise genutzt. Aus lauter Nervosität meine Wohnung auf Hochglanz gebracht, Einkäufe gemacht, ein paar von ihren Sachen gewaschen, in einem auch gleich den Wäschekorb in meinem Bad geleert und in Ermangelung einer Waschmaschine die Badewanne zweckentfremdet. Da meine Mutter sich ja um meine Wäsche kümmerte, und zwar in ihrer Wohnung, hatte ich mir weder Küche noch Bad mit solch einem nützlichen Gerät verschandeln müssen, besaß auch nichts in der Art von Wäscheleinen.

Über den Balkon war kreuz und quer eine Rolle Paketschnur gespannt, darauf die nassen Sachen verteilt. Gekocht hatte Candy natürlich auch schon, vielmehr gebacken; im Herd stand ein Auflauf, den sie zur Not noch ein oder zwei Stunden hätte warm halten können. Zur Abwechslung war der Esstisch im Wohnzimmer gedeckt – ganz feierlich. Als ich eintrat, zündete sie zwei Kerzen an und schaute mir entgegen mit einem Blick, bei dem ich das Atmen vergaß. Es war der «Alles vergebens?»-Blick – wie hätte ich sie da auch nur eine Minute hinhalten können?

Also sagte ich: «Ich habe ihn.» Natürlich nannte ich ihr auch sofort seinen Namen, weil ich dachte, damit sei ihr nicht geholfen. Sie hatte nicht damit gerechnet, dass ich so schnell erfolgreich sein könnte, das ging eindeutig aus ihrer Reaktion hervor. Die rechte Hand fuhr mitsamt dem noch brennenden Zündholz zum Mund, beinahe hätte sie ihre Haare in Brand gesetzt. Im letzten Moment zuckte sie vor der Flamme zurück, pustete das Zündholz aus, setzte sich auf einen Stuhl und flüsterte in fassungsloser Ungläubigkeit: «Holger Gerswein.»

Dann begann sie unvermittelt zu weinen, wahrscheinlich aus purer Erleichterung. Dass ich vorerst weder eine Adresse noch eine Telefonnummer mitlieferte, störte sie nicht. «O Mike, ich weiß gar nicht, was ich sagen soll.»

Gleich anschließend wurde sie wütend auf Hamacher. «Dieser Blödmann, wenn du es in einem Tag geschafft hast, hätte er auch nicht länger gebraucht. Und ihn hätte ich bezahlen können, dann müsste ich jetzt kein schlechtes Gewissen haben.»

«Das musst du auch so nicht», sagte ich.

«Habe ich aber», jammerte sie, saß da wie ein Häufchen Elend, das tränennasse Gesicht zu mir erhoben. «Ich wollte dich doch damit nicht belasten. Ich wollte nicht, dass du irgendwann denkst, ich hätte dich schamlos ausgenutzt, für meine Zwecke eingespannt und dir den ganzen Urlaub verdorben.»

«Warum sollte ich denn irgendwann so etwas denken?», fragte ich. «Mit den paar Tagen Urlaub hätte ich ohnehin nicht viel anfangen können. Wahrscheinlich hätte ich mich bloß gelangweilt.»

«Das sagst du nur so.»

«Nein», sagte ich. «Ich meine es auch. Und so großartig war meine Leistung gar nicht. Noch bist du keinen Schritt weiter.»

Das sah sie natürlich anders. «Jetzt, wo ich weiß, wie er heißt, finde ich auch heraus, wo er wohnt.»

Sie beruhigte sich wieder, wischte die Tränen mit einem Handrücken ab und holte den Auflauf aus dem Backofen. Während wir aßen, machte ich einen zaghaften Versuch, sie schonend darauf vorzubereiten, dass sie sich völlig falsche Vorstellungen von Mamis Herz machte. Ich erzählte ihr, was ich über Gerswein wusste, schob Erika Jungblut als Quelle vor. Ein Schürzenjäger, wie er im Buche stand. Vermutlich kümmerte ihn die sterbende Mutter einen feuchten Dreck, und er machte lieber der Tochter Avancen.

Aber da stieß ich auf taube Ohren. Candy verteidigte ihn wie eine Löwin ihr Junges. Woher wollte Erika Jungblut denn wissen, wie lange seine Affären gedauert hatten und wie viele es gewesen waren, wenn sie die Mädchen nie zu Gesicht bekommen hatte? Vielleicht waren es vor «meiner Mutter» einige gewesen, aber danach bestimmt nicht mehr. Er musste «meine Mutter» wahnsinnig geliebt haben, sonst hätte er doch nicht alles Menschenmögliche getan, um sie wieder zu finden.

«Das hat er wahrscheinlich auch nicht», sagte ich. «Er hat erst im Herbst 1971 geheiratet. Wenn er vorher nach deiner Mutter gesucht hätte, müsste er das kurz nach ihrem Wegzug aus Köln getan haben, also im Sommer 1970. Wenn er in dem Jahr bei deiner Großmutter und bei Tante Gertrud gewesen sein soll, konnte er schwerlich etwas von Scheidung erzählen. Und wenn er deiner Mutter weisgemacht hat, er sei verheiratet, dann vielleicht nur, damit sie sich keine Hoffnungen …»

«Das habe ich wahrscheinlich falsch interpretiert», wurde mir das Wort abgeschnitten. «Gebunden, hat sie geschrieben. Dabei habe ich an eine Ehe gedacht, weil Margarete sagte, Tante Gertrud hätte von Scheidung gesprochen. Aber vielleicht hatte Tante Gertrud das missverstanden. Vielleicht hat er nur von Trennung gesprochen. Wenn man richtig darüber nachdenkt …»

Auch eine Verlobung mit einer Frau, deren Vater ihn beruflich fördern konnte, hätte «meine Mutter» veranlasst, sich mit blutendem Herzen zurückzuziehen. Das hatte Helga getan. Candy hatte es schwarz auf weiß, vielmehr blau auf weiß und verwaschen von den Tränen, die Helga vergossen hatte, während sie ihren Entschluss oder das Ergebnis desselben festhielt.

Das Büchlein holte Candy nicht zum Beweis, konnte die entsprechende Stelle ja auswendig zitieren: «Warum habe ich nicht gekämpft um mein Glück? Wie konnte ich aufgeben? Wie konnte ich gehen? Gegangen bin ich nur mit den Füßen. Ich bin gestorben dabei, und niemand bemerkt es.»

Und diese Passage sprach, wenn man genauer informiert war, natürlich für eine Verlobung. Gegen eine Braut hätte sich der Kampf ja gelohnt, es wäre jedenfalls moralisch nicht verwerflich gewesen, hätte ihm nur Abstriche bei der Karriere abverlangt. Dass «meine Mutter» ihr Herz für sich ein wenig verklärt haben könnte, wollte Candy nicht völlig ausschließen. Aber es musste von seiner Seite ebenfalls die ganz große Liebe gewesen sein. Dafür sprachen die Fakten.

Dass er den Schlüssel für Erika Jungbluts Wohnung zurückgab: Nachdem «meine Mutter» Köln verlassen hatte, ertrug er es eben nicht mehr, den Platz zu sehen, an dem er so unendlich glücklich mit ihr gewesen war. Dass er sich mit der Schlüsselrückgabe ein ganzes Jahr Zeit gelassen hatte, irritierte Candy nicht: Vielleicht war er vorher noch häufig allein in dieser Wohnung gewesen und hatte getrauert.

Er war bei Tante Gertrud gewesen! Und vielleicht hatte er gesagt, wenn er Helga nicht wieder fände, würde er eine andere heiraten. Vielleicht hatte er nur erklärt, er wolle sich von seiner Braut trennen, wer wollte das heute noch sagen? Tante Gertrud durfte man nicht danach fragen, die bekäme Zustände, hatte ihn ja nie ausstehen können.

Dass er laut Erika Jungblut im Sommer 1971 Ärger mit seiner Verlobten bekommen hatte, sprach aus Candys Sicht ebenfalls für ihre Theorie. Vermutlich hatte er seiner Braut kurz vor der Hochzeit gebeichtet, dass er eine andere Frau mehr liebe als sie. Und dann hatte er sie doch geheiratet, weil Helga für ihn verloren war. Und wenn er heute immer noch junge Mädchen vernaschen sollte, sprach das nicht für einen schlechten Charakter, fand Candy. Er suchte wahrscheinlich unbewusst eine zweite Helga.

Alles ganz normal, zumindest menschlich und nachvollziehbar. Ganz ohne Frage würde Holger Gerswein ihren Wunsch erfüllen, weil es auch sein sehnlichster und geheimster Wunsch sein musste. Er würde vielleicht selber ein bisschen sterben, wenn er Helga wiedersah. So wie Helga damals gestorben war, ohne dass es jemand bemerkte.

Das hat sie tatsächlich so gesagt, genau so, ich weiß es noch, als hätte ich es erst vor ein paar Minuten gehört: Dass Gerswein ein bisschen sterben würde bei diesem Wiedersehen. Weil es eben ganz schrecklich war, nach all den Jahren endlich die große Liebe wieder zu finden, nur um für immer Abschied nehmen zu müssen.

Irgendwann saßen wir auf der Couch. Die Jeans hatte Candy ausgezogen, sie war zu eng, um darin bequem zu sitzen. Dabei saß sie gar nicht. Sie lag mit dem Kopf in meinem Schoß, zitierte mit geschlossenen Augen auswendig aus dem Tagebuch ganze Passagen von Verzicht und dem Brennen im Innern, dieser grausamen Leere.

Das dünne T-Shirt verrutschte immer weiter nach oben. Glatte, braune Haut, so weich wie Watte. Ich konnte nicht anders. Ihre Stimme und die Atmosphäre von Sehnsucht und Leid, die sie damit im Zimmer ausbreitete, übertrugen sich auf meine Hände. Und sie erhob keine Einwände, hatte sich wohl selbst in einen weichen, nachgiebigen Zustand versetzt – oder sie meinte, mich für meine Mühe entschädigen zu müssen.

Ein paar Küsse und die Zärtlichkeit der Fingerspitzen, ein paar kleine Schritte weiter als am Abend zuvor, mehr war nicht erlaubt. Candy hielt die Augen geschlossen und atmete zitternd. Manchmal glaubte ich, im nächsten Augenblick zu zerplatzen. Aber es war noch erträglich, hatte wohl etwas von Verantwortung. Zweimal dachte ich flüchtig, eine Jungfrau. Und es war gut, darüber nachzudenken. Es verhinderte, dass ich die Beherrschung verlor.

Irgendwann schloss sich ihr Körper dem zittrigen Atem an. Sie riss die Augen weit auf, spannte sämtliche Muskeln an, presste den Kopf so fest gegen meine Rippen, dass sich noch eine Viertelstunde später der rote Fleck auf ihrer Stirn abzeichnete. Ein paar heftige Atemstöße und noch ein langer, zittriger Seufzer. Sie stieß die Luft aus, lächelte ungläubig und sehr verlegen.

«Puh», flüsterte sie, «jetzt ist mir aber warm geworden.»

Dann lag sie ganz weich in meinem Arm, schaute mir unverwandt ins Gesicht. «Und was machen wir jetzt mit dir, Mike?»

«Nichts», sagte ich. Ich glaube, ich habe sie nie mehr geliebt als an diesem Abend.

Am nächsten Morgen, das war der Mittwoch und mein letzter Urlaubstag, stürzte sie sich gleich nach dem Frühstück aufs Telefon. Natürlich erreichte sie nichts bei der Auskunft, obwohl sie, wie ich mir das gedacht hatte, mit Leben und Tod argumentierte. Als sie auflegte, flossen wieder reichlich Tränen.

«Er hat eine Geheimnummer, Mike. Wieso denn? Ist er so wichtig, oder bildet er sich das nur ein?»

Was Holger Gerswein beruflich machte, hatte ich am vergangenen Abend nicht erwähnt. Nun machte ich eine erste Andeutung. Ich konnte sie eben nicht weinen sehen. «Erika Jungblut meinte, er sei in die Politik gegangen.»

«Nein», jammerte Candy. «Das darf nicht wahr sein! Dann hat er bestimmt Leibwächter, die auf Schritt und Tritt an seinen Fersen hängen. Wenn man überhaupt an ihn rankommt, wie soll man sich denn ungestört mit ihm unterhalten?»

«Auch Leibwächter können diskret sein», sagte ich. «Aber ich glaube nicht, dass er welche hat. So wichtig kann er nicht sein. Sonst hätte man seinen Namen bestimmt schon häufiger in den Medien gehört oder gelesen. Wahrscheinlich ist er nur ein unbedeutendes Licht in irgendeinem Ministerium. Das finde ich raus.»

«Wie denn?» Es klang immer noch jämmerlich.

«Sogar der Kanzler muss Steuern zahlen», sagte ich. «Bei irgendeinem Finanzamt ist Gerswein registriert. Und ich kenne ein paar Finanzbeamte, die das Herz auf dem rechten Fleck haben. Aber wenn ich ihn ausfindig mache, werde ich der Erste von uns beiden sein, der mit ihm spricht. Zum einen stelle ich fest, ob du dich ungestört mit ihm unterhalten kannst. Zum anderen kann ich ihm schon mal erklären, worum es geht. Dann ist es für dich leichter.»

Zu Beginn meiner Erklärung hatte Candy noch gelächelt, nun schüttelte sie energisch den Kopf. «Nein, Mike, das finde ich nicht gut.» Sie hatte ihre Meinung über Nacht offenbar grundlegend geändert. «Ich habe lange nachgedacht über das, was diese Frau Jungblut dir erzählt hat. Wenn sie nun nicht völlig Unrecht hatte mit den vielen Mädchen; ich meine, es könnte ja sein, dass er viele Affären hatte. Aber dann wird er bestimmt nicht gerne an früher erinnert. Dann wäre es ein Fehler, ihm zu zeigen, dass mehrere Leute Bescheid wissen. Das muss ich alleine machen, Mike, unter dem Siegel der Verschwiegenheit. Das verstehst du doch. Ich weiß schon, was ich ihm sagen muss.»

«Du wärst Helgas Nichte und sie hätte sich in Afrika ein gefährliches Virus eingefangen?»

Mit diesem Hinweis war ihr klar, dass ich doch mit Frau Scherer gesprochen hatte, erwähnt hatte ich das gestern nicht. Sie lachte verlegen. «Wie hätte ich mich der alten Frau denn sonst vorstellen sollen? Denk doch mal nach, Mike. Ich wusste ja nicht, ob sie eingeweiht war damals. Wenn sie etwas gewusst hätte, welchen Eindruck hätte das denn gemacht? Meine Mutter packt hier ihre Koffer, steigt in den Flieger und in Philadelphia gleich mit meinem Vater ins Bett.»

Da hätte Frau Scherer genau den richtigen Eindruck bekommen, dachte ich und fragte: «Warum war deine Mutter im Sommer 71 eigentlich nochmal hier?»

Eine dämliche Frage. Um Gerswein zu treffen, der erst abends Zeit für sie hatte. Ich hätte darauf mein neuwertiges Mercedes Coupé verwettet, es war doch auch nahe liegend. Erika Jungblut hatte zwar gesagt, sie habe Druck gemacht, weil der schöne Holger nichts mehr von sich hören ließ. Aber Hamacher hatte einmal von Ärger mit einer ehemaligen Gespielin gesprochen. Und wenn die Frau Studienrätin keine Affäre mit ihm gehabt hatte, hatte er vielleicht mächtigen Ärger mit seiner Verlobten bekommen, weil Helga sich in Erinnerung gebracht hatte.

Candy zuckte harmlos mit den Achseln. «Ich wusste gar nicht, dass sie nochmal in Köln war. Wir haben damals die Großmutter in Hamburg besucht. Davon hat Mami mir einmal erzählt, weil ich mich nicht daran erinnern konnte. Ich war ja erst ein paar Monate alt. Und meine Großmutter war zu gebrechlich für einen langen Flug. Sie war auch bei der Hochzeit nicht dabei. Aber sie wollte mich gerne einmal sehen.»

Ob sie gerade mich oder Helga damals Frau Scherer mit dem Tod ihrer Mutter belogen hatte – wie hätte ich das herausfinden sollen? Höchstens mit dem Fotoalbum, der Aufnahme vom Grabstein und einer starken Lupe.

Candy wechselte das Thema, war in Gedanken bereits beim ersten Treffen mit Gerswein und der obligatorischen Frage: Was ziehe ich an? In Jeans oder gar Shorts und T-Shirt wollte sie ihm nicht gegenübertreten. Das rote Kostüm sei vielleicht auch nicht das Richtige. Der Rock sei wirklich ein bisschen kurz, meinte sie. Aber nun stand ihr, dank meiner Hilfe, genug Geld zur Verfügung, um sich passend einzukleiden. Vielleicht etwas Elegantes, schlicht, aber nobel? Oder lieber etwas Sportliches? «Was meinst du, Mike?»

Ich meinte gar nichts. Mir gefiel sie in dem verwaschenen, alten Nachthemd am besten.

Zu Mittag fuhren wir noch einmal in die Stadt und aßen in einem argentinischen Steakhaus, um meinen letzten Urlaubstag gebührend zu begehen – und Abschied zu feiern, aus ihrer Sicht. Sie hatte nicht vergessen, dass ich gesagt hatte, sie könne bis Mittwoch bleiben. Eine Verlängerung ihres Aufenthalts bei mir hatte ich ihr noch nicht angeboten. Aber das sei nun auch kein Problem mehr, meinte sie, jetzt könne sie sich sogar ein komfortables Hotelzimmer leisten.

«Du brauchst kein Hotelzimmer», sagte ich.

«Aber du musst doch morgen wieder arbeiten, Mike.»

«Das macht nichts», sagte ich. «Oder willst du meine Abwesenheit nutzen, um die Möbel zu verkaufen?» Mein Auto nahm ich mit, irgendwie musste ich ja zur Agentur kommen. Auf dem firmeneigenen Parkplatz stand es dann sicher.

Sie lächelte unsicher. «Natürlich nicht, Mike. Wenn es dich nicht stört. Es wäre toll, wenn ich noch ein paar Tage bleiben könnte. Wenigstens so lange, bis du seine Adresse hast.»

Danach erst recht, dachte ich.

Nach dem Essen schlug ich einen Einkaufsbummel vor, um etwas Schlichtes oder Sportliches für sie auszusuchen. Aber sie wollte lieber zum Rhein, noch einmal ins Cranachwäldchen zum Stromkilometer 693. Diesmal dachte ich nicht an die Tote, die vor ewigen Zeiten hinter den Stein geschleppt worden war. Candy erzählte auch keinen esoterischen Quatsch von Gefühlen, die an einem Ort zurückblieben.

Sie legte einen Arm um meine Taille. Um sie zu küssen, musste ich mich hinunterbeugen. Sie stellte sich auf Zehenspitzen, schlang beide Hände um meinen Nacken. «Armer Mike», flüsterte sie. «Du hast dich richtig in mich verliebt. Aber ich habe mich auch in dich verliebt, ehrlich. Ich sage das nicht bloß, weil du so viel für mich tust. Ich dachte immer, so etwas könne mir nicht passieren, solange das mit meiner Mutter …»

Der Rest war nur undeutliches Gemurmel. Ich konnte es einfach nicht mehr hören und verschloss ihr den Mund.

Nachdem wir wieder in meiner Wohnung waren, tranken wir Kaffee und aßen Butterkekse aus ihrem Reiseproviant. Aber sie war zu überdreht, konnte nicht lange still sitzen. Zuerst stürzte sie sich auf den Abwasch und wischte die Küche. Anschließend holte sie meine Hemden und ihre T-Shirts vom Balkon, nahm das Bügelbrett aus dem Einbauschrank und wühlte auf dem eingelegten Regalboden herum.

«Hast du kein Bügeleisen, Mike?»

Doch, ich hatte mir nach meinem Einzug eins gekauft, weil ich nicht erwartet hatte, dass meine Mutter mir auch noch die Hemden bügelte. Deshalb besaß ich ja auch ein Bügelbrett. Das Eisen musste auch irgendwo im Einbauschrank liegen. Aber – «Lass das», sagte ich. «Wir setzen uns ins Wohnzimmer und hören Musik.»

«Sei mir nicht böse, Mike. Ich muss mich beschäftigen, sonst drehe ich durch. Allein bei der Vorstellung …»

Endlich hatte sie das Bügeleisen gefunden, kam damit in die Küche. «Aber wir können ins Wohnzimmer gehen, Mike. Da ist es für dich gemütlicher. Bügeln kann ich da auch.»

Also trug ich das Bügelbrett ins Wohnzimmer, sie schleppte Wäsche und Eisen hinterher, machte sich an die Arbeit und plapperte unermüdlich, wie das wäre, wenn ihre Mutter und Holger Gerswein sich nach all den Jahren wieder in die Augen schauten. In schillernden Farben malte sie sich diesen großartigen und ergreifenden Moment aus.

«Du ahnst gar nicht, wie lange ich darüber schon nachdenke, Mike. Immer habe ich mir vorgestellt, dass ich in einem Café sitze und auf ihn warte. Dass ich vorher bereits mit ihm telefoniert habe. Dass er weiß, wer ich bin. Dass ich ihn sofort erkenne, wenn ich ihn sehe, weil er sich kaum verändert hat. Er kommt herein, schaut sich suchend um. Ich stehe auf und gehe zu ihm. Und alles, was ich mir vorgestellt hatte, löste sich in Luft auf, als dieser Vermieter sagte, bei ihm hätte nie ein Mann gewohnt. In dem Moment hatte ich das Gefühl, mir zieht jemand den Boden unter den Füßen weg. – Wie lange kann das dauern, bis du seine Adresse bekommst?»

«Ein paar Tage», sagte ich. «Vielleicht länger. Ich kann nicht einfach herumtelefonieren. Das muss ich behutsam angehen.»

«Ja, natürlich», meinte sie. Ihre rechte Hand mit dem Bügeleisen fuhr über einen Hemdrücken. Die linke Hand strich den Stoff glatt, die rechte schob das heiße Eisen hinterher. Und die linke verhielt einen Moment, als Candy den Kopf zur Seite legte, als horche sie dem Klang ihrer Stimme nach. «Aber du schaffst das, Mike, da bin ich sicher. Du schaffst einfach alles.»

Gleich anschließend kam ein vernehmliches Zischen, als sie die Luft einzog. Sie hatte sich die Finger verbrannt. Mir erschien das wie ein bösen Omen. Und sie strahlte mich an.

«Glaubst du an Schicksal, Mike? Ich meine, glaubst du daran, dass es etwas gibt, das zwei Menschen zusammenführt, die sich sonst nie begegnet wären? Wie viele Wagen hatte der Zug? Ich hatte keine Platzkarte und bin ausgerechnet in den gestiegen, in dem ich dich finden konnte. Was würde ich nur ohne dich tun?»

Leben – wahrscheinlich heute noch, in Hamburg oder Philadelphia, vielleicht auch auf einem Forschungsschiff vor Neufundland. Manchmal sollte man wirklich an Schicksal glauben, nicht an Gott, nur an etwas, das einen Mann, der über bestimmte Informationen verfügt oder sie zumindest beschaffen kann, zur falschen Zeit an den falschen Platz setzt.

8. Kapitel

Am Donnerstagmorgen begann für mich wieder der Alltag. Mein Wecker klingelte um halb sieben. Candy stand mit mir auf, machte Frühstück für uns beide, erkundigte sich, ob ich zu Mittag heimkäme oder erst zum Abendessen wieder da sei, und ob ich Fisch oder Fleisch haben möchte.

«Ich koche dir etwas Leckeres, Mike. Wenn du lieber Fisch magst, ich esse ihn zwar nicht, aber ich kann ihn zubereiten. Das ist überhaupt kein Problem. Ich kenne sogar ein ganz tolles Rezept. Aber dafür brauche ich eine frische Scholle. Wo bekomme ich die? Hier gibt es doch bestimmt irgendwo ein Fachgeschäft. Frischen Fisch kann man nicht im Supermarkt kaufen.»

Ich ließ ihr die Ersatzschlüssel für Wohnungs- und Haustür da, wollte ihr auch Geld für Einkäufe geben. Bis dahin hatte sie die Lebensmittel von ihrem Geld bezahlt. Das wollte sie so. Wenn zwei Leute zusammenlebten, sollten sie sich die Kosten teilen.

Zusammenlebten! Wie sie das sagte. Und irgendwann auch miteinander schlafen. Irgendwann, Mike, ganz bestimmt, du musst mir nur ein bisschen Zeit lassen. So lange kennen wir uns doch noch nicht. Ich bin zwar schon in dich verliebt, aber ich brauche große Gefühle. Das sprach sie nicht aus, aber ich meinte, es von ihrer Stirn ablesen zu können.

Um halb acht brachte sie mich zur Wohnungstür. Der prall gefüllte Leitz-Ordner und der Schnellhefter, den die Seniorchefin der Firma Mader am Montag noch zur Agentur gebracht hatte, blieben in meinem Kleiderschrank zurück. Ich bekam einen Kuss, einen schönen Tag gewünscht und eine hoffnungsvolle Miene mit auf den Weg. «Meinst du, du könntest heute schon bei einem Finanzamt anrufen, Mike?»

«Mal sehen», sagte ich. Zeit für längere Telefonate hätte ich bei dem Einsatz kaum, dachte ich. Aber ich wollte auch nur kurz meine Mutter anrufen, damit sie nicht in meiner Wohnung erschien und sich über meinen Logiergast wunderte.

Zuerst fuhr ich zur Agentur, um das Auto zu tauschen und meiner Mutter Bescheid zu sagen, ich hätte meinen Kurzurlaub für einen gründlichen Hausputz genutzt, sogar meine Hemden gewaschen, es gäbe für sie in den nächsten Tagen überhaupt nichts zu tun. Außerdem wollte ich wissen, ob sich bezüglich meines Einsatzes noch etwas Neues ergeben hatte, was ich beachten müsste.

Hamacher war noch nicht da oder schon unterwegs. Bei ihm wusste man das nie so genau. Frau Grubert wusste nichts Neues. Sie saß zusammen mit Tamara bei einem Kaffee im Chefbüro, da war es gemütlicher. Beide Frauen debattierten die Gewichtszunahme von Hartmut Benders zu früh geborenem Töchterchen. Ganze dreihundert Gramm in einer Woche, wirklich erstaunlich, meinte Frau Grubert, die von kleinen Kindern so viel Ahnung hatte wie ich vom Inhalt des Schnellhefters, den sie mir am Montag in die Hände gedrückt hatte: Abgesehen von dem flüchtigen Blick bei der Übergabe, hatte ich nicht mehr hineingeschaut.

Ich erwartete, darauf angesprochen oder an Frau – Schmitt und die diesbezüglich noch ausstehende Unterredung mit dem Chef erinnert zu werden, bekam aber nur hastig Schlüssel und Papiere für ein unauffälliges Fahrzeug ausgehändigt. Gleich anschließend schien Frau Grubert zu vergessen, dass ich überhaupt existierte. «Unser» Frühchen war entschieden interessanter.

Ich hätte wohl rasch und unbemerkt Tamaras Computer nach Gersweins Adresse absuchen können. Aber zum einen bestand die Gefahr, dass Tamara sich noch ein Zigarettchen zum Kaffee genehmigte, ihre Zigaretten lagen in ihrem Schreibtisch. Zum anderen – ich hatte es nicht eilig. Wieso auch? Je mehr Zeit ich mir ließe, umso länger bliebe Candy bei mir – dachte ich frühmorgens.

Ich verließ die Agentur wieder und fuhr zu meinem Einsatzort, um Buchhalter zu spielen und die Person zu entlarven, die für die manipulierten Bestellungen und dadurch entstandenen Schäden verantwortlich war. Als ich eintraf, war der Geschäftsführer, Herr Grippekoven, auch gerade erst gekommen und wegen irgendwelcher Probleme bereits derart in Hektik, dass er kaum Zeit für eine Begrüßung fand. Er sagte nur: «Gut, dass Sie da sind, Sie wissen ja, was Sie zu tun haben.»

Ich dachte, ich hätte es gewusst. Doch kaum war Herr Grippekoven verschwunden, tauchte die Seniorchefin auf – Frau Mader mit dem Sprung in der Schüssel und der festen Überzeugung, sie habe den Übeltäter längst ausfindig gemacht.

Dass Frau Mader die Siebzig weit überschritten hatte, war nicht zu übersehen. Vermutlich näherte sie sich bereits dem nächsten runden Geburtstag. Beim Anblick ihres faltigen Gesichts musste ich unwillkürlich denken, sie habe sogar mehrere Sprünge. Schlichter Haarknoten, schlichter Rock, züchtig in Wadenlänge, schlichte, hochgeschlossene Bluse mit kleinem Stehkragen. Ein antiquierter Typ, den man sich mit Tintenfass und Gänsekiel, aber nicht an einem Computer vorstellen konnte.

Sie führte mich zu einem Büro, das sie eigens für mich hatte herrichten lassen, wie sie mir auf dem Korridor erklärte. Ich erfuhr auch noch, dass nicht die Zeit gewesen war, meine neue Aufgabe mit Herrn Grippekoven zu besprechen. Aber der glaubte ja sowieso nicht, dass der Computer eigenmächtig Zahlen veränderte. Da hatten Herr Grippekoven und ich etwas gemeinsam.

Wir hatten das Büro erreicht, es war spartanisch ausgestattet mit Schreibtisch, Stuhl, Telefon und Computer. Frau Mader wies mit einer unnachahmlich damenhaft eleganten Geste auf letzteren und sortierte all die Runzeln in ihrem Gesicht zu einem erwartungsfrohen Lächeln.

«Das ist, wenn ich es einmal so ausdrücken darf, das neue

Gehirn meiner Firma und der schlimme Bursche, der uns so viele Sorgen bereitet», erklärte sie mir und erkundigte sich, ob ich die von ihr zusammengestellten Unterlagen erhalten hätte. Es wunderte sie anscheinend, dass ich nichts mitbrachte. Als ich nickte, wollte sie noch wissen, ob diese Unterlagen ausreichend Licht in die mysteriöse Angelegenheit gebracht hätten oder ob sie mir die Sache mit den größer werdenden Zahlen rasch noch einmal erläutern solle.

«Nein, vielen Dank», sagte ich, was sie nicht daran hinderte, es trotzdem zu tun.

Dabei entstand bei mir der Eindruck, dass der Sprung in ihrer Schüssel gar nicht so groß war, wie Hamacher angenommen hatte. Natürlich konnte ein Computer nicht eigenmächtig Zahlen vergrößern, aber bestimmte Computerviren taten das, koppelten sich an Arbeitsprogramme und plusterten diese mit jedem Start mehr auf, bis es schließlich zum Kollaps kam. Dank der regelmäßigen Fortbildung, die Hamacher seinen Mitarbeitern angedeihen ließ, war ich zwar nicht unbedingt ein Experte auf diesem Gebiet, aber auch kein blutiger Laie mehr.

Ich hätte doch besser die Papierstapel aus meinem Kleiderschrank mitgebracht, dachte ich, oder wenigstens die beiden kryptographischen Listen, die Frau Mader hatte anfertigen lassen, damit ich Daten, vielmehr Dateigrößen vergleichen könnte.

Nachdem Frau Mader mich endlich allein gelassen hatte, griff ich zum Telefon und rief in meiner Wohnung an, um Candy zu bitten, sie solle die Papiere aus meinem Kleiderschrank nehmen, sich ein Taxi rufen und mir den ganzen Kram herbringen.

Es klingelte und klingelte, abgehoben wurde nicht. Wahrscheinlich steht sie unter der Dusche, dachte ich und probierte es eine Viertelstunde später noch einmal. Diesmal war besetzt. Jetzt telefoniert sie bestimmt mit Mami, vermutete ich und fühlte einen Anflug von Panik bei der Vorstellung, Mamis Zustand könne sich dramatisch verschlechtert haben und Candy eilig den Heimweg antreten. Nach weiteren zehn Minuten war immer noch besetzt, eine halbe Stunde später war die Leitung zwar wieder frei, aber Candy ging nicht ran.

Inzwischen war Frau Mader auf meine Telefoniererei, beziehungsweise die vergeblichen Versuche, aufmerksam geworden. Vermutlich hatte der Pförtner sie informiert, in seinem Kabäuschen befand sich die Telefonzentrale. Frau Mader schaute kurz zu mir rein, um festzustellen, ob ich ein Problem hätte.

Da ich den Computer noch nicht in Betrieb genommen hatte, tat sie das für mich und bemerkte, dass ich offenbar nicht vorhätte, zügig zu arbeiten. Wenn es durch die Bummelei länger dauerte, schlüge sich das ja positiv in der Rechnung der Agentur Hamacher nieder.

Ich versicherte ihr, es sei nicht meine Absicht, die Kosten in die Höhe zu treiben. Ich hätte nur schlicht und ergreifend die Papiere vergessen und damit keine Vergleichsdaten zur Hand. Dies peinliche Geständnis nötigte ihr ein großmütterlich verständnisvolles Lächeln ab. Warum hatte ich das denn nicht gleich gesagt? Sie hatte doch Kopien anfertigen lassen. Ich bekam einen Kaffee und einige Stapel Papier auf den Schreibtisch gelegt. Aber weit her war es mit meiner Konzentration nicht mehr.

Nun fragte ich mich unentwegt, warum Candy nicht ans Telefon ging. Ob sie nur unterwegs war, um einzukaufen? Eine frische Scholle fürs Abendessen und etwas Schickes oder eher Schlichtes, dezente Eleganz für das erste Treffen mit dem Herrn Ministerialrat. Ob sie sich auf dem Heimweg befand, weil Mamis Zustand sich tatsächlich verschlechtert hatte? Oder unterwegs Richtung Aachen, um persönlich mit Erika Jungblut zu sprechen?

Hatte ich einen Fehler gemacht, die Studienrätin mit Namen zu nennen? Ich hatte Erika Jungblut nicht gefragt, wo Holger

Gersweins Schwiegereltern vor zwanzig Jahren gewohnt hatten. Candy würde sich danach erkundigen, da war ich absolut sicher. Und vielleicht wohnten sie immer noch da – zusammen mit Tochter und Schwiegersohn. Oder die jungen Leute lebten inzwischen allein im Stammsitz der Familie, irgendwo in Köln. Und wenn Candy erst diese Adresse hatte, brauchte sie mich nicht mehr.

Es ist wohl verständlich, dass ich derart abgelenkt meine Schwierigkeiten in der Firma Mader hatte. Aber nicht nur deshalb scheint mir dieser Einsatz so bedeutsam. Rückblickend betrachtet kommt es mir wie das Paradebeispiel meiner Irrtümer und der daraus resultierenden Katastrophe vor.

Die Seniorchefin schaute von Zeit zu Zeit rein, um sich zu erkundigen, ob ich noch einen Kaffee oder vielleicht sonst etwas aus der Kantine haben möchte. Und um sich zu überzeugen, dass ich fieberhaft arbeitete. Ein paar Mal fragte sie auch, wie weit ich denn schon sei. Nachdem ich um die Mittagszeit einen weiteren, vergeblichen Versuch unternommen hatte, Candy in meiner Wohnung zu erreichen, blieb Frau Mader zur Sicherheit bei mir und schaute mir auf die Finger.

Dank der Masse Papier, die sie mir hingelegt hatte, stand bereits fest, dass ein paar Systemdateien und Arbeitsprogramme in den letzten beiden Wochen beträchtlich an Umfang zugelegt hatten. Ich startete ein Programm nach dem anderen und schloss es wieder, um Gewissheit zu erhalten und Herrn Grippekoven zu informieren, dass er für diese Sache einen Computerfachmann brauchte – bis Frau Mader ganz aufgeregt sagte: «Sehen Sie? Sehen Sie? Jetzt hat er es wieder gemacht.»

«Er kann nichts machen», erklärte ich etwas gönnerhaft und in der Annahme, eine auf diesem Gebiet völlig unbedarfte alte Frau vor mir zu haben. «Er ist eine Maschine und führt nur Befehle aus, die der Mensch eingibt.»

«Das weiß ich auch», sagte Frau Mader. «Ich habe Herrn Bastich aus der Fertigung gemeint. Seit wir vernetzt sind, kann ja hier jeder tun, was er will.»

Nachdem der Anfang gemacht war, redete sie ähnlich wasserfallartig wie Candy. Aus den Lebensläufen der Belegschaft sei das ja nicht hervorgegangen, meinte sie, dafür sei Herr Grippekoven viel zu diskret. Er könne sich auch nicht vorstellen, dass ein Mann in so verantwortungsvoller Position wie Herr Bastich, immerhin ein Abteilungsleiter, einer Affäre wegen der Firma schade und seine Stellung riskiere. Im Fall eines Beweises hätte es ja die fristlose Kündigung zur Folge.

Aber zweifellos hatte Herr Bastich die Bestellungen und Auftragsbestätigungen gefälscht, um Fräulein Gudrun in Misskredit zu bringen und ihre Kündigung herbeizuführen. Es stand nämlich fest, dass Herr Bastich und Fräulein Gudrun ein Verhältnis gehabt hatten. Frau Möller aus der Buchhaltung hatte die beiden einmal gemeinsam aus der Damentoilette kommen sehen. Und was sollten sie da gemacht haben, wenn nicht – nicht wahr?

Nun war aber Herr Bastich verheiratet. Fräulein Gudrun war ledig und hatte wohl zu Anfang gedacht, er ließe sich scheiden, woran Herr Bastich im Traum nicht dachte. Daraufhin hatte Fräulein Gudrun sich ihm höchstwahrscheinlich verweigert. Und danach war es mit diesen Schadensfällen losgegangen – bis hin zu der kostenträchtigen Südafrika-Lieferung, fünftausend Kugellager, von denen viertausendneunhundertfünfzig wieder zurückgenommen und gelagert werden mussten.

Bestellungen und Auftragsbestätigungen konnte Herr Bastich seitdem nicht mehr manipulieren. Frau Mader hatte dafür gesorgt, dass nun alles doppelt und dreifach kontrolliert wurde. Und nun machte Herr Bastich das eben mit den Computern.

«Ich glaube nicht, dass Herr Bastich etwas macht», sagte ich. «Es ist ein Computervirus.»

«Nein», widersprach Frau Mader, «es sind mehrere. Und die

muss ja jemand schreiben und einschmuggeln. Eins habe ich schon entfernt.»

«Sie?» Wie sie da neben mir stand mit ihrem Dutt und dem zerknitterten Gesicht, dachte ich, ich hätte mich verhört.

«Ja», sagte Frau Mader schlicht und machte bescheiden einen Abstrich. «Es war nichts Gravierendes, nur ein Smiley, Sie wissen schon, dieses grinsende Gesicht, ein Scherz sozusagen. Es erschien letzten Freitag in der Buchhaltung, immer dann, wenn Frau Möller ein bestimmtes Konto öffnen wollte. Und so etwas hatten wir schon einmal. Da wusste ich, was ich zu tun hatte. Bei diesen anderen Biestern bin ich mir jedoch nicht so sicher. Und ich möchte nicht den gesamten Betrieb lahm legen.»

«Ich auch nicht», sagte ich. «Das Beste wird sein, Sie rufen einen Fachmann her.» Dann hätte ich bei Hamacher vielleicht noch ein oder zwei freie Tage herausschinden und Candy im Auge behalten können.

«Ach was», widersprach Frau Mader. «Ehe so einer Zeit findet, geht hier nichts mehr. Sie schaffen das, ich werde Ihnen Hilfestellung geben. Ich habe ja so meine Vermutungen.»

Und sie war die Seniorchefin – Widerspruch war zwecklos. Ehe ich mich versah, hatte sie an mir vorbeigegriffen. Ihre Finger huschten wieselflink über die Tastatur und arbeiteten sich in die Tiefen des Systems hinunter, wo zu experimentieren sie sich bisher wohl nicht getraut hatte. Im Falle eines gravierenden Fehlers hätte sie den schwarzen Peter gehabt, nun konnte sie den in meine Schuhe schieben.

Am frühen Nachmittag stürzte im Büro nebenan die Kalkulation ab. Kurz darauf ging in der Buchhaltung gar nichts mehr. Der Geschäftsführer stürzte herein und wollte wissen, was in drei Teufels Namen ich triebe. Frau Mader beruhigte ihn: «Keine Sorge, Herr Grippekoven. Das bekommt Herr Schröder alles wieder in den Griff. Es sind Viren, wie ich mir gedacht habe. Aber wir merzen sie aus und stellen auch fest, wer dafür verantwortlich ist.»

Sie war sehr zuversichtlich, dass wir mit vereinten Kräften Herrn Bastich das Handwerk legen könnten, als wir uns kurz nach sechs voneinander verabschiedeten.

Ich fuhr noch zur Agentur, um das Auto zu tauschen und Hamacher zu erklären, für diesen Einsatz sei ich nicht der richtige Mann. Mir graute vor einem weiteren Tag mit Frau Mader – und noch mehr davor, dass Candy auf eigene Faust recherchierte und ich überflüssig wurde. Aber Hamacher war nicht da, und Frau Grubert wollte nicht einsehen, dass die Firma Mader einen Fachmann brauchte. Wir waren doch an Computern geschult. Wie Frau Mader meinte sie, ich bekäme das bestimmt in den Griff, und erbot sich, mir bis zum nächsten Morgen ausreichend Fachlektüre zu beschaffen.

Um halb acht war ich endlich zu Hause und Candy natürlich noch da. Sie saß im Wohnzimmer auf der kleinen Couch und hörte Musik mit geschlossenen Augen. Rondo Veneziano, so laut, dass ihre Trommelfelle vibrieren mussten. Gott sei Dank hatte sie sich den Kopfhörer aufgesetzt, um nicht die Nachbarschaft rebellisch zu machen. Ich stand eine ganze Weile bei der Tür, rundum zufrieden mit mir und der Welt, beobachtete ihr friedlich entspanntes Gesicht und das Spiel ihrer Finger auf der Armlehne, ehe sie mich bemerkte. Sie riss sich den Kopfhörer herunter und sprang auf.

«Da bist du ja wieder, Mike. Musst du immer so lange arbeiten?» Meine Antwort wartete sie gar nicht ab. «Hoffentlich bezahlt dir dein Chef all die Überstunden. Ich dachte, du hättest um fünf Feierabend, und habe alles vorbereitet. Zum Glück habe ich noch nicht angefangen zu kochen.»

«Wir hatten ein Problem mit dem Computer», sagte ich. «Das fing schon heute Morgen an. Ich wollte dir Bescheid sagen, aber du warst wohl unterwegs.»

«Ach, du hast ständig angerufen? Nein, ich war hier, Mike, ich bin nur nicht rangegangen. Ich wusste ja nicht, ob dir das recht ist.» Dass sie eine Weile telefoniert hatte, erwähnte sie nicht, erkundigte sich nach einer winzigen Pause nur: «Dann hattest du bestimmt keine Zeit, bei einem Finanzamt anzurufen, oder?»

«Nein», sagte ich und fühlte die Erleichterung von den Zehenspitzen bis unter die Haarwurzeln. Wenn sie die Auskunft von einem Finanzbeamten mit Herz noch brauchte, konnte sie selbst nichts unternommen haben. «Vielleicht klappt es morgen.»

Da alles vorbereitet war, brachte sie in kürzester Zeit eine köstliche Mahlzeit auf den Tisch. Frische Scholle nach Sylter Art für mich, dazu gab es Salzkartoffeln und Salat, womit sie sich begnügte. Danach der Abwasch. «Das mache ich alleine, Mike, nimm ein Bad und ruh dich aus, du hattest bestimmt einen anstrengenden Tag.»

Als ich aus dem Bad zurückkam, war die Küche aufgeräumt. Eine Stunde Zärtlichkeit auf der Couch. Sie bemühte sich mit anfangs noch ungeschickten Händen und vorsichtigen Lippen, einen Teil davon zurückzugeben. Vor dem Einschlafen – sie auf der Couch, ich im Bett – dachte ich, dass ich sie am nächsten Tag seit genau einer Woche kannte. Mir kam es entschieden länger vor.

Der Freitag wurde hektisch, obwohl ich entschieden ruhiger war. Am frühen Morgen bekam ich von Frau Grubert einen Stapel Fachlektüre ausgehändigt, bat anschließend Herrn Grippekoven, mir die Seniorchefin vom Leib zu halten, damit ich wirklich etwas tun konnte. Ich war immer noch nicht überzeugt, die Probleme lösen zu können. Aber mit Hilfe der Bücher schaffte ich doch einiges. Bis zum Mittag hatte ich zwei Betriebsprogramme bereinigt und drei weitere entdeckt, die befallen waren.

Bei einem Imbiss in der Kantine lernte ich Herrn Bastich, Fräulein Gudrun und Frau Möller aus der Buchhaltung kennen, die mein Kollege Uli Hoger im Visier hatte, weil sie Kontakt zur Konkurrenz pflegte. Fräulein Gudrun erinnerte mich irgendwie an Helga, obwohl sie ein ganz anderer Typ war. Selbstbewusst, fast schon zu sehr von sich eingenommen.

Herr Bastich war mir auf Anhieb unsympathisch. Dass er Anfang fünfzig war, wusste ich aus seiner Personalakte. Er sah um einiges jünger aus, war mittelgroß, schlank und durchtrainiert. Ein sonnengebräuntes, attraktives Gesicht, noch volles, dunkles Haar. Mit anderen Worten, ein Typ wie der schöne Holger. Obwohl ich nicht wusste, welch ein Gebaren Holger Gerswein an den Tag legte, wenn sich holde Weiblichkeit in seiner Nähe aufhielt, drängte sich der Abteilungsleiter zu einem Vergleich förmlich auf.

Ich hatte Mühe, mich auf Frau Möller aus der Buchhaltung zu konzentrieren. Von ihr erfuhr ich bei einem Quarkdessert, dass die Seniorchefin etliche Computerkurse absolviert hatte und sich seitdem einbildete, sie könne das vernetzte System optimieren, wobei sie mit Vorliebe die Kalkulation abstürzen ließ. Frau Möller vertrat sogar die Ansicht, für die Probleme mit den Computern sei einzig und allein Frau Mader verantwortlich.

Um zwei war Büroschluss in der Verwaltung, ich blieb noch bis um vier – ungestört von Frau Mader. Dann fuhr ich wie schon am Vortag zur Agentur, Auto tauschen. Hamacher sei in Frankfurt, sagte Frau Grubert. In der dortigen Filiale musste der Chef sich auch hin und wieder blicken lassen.

Da konnte man wirklich an Schicksal glauben: Hamacher war doch eigentlich immer unterwegs. Und als Candy kam, war er da, konnte dieses Video aufnehmen. Ohne das Video hätte ich vermutlich nie von Candy gehört, dass ihre Mutter nur noch kurze Zeit zu leben hätte. Und nie erfahren, dass sie ein Foto von Gerswein besaß. Und ohne das Foto hätte ich mich kaum auf die Suche nach ihm gemacht.

Hamacher ließ mir durch Frau Grubert ausrichten, dass er am Samstagvormittag Zeit für mich hätte, falls etwas Besonderes anläge. Ansonsten reiche ein Zwischenbericht. Im Grunde gab es noch nicht viel zu berichten. Und unser Büro war besetzt, Philipp Assmann saß an dem Computer, den wir gemeinsam nutzten. Das Sekretariat dagegen war verwaist. Tamara hatte bereits Feierabend.

Noch so eine günstige Gelegenheit, diesmal ließ ich sie nicht verstreichen. Frau Grubert hatte nichts dagegen, dass ich meinen Zwischenbericht an Tamaras Computer tippte. Ich schrieb eine halbe Seite über Computerviren, Herrn Bastich, Fräulein Gudrun, Frau Möller und die Seniorchefin, dabei schaute Frau Grubert mir noch über die Schulter. Dann ging sie ins Chefbüro, um das dortige Telefon zu bewachen und sich dabei in aller Ruhe einen Kaffee zu genehmigen. Und ich rief das Kundenverzeichnis auf.

Die Daten waren nicht gesichert. Ich musste nur den entsprechenden Befehl und «Gerswein Holger» eingeben, da hatte ich das Gewünschte bereits auf dem Monitor. Eine Adresse in Köln, ohne Telefon. Und eine Telefonnummer mit Bonner Vorwahl, sein Büro, vermutete ich.

Auf dem Heimweg fuhr ich bei der Kölner Adresse vorbei, saß eine ganze Weile im Auto und beobachtete den Hauseingang. Es war ein sehr gepflegter Wohnkomplex in Ufernähe, mit Blick auf den Rhein, gehobene Preislage. Ich konnte mir allerdings nicht vorstellen, dass eine von und zu Geldadel sich mit einer Etagenwohnung begnügte. Vermutlich handelte es sich bei dieser Adresse um den Zweitwohnsitz des Herrn Ministerialrats. Inzwischen war er wohl besser bei Kasse und konnte sich dies komfortable Liebesnest leisten.

Ein gutes Gefühl hatte ich nicht, als ich nach Hause fuhr. Doch mein Unbehagen hatte weniger mit Holger Gerswein zu tun als vielmehr mit meinen eigenen Hoffnungen. Wenn ich Candy Gersweins Adresse und die Bonner Telefonnummer nannte, bekam ich im Gegenzug von ihr übers Wochenende vielleicht etwas mehr als Küsse und Streicheleinheiten.

Ich fühlte mich ziemlich schäbig und berechnend bei dieser Hoffnung.

Sie wunderte sich, dass ich wieder so spät heimkam. Aber diesmal konnte ich behaupten, ich hätte mich am Vormittag um Gersweins Daten bemüht und dann so lange auf die Rückmeldung warten müssen, weil der Finanzbeamte mit Herz diesen Anruf nicht aus dem Amt hätte erledigen wollen.

Im nächsten Moment hing sie auch schon an meinem Hals. «O Mike. Ich weiß gar nicht, was ich jetzt sagen soll. Du hast es tatsächlich geschafft. Danke.» Dabei ließ sie es bewenden.

Mit dem Freitagabend begann meine zweite Woche mit ihr. Und es war alles schon so normal. Abendessen, Küche aufräumen, danach schlug sie einen Spaziergang am Rhein vor. Es war ein milder Abend. Ich dachte, sie hätte kein anderes Thema mehr gehabt als Mamis Herz. Aber da war offenbar alles gesagt. Sie überlegte lieber, was wir samstags und sonntags kochen könnten. Und mehr als ein paar Küsse auf der Couch waren auch an dem Abend für mich nicht drin.

Samstags schliefen wir etwas länger, sie im Wohnzimmer, ich in meinem Bett. Nach dem Frühstück gingen wir unter die Dusche, getrennt natürlich. Nachdem wir gemeinsam Ordnung in der Wohnung geschaffen hatten, machten wir Einkäufe, nur frische Lebensmittel. Als die verstaut waren, wollte Candy einen Stadtbummel machen, der sich bis zum Abend zog. Ich durfte den Arm um ihre Schultern legen, zur Abwechslung auch mal Händchen halten. Der Sonntag war nicht anders.

Montags verließ ich um halb acht die Wohnung. Ich hatte noch etliche Tage in der Firma Mader zu tun. Mit einem Verdacht allein war es ja nicht abgetan, er musste auch bewiesen werden. Wie Candy diese Tage verbrachte, weiß ich nicht. Wahrscheinlich räumte sie auf, wenn ich aus der Wohnung war, telefonierte auch hin und wieder mit Mami. Meiner späteren Telefonrechnung nach zu urteilen, müssen es längere Gespräche gewesen sein.

Danach war sie dann vermutlich unterwegs. Bekleidet mit einer von ihren ausgebleichten Jeans und einem T-Shirt. Und die Jacke nicht zu vergessen – mit den geräumigen Aufsatztaschen, in denen sich alles verstauen ließ, was man so brauchte. Papiertücher, Lippenstifte, Deoroller, Pfefferminzbonbons, Kleingeld und einiges mehr.

Wir haben später ausgiebig über alles gesprochen, nicht ich mit ihr, Hamacher mit mir. Über all die Irrtümer und Versäumnisse, Hilfsbereitschaft und Lügen und die Fitzelchen Wahrheit dazwischen. Hamacher räumte ein, dass er mir gegenüber nicht sofort mit offenen Karten gespielt hatte, doch das beruhte auf Gegenseitigkeit. Ich hatte ihn ja auch beschwindelt.

Da Hamacher nicht erfuhr, wo ich mir die Informationen über Gerswein beschafft hatte, meinte er, so hätte der Herr Ministerialrat Candy wohl zum ersten Mal gesehen, in Jeans, T-Shirt, Jacke und Sportschuhen. Vielleicht sogar mit Rucksack. Möglicherweise in Bonn, vielleicht auch irgendwo an der Strecke – als harmlose Anhalterin.

Holger Gerswein bewohnte mit seiner Frau eine große Villa in Köln-Marienburg, das Elternhaus der werten Gattin. Und er fuhr von Montag bis Freitag jeden Morgen und jeden Abend zwischen der Villa und seinem Arbeitsplatz hin und her. Meist über Landstraßen, ohne Chauffeur, ohne Personenschutz, so wichtig war er wohl wirklich nicht.

Aber vielleicht hatte er auch freiwillig darauf verzichtet. Mit Fahrer oder Leibgarde hätte er keine Anhalterinnen auflesen können. Zwei seiner Gespielinnen aus früheren Jahren hatte er auf die Weise kennen gelernt. Das wusste Hamacher, einer seiner Außendienstler hatte die Mädchen schließlich ausspioniert, daher war seine Vermutung nahe liegend.

Doch das möchte ich ausschließen. Zum einen wusste Candy doch gar nicht, welchen Weg er fuhr. Und selbst wenn, es wäre viel zu unsicher gewesen, ihr Glück an einer Landstraße zu probieren. Mit einem zwanzig Jahre alten Foto, ohne genaue Kenntnis, welchen Wagen Gerswein heute fuhr und ob er allein unterwegs war. Wie leicht hätte sie ins falsche Auto steigen können!

Ich glaube auch nicht, dass sie ihm in der Nähe der Wohnung mit Rheinblick aufgelauert hat. Sie war bestimmt einmal dort und hat sich das Haus von außen angeschaut. Vielleicht hat sie sogar eine Weile gewartet. Nur kam er nicht täglich dahin.

Von der Zugehfrau, die in seinem Liebesnest für Ordnung und Sauberkeit sorgte, hörte Hamacher später, Gerswein wäre zwei-, dreimal die Woche in dieser Wohnung gewesen. Ob allein, um welche Zeit und wie lange er sich aufgehalten hatte, wusste die Zugehfrau nicht.

Und warum hätte Candy vor diesem Wohnkomplex ihre Zeit verschwenden sollen, um – wenn Gerswein sich einmal blicken ließ – ganz zufällig bei der Eingangstür mit ihm zusammenzustoßen, wo sie von mir eine Telefonnummer bekommen hatte? Und zwar nicht irgendeine. Es war die Direktwahl zu seinem Büro, was ich nicht wusste. Normalerweise gingen sämtliche Gespräche für ihn bei einem Sekretär ein, der nur durchstellte, was ihm wichtig erschien. Mit der Nummer, die ich aus Tamaras Computer gefischt hatte, landete man direkt bei ihm.

Ob Candy mich belogen hat, was die erste Kontaktaufnahme betrifft, weiß ich auch nicht. Es ist anzunehmen, dass sie damit nicht viel Zeit verloren hat. Aber am Montagabend erzählte sie mir, sie habe sich noch nicht getraut, Holger Gerswein anzurufen.

Ich dagegen hatte erneut mit meiner Mutter telefoniert, der es merkwürdig vorkam, dass ihre unermüdlichen Hände in meiner Wohnung plötzlich nicht mehr gebraucht wurden oder unerwünscht waren. Dass ich sogar meine Socken, Unterhosen und Hemden von Hand im Waschbecken schrubbte, glaubte sie keine Sekunde lang. Mutter nahm an, ich hätte etwas zu verbergen.

So musste Candy sich am Dienstagvormittag mit mütterlicher Neugier auseinander setzen und ich am Abend drei Dutzend Fragen beantworten. «Wer ist das Mädchen, Michael? Wieso war sie allein in deiner Wohnung? Wie lange kennst du sie denn schon? Warum hast du mir bisher nichts davon gesagt, dass du eine Wildfremde bei dir wohnen lässt? Da hätte ich doch schon letzte Woche mal nach dem Rechten geguckt. Meinst du nicht, du wärst ziemlich leichtsinnig? Bei deinem Beruf hätte ich mehr Vorsicht und Misstrauen erwartet. Du müsstest doch besser als ich wissen, wie schlecht die Menschen sind.»

Aber Candy doch nicht, dachte ich.

Vielleicht hat sie an diesem Dienstag zum ersten Mal mit Gerswein telefoniert. Vielleicht hat sie ihn auch am selben Nachmittag oder mittwochs zum ersten Mal getroffen für ein kurzes Vorgespräch. Er konnte in sein Büro kommen und gehen, wie er wollte.

An dem Mittwochabend erklärte sie mir, ich solle mich nicht wundern, sie hätte sich etwas gekauft und in meinen Schrank gehängt. Ein sehr verspielt wirkendes, wadenlanges weißes Kleid mit Volants, einem Gummizug im Schulterbereich und Streublümchen, das mich auf Anhieb an Helga 70 und 71 erinnerte. Dazu weiße Sandaletten und eine leichte Strickjacke. Kleid und Jacke hingen von da an zwischen meinen Anzügen.

Dieser Einkauf legt den Verdacht nahe, dass Candy mittwochs zumindest schon wusste, dass Gerswein mit ihr ausgehen wollte. Sonst hätte sie kaum die geeignete Garderobe für diesen Anlass besorgt. Aber wie schon gesagt, es ließ sich später nicht mehr feststellen, wann sie den ersten Kontakt mit ihm hatte.

Mir erzählte sie erst am Donnerstagabend, sie habe sich endlich getraut, ihn anzurufen. Sie gab auch zu, dass sie ihm nicht gesagt hatte, wer sie war.

«Ich dachte, es ist bestimmt seine Sekretärin oder sonst wer am Apparat. Du glaubst nicht, was ich mir alles zurechtgelegt hatte, damit ich durchgestellt werde, Mike. Und dann hatte ich sofort ihn in der Leitung. Ich war so erschrocken, Mike. Er wollte natürlich wissen, wer mir diese Nummer gegeben hat.»

Das hatte ich nicht einkalkuliert. Mir wurde ein klein wenig übel. «Was hast du ihm erzählt?», fragte ich.

«Ich glaube, ich habe mich geschickt aus der Affäre gezogen. Mach dir deshalb keine Sorgen, Mike. Ich habe so getan, als wäre ich eine Schülerin von Frau Jungblut, aber ich habe ihren Namen nicht erwähnt, nur von einer Lehrerin gesprochen und behauptet, ich wolle für unsere Schülerzeitung einen Artikel über einen Politiker schreiben. Das hat ihn amüsiert. Er klang sehr gönnerhaft und schlug vor, dass wir uns am Samstagnachmittag treffen. Dann könnte ich ihm alle Fragen stellen, die mir auf der Seele brennen.»

Welchen Treffpunkt Gerswein vorgeschlagen hatte, erfuhr ich nicht. Sie direkt danach zu fragen widerstrebte mir. Im Grunde war es mir ja lieber, mich nicht ständig mit diesem Thema auseinander setzen zu müssen und stattdessen so zu tun, als stünde uns noch eine Ewigkeit zur Verfügung.

Freitags, das war der 13. Juli, ging ich davon aus, dass ich wieder erst spätabends heimkäme. Beim Frühstück sagte ich ihr das auch. Da ich nicht immer mit Überstunden argumentieren mochte, bot ich ihr einen Stammtisch als Erklärung, den ich jetzt schon zweimal versäumt hätte. Nochmal könne ich mir das nicht leisten, wenn ich meine Freunde nicht völlig verärgern wollte.

Vormittags befreite ich das Computernetzwerk der Firma Mader von allem, was nicht hineingehörte. Um zwei Uhr war Feierabend in der Verwaltung. Um vier gingen auch die Leute aus der Fertigung ins Wochenende. Ich sollte bleiben und aufpassen, ob jemand zurückkam und sich an einem Computer zu schaffen machte, was möglicherweise erst am späten Abend der Fall wäre.

Es passierte jedoch schon kurz nach zwei, kaum dass Frau Möller in der Buchhaltung ihren Platz geräumt hatte. Und es war – wie die Seniorchefin vermutet hatte – Herr Bastich aus der Fertigung mit einer Diskette, von der aus er einen neuen Übeltäter ins Firmennetz schleusen wollte. Auf frischer Tat ertappt, mit dem Beweis in der Hand, ein Glücksfall, nach dem ich nur noch Herrn Grippekoven alarmieren musste.

So saß ich bereits kurz vor vier Uhr in der Agentur an meinem Abschlussbericht. Danach hatte ich noch ein längeres Gespräch mit Hamacher. Nicht über Candy. Mir gegenüber benahm er sich, als hätte er ihren Besuch und ihr Anliegen völlig vergessen oder als nebensächlich abgehakt. Wir sprachen nur über das, was ich samstags und in der kommenden Woche zu tun hätte.

Ein Einsatz am Samstag passte mir gar nicht. Aber so war das nun mal bei Hamacher. Es war ein neuer Auftrag eingegangen. Den sollte jedoch nicht ich übernehmen, obwohl ich nun zur Verfügung gestanden hätte. «Konnte ja keiner ahnen, dass das so schnell ging», sagte Hamacher.

Für den neuen Auftrag war bereits Hartmut Bender aus dem Vaterschaftsurlaub gepfiffen worden. Ich sollte mich mit Philipp Assmann und Uli Hoger bei einer Rund-um-die-Uhr-Observierung ablösen. Da konnte ein dritter Mann auch nicht schaden, dann wären es für jeden nur noch acht Stunden täglich. Das schloss jedoch den Sonntag ein. Aber diesbezüglich gab Hamacher sich großzügig. Er erkundigte sich nicht einmal nach dem Grund, als ich erklärte, am Sonntag könne ich auf gar keinen Fall arbeiten.

«Dann muss Hartmut einspringen», sagte er und wollte wissen, ob ich denn samstags acht Stunden einsatzfähig wäre. Meine Antwort wartete er erst gar nicht ab. «Wenn nicht, ich kann mit Philipp und Uli reden, da lässt sich bestimmt etwas machen. Bisher sind sie ja auch allein zurechtgekommen.»

Ich machte mir keine Gedanken über seine Großmut, sagte einfach «Danke» und fuhr nach Hause.

Auf dem Heimweg legte ich mir für den nächsten Vormittag ein Problem mit dem Wagen und eine kleine Werkstatt zurecht, in der auch samstags gearbeitet wurde. Ein paar Minuten vor halb sieben schloss ich die Wohnungstür auf. Und Candy hatte erwartet, dass ich vom Büro aus zum Stammtisch führe. So hatte ich ihr das am Morgen ja auch erklärt.

Die Schlafzimmertür stand offen. Auf meinem Bett lagen eine Jeans, ein T-Shirt und etwas Unterwäsche. Candy stand vor dem großen Spiegel am Kleiderschrank – splitternackt. Und in den zwei, drei Sekunden, in denen ich sie so sah, hatte ich das Gefühl, dass sie sich von Kopf bis Fuß betrachtete. Ihre Miene dabei sah nicht so aus, als sei sie zufrieden mit ihrer Erscheinung. Aber das waren Frauen ja nie.

Dass ich die Wohnungstür geöffnet hatte, war ihr anscheinend entgangen. Aber meine Schritte in der Diele hörte sie. Ein erschreckter Blick, im nächsten Moment wurde auch schon die Schlafzimmertür mit Schwung zugeworfen, sogar der Schlüssel umgedreht, dazu ihre Stimme in vorwurfsvollem Ton: «Mike, was willst du hier?»

«Ich wohne hier», sagte ich.

«Aber du wolltest doch Freunde treffen.»

«Ich hatte keine Lust», gab ich zurück. «Was machst du?»

«Nichts. Ich ziehe mich nur um.»

Sie kam zwei, drei Minuten später in einem biederen Wäscheset, auf nackten Füßen, in einer Hand die Jeans, in der anderen das T-Shirt. Beides schlug mir in den Rücken, als sie die Arme um meinen Nacken schlang. Ein ellenlanger Seufzer, ein ebensolcher Kuss zur Begrüßung. «Du hättest besser angerufen, Mike. Dann hätte ich etwas fürs Abendessen besorgt. Jetzt müssen wir Ravioli essen oder in die Stadt fahren.»

Letzteres taten wir dann auch. Bei der Rückfahrt ging ich etwas nachlässig mit dem Bremspedal um und erklärte ihr, das sei mir am Morgen schon aufgefallen. Deshalb hätte ich auch auf den Stammtisch verzichtet. Ein Auto mit Bremsdefekt sollte man nicht unnötig bewegen. Damit hatte ich ein Alibi.

Die vier Stunden am Samstagvormittag verbrachte ich überwiegend im Wagen, konnte aber auch bequem nebenher ein paar Lebensmittel fürs Wochenende einkaufen, weil die Zielperson sich ebenfalls auf diese Weise beschäftigte. Um zwölf wurde ich von Uli Hoger abgelöst, übergab ihm die Kamera und ein Aufzeichnungsgerät, so musste ich nicht noch einmal hinauf in die Agentur, holte mir nur meinen Wagen vom Parkplatz und fuhr heim.

Obwohl bis zum großen Moment noch reichlich Zeit war, lag Candy in der Wanne, als ich die Wohnung betrat. Die Tür zum Bad stand ein wenig offen. Zu sehen war nichts von ihr, doch die ganze Diele war erfüllt vom cremig zarten Duft eines Badezusatzes. Während ich die Wohnungstür hinter mir schloss, hörte ich auch das leise Plätschern, als sie sich im Wasser aufrichtete.

«Ich bin hier, Mike.» Ihre Stimme klang ein bisschen belegt. «Ist dein Auto wieder in Ordnung? Das hat ja lange gedauert.»

Ich hätte gerne gefragt, ob ich reinkommen dürfe. Aber ich wollte nicht unverschämt sein, mich auch nicht selbst unentwegt auf die Feuerprobe stellen. Deshalb sagte ich: «Ja, ich musste warten, sie hatten die Bremsbeläge nicht auf Lager, konnten sie aber besorgen. – Soll ich mich schon mal ums Essen kümmern?»

«Für mich nicht.» Ihre Stimme zitterte ein wenig. «Ich habe gar keinen Hunger. Ich bin so nervös, Mike.»

Das war ich auch, ging in die Küche, sogar dort duftete es nach dem Badezusatz. Und plötzlich hatte ich keine Lust mehr, für mich allein etwas zu kochen, verstaute nur meine Einkäufe. Im Kühlschrank lag ein Päckchen mit frischem Wurstaufschnitt, frisches Brot war ebenfalls da. Das hatte Candy besorgt, ebenso drei Flaschen Cola. Sie konnte ohne das Zeug nicht leben.

Ich machte mir Kaffee und deckte den Tisch, wie ich es gewohnt war aus den Jahren der Einsamkeit, die ich nie als solche empfunden hatte. Hin und wieder hörte ich noch ein Wasserplätschern. Doch der Kaffeegeruch verdrängte allmählich den betörenden Duft, zumindest in der Küche. Nach einer Weile hörte ich, dass sie aus der Wanne stieg, das Wasser wurde abgelassen. Danach brauchte sie noch etwa eine halbe Stunde, ehe sie ausgehfertig in der Küche erschien.

Das weiße Kleid mit den Streublümchen hob das Kind in ihr überdeutlich hervor, obwohl sie den Gummizug so weit über die Oberarme heruntergezogen hatte, dass ihre Schultern frei lagen und der Ansatz des Busens deutlich zu sehen war. Die weißen Sandaletten machten sie noch kleiner, als sie ohnehin war. Dazu ein leichtes Make-up und das dunkelblonde Haar sorgfältig mit meinem Fön in Form gebracht.

«Wie sehe ich aus?» Sie drehte sich einmal um die eigene Achse, der Rock mit all seinen Volants schwang um ihre Beine und bedeckte sogar dabei noch züchtig die Knie.

«Hinreißend», sagte ich. «Wenn du Gerswein in dieser Aufmachung von deiner Mutter erzählen willst, wird er dir gar nicht richtig zuhören können.»

Sie biss sich auf die Lippen, senkte den Kopf, schaute zweifelnd an sich hinunter und zupfte das Oberteil über die Schultern hinauf. «Meinst du, es ist zu gewagt?»

«Es ist nicht gewagt», sagte ich. «Es ist zauberhaft. Wo bist du denn mit ihm verabredet? Soll ich dich hinfahren?»

«Nicht nötig, Mike. Ich wusste ja nicht, ob du dein Auto wieder mit zurückbringst, und habe mir ein Taxi bestellt.»

Damit war meine erste Frage nicht beantwortet. Darauf kam sie auch nicht zurück, erörterte stattdessen, wie sie von einem Artikel für die Schülerzeitung auf ihre Mutter kommen könnte. «Du weißt nicht zufällig, in welchem Ministerium er arbeitet? Meinst du, ich sollte erst mal über Umweltschutz mit ihm sprechen? Oder soll ich ihn ganz direkt fragen, ob er auch manchmal Kinderheime und Krankenhäuser besucht? Das machen Politiker ja oft. Und das wäre ein guter Ansatz, finde ich. Danach könnte ich ihm erzählen, dass meine Mutter sehr krank ist und früher in Köln studiert hat. Ich glaube nämlich, es ist besser, wenn er von allein darauf kommt, wer ich bin.»

Um halb zwei holte sie ihr Handtäschchen, einen Block und ihren Stift aus dem Schlafzimmer. Eine Schülerin, die aufbrach, um einen Politiker zu interviewen, musste ja etwas zu schreiben dabei haben. Ich bekam noch einen Kuss. Dann ging sie zur Tür.

«Wann ungefähr bist du wieder hier?», fragte ich noch.

«Weiß ich nicht. Drück mir die Daumen, Mike.»

«Tu ich», versprach ich.

Die Ersatzschlüssel, die ich ihr überlassen hatte, nahm sie mit. Als sie die Wohnungstür hinter sich zuzog, klang es wie der Startschuss zu einem entsetzlich öden Nachmittag. Dabei hatte ich große Pläne, wollte mich als Übersetzer betätigen, fand aber das zweckentfremdete Gebetbuch nicht und vermutete, Candy habe es mitgenommen. Mit sehr viel Eifer und eisernem Willen hätte es sich durchaus in das rote Täschchen quetschen lassen.

Mir war nicht danach, ersatzweise faul auf der Couch zu liegen und Musik zu hören. Ich konnte mich kaum mehr daran erinnern, dass ich solche Mußestunden vor gut zwei Wochen noch herbeigesehnt und genossen hatte. Ist schon komisch, wie man sich in so kurzer Zeit an einen Menschen gewöhnt; Candys unermüdliche Stimme und ihre Lebendigkeit verwandelte die gesamte Wohnung innerhalb von Sekunden in ein Nest voll junger Spatzen.

So ähnlich wie ein Spatzennest sah meine Wohnung inzwischen auch aus. Man sah deutlich, dass meine Mutter länger nicht mehr hier gewesen war. Candy bemühte sich zwar um Ordnung und Sauberkeit, aber den Staubsauger schien sie bisher noch nicht entdeckt zu haben.

Um mir die Zeit zu vertreiben, tat ich es, fuhr zuerst über den Teppich im Wohnzimmer, zog weiter ins Schlafzimmer. Und dort klapperte dann etwas mächtig im Rohr, als ich den Boden unter dem Bett absaugte. Im ersten Moment dachte ich an den kleinen, metallischen Gegenstand, der aus Candys Rucksack unter mein Bett gekullert war, den ich für einen Groschen gehalten hatte.

Aber auch einen Groschen mit dem Staubbeutel im Müll verschwinden zu lassen, widerstrebte mir. Wie oft hatte ich früher von meiner Mutter gehört: «Wer den Pfennig nicht ehrt.»

Ich ging in die Küche, nahm den Staubbeutel aus dem Gerät. Er war noch längst nicht prall gefüllt, und was sich drin befand, war – na ja, Staub eben, Fusseln, ein paar Haare, aber nichts Ekliges. Meine Schwester hatte früher mehr als einen Staubbeutel nach winzigem Spielzeug durchforstet. Ich schob die Hand durch die Öffnung, tastete herum, bekam jedoch keine Münze zu fassen, sondern eine Patrone. Kaliber 9 Millimeter.

Und in dem Moment dachte ich an die Munitionsschachtel, deren Inhalt sich in meinem Schlafzimmer verteilt hatte. Da hatte ich beim Aufsammeln wohl eine übersehen. Vielleicht auch zwei oder drei. Ich verpasste dem Staubsauger einen frischen Beutel und schob die Düse noch einmal unter mein Bett. Aber es klapperte nichts mehr. Bis in die letzte Ecke kam ich auch nicht, dafür war mein Bett zu niedrig. Und es auseinander zu nehmen, nur um nach Candys Groschen zu suchen oder nach Patronen, die in der Agentur niemand vermisste, war mir zu mühsam.

Meine Mutter nahm zweimal im Jahr die Matratze, den Matratzenschoner und den Lattenrost heraus, um darunter gründlich sauber zu machen. Sie schob auch mindestens einmal im Monat die beiden Couchs im Wohnzimmer von ihren Plätzen, wie Candy es in der ersten Nacht bei mir getan hatte. Da hatte ich auch an Kleingeld gedacht – woran auch sonst, bei einem neunzehnjährigen Mädchen?

Ich stellte den Staubsauer wieder in den Einbauschrank, fragte mich, wie weit sie wohl schon mit Gerswein war, und sah im Geist die Szene vor mir, die sie so bunt ausgemalt hatte. Sie in einem Café, er bei der Tür, suchende Blicke und so weiter. Sorgen machte ich mir nicht um sie – um Holger Gerswein noch weniger.

9. Kapitel

Gegen vier Uhr klingelte es an der Tür, Candy kam nicht etwa schon zurück, sie hätte ja auch nicht klingeln müssen. Meine Schwester machte mir unangemeldet einen Besuch. Mutter hatte ausgeplaudert, dass ich zurzeit einen Gast hätte. Entsprechend groß war Inas Enttäuschung, mich allein anzutreffen.

Ich musste ausführlich erzählen, wann und wo Candy mir begegnet, warum sie in Köln war und welche Rolle ich dabei spielte. Rührend, fand Ina, das bezog sich nicht auf meine, sondern nur auf Candys Bemühungen.

Natürlich wollte Ina zumindest einen Teil ihrer Neugier befriedigen. Candys Reisetasche war schon lange nicht mehr abgeschlossen. Ihr Vertrauen in mich schien wirklich grenzenlos. Das Fotoalbum lag ganz unten, eingewickelt in den schwarzen Schlauch. Das hatte ich schon gesehen, als ich nach dem verschlüsselten Tagebuch suchte.

Dann machten wir es uns bei einer Tasse Kaffee auf der Couch gemütlich und lernten unter Zuhilfenahme einer Lupe – damit man die Gesichter besser betrachten konnte – Candys gesamte Familie kennen. Die Großeltern, Tante Gertrud und Margarete, Onkel Paul und Ed oder Ted, mit dem Margarete verheiratet war, Margaretes Söhne als Kinder und Halbwüchsige, dazwischen immer wieder Helga in allen Lebenslagen.

Das Album dokumentierte eine sehr intensive Form von Zusammengehörigkeit über mehr als zwanzig Jahre. Da die meisten Fotos untertitelt und alle mit einer Jahreszahl versehen waren, ließen sich die abgelichteten Personen gut zusammenfügen und Helgas Entwicklung verfolgen.

Es begann mit Helga als Säugling in diversen Armen, darauf folgten unterschiedliche Anlässe, Einschulung, Sportfeste, Konfirmation, Abiturfeier, Beerdigung des Vaters im November 1968, die beiden Aufnahmen, die sie auf der Wiese in Philadelphia einmal allein und einmal mit Candy im Arm zeigten. Dazwischen das Foto, das bei rauer See aufgenommen worden sein musste. Darauf stemmte Helga sich lachend einem Sturm entgegen, sie trug Wetterzeug mit Kapuze, hinter ihr unscharf ein Schiffsaufbau, darunter das Datum: 17. April 1971. Und übermäßig dick sah sie auf dem Foto nicht aus – im Gegenteil. Aber da ich beim Umblättern der Seiten alles erzählte, was ich von Candy gehört hatte, kam ich nicht großartig zum Nachdenken, zum Rechnen schon gar nicht.

Der Nachmittag verging wie im Flug. Es war schon fast halb sieben, als wir bei dem Grabstein und dem Weihnachtsfoto von 1972 mit den drei schwarz gekleideten Personen auf der Couch ankamen.

Zwei Frauen, ein Mann. Links außen eine kräftige Person mittleren Alters – Margarete, in der Mitte ein zierliches Geschöpf mit hellblondem Haar, das den Kopf gesenkt und etwas unter die Nase hielt, sodass vom Gesicht nichts zu erkennen war, trotzdem war ich überzeugt, dass es sich um Helga handelte. Sie trug nämlich ein längeres Kettchen mit einem Anhänger, ein Buchstabe, zweifellos ein H.

Rechts neben ihr saß ein junger Mann, der einen Arm um ihre Schultern gelegt hatte, den Kopf ebenfalls gesenkt und ihr zugeneigt hielt, als sage er ein paar tröstende Worte oder fordere sie auf, den Kopf zu heben und in die Kamera zu lächeln. Dad, da waren meine Schwester und ich uns gleichermaßen sicher.

«Wahrscheinlich war gerade die Oma gestorben», meinte Ina. Auch mit der Lupe war die Inschrift auf dem Grabstein nicht zu lesen, dafür lag der Blumenschmuck zu hoch. Es sah jedenfalls nach einem frischen Begräbnis aus. Dass Helga bei ihrem letzten Aufenthalt in Köln Frau Scherer gegenüber den Tod ihrer Mutter ins Frühjahr 1971 verlegt hatte, hielt ich für eine Lüge. Sie hatte schließlich auch behauptet, ihr Studium in

Hamburg wieder aufnehmen zu wollen und mit keinem Wort ihre Ehe und die kleine Tochter erwähnt.

Ina vermisste ein Hochzeitsbild. Vielleicht stand es auf Helgas Nachttisch, oder es hatte nie eins gegeben, weil Dad es nicht geschafft hatte, sich zur Trauung umzuziehen. Wir plauderten noch ein paar Minuten über seine Schusseligkeit. Dann verstaute ich das Album wieder in der Reisetasche, weil wir davon ausgingen, dass Candy jeden Moment zurückkäme.

Inzwischen war es sieben. Um die Zeit schlossen die meisten Cafés. Es war auch anzunehmen, dass Holger Gerswein daheim erwartet wurde. Um Viertel nach sieben musste Ina sich notgedrungen verabschieden, weil sie um acht mit Mann und Sohn ins Kino wollte.

Candy war auch um acht noch nicht zurück. Ich machte mir was zu essen, nur ein paar Spaghetti, in einem Stückchen Butter geschwenkt, weil ich keine Lust auf eine Orgie am Herd hatte. Dazu spendierte ich mir ein Glas Wein, hörte mir zweimal eine Aufnahme der Londoner Philharmoniker an und fragte mich, ob Holger Gerswein inzwischen wusste, wer ihn für eine Schülerzeitung interviewt hatte, und ob Candy nur so lange ausblieb, weil er Helgas Leidensgeschichte in allen Einzelheiten hören wollte.

Darüber geriet ich ein bisschen in Panik. Was nun, wenn der schöne Holger umgehend bereit war, Candy ans Sterbebett ihrer Mutter zu begleiten? Auch unverbesserliche Herzensbrecher mochten Mitleid empfinden oder sich geschmeichelt fühlen, weil ein ehemaliges Blümchen aus lauter Sehnsucht elend zugrunde ging. Vielleicht wollte er sich dann schon morgen an seiner Einmaligkeit weiden. Nein, das ging nicht, beruhigte ich mich. Zuerst musste Mami wieder in die Klinik. Dad durfte ja nichts erfahren.

Um zehn wurde ich ziemlich nervös, sah Candy im Geist an Gersweins Arm auf das Apartmenthaus mit Rheinblick zugehen und dachte, ich wäre dem Taxi besser gefolgt und in ihrer Nähe geblieben. Aber mit meinem Coupé wäre ich schnell aufgefallen. Und nach Mittag in einem Fahrzeug der Agentur nach Hause zu fahren und zu behaupten, ich hätte in der Werkstatt einen Leihwagen genommen – daran hätte ich früher denken müssen.

Ich hörte zum dritten Mal dem Londoner Philharmonie-Orchester zu, trank noch ein Gläschen Wein und meinte, die kleine Couch dufte nach ihr. Um zwölf war die Weinflasche leer und ich so voll, dass ich ins Bett gehörte. Doch ehe ich mich hinlegte, wollte ich das Bett für sie vorbereiten. Und da fand ich es dann endlich – das Gebetbuch. Es steckte in der Couch und rutschte heraus, als ich sie auseinander zog.

So blieb ich noch ein Weilchen auf. Für eine Dechiffrierung war ich viel zu betrunken. Ich betrachtete nur das Wirrwarr der Buchstaben und die kleinen Zeichnungen dazwischen. All diese Herzchen. Und danach der schusselige Dad. Helga tat mir so Leid, dass ich es kaum noch aushielt. Zweiundvierzig Jahre alt, und ihren nächsten Geburtstag im September würde sie nicht mehr erleben. Ein unglückliches Leben und ein verdammt kurzes. Ich hoffte inständig, dass es Candy im Laufe des Abends gelungen war, Gerswein von ihrer Mission zu überzeugen.

Es musste der Wein sein, der mir so viel Selbstlosigkeit, Nachsicht und Barmherzigkeit durch die Adern trieb. Eine ganze Flasche war eine Menge Alkohol für einen Mann, der normalerweise höchstens zwei Gläser trank – und die auch noch bei einer gehaltvollen Mahlzeit über einige Stunden verteilt. Und vermutlich waren es auch die Promille, die mir zu einem hellsichtigen Moment verhalfen und mich zum Wohnzimmerschrank trieben.

Darin lag mein Fotoapparat, der für solche Aufnahmen nicht unbedingt geeignet war – aber zur Not, aus purer Anteilnahme an einem vergeudeten Frauenleben, vielleicht auch aus schierer Neugier oder zur Kontrolle, ob es tatsächlich so gewesen war, wie Candy es geschildert hatte, nahm ich, was da war. Dass man ihr nicht alles glauben durfte, wusste ich ja. Und dass sie das Büchlein so offensichtlich vor mir versteckte, gab mir zu denken. So eine Gelegenheit bekam ich vermutlich nicht noch einmal.

Glücklicherweise hatte ich einige Filme auf Vorrat – gekauft für einen Abenteuerurlaub mit meinem Neffen, aus dem nichts geworden war. Äußerst akribisch machte ich mich daran, die eng beschriebenen Seiten abzulichten. Als ordentlicher Mensch begann ich natürlich vorne, füllte fünf Filme zu je vierundzwanzig Bildern, ehe mir klar wurde, dass ich besser hinten angefangen hätte. Nun fehlten mir nämlich die letzten rund dreißig Seiten. Und auf der allerletzten gab es besonders viele Herzchen. Nicht im Text, rund um die codierten Zeilen gemalt. Und unten drunter, als krönender Abschluss sozusagen, ein etwas größeres Herz, durch das eine gezackte Linie verlief.

Damit war mir alles klar. Diesen Text musste Helga im Juli oder August 71 nach ihrem Kurzaufenthalt in Köln verfasst haben. Natürlich hatte sie sich noch einmal mit ihrer großen Liebe getroffen und sein Herz gebrochen. Sie hatte dem schönen Holger erzählt, dass sie inzwischen mit Dad verheiratet und Mutter geworden war. Und erst daraufhin hatte der schöne Holger sich entschlossen, seine von und zu Geldadel zu ehelichen. Weil er nun alle Hoffnungen auf ein Leben als Gärtner begraben musste.

Mit einigen Promille im Blut – und der unterschwelligen Furcht, dass Candy sich derzeit von Gerswein sein Apartment mit Rheinblick zeigen ließ – war es eine tröstliche Vorstellung, dass der Herr Ministerialrat für Helga entschieden mehr empfunden hatte als für all die anderen Blümchen. Und dass er sich nun die Augen aus dem Kopf weinte. Ich wünschte mir so sehr, dass er um Helga weinte, genauso verzweifelt und hoffnungslos, wie Candy um ihre Mutter geweint hatte.

Um eins ging ich unter die Dusche, wieder nüchtern wurde ich dort nicht. Anschließend ging ich ins Bett, weil mir nicht der Sinn danach stand, nochmal die Londoner Philharmoniker oder sonst was zu hören. Die Tür ließ ich sperrangelweit offen, um Candys Rückkehr nicht zu verpassen. Ich schlief wohl rasch ein, kein Wunder mit dem, was ich intus hatte. Ein Wunder war, dass ich trotzdem kurz nach zwei erwachte und meinte, gerade wäre es in meinem Schlafzimmer hell gewesen. Jetzt war es dunkel, auch in der Diele, und vollkommen still in der ganzen Wohnung.

Aber ehe ich wieder richtig einschlafen konnte, hörte ich ein Geräusch aus dem Badezimmer. Ein erstickt klingender Laut, der vom Klappen des Toilettendeckels begleitet wurde. Gleich darauf hörte ich das Würgen und die Wasserspülung. Es klang so jämmerlich und nahm gar kein Ende.

Ich stand auf und torkelte in die Diele. Die Tür zum Bad war geschlossen, dahinter spuckte Candy sich das Herz aus dem Leib. Ohne anzuklopfen trat ich ein. Sie lag auf Knien vor der Toilette, hing weit vorgebeugt über dem Becken, eine Hand auf dem Drücker der Spülung, und erbrach sich, als wolle sie nie mehr aufhören. Mir wurde ebenfalls flau im Magen, vielleicht vom Wein, eher von den Geräuschen. Wenn sich jemand erbrach, musste ich immer mitwürgen, das war schon früher so gewesen.

Aber es war trotzdem ein malerischer Anblick. Das Kleid mit den Streublümchen gab ihre braunen Schultern frei, der Rock lag kreisförmig ausgebreitet über ihren Beinen. Sie erinnerte mich in dieser Haltung an die kleine Meerjungfrau. Die hatte ich als kleiner Junge in einem Bilderbuch gesehen und kaum weniger heiß geliebt, als ich nun Candy liebte.

Trotz ihres elenden Zustands hatte sie gehört, dass ich hereingekommen war. Sie richtete sich auf. Den linken Arm hielt sie vor den Magen gepresst, ihr Gesicht war ein einziger Jammer. «Tut mir Leid, Mike, ich wollte dich nicht wecken. Es sind die Schnecken. Ich kann so etwas nicht essen. Aber ich wollte vor ihm auch nicht dastehen wie Klein-Doofi.»

Sie schloss die Augen, darunter hatten sich schwarze Kränze aus Wimperntusche ausgebreitet. «Himmel, ist mir schlecht», murmelte sie. «Bist du so lieb und holst mir eine Cola? Ich glaube, ich komme jetzt nicht hoch. Ich habe nämlich auch noch einen Schwips. Er hat Wein bestellt zum Essen, drei verschiedene Sorten. Ich dachte schon, ich würde den Abend nicht überleben.»

Wein bestellt, das klang nach einem Restaurant. Mir war nach einem erleichterten Aufatmen. Sie blieb auf dem Steinboden sitzen, bis ich ihr die Cola brachte und sie das Glas gut zur Hälfte geleert hatte. Anscheinend ging es ihr danach etwas besser. Sie lächelte wieder, stieß die Luft aus. «Ein Glück, dass mir das nicht vor einer Stunde passiert ist. Da hätte ich einen schönen Eindruck gemacht.»

Anschließend versuchte sie, auf die Beine zu kommen, meine Hilfe lehnte sie ab, wollte mich zurück ins Bett schicken. «Leg dich nur wieder hin, Mike. Ich wasche mir das Gesicht und putze mir die Zähne, dann lege ich mich auch hin. Ich erzähle dir morgen, wie es war. Es war nämlich beschissen.»

Obwohl ich mir kurz zuvor noch das Gegenteil gewünscht hatte, tat es gut, das zu hören und sie dabei anzuschauen, das blasse Gesicht, die schwarzen Kränze unter den Augen, den ganzen Jammer. Als sie aufrecht stand, musste sie sich an der Wand abstützen. Ich fand es verantwortungslos von Gerswein, einem jungen Mädchen derartige Mengen von Wein einzuflößen und dazu auch noch Schnecken.

Aber zum Glück war ihr Bett auf der Couch fertig. Ich überzeugte mich, dass Kopfkissen und Decke ordentlich lagen und das Laken stramm gezogen war. Damit war ich noch beschäftigt, als sie aus dem Bad kam. Das Streublümchenkleid über dem linken Arm, in der rechten Hand die Sandaletten, auf dem Leib nur noch ein Fleckchen weißer Spitze. Das Kleid legte sie achtlos in einen Sessel, die Schuhe ließ sie auf den Boden fallen.

Natürlich sah sie das Gebetbuch. Ich hatte es, weil ich es nicht zurück in sein Versteck legen konnte, unters Kopfkissen platziert, wo es mit einer Ecke herauslugte. Aber sie verlor kein Wort darüber, kroch unter die Decke und ließ sich von mir die Enden unter den Schultern feststecken. Dabei spürte ich, dass sie zitterte. Ihr Lächeln fiel so kläglich aus. «Du bist lieb, Mike. Und ich bin doof. Daraus wird nie etwas. Er war so furchtbar …»

«Erzähl es mir morgen», sagte ich.

Sie schüttelte den Kopf, ihre Unterlippe zuckte, als wolle sie weinen. «Er war so arrogant», flüsterte sie. Noch ein langer Seufzer. «Mir ist immer noch schlecht, Mike.»

«Es geht vorbei, wenn du still liegen bleibst», sagte ich.

Sie nickte flüchtig. Ich ging zurück ins Schlafzimmer, legte mich ins Bett. Nebenan war es still, aber nicht sehr lange. Ich hörte sie erneut ins Bad laufen, wartete schon auf das Würgen, aber stattdessen rauschte die Dusche los. Und auch das nahm kein Ende.

Nach zwanzig Minuten stand ich auf, um nachzusehen, was sie trieb. Sie stand unter der Dusche, wo auch sonst, mit dem Rücken gegen eine Seitenwand der Kabine gelehnt. Ich sah sie schemenhaft durch die Milchglasscheibe der Schiebetür.

«Was machst du denn?», fragte ich. «Willst du die ganze Nachbarschaft aufwecken?»

«Ich habe das Handtuch vergessen, Mike.» Ihre Stimme war so dünn.

«Stell das Wasser ab», verlangte ich, nahm eines von den großen Badetüchern aus dem Regal und schob die Tür der Kabine zur Seite. Sie war atemberaubend. Die braune Haut mit Wasserperlen übersät, kleine Rinnsale liefen von den Schultern zu den Brüsten und weiter über den flachen Leib nach unten.

Ich hielt ihr das Tuch mit ausgebreiteten Armen entgegen, aber sie rührte sich nicht. Die Augen übernatürlich groß, die Stimme nur ein Flüstern. «Darf ich bei dir schlafen, Mike? Bitte, ich kann jetzt nicht allein sein, dann heule ich bestimmt die ganze Nacht. Auf so eine Pleite war ich einfach nicht gefasst.»

Ich nickte nur, und sie trat endlich einen Schritt nach vorne, ließ sich in das Tuch wickeln, lehnte sich gegen mich. Ihre Arme waren immer noch nass, als sie beide um meinen Nacken schlang. «Küss mich, Mike, bitte.»

Ich nahm sie auf die Arme, wie ich das schaffte, ist mir heute noch ein Rätsel, aber ich glaube, in den Minuten war ich wieder einigermaßen nüchtern. Ich trug sie ins Schlafzimmer, legte sie aufs Bett und rubbelte mit einem Zipfel des Tuchs ihr Haar notdürftig trocken, während sie meinen Kopf immer noch über dem ihren festhielt.

«Nicht aufhören, Mike, nicht aufhören. Das tut so gut. Du liebst mich, oder? Du liebst mich richtig.»

Ihre Stimme war nur ein Hauch. «Weißt du noch? Vor einer Woche habe ich gesagt, ich mag dich sehr, aber das reicht nicht. Jetzt mag ich dich nicht nur, Mike. Ich liebe dich, ganz bestimmt. Ich will, dass du jetzt mit mir schläfst, sofort. Glaub nicht, ich sage das nur, weil ich betrunken bin.»

Sie murmelte fast ohne Unterbrechung weiter, nur wenn ich sie küsste, war sie still. Ich kam mir so ungeschickt und tölpelhaft, so betrunken vor, viel zu unbeherrscht. Ich war überzeugt, dass sie mich irgendwann fortstoßen würde oder dass sie zumindest aufschrie. Aber sie flüsterte nur, drängte sich mir entgegen, riss die Augen auf und stöhnte einmal verhalten, als ich in sie eindrang.

«So ist es gut, Mike, halt mich fest.»

Ich war viel zu erregt, um auf irgendeinen Widerstand zu achten. Aber dann bemühte ich mich doch um Behutsamkeit. Candy schloss die Augen wieder, und später murmelte sie: «Bleib noch ein bisschen so, Mike. Du bist mir nicht zu schwer.»

Irgendwann rollte ihr Arm von meinem Rücken zur Seite. Ihr Atem ging flach und gleichmäßig. Sie schlief schon, als ich mich neben sie legte. Das Badetuch war feucht und wies Blutspuren auf. Ich zog es unter ihr fort und deckte sie zu. Dann schlief ich ebenfalls ein.

Als ich am Sonntagmorgen aufwachte, lag sie zusammengerollt wie ein Embryo neben mir. Das Gesicht fast völlig in einem der angewinkelten Arme verborgen. Ob sie fest schlief oder nur so tat, war nicht festzustellen. Ich ging ins Bad, anschließend in die Küche und machte Frühstück. Wenig später tauchte sie in der Tür auf, in das alte, rote Nachthemd gehüllt. Sie sah, dass ich dabei war, den Tisch zu decken, und verschwand mit einem kleinen Lächeln in Richtung Bad.

Kurz darauf später saßen wir uns gegenüber. «Worüber reden wir zuerst?», fragte sie. «Über uns oder über diesen Lackaffen?»

Über uns wäre mir lieber gewesen. Aber der Lackaffe war ihr momentan wichtiger, was ich durchaus verstand. Abgesehen davon interessierte mich auch brennend, wie und vor allem wo sie den Abend mit Gerswein verbracht und warum es so lange gedauert hatte. Er war doch verheiratet, was hatte er denn seiner von und zu Geldadel erzählt?

«Seine Frau ist auf einer Schönheitsfarm», erklärte Candy, als könne sie Gedanken lesen. «Deshalb konnte er mich noch groß ausführen. Zuerst waren wir in einem Café. Und er war an nichts anderem interessiert als an meiner Lehrerin. Du glaubst nicht, was für ein Theater er wegen der blöden Telefonnummer gemacht hat, Mike. Das wäre eine Geheimnummer, die sei nur wenigen Eingeweihten bekannt, und jeder von denen wüsste, dass er sie nicht weitergeben dürfe. Ich habe gesagt, meine Lehrerin hieße Müller, und ich hätte keine

Ahnung, woher sie die Nummer hat, vielleicht von einer Kollegin.»

Ein langer Seufzer. «Seine Einladung zum Abendessen habe ich nur angenommen, weil ich bis dahin gar nicht dazu gekommen war, ihm irgendwelche Fragen zu stellen. Er war nur damit beschäftigt, sich selbst zu beweihräuchern, und wunderte sich, dass ich nicht gleich mitschrieb.» Noch ein Seufzer und ein kleines Achselzucken. «Zum Glück sind es ja noch ein paar Wochen. Ich kann erst mit ihm nach Hamburg fahren, wenn meine Mutter wieder in die Klinik muss. Darf ich solange bei dir bleiben, Mike? Ich möchte nicht schon nach einem Versuch aufgeben. Und wenn ich jetzt nach Hause fahre, komme ich bestimmt nicht noch einmal weg.»

«Du kannst auch gerne noch viel länger bleiben», sagte ich.

Sie lächelte. «Für immer, meinst du?»

Als ich nickte, atmete sie erleichtert durch. «Ja, das wäre schön. Aber in ein paar Wochen muss ich zurück, Mike. Und dann werde ich wohl auch eine Weile in Hamburg sein, vielleicht länger als eine Weile, wenn die ZVS mir den Studienplatz zuteilt. Aber wenn es zum Wintersemester wieder nicht klappt, ziehe ich zu dir, wenigstens für die nächsten Monate. Ich finde bestimmt einen Job hier, damit ich dir nicht auf der Tasche liege. Kannst du dir vorstellen, dass wir für immer zusammenbleiben, Mike? Ich meine, wirklich für immer?»

Ja, das konnte ich mir sehr gut vorstellen.

«Ich auch», sagte sie und kam zurück zu Gerswein. «Weißt du, was ich mich immerzu fragen musste?» Da ich es nicht wissen konnte, erklärte sie es. «Was meine Mutter an diesem Kerl gefunden hat. Vielleicht war er damals noch nicht gar so schlimm, aber jetzt ist er widerlich. So oberflächlich und von sich eingenommen, wenn das wehtäte, müsste er den ganzen Tag brüllen.»

Aus ihrer Abneigung machte sie wahrhaftig keinen Hehl. Arrogant sei er gewesen. Das hatte sie in der Nacht bereits gesagt, jetzt kam noch einiges dazu. Ein Angeber, der sich eine Menge auf seine Ausstrahlung und seinen Charme einbilde. Zugegeben, er sah gut aus für sein Alter. Und er protzte mit seiner Position, ohne sie näher zu erläutern. Er habe sich aufgeführt, als hinge der Weltfriede allein von ihm ab.

So wie sie es schilderte, hatte sie ihre Mutter nicht erwähnen können, nur einmal vorgetastet, ob er – wie viele Politiker es hin und wieder täten – auch mal Waisenhäuser oder Sterbenskranke in Kliniken besuche. Nein, tat er nicht. Dafür fehlte ihm bei all der auf seinen Schultern lastenden Verantwortung für die Welt einfach die Zeit, es fiel auch nicht in seinen Aufgabenbereich.

Sie lachte einmal rau, biss ein Stückchen von ihrem Brot ab, kaute bedächtig, schluckte, trank noch etwas Kaffee hinterher und sprach weiter. «Soll ich dir sagen, was passiert, wenn ich meine Mutter erwähne? Dann habe ich ihn zum letzten Mal gesehen. Du hattest vollkommen Recht, Mike. Er hat öfter auf meinen Busen geschaut als auf seinen Teller. Manchmal dachte ich, die Kellner müssen ihn ja für blind halten, wie er da herumstochert.»

Ein bitteres Lächeln, ein langer Seufzer. «Aber jetzt mach dir um Gottes willen keine Sorgen deswegen, Mike. Bedenk mal, wie alt der Kerl ist. Er könnte ja mein Vater sein. Ich halte ihn mir schon vom Leib. Ein bisschen anheizen ist erlaubt, oder? Vielleicht bringe ich ihn eher nach Hamburg, wenn ich ihm das Gefühl gebe, dass er bei mir landen kann. Ich habe ihm deine Telefonnummer gegeben, du hast hoffentlich nichts dagegen. Ich darf ihn nicht nochmal in seinem Ministerium anrufen. Er will sich bei mir melden und meinen Artikel für die Schülerzeitschrift lesen, bevor der gedruckt wird. Und er könnte mich ja sonst nicht erreichen. Aber er wird dich nicht belästigen, Mike. Du bist ja tagsüber im Büro. Ich glaube nicht, dass er abends anruft.»

Den Rest des Sonntags hörte ich von ihr kein Wort mehr

über Gerswein, auch keins über ihre Mutter. Vormittags standen wir zusammen in der Küche, ich kochte, Candy ging mir zur Hand und plante dabei unsere gemeinsame Zukunft.

«Wenn ich zum Wintersemester einen Studienplatz in Hamburg bekomme, werde ich zu Hause ausziehen und mir ein Zimmer nehmen, Mike. Dann kannst du mich am Wochenende besuchen. Du kommst freitags, mit dem Wagen kannst du das in vier bis fünf Stunden schaffen. Wenn du um sechs hier losfährst, bist du um zehn oder elf schon bei mir. Wir können uns auch abwechseln. Ich kann ja vielleicht schon mittags in den Zug steigen, dann bin ich hier, wenn du von der Arbeit kommst. Wäre das nicht schön? Und in den Semesterferien sind wir die ganze Zeit zusammen. Vielleicht können wir mal gemeinsam in den Urlaub fahren. Was meinst du?»

Sie war mit den Gedanken bereits im nächsten Jahr, bekam einen so intensiven Glanz in die Augen, dass wir uns den Spaziergang nach dem Essen schenkten. «Bleiben wir lieber zu Hause, Mike.» Und wie sie das sagte, zu Hause, klang es so selbstverständlich und ein bisschen nach Ewigkeit.

Ein Sessel im Wohnzimmer wurde zum Himmelbett. Während sie mit geschlossenen Augen auf meinem Schoß saß, uns beiden mit bedächtigen Bewegungen den Rhythmus aufzwang, erzählte sie mir von später. In fünf oder zehn Jahren, wenn wir verheiratet wären, Kinder hätten und ein Häuschen im Grünen.

«So ein Haus auf dem Land wäre doch schön, oder, Mike? Es wird dir bestimmt gefallen, und mit Kindern muss man auf dem Land leben. Du kannst ja weiter in Köln arbeiten. Oder du machst dich selbständig, dann bekommst du ein Büro im eigenen Haus und bist immer in der Nähe. Für Kinder ist das wichtig, dass sie jederzeit zu ihrem Vater gehen können. Und ich werde auch immer für sie da sein. Ich werde erst wieder arbeiten, wenn sie zur Schule gehen. Wir werden nichts falsch machen, Mike.»

Dann lachte sie leise, so ein tiefes, kehliges Lachen. «Ist das nicht komisch? Vor zwei Wochen konnte ich mir noch gar nicht vorstellen, es anders zu machen als Dad. Auf ein Schiff und hinaus aufs Meer. Die Wale beobachten und die Heringsschwärme, das Plankton und die Robbenbabys schützen. Aber wenn ich unsere Babys beschütze, ist das bestimmt genauso wichtig. Ich konnte doch nicht ahnen, dass du mir begegnest. Ich kann dich doch nicht immer wieder für ein halbes Jahr allein lassen.»

Ihre Stimme war nur ein Murmeln, leise Zukunftsmusik, bis hin zu einem schwachen Aufschrei. Die Augen aufgerissen, den Körper nach hinten gebogen, ihre Knie zitterten. «Ich kann dich doch nicht allein lassen», flüsterte sie.

Und ich hätte geschworen, dass sie mich liebte, nicht weniger als ich sie. Dass sie jedes Wort ernst meinte und ihre Begegnung mit Holger Gerswein genau so verlaufen war, wie sie es geschildert hatte.

Ich hatte in der folgenden Woche wieder in Köln zu tun, die Observierung, für die Hamacher mich schon am Samstagvormittag eingesetzt hatte, bei der ich mich mit Philipp Assmann und Uli Hoger abwechseln sollte. Ein Glücksfall, es passierte äußerst selten, dass Hamacher alle Leute vor Ort im Einsatz hatte. Ich glaube, es war bis dahin noch nie passiert. Mir kam es sehr gelegen.

Meine Kollegen verhielten sich überaus kollegial. Eigentlich hätte ich montags von zwei Uhr nachmittags bis zehn Uhr abends arbeiten müssen. Philipp übernahm bereitwillig die zweite Hälfte meiner Schicht. Den freien Vormittag erklärte ich Candy mit den Überstunden, die ja irgendwann abgefeiert werden mussten. Das klang glaubwürdig.

Sonderlich erfreut von meiner Anwesenheit schien sie jedoch nicht. Als gegen elf Uhr das Telefon klingelte, stürzte sie sich förmlich auf den Apparat. Es war nur meine Mutter, die sich mit meiner Schwester ausgetauscht hatte und nun in Erfahrung bringen wollte, wann das Mädchen am Samstag zurückgekommen und ob es immer noch da sei. Die Antwort erübrigte sich dann.

Nach einem frühen Mittagessen brach ich auf. Die fünf Filme mit Tagebuchseiten nahm ich mit und gab sie in unserem Labor ab mit dem Hinweis, es handle sich um eine private Gefälligkeit. Ein Nachbar habe in den Sachen seiner Frau diese mysteriösen Aufzeichnungen gefunden und brenne verständlicherweise darauf, sich das übersetzen zu lassen.

Um zwei Uhr bezog ich Posten vor der Wohnung einer Frau, deren Mann im vergangenen Herbst während eines Türkeiurlaubs bei einem Bootsausflug ertrunken sein sollte. Das Unternehmen, bei dem er sein Leben erst kurz zuvor mit einer ziemlich hohen Summe versichert hatte, glaubte allerdings nicht an seinen Tod. Unfallzeugen hatte es nicht gegeben, bisher war auch nirgendwo eine passende Leiche angetrieben worden.

Nachdem sie sich monatelang vor der Auszahlung der Versicherungssumme gedrückt hatten und der Anwalt der trauernden Witwe immer massiver geworden war, hatte man sich nun zu der Erkenntnis durchgerungen, dass ein Betrug erst nachzuweisen war, wenn die Witwe über das Geld verfügte. Es war anzunehmen, dass sie, falls ihr Mann tatsächlich noch lebte, Kontakt mit ihm hatte und die frohe Botschaft zügig überbringen würde.

Mir fiel an dem Montagnachmittag kein Kontakt, auch sonst nichts auf. Und ich konnte vom Wagen aus sehr gut – zumindest akustisch – verfolgen, was in der Wohnung der Frau vorging. Ich sagte ja eingangs schon mal, dass die technischen Möglichkeiten der Agentur vielleicht nicht immer legal, aber auf jeden Fall sehr nützlich waren.

Um sechs Uhr wurde ich von Philipp abgelöst und hörte kurz darauf von Frau Grubert, dass ich morgen von acht in der Früh bis achtzehn Uhr im Einsatz wäre. Und am Mittwoch von fünfzehn Uhr bis drei Uhr nachts. Einmal zehn, einmal zwölf Stunden, um das Versäumte nachzuholen.

«Das geht nicht», sagte ich. «Ich kann keine Nachtschicht übernehmen.» Wie sollte ich das Candy erklären?

Mein Protest verschlug Frau Grubert die Sprache. Es dauerte mindestens fünf Sekunden, ehe sie sich so weit gefasst hatte, dass sie mit pikierter Stimme erklären konnte: «Das ist eine Anweisung von Herrn Hamacher. Und kommen Sie nicht auf den Gedanken, hinter seinem Rücken wieder Absprachen mit Herrn Hoger oder Herrn Assmann zu treffen.»

Wo kamen wir denn hin, wenn sich einer drückte und die anderen für sich arbeiten ließ? Da war vorerst nichts zu machen.

Während der Heimfahrt nahm ich mir vor, mit Candy über meinen tatsächlichen Beruf zu sprechen. Wenigstens schon mal eine Andeutung, allmählich wurde es ja höchste Zeit dafür. Doch als ich die Wohnung betrat, telefonierte sie gerade, legte beschwörend einen Finger an die Lippen, damit ich nur ja keinen Laut von mir gab, und sagte noch: «Ja, natürlich habe ich Zeit. Ich habe auch schon eine halbe Seite geschrieben. Dann bis Mittwoch.»

Nachdem sie aufgelegt hatte, erklärte sie, was ich mir schon dachte. Es sei Gerswein gewesen, er wolle sie am Mittwochabend noch einmal treffen und den Artikel für die Schülerzeitschrift lesen. Daraufhin verschob ich meine Andeutung. Wie sollte ich ihr auch erklären, dass ich sie beschwindelt und warum ich die Mär vom Steuerberater die ganze Zeit aufrecht erhalten hatte? Vielleicht könnte ich ihr später, wenn sie wieder in Hamburg war, erzählen, ich hätte wegen der vielen Überstunden gekündigt und mir einen anderen Job gesucht, dachte ich.

Dienstags wollte ich Hamacher bitten, für den Mittwoch eine andere Einteilung vorzunehmen. Zum einen war nicht anzunehmen, dass Candy die halbe Nacht mit Gerswein verbrachte, sodass ich eine Erklärung für mein langes Ausbleiben erfinden müsste. Zum anderen wollte ich ihr diesmal unbedingt folgen – und im Notfall zur Stelle sein.

Ihr Hinweis, anheizen sei erlaubt, gefiel mir ganz und gar nicht. Wenn Gerswein sich nach dem Anheizen nicht mit einem Nein abspeisen ließ, wenn er zudringlich wurde, was sollte sie gegen ihn ausrichten? Sie war doch so klein, so zierlich, so zerbrechlich. Was spielte es schon für eine Rolle, dass sie einen Rucksack voller Konserven schleppen konnte? Jetzt war sie mein, wollte mich heiraten und Babys von mir bekommen. Wenn er sie anrührte, würde ich ihm das Genick brechen.

Aber Hamacher fuhr am Dienstag in aller Herrgottsfrühe nach Frankfurt. Als ich in der Agentur eintraf, war er schon unterwegs – und der Beschützer längst abkommandiert. Was ich allerdings nicht erfuhr. Hamacher ging es auch weniger um Candys Wohlergehen, er sorgte sich nur um die Sicherheit seines Stammkunden.

Abends nahm ich im Labor einen prall gefüllten Umschlag mit hundertzwanzig Fotos in Empfang. Großformatige Aufnahmen, noch größer als die Seiten in Helgas Tagebuch. Dafür, dass mein Apparat für solche Zwecke ungeeignet und ich ziemlich betrunken gewesen war, waren sie erstaunlich scharf.

Da ich mittwochs den halben Tag frei hatte und Candy nicht wieder etwas von abzufeiernden Überstunden erzählen mochte, die ich dann vielleicht in der Nacht dranhängen müsste, wollte ich mich am nächsten Tag im Büro an die Übersetzung machen. Im Schreibtisch deponieren mochte ich den Umschlag aber nicht, weil die Gefahr bestand, dass Philipp, Uli oder Hartmut Bender, der ja auch wieder im Einsatz war – ich wusste nur nicht, in welcher Angelegenheit –, dass jedenfalls einer meiner Kollegen sich in der Zwischenzeit an den Schreibtisch setzte.

Jeder hatte zwar sein eigenes Schubfach, doch keins war abgeschlossen. Bisher waren wir da auch nicht kleinlich gewesen. Aber jetzt musste keiner der Herren in meinem Schubfach nach Zigaretten oder einem Feuerzeug suchen, den Umschlag entdecken und Fragen stellen oder gar den Code austüfteln. Also nahm ich die Fotos mit heim, das Risiko der Entdeckung schien mir in meiner Wohnung nur halb so groß.

Ich erwartete einen liebevoll gedeckten Tisch und ein köstliches Abendessen, hatte Candy am Morgen gesagt, um welche Zeit ich heimkäme, später Termin mit einem wichtigen Kunden. Und sie war nicht da – zum ersten Mal nicht. Es war wie ein kalter Guss. Auch wenn ich kaum erwarten durfte, dass sie mich täglich bekochte, meine Wohnung putzte, meine Hemden wusch und auf mich wartete, sie nicht anzutreffen und nicht zu wissen, wo sie war, ließ meine Gedanken unwillkürlich Purzelbäume schlagen.

Vielleicht machte sie nur einen Spaziergang, das Cranachwäldchen lag ja in der Nähe. Und so ein milder Sommerabend am Rheinufer war bestimmt schön. Vielleicht hatte aber auch Gerswein im Laufe des Tages noch einmal angerufen und das Treffen auf den heutigen Abend verschoben.

Warten. Auch eine ganz neue Erfahrung. Und völlig unbekannte Gefühle dabei. Eifersucht. Damit hatte ich noch nie zu kämpfen gehabt. Um mich nicht in einem aussichtslosen Kampf zu verlieren, setzte ich mich mit den Fotos, einem Schreibblock und einem Stift ins Schlafzimmer, wo ich alles schnell verschwinden lassen konnte, wenn ich den Schlüssel in der Wohnungstür hörte.

Zuerst fertigte ich mir zwei Schablonen an, jeweils das Alphabet von A über Z bis E, weil ein Monat wie zum Beispiel der August mehr Tage hat als Buchstaben zur Verfügung stehen, sodass am 31. für jedes A nochmal ein E eingesetzt war. Candy hatte ja erklärt, man könne den Code nur knacken, wenn man das Datum kenne. Ein Datum war nirgendwo zu sehen. Aber mit meinen durchnummerierten Buchstabenreihen ging es trotzdem, es war allerdings sehr zeitaufwändig.

Beim ersten Text begann das Alphabet mit H. Olbal bzm

tlpu hieß demnach: «Heute ist mein.» Letzter Tag daheim kam dahinter. Es handelte sich um den Abschied vom Elternhaus, die tränenreichen letzten Stunden in vertrauter Umgebung. Furcht vor dem Schritt in ein eigenständiges Leben fern der Geborgenheit. Sorge um die Eltern, die beide schon sehr gebrechlich waren. G war aus Heidelberg angereist, M sogar eigens aus den Staaten eingeflogen, um das Nesthäkchen auf beide Wangen zu küssen und zu ermuntern.

Um das alles in eine verständliche Sprache zu bringen, brauchte ich eine knappe Stunde. Sehr konzentriert war ich nicht dabei, horchte ständig in die Diele, fragte mich, wo Candy blieb. So hatte das keinen Sinn. Ich hatte auch keine Lust mehr, verteilte den Fotostapel gleichmäßig unter der Matratze, legte den Block und meine Schablonen dazu, der Kleiderschrank war mir nicht sicher genug.

Ich war unruhig und hungrig, immerhin war es schon halb zehn vorbei. Im Kühlschrank fand sich nichts, was fürs Abendessen bestimmt sein konnte. Ich genehmigte mir ein Glas Cola, obwohl ich das Zeug eigentlich gar nicht mochte. Zu süß. Genau wie sie. Während ich trank, gab ich mir die größte Mühe, sie mir nicht unentwegt mit Gerswein vorzustellen – und dann auch noch in Situationen, die sie nur noch mit mir erleben durfte. Damit hatte ich ziemlich zu kämpfen. Der Volksmund sagt nicht umsonst: Eifersucht ist eine Leidenschaft, die mit Eifer sucht, was Leiden schafft.

Sie kam erst nach zehn, außer Puste und nervös. Ich hatte in der Zwischenzeit eine Dose Ravioli aus den unerschöpflichen Vorräten aufgewärmt. Die Wohnungstür war noch nicht ganz geöffnet, da rief sie bereits: «Hallo, Mike, tut mir Leid, dass es so lange gedauert hat.»

Ein Seufzer der Erleichterung, als sie mich in der Küche entdeckte. Sie zog den Schlüssel aus dem Schloss und drückte die Tür zu. «Gut, dass du da bist. Ich hatte solche Angst, du wärst noch nicht daheim.»

Die obligatorische Begrüßung auf Zehenspitzen, im rechten Arm eine Tüte mit Toast, Äpfeln, einem Salat und etwas Frischfleisch, das so frisch gar nicht mehr war, den linken Arm um meinen Nacken geschlungen, drei Atemzüge lang ein Kuss, dann: «Das ist lieb, dass du schon angefangen hast zu kochen. Die Koteletts können wir bestimmt nicht mehr essen. Ich musste sie die ganze Zeit mit mir herumtragen, und es war so warm.»

Eine winzige Atempause. Sie legte die Tüte an die Seite, machte sich ohne Umschweife daran, den Tisch zu decken, und plapperte weiter. «Lach mich bitte nicht aus, Mike. Ich habe zuerst auch gedacht, ich bilde mir das ein. Aber dann – das war kein Zufall. Ich merke doch, wenn mir stundenlang immer der gleiche Mann folgt. Es war wirklich jemand hinter mir her, Mike.»

Ihrer Meinung nach hatte dieser Jemand bereits vor dem Haus gelauert, als sie kurz nach drei ins Freie getreten war, um ein Toastbrot, Äpfel, zwei Koteletts und einen Salat fürs Abendessen zu besorgen. Dass der Jemand es speziell auf sie abgesehen hatte, glaubte sie zwar nicht. Ein Sittlichkeitsverbrecher, vermutete sie, dem wohl jede junge Frau recht gewesen wäre.

«Ursprünglich wollte ich gar nicht in die Stadt fahren. Aber was hätte ich tun sollen? Als ich aus dem Supermarkt kam, stand er dort vor der Tür. Und in solchen Fällen muss man sich unter Menschen aufhalten, also bin ich zur Straßenbahn gegangen. Er natürlich hinter mir her. Von einem Kaufhaus ins andere ist er mir gefolgt. Immer wieder habe ich versucht, ihn abzuschütteln. Aber ich wurde ihn nicht los, Mike.»

«Warum hast du denn nicht angerufen, damit ich dich abhole?»

«Das habe ich versucht», antwortete sie, «aber du warst noch nicht hier. Ich bin dann weiter herumgelaufen. Zum Glück sind in der Stadt ja auch abends viele Menschen unterwegs.

Irgendwann habe ich ihn nicht mehr gesehen. Weißt du, was er gemacht hat? Er ist vorausgefahren, Mike. Als ich hier ankam, saß er unten im Auto. Er war so schnell hinter mir, das glaubst du gar nicht. Er ist sogar mit mir in den Aufzug gestiegen. Ich hatte furchtbare Angst, dass er über mich herfällt. Wie er mich angeschaut hat und so hässlich gegrinst. Und dann stieg er hier auf der Etage mit mir aus, ging zu einer anderen Wohnung und fummelte an der Tür herum, als wolle er aufschließen. Der hat doch nur darauf gewartet, dass ich die Tür aufmache, damit er mich reinstoßen kann. Deshalb habe ich gleich gerufen, damit er merkt, dass ich nicht allein bin.»

Auf das Naheliegende kam ich wieder mal nicht. Wenn überhaupt, dachte ich im ersten Moment, war es vermutlich einer meiner Nachbarn, zumindest in den letzten Minuten. Dass sie den ganzen Nachmittag und Abend einen Schatten auf den Fersen gehabt hätte, nun gut, man konnte es nicht ausschließen.

«Wie sah der Mann denn aus?», fragte ich.

Candy hätte eine erstklassige Zeugin abgegeben. Kein Detail war ihr entgangen. Ende vierzig, gut einsachtzig groß, dunkelhaarig, an den Schläfen lichtete sich das Haar bereits, schmales, fast hageres Gesicht, etwas übernächtigt, braune Augen, links an der Nase eine kleine Narbe, der linke Mundwinkel leicht nach unten gezogen, grauer Anzug, schmaler Ehering, teure Armbanduhr.

Ihre Beschreibung führte mir unweigerlich Hartmut Bender vor Augen. Die Narbe und der hängende Mundwinkel waren Folgen eines Autounfalls aus seiner Zeit als Reporter bei der Kölnischen Rundschau. Und die teure Uhr hatte er zum letzten Geburtstag von seiner Frau geschenkt bekommen. Aber wieso hätte Hartmut – und dann auch noch so auffällig?

Das fragte ich mich nicht lange: Er hatte einen neuen Auftrag übernommen und dafür eigens seinen Urlaub abbrechen müssen. Hamacher wusste, dass ich Candy kannte. Und Holger Gerswein ließ die familiären und sonstigen Beziehungen seiner Gespielinnen grundsätzlich durch die Agentur checken. Doch das tat er normalerweise erst, wenn er sich berechtigte Hoffnungen auf eine längere Beziehung machte. Für einen Flirt gab er kein Geld aus.

Anheizen ist erlaubt, hatte sie gesagt! Aber anheizen hatte sie ihn doch frühestens am Samstag können. Hamacher hatte jedoch schon am Freitag von dem Auftrag gesprochen, folglich musste Gerswein auch schon am Freitag gewusst haben, dass er sich Hoffnungen machen durfte. Nachdem er donnerstags von einer Schülerin angerufen worden war, die ihn interviewen wollte? Schwer vorstellbar.

10. Kapitel

Um das zu klären, verließ ich die Wohnung auch am Mittwoch zur gewohnten Zeit. An die Fotos unter meiner Matratze dachte ich verständlicherweise nicht. Um halb neun war ich in der Agentur. Hamacher wartete bereits auf mich, manchmal war mir seine Intuition unheimlich.

Er grinste, als ich sein Büro betrat. Da musste ich mich nicht lange mit Vorreden aufhalten, steuerte mein Ziel frontal an. «Haben wir einen neuen Auftrag von Gerswein? Oder warum war Hartmut gestern hinter Frau Schmitting her? Das war er doch.»

Eine Bestätigung bekam ich nicht sofort. «Schmitting?», wiederholte Hamacher mit einer gewissen Genugtuung. «Hast du nicht neulich behauptet, die junge Dame hieße Schmitt?»

Als ich schwieg, auch nicht zustimmend nickte, verlor sich sein Grinsen. Seine Stimme wurde eine Spur schärfer, als ich es von ihm gewohnt war. «Ich nehme an, du hast dafür gesorgt, dass die Lady in Red den Jugendfreund ihrer Mutter treffen konnte. Ich frage dich jetzt nicht, mit welchem Recht du dafür gesorgt und ob du darüber nachgedacht hast, dass die Weitergabe von Kundendaten an eine außenstehende Person eine fristlose Kündigung rechtfertigt. Ich will nur wissen, wer sie ist und was sie von Gerswein will.»

Mir war nicht sehr wohl in meiner Haut – fristlose Kündigung. Ich wurde auch etwas heftiger, um meine Unsicherheit zu kaschieren. «Das hat sie doch laut und deutlich gesagt, als sie hier war.»

Hamacher lächelte milde. «Ruhig Blut, Junge. Nicht gleich aufregen. Noch stehst du ja nicht auf der Straße. Also, gesagt hat sie, ihre Mutter hätte nur noch kurze Zeit zu leben. Aber wenn mir so ein kleines Luder von der sterbenden Mutter erzählt und dabei ständig am Rocksaum zupfen muss, damit mir nicht der Kragen zu eng wird, wenn das Röckchen sogar noch höher geschoben wird, weil ich nicht gleich anspringe, dann werde ich vorsichtig.»

«Sie versucht es eben mit ihren Mitteln», sagte ich. «Wann hat Gerswein den Auftrag erteilt? Am Freitag?»

Wieder bekam ich keine Antwort. Hamacher grinste. «Na, bei dir scheint sie mit ihren Mitteln ja Erfolg zu haben. Aber vorerst stelle ich die Fragen. Da sie bei dir wohnt, nehme ich an, dass du sie besser kennst als flüchtig. Hast du was mit ihr?»

Das ging ihn nichts an, fand ich und schwieg.

Sein Grinsen verlor sich, er zog seine Schlüsse aus meiner Schweigsamkeit. Die nächsten Fragen kamen wie aus einem Schnellfeuergewehr abgeschossen: «Seit wann kennst du sie? Wo, wie und unter welchen Umständen hast du sie kennen gelernt? Was weißt du von ihr? Was davon ist bewiesen?» Und so weiter. Er schloss mit: «Legst du deine Hände für ihre lauteren Absichten ins Feuer? Man darf nicht vergessen, wo Gerswein sitzt. Da könnte ein Wirrkopf leicht auf dumme Gedanken kommen und ein Fanal setzen wollen.»

«Blödsinn», sagte ich. «Wo sitzt er denn?»

«Hardthöhe», sagte Hamacher.

Das Verteidigungsministerium. «Das wusste ich nicht», gab ich zu. «Aber sie will ihm bestimmt keine Geheimnisse entlocken, die den Weltfrieden gefährden könnten. Sie will auch kein Attentat auf ihn verüben, um in die Geschichte einzugehen. Dafür lege ich die Hand ins Feuer. Sie will ihn nur zu ihrer Mutter bringen.»

«Na schön», meinte Hamacher und lehnte sich etwas entspannter in seinem Stuhl zurück. «Dann erzähl mir einfach mal, was du über sie weißt und von wem du es erfahren hast. Fangen wir ganz vorne an. Name?»

«Schmitting», wiederholte ich. «Candida, genannt Candy.» Da ich mir denken konnte, welche Fragen als Nächste kämen, nannte ich ihm auch gleich die anderen Daten, die ich ihrem

Ausweis entnommen hatte, Geburtsdatum, Geburtsort und die Adresse in Hamburg-Blankenese. Ich verschwieg auch nicht, dass ich ihren Personalausweis schon in der Hand gehalten hatte.

«Nobles Pflaster», meinte Hamacher. «Und warum erzählt sie Gerswein etwas anderes? Er gab am Freitag die Informationen durch, die er bereits hatte. Von einer kranken Mutter war nicht die Rede, auch nicht von einer Affäre in früheren Jahren. Das hätte er mir gesagt. Bei mir muss er kein Blatt vor den Mund nehmen.»

«Was hat sie ihm denn erzählt?», fragte ich auf Vorsicht bedacht. Ihre Schilderung des Treffens mit Gerswein musste ja nicht unbedingt den Tatsachen entsprechen – tat sie aber.

Hamacher nahm seinen Computer zu Hilfe, las vom Monitor ab. Da ich vor dem Schreibtisch saß, konnte ich nicht mitlesen. «Candy Schmitt, achtzehn Jahre alt, Schülerin, wird im nächsten Jahr ihr Abitur machen, will Journalistin werden, schreibt bereits für die Schülerzeitung. Angeblich hat sie seine Geheimnummer von einer Lehrerin, wie die heißt, wollte sie ihm aber nicht verraten. Er ist vor allem an dieser Lehrerin interessiert.»

«Ich habe ihr geraten, nicht mit der Tür ins Haus zu fallen», behauptete ich.

Hamachers Miene war ein Meisterwerk der Selbstbeherrschung. «Ja, dann wundert mich nichts mehr. Candy Schmitt lebt nämlich zurzeit beim Stiefbruder am Wiener Platz in Köln-Mülheim. Der Stiefbruder heißt Michael Schröder, ist achtundzwanzig Jahre alt und Steuerberater.»

Mir war danach zu lachen, aber das hätte Hamacher mir wahrscheinlich sehr übel genommen. «Ist die Lehrerin auf deinem Mist gewachsen?», wollte er wissen.

«Nein, die gibt es wirklich», sagte ich. «Sie unterrichtet in Aachen und ist eine frühere Kommilitonin ihrer Mutter. Am Samstag hat Candy Gerswein auch einen Namen genannt, der stimmt allerdings nicht. Hat Hartmut das nicht mitbekommen? Oder war er am Samstag noch nicht auf Posten?»

Hamacher schüttelte den Kopf. «Gerswein legt keinen Wert darauf, bei einem Schäferstündchen belauscht zu werden. Er hat mir nicht gesagt, wann er sie trifft, sonst wäre Hartmut trotzdem zur Stelle gewesen.»

Er wollte es nun von Anfang an wissen und ließ mich nicht aus den Augen, als ich ihm eine durchaus glaubwürdige Version bot. Der zufolge hatte ich vor gut einem Jahr ein freies Wochenende in Hamburg verbracht und in einem Schnellimbiss Candys Bekanntschaft geschlossen. Ich war auch mal zum Tee bei Mami und Dad eingeladen worden.

In den vergangenen Monaten hatte sich die Beziehung dann durch telefonische Kontakte weiter gefestigt. Rein platonisch! Per Telefon ging es ja auch nicht anders. Candy brauchte eben ab und zu einen Menschen, mit dem sie über Mami und das Elend daheim reden konnte. Und vor zwei Wochen hatte sie dann plötzlich ganz aufgelöst vor meiner Tür gestanden.

Dass ich sie bisher nie erwähnt hatte, nun, ich hatte es bis gestern Abend für meine Privatsphäre gehalten. Dass ich mich nach Candys Auftauchen in der Agentur nicht bemüßigt gefühlt hatte, den leicht abgekürzten Familiennamen zu korrigieren, wozu denn? Er hatte ihr die Bitte doch abgeschlagen. Mit welcher Berechtigung ich mich anschließend bemüht hatte, ihren Wunsch zu erfüllen, wollte er zwar nicht wissen. Ich erklärte es ihm trotzdem – mit Erika Jungblut.

Damit war der fristlosen Kündigung die Grundlage entzogen – solange Hamacher niemanden nach Aachen schickte und in Erfahrung brachte, dass Frau Studienrätin schon seit 1971 keinen Kontakt mehr mit Gerswein pflegte. Aber dem ließ sich vorbeugen, ich musste ihm nur begreiflich machen, dass die Lehrerin dem Herrn Ministerialrat nichts Übles wollte und mir aus schierem Mitgefühl für eine Sterbende seine Geheimnummer verraten hatte.

Ich konnte es zu diesem Zeitpunkt schon genauso gut wie Candy: Halbe Wahrheiten und ein paar Tatsachen unter den Tisch gekehrt. Dabei musste ich nicht fortwährend flunkern, nur den Anfang erfinden und das Ende meiner Bemühungen weglassen. Die Mitte entsprach weitgehend der Wahrheit. Dass ich keine Ahnung gehabt hatte, dass Candy unseren Stammkunden suchte. Dass mich der Vermieter in Köln-Sülz an die ehemalige Kommilitonin verwiesen hatte und so weiter.

Als ich zum Ende kam, erkundigte Hamacher sich mit einem Hauch von Ironie: «Warum war die Kleine überhaupt bei mir?»

«Weil sie nicht weiß, was ich beruflich mache», sagte ich. «Und weil sie sich in den Kopf gesetzt hatte, das aus eigener Kraft oder wenigstens mit ihrem selbst verdienten Geld zu schaffen. Ich musste ziemlich lange auf sie einreden, ehe sie mir das Bildchen vom Porschefahrer überließ.»

«Und wie habe ich mir das Szenario in Hamburg-Blankenese vorzustellen?», wollte Hamacher wissen. «Ihre Mutter hat nur noch wenige Wochen zu leben, und sie vertreibt sich die Zeit mit einem Freund in Köln. Die Familie weiß von nichts, was hat sie denen denn erzählt, als sie sich verabschiedete?»

Das belauschte Telefongespräch schoss mir unvermittelt durch den Kopf. «Hallo, Mami, wie geht es dir? – Wir sind noch in Paris.» Und sich bei Tante Gertrud in Augsburg einer alten Reisetasche bemächtigt, aber nicht an Tante Gertruds Schreibtisch gewesen.

Europatrip, dachte ich und fühlte eine leichte Beklemmung, weil mir plötzlich, wenn auch nur für ein paar Sekunden, etwas an ihrem Verhalten merkwürdig vorkam. Ihr Ausbruch von Verzweiflung nach diesem Telefonat. Seit sie wusste, wer Mamis Herz war, schien sie sich mit Mamis Tod abgefunden zu haben.

Aber nun war ja auch ich da. Und unsere gemeinsame Zukunft zu planen, half ihr vielleicht, tröstete sie schon im Voraus über Mamis Tod hinweg. Was wusste ich denn, wie ein neunzehnjähriges Mädchen mit dem Verlust eines geliebten Menschen umging, wenn es plötzlich selbst die große Liebe fand? Mit ein bisschen männlicher Eitelkeit lässt sich vieles erklären. Abgesehen davon war Candy doch immer weggeschickt worden, wenn es mit Mami kritisch wurde, hatte sie erzählt.

Und ich erzählte Hamacher, dass Mami und Dad wohl der Meinung seien, Candy müsse sich nicht wochenlang ein qualvolles Sterben anschauen. Es reiche völlig, wenn sie die letzten Tage mitbekäme.

Hamacher nickte nachdenklich. «Na schön», meinte er noch einmal. «Auch wenn keiner dafür bezahlt, schauen wir uns die Hamburger Adresse mal an und sehen zu, was wir über den Gesundheitszustand der Mutter in Erfahrung bringen. Das heißt nicht, dass ich dir nicht glaube. Wenn du da schon Tee getrunken hast, wird es wohl Blankenese sein. Aber ich gehe auf Nummer sicher, das verstehst du hoffentlich.»

«Werden Sie Gerswein informieren?», fragte ich. «Oder haben Sie das schon getan?»

Hamacher zuckte kaum merklich mit den Achseln. Das war kein Ja und kein Nein. «Ich muss ihm nicht auf die Nase binden, dass einer meiner Mitarbeiter das Mädchen nach Kräften unterstützt hat. Aber er zahlt schließlich dafür, dass ich ihn informiere – über die Lehrerin. Was die Familie angeht, daran scheint er nicht interessiert. Das wird auch einige Tage dauern, ehe ich im Bilde bin. Im Moment ist keiner da, den ich nach Hamburg schicken könnte. Ich muss mal sehen, ob ich jemanden aus Frankfurt abziehen kann, der hier für Philipp oder Uli einspringt. Die haben beide schon für Gerswein gearbeitet und wissen, worauf es ankommt. Er wird sich zurückhalten, bis er unseren Bericht über die Lehrerin hat. Das macht er ja immer so.»

«Diesmal nicht», sagte ich. «Sie treffen sich heute Abend wieder. Ich wäre dann gerne in ihrer Nähe.»

Hamacher schüttelte den Kopf. «Du machst deine Arbeit. Den Rest übernimmt Hartmut, dich würde sie vielleicht bemerken.»

«Ihn hat sie auch bemerkt», sagte ich.

Hamacher gestattete sich noch ein Grinsen. «Logisch, bedank dich bei Hartmut, er hat nämlich seine Hände für dich ins Feuer gelegt. In meinem Sinne war das nicht, aber er meinte, wenn er schon einen Kollegen bespitzeln muss, sollte der davon erfahren, das wäre nur fair.»

Damit griff er in ein Schubfach seines Schreibtischs, nahm zwei Gegenstände heraus und legte sie vor sich auf die Tischplatte. Ein Aufnahmegerät zur Telefonüberwachung. «Du musst dich damit nicht einverstanden erklären», sagte er. «Es ist dein Telefon. Aber ich nehme an, sie benutzt es auch. Und wenn du nichts zu verbergen hast, erwarte ich, dass du kooperierst, weil dir etwas an deinem Job hier liegt.»

Ich konnte nur nicken.

«Gut», sagte Hamacher zufrieden. «Hartmut kann es gleich anschließen.»

«Das kann ich selbst», erklärte ich.

«Von mir aus», meinte Hamacher, schob das Aufnahmegerät zu mir herüber und hob den zweiten Gegenstand an. Es war ein Goldkettchen mit Anhänger in Form einer kleinen Weltkugel. Kein Mensch wäre auf den Gedanken gekommen, dass sich in der Kugel etwas Elektronik befand. Es sah sehr hübsch aus und hatte im Freien eine Reichweite von dreihundert Metern, aus geschlossenen Räumen natürlich weniger.

Hamachers Finger spielten mit dem Goldkettchen, während er sagte: «Da du sie schon seit gut einem Jahr kennst, kannst du ihr bestimmt mal ein nettes Geschenk machen, oder?»

Ich nickte noch einmal. Was hätte ich sonst tun sollen?

Es war ein mieses Gefühl, umgehend wieder nach Hause geschickt zu werden. Aber Hamacher hatte nicht mehr als mein

Wort. Er ging zwar vorerst noch nicht davon aus, Flunkereien seien so ansteckend wie Schnupfen. Trotzdem, ich musste auch noch einen kleinen Fotoapparat im Aktenkoffer mitnehmen, um Candys Ausweis abzulichten.

Während einer meiner Kollegen nach Aachen fuhr, um Erika Jungblut zu überprüfen, installierte ich das Abhörgerät an der richtigen Stelle, es wurde im Keller an die Leitung geklemmt und zeichnete jedes Gespräch auf. Anschließend überraschte ich Candy mit einem hübsch eingewickelten Geschenk. Frau Grubert hatte das Einpacken übernommen und dafür gesorgt, dass ich die Weltkugel in einem dieser kleinen Schächtelchen überreichen konnte – wie frisch vom Juwelier.

Candy war nur zwei Sekunden verblüfft über mein Erscheinen und zerfloss in Bedauern, weil ich von grausamen Kopfschmerzen gequält wurde, sodass mein Chef mich nach Hause geschickt hatte. Und dann freute sie sich so über die Wanze.

Ich erklärte ihr, ich hätte die Kugel schon gestern auf dem Weg zu einem Kunden in der Auslage bei Gold-Krämer gesehen und sie eben rasch gekauft, weil sie mir so symbolisch erschiene. Genau das richtige Schmuckstück für ein Mädchen, das sich vorgenommen habe, eines Tages für Mutter Erde zu kämpfen – und sei es nur am Rhein, wo unsere Babys aufwachsen sollten.

«O Mike, das ist aber lieb. Du bist so …»

Es ließ sich wohl nicht ausdrücken, was oder wie ich war. Ich bekam ein halbes Dutzend Küsse und kam mir sehr schäbig vor, weil ich nicht nur zuließ, dass sie bespitzelt wurde; ich beteiligte mich auch noch daran, legte ihr das Kettchen um und mich mit meinen grausamen Kopfschmerzen ins Bett, nachdem ich angeblich im Bad eine Tablette geschluckt hatte.

Die Vorhänge zugezogen, die Tür selbstverständlich geschlossen, weil ich absolute Ruhe brauchte. Ihr Handtäschchen steckte in der Reisetasche, ihr Ausweis unverändert im Einband des Taschenkalenders. Ich knipste ihn von beiden Seiten, legte den kleinen Apparat wieder in mein Köfferchen, hob die Matratze an, sammelte die Fotostapel ein und legte sie samt meinem Block, den beiden Buchstabenschablonen und dem bereits übersetzten ersten Text dazu. Dann wartete ich ein Weilchen. Schon nach einer halben Stunde ging es mir wieder so gut, dass ich zurück zur Arbeit fahren konnte. Ich sollte ja den Fotoapparat schnellstmöglich zurückbringen.

Hamacher telefonierte in seinem Büro mit Frankfurt, als ich ankam. Frau Grubert hing im Vorzimmer an der Strippe und sagte zwei Kundentermine ab. – Eine absolute Ausnahme, die bewies, dass Hamacher es nicht auf die leichte Schulter nahm. Unsere Leute im Labor rissen mir den Fotoapparat regelrecht aus den Fingern. Sie benahmen sich fast, als hätten wir es mit einem Ableger der RAF zu tun.

Und ich wollte ihnen beweisen, dass sie sich völlig umsonst verrückt machten. Da ich erst um fünfzehn Uhr auf meinem Horchposten bei der Witwe sein musste, hatte ich noch Zeit, ein paar weitere Tagebuchseiten zu dechiffrieren. Aber kaum saß ich am Schreibtisch, kam Hamacher in unser Gemeinschaftsbüro. Vielleicht wollte er sich nur erkundigen, ob meine Telefonleitung verkabelt war und Candy nun artig die Wanze trug. Vielleicht wollte er mir auch sagen, dass ab morgen früh eine Vertretung aus Frankfurt hier sei und Philipp Assmann dann nach Hamburg fahren könne. Aber als er das Sammelsurium auf dem Schreibtisch sah, fragte er nur: «Was ist das?»

«Der Beweis, dass Gerswein vor zwanzig Jahren ein Verhältnis mit Candys Mutter hatte», sagte ich.

Hamacher nahm ein Foto auf, betrachtete das Buchstabengewirr mit gerunzelter Stirn. «Ah ja, und wo steht das?»

«Zeige ich Ihnen, wenn ich alles in eine lesbare Form gebracht habe», sagte ich. «Der Code ist relativ einfach zu knacken, es ist nur eine elende Fummelei. Einen Text habe ich bereits.»

Den zeigte ich ihm auch, er beachtete ihn nicht. «Überlass

das Tamara», verlangte er. «Die knackt besser als du und muss dafür nicht Buchstaben verschieben. Sie hat ein Programm für solche Kindereien.» Und bei Tamara durfte er sicher sein, dass sie nicht ihre Phantasie spielen ließ, um ihn zu überzeugen. Beim letzten Wort war er bereits auf dem Weg nach draußen, um noch einen wichtigen Termin wahrzunehmen.

Ich ging mit einem Packen Fotos ins Sekretariat, überließ es jedoch nicht Tamara. Sie war anderweitig beschäftigt und gerne bereit, mir eine Kopie ihres Programms für solche Kindereien auf Diskette zu ziehen, mit der ich den Computer in unserem Büro füttern konnte. Dann machte ich mich an die Arbeit.

Heutzutage wäre es ein Kinderspiel, Fotos einscannen, Dechiffrierprogramm laufen lassen, fertig. Damals brauchte ich etwa fünfzig Minuten, um das zweite Textstück in eine lesbare Form zu bringen. Dass es so lange dauerte, lag nicht etwa an unserem guten, alten 286er, der inzwischen immerhin zu einem 386er hochgerüstet worden war. Es lag ausschließlich an mir. Für jede Zeile brauchte ich ziemlich lange, musste jeden Buchstaben einzeln abtippen und immer wieder nachschauen, damit sie nicht noch mehr durcheinander gerieten.

Der Rechner, beziehungsweise das kleine Programm, das Tamara mir zur Verfügung gestellt hatte, brauchte nicht annähernd so lange, um das Chaos zu sortieren. Natürlich las ich sofort vom Bildschirm ab und stellte schon bei den ersten Einträgen fest, dass Helga nicht regelmäßig Tagebuch geführt hatte. Die Texte waren eher Zusammenfassungen von Ereignissen einiger Tage oder sogar Wochen.

Auf den tränenreichen Abschied vom Elternhaus, Ende September 68, das Datum war im Text versteckt, folgte Mitte Oktober. Zwiespältiger Beginn in der Kölner Wohngemeinschaft, acht Leute in vier Zimmern verteilt. Vier Männlein, vier Weiblein, allesamt mit je einem Buchstaben bezeichnet – wie auch Gertrud und Margarete im ersten Text.

Ob sich tatsächlich je zwei Männer und zwei Frauen brav ein Zimmer teilten, ließ sich nur anhand der Initialen nicht feststellen. Aber anfangs schien es noch sittsam zugegangen zu sein. Sie waren bloß alle sehr unordentlich, kannten den Unterschied zwischen mein und dein nicht. Helga versuchte, ihre Wohnungsgenossinnen und -genossen umzuerziehen, um das aus dem Elternhaus mitgebrachte Geschirr zu retten, und machte sich damit unbeliebt.

Am 15. November 68 der moralische Kollaps, von dem Candy mir erzählt hatte. A trat mit dem Ansinnen an Helga heran, ihr Bett für die Nacht W zu überlassen und zum Ausgleich in dessen Bett und damit bei G zu nächtigen.

Es beruhigte, Candys Schilderung wiederzufinden, obwohl damit überhaupt nichts bewiesen war. Ich tippte das vierte Foto ab. Die Eintragung war im Januar 69 gemacht worden und bezog sich auf den Tod des Vaters. Helga machte sich Vorwürfe, weil sie nicht zur Stelle gewesen war, klagte auch ihre Mutter an, die offenbar verhindert hatte, dass ihre Jüngste rechtzeitig benachrichtigt wurde und Abschied vom Vater nehmen konnte.

Ich übersetzte noch die Rückkehr nach Köln und einen vorwurfsvollen Erguss über G – wahrscheinlich Gertrud, die sich einbildete, besser als Helga zu wissen, was gut für sie war. Dann erschien Hamacher im Gemeinschaftsbüro und wurde ziemlich wütend. «Was treibst du hier? Hatte ich dir nicht gesagt, du sollst den Kram zu Tamara bringen?»

Das tat ich gezwungenermaßen, wies Tamara auch darauf hin, dass jedes der später auftauchenden Löwenköpfchen Leo hieße, jede Erdkugel für Erika stand – Herr Erdmann hätte zwar auch gemeint sein können, doch das erschien mir nicht mehr sehr wahrscheinlich.

«Jedes Herzchen bedeutet Holger», sagte ich. «Die Namen wirst du eingeben müssen. Der Computer kann die Zeichnungen ja nicht übersetzen.»

Tamara schüttelte bedauernd den Kopf. «Wenn ich nicht vorher mal die Namen lese, kann ich sie nicht schreiben, Michael. Der Löwe könnte ja auch heißen, es ist ein gefährlicher Mann. Aber die Namen sind bestimmt vorher einmal richtig geschrieben worden. Wenn man einen Menschen kennen lernt und ihn in einem Tagebuch erwähnt, nennt man seinen Namen.»

«Nein», widersprach ich. «Es gibt in dem ganzen Buch keine Namen, nur Anfangsbuchstaben und diese Zeichnungen. Und die stehen für Leo Scherer, Erika Jungblut und Holger Gerswein, glaub mir. G heißt Gertrud, M ist Margarete. Bei den anderen kannst du dir Namen aussuchen, die sind nicht so wichtig.»

Tamara schüttelte bedauernd den Kopf. «Das kann ich nicht machen, Michael. Der Chef nagelt mich an die Wand, wenn er dahinterkommt, dass ich herumpfusche.»

Aber sie tat es dann doch, wahrscheinlich aus Mitleid. Es geht eben nichts über verständnisvolle und mitfühlende Kolleginnen und Kollegen, die einem helfen, eine ohnehin verworrene Geschichte noch mehr zu verwirren.

Wie lange Tamara brauchte, um die hundertzwanzig Fotos voll unsinniger Buchstabenkombinationen abzutippen, weiß ich nicht. Aber sehr lange wird sie wohl nicht gebraucht haben. Sie tippte blind, Augen auf dem Text, Finger auf den Tasten, was ich nicht konnte.

Alle in der Firma wussten Bescheid, dass diesmal ein Kollege involviert und mit Vorsicht zu genießen war. Das tat nur niemand.

Ich tat, was Hamacher verlangt hatte, meine Arbeit. Hartmut Bender tat seine. Als Candy an dem Mittwochnachmittag meine Wohnung verließ, um sich erneut mit Gerswein zu treffen, diesmal in Jeans und T-Shirt, folgte Hartmut ihr. Jedes Wort hörte er nicht nur mit, er zeichnete auch alles auf, was sie sagte und was Gerswein so von sich gab.

Ich saß währenddessen bis um drei Uhr nachts vor der Wohnung einer traurigen Witwe, die früh zu Bett ging und vorher noch telefonierte. Nicht mit dem teuren Verblichenen, wie es unseren Auftraggebern lieb gewesen wäre, sie erzählte ihrer Mutter, wie furchtbar das alles sei. Diese misstrauische Versicherung und nicht mal ein Grab, an dem man weinen könnte. Sie brauchte dringend eine Erholung von dem Elend und spielte mit dem Gedanken an eine kurze Reise. Das zeichnete ich auf. Ein Mitarbeiter der Versicherung hatte es übernommen, beim letzten Besuch in ihrer Wohnung ein paar Abhörgeräte zu platzieren.

Candy war natürlich längst von ihrem Rendezvous zurück, als ich nach Hause kam. Die Weltkugel lag auf meinem Nachttisch und sie in meinem Bett. Seit Sonntag hatte sie nicht mehr auf der kleinen Couch im Wohnzimmer geschlafen. Über die erneute Begegnung mit Gerswein wollte sie in der Nacht nicht mehr sprechen. Da erfuhr ich nur: «Der Kerl ist ein Arschloch.»

Dann wollte sie wissen, wo ich so lange gewesen wäre. Ich erfand einen Kneipentresen, an dem ich mit zwei Freunden leider die Zeit vergessen hätte. Und sie verlangte, dass ich sie festhielt. Beim Frühstück – nur drei Stunden später – betonte sie erneut Gersweins Arroganz, machte ihre Antipathie für ihn deutlich und behauptete, sie sei schon um neun Uhr zurück gewesen.

«Und was habt ihr bis um neun gemacht?», fragte ich. «Hast du ihm endlich von deiner Mutter erzählen können?»

Sie gab einen verächtlichen Laut von sich. Wo sie gewesen war, erwähnte sie nicht, sagte nur: «Ja, aber als ich das Thema anschnitt, lenkte er sofort ab. Er macht eben keine Besuche in Krankenhäusern.»

Ich hätte anschließend von Hartmut Bender gerne mehr über den Ablauf des Abends erfahren. Doch als ich – wie sich das für einen Steuerberater auch nach einer zur Hälfte durchzechten Nacht gehörte – an dem Donnerstagmorgen aus dem

Haus trat, hielt ich vergebens Ausschau nach einem Fahrzeug der Agentur. Entweder war Hartmut noch nicht auf seinem Posten, weil es auch für ihn eine lange Nacht gewesen war. Oder – er war eben ein Profi, wenn er nicht gesehen werden wollte, sah man ihn nicht.

In der Agentur saß ich nur untätig herum, spielte eine Weile an unserem Gemeinschaftscomputer, fand jedoch nichts, was mir Aufschluss verschafft hätte. Hartmut hatte aus Zeitmangel oder auf Anordnung von oben keinen schriftlichen Bericht verfasst. Hamacher war unterwegs. Frau Grubert wusste angeblich von gar nichts, nicht einmal, ob ich heute überhaupt arbeiten sollte.

Tamara durfte mir nichts zu lesen geben, zwinkerte nur kumpelhaft und wisperte: «Alles in Ordnung, Michael. Ich habe Namen eingesetzt, auch Leo, Erika und Holger, der kommt allerdings erst sehr spät ins Spiel. Nachnamen habe ich weggelassen, sonst fällt es auf. Das arme Mädchen hat ja noch nicht einmal die Anfangsbuchstaben der Familiennamen geschrieben. Aber diese Frau Jungblut stellt keine Gefahr für Gerswein dar, soweit ich das mitbekommen habe. Kein Kontakt zur linken, rechten oder sonst einer Szene. Die Frau ist nur damit beschäftigt, ihre Schüler zu drangsalieren.»

Im Laufe des Vormittags schneite ein mir unbekannter Kollege aus Frankfurt herein, der sofort wieder aufbrach, um die Witwe zu belauschen. Daraus zog ich den Schluss, dass Philipp Assmann auf dem Weg nach Hamburg war. Uli Hoger kam nämlich am frühen Nachmittag, um den Frankfurter abzulösen.

Ich war nicht eingeplant und fuhr nach Hause. Bevor ich die Wohnung betrat, ging ich in den Keller und hörte das an meine Telefonleitung geklemmte Band ab. Ich wünschte mir, Candy hätte mit Mami gesprochen, aber es war kein einziger Piepser zu hören. Ich legte es zurück und fuhr mit dem Aufzug hinauf.

Candy bemerkte mit einem Blick, dass mit mir etwas nicht in Ordnung war. «Du bist blass, Mike. Fühlst du dich nicht wohl?»

Nein, aber nach einem angeblich ausgiebigen Zechgelage und nur wenigen Stunden Schlaf durfte ich mich mies fühlen.

«Soll ich dir einen Kaffee machen, oder willst du dich lieber hinlegen? Ich glaube, es ist besser, wenn du dich hinlegst.»

«Nein, mach mir einen Kaffee», sagte ich.

Das tat sie, servierte im Wohnzimmer. Ich musste mich auf die Couch setzen und ein bisschen nach vorne rücken. Sie nahm hinter mir auf der Rückenlehne Platz, zog meinen Kopf in ihren Schoß und massierte mir die Stirn, die Schläfen, die Kopfhaut, erst mit den Fingern, dann beugte sie sich vor und hauchte mir eine Unzahl Küsse auf die angeblich schmerzenden Partien. Und dabei baumelte die Weltkugel neben meiner linken Wange.

Ich dachte an Hartmut Bender, der jetzt irgendwo draußen im Wagen saß, mithörte und aufzeichnete. Das wäre dann bestimmt für unsere Damen ein ebenso ergiebiges Thema wie «unser Frühchen». Mit dem Hinweis, dass es mir schon viel besser ginge und ich nur noch ein heißes Bad bräuchte, um richtig fit zu werden, brachte ich Candy dazu, den Anhänger in die kleine Schachtel zu packen und diese in einem der Küchenschränke zu deponieren.

Sie ging mit mir in die Wanne. Danach wollte sie ins Bett. «Leg dich hin, Mike. Ich verwöhne dich noch ein bisschen.»

Mit wahrer Entdeckerfreude ging sie ans Werk, erkundigte sich zwischendurch, wie mir dies oder das gefalle und ob es so gut sei. Solche Fragen, von Männern gestellt, kommen bei Frauen nie gut an. Ich fand sie auch nicht sehr erbauend, kam mir vor wie ein Versuchskaninchen.

Freitags war ich wieder im Einsatz. Hamacher hatte sich gnädig gezeigt, ich durfte zu den für Steuerberater üblichen

Bürostunden arbeiten, von neun bis fünf, Samstag und Sonntag frei. Da mussten Uli Hoger und der Frankfurter Kollege meine Arbeit mittun. Aber niemand beschwerte sich – jedenfalls nicht bei mir. Als Uli mich ablöste, fragte ich ihn, ob Philipp sich schon aus Hamburg gemeldet hätte.

«Keine Ahnung», sagte Uli.

Frau Grubert drückte es kurz darauf etwas anders aus. Chefsache. Alle Berichte nur an Herrn Hamacher persönlich. Und mit Berichten war es damals nicht so einfach, bei all der Technik, die uns zur Verfügung stand. Wer aus einer anderen Stadt anrufen wollte, musste eine Telefonzelle suchen oder den Apparat im Hotelzimmer benutzen. Wer den ganzen Tag unterwegs war, um ein Villengrundstück in Hamburg-Blankenese zu beobachten und etwas über die Bewohner in Erfahrung zu bringen, kam erst spätabends ins Hotel.

Wir zogen solche Erkundigungen nämlich nicht bei Einwohnermeldeämtern ein. Ich glaube, das sagte ich auch schon mal. Da wusste ja niemand etwas über die Gesinnung der Betreffenden oder verdächtige Kontakte. Und wenn der Chef ebenfalls viel unterwegs und telefonisch nicht so einfach zu erreichen war, konnte das dauern.

Aber ein gutes Zeichen war es nicht, fand ich. Philipp musste meiner Zeitrechnung nach am späten Nachmittag in Hamburg eingetroffen sein. Rasch das Köfferchen ins Hotel gebracht, sofort auf nach Blankenese, erst mal ein Blick aufs Türschild geworfen. Und wenn da der Name Schmitting stand, hatte Philipp es garantiert gestern Abend noch mitgeteilt.

Andererseits, was bewies der Name auf einem Türschild? Gar nichts. Candys Ausweis konnte eine Fälschung sein. Wenn man von einer politisch motivierten Person ausging, wie Hamacher es offenbar tat, wäre sie vermutlich nicht allein aktiv und entsprechend vorbereitet gewesen.

Wenn solche Gedanken sich erst einmal verselbständigen, ist man ziemlich damit beschäftigt. War Candy gar nicht zufällig in meinem Zugabteil aufgetaucht? Hatte eine Gruppe politischer Wirrköpfe herausgefunden, dass Gerswein in Kontakt zur Agentur Hamacher stand, und mich als schwächstes Glied der Kette herausgefiltert? Hatte ich schon in München unter Beobachtung gestanden? Blödsinn, dachte ich immer wieder. Terroristen heulen sich am Telefon nicht die Augen aus dem Kopf, wenn sie Mami beschwindelt haben. Trotzdem hatte ich auf der Heimfahrt unentwegt die Stimme der alten Frau Scherer im Kopf: «Das junge Ding hatte doch keine Ahnung.»

Als ich daheim ankam, überprüfte ich zuerst wieder das an meine Telefonleitung geklemmte Band. Candy hatte im Laufe des Tages telefoniert. Nicht mit Gerswein, auch nicht mit politischen Wirrköpfen. Ein Anruf bei Mami. Candy behauptete, in Spanien zu sein. Und im Hintergrund lief dazu passend dezente Musik aus meiner Stereoanlage. Mami hatte eine angenehm dunkle Stimme. Für eine Todkranke sprach sie ruhig, fest und mit unterschwelligem Vorwurf, weil ihr Schatz sich nicht häufiger daheim meldete.

Candy war nicht in der Wohnung, kam jedoch kurz darauf, bepackt mit zwei Einkaufstüten. Die Tüten trugen die Aufschriften von Kaufhäusern aus der Innenstadt. Aber die Preisetiketten der Lebensmittel stammten aus dem Supermarkt nahe dem Wiener Platz. Und für solch ein Täuschungsmanöver konnte es nur einen Grund geben, dachte ich im ersten Moment. Sie hatte sich erneut mit Gerswein getroffen. Um sich zu verabreden, mussten sie nicht unbedingt mein Telefon benutzen. Das konnten sie auch am Mittwochabend getan haben. Dann sah ich, wie sie die Tüten zusammenfaltete und in ein Schubfach legte. Umweltschutz.

Wir kochten uns etwas, aßen, räumten die Küche auf, gingen ins Wohnzimmer, setzten uns auf die Couch. Sie plapperte unermüdlich über Belanglosigkeiten, registrierte auch ein paar Mal meine Einsilbigkeit.

«Du bist so still, Mike. Hattest du Ärger im Büro?»

«Nein», sagte ich. «Ich liebe dich.»

«Ich dich auch, Mike.»

«Wann siehst du Gerswein wieder?»

«Ich weiß es nicht, er will anrufen, wenn er Zeit hat.»

«Warum gibst du deinen Plan nicht auf?», fragte ich. «Er wird nie mit dir nach Hamburg fahren.»

Sie lächelte – zuversichtlich oder überheblich, das hätte ich nicht sagen können. «Er wird, Mike, jetzt erst recht, verlass dich darauf. Ob er will oder nicht, ich bringe ihn zu meiner Mutter.»

Das höre ich heute noch. Die Überzeugung in ihrer Stimme. An jenem Freitagabend damals war ich nicht halb so überzeugt wie sie. Aber sie hat es geschafft – kurz bevor sie starb.

Wie wir das Wochenende verbracht haben, weiß ich nicht mehr. Irgendwie eben. Aber ich weiß noch, wie erleichtert ich war, als am Montagmorgen mein Wecker klingelte. Sie stand mit mir auf und machte Frühstück, wie sie es die ganze Zeit schon tat.

Um halb acht verließ ich die Wohnung. Als ich aus dem Haus trat, war Hartmut Bender auf seinem Posten. Ich bemerkte ihn nur, weil er mir zuwinkte. Er saß in einem Auto, das ich noch nicht kannte. Unsere Fahrzeuge wurden häufig gewechselt.

Natürlich ging ich hin. Dass Candy mich von einem Fenster aus beobachtete, war auszuschließen. Meine Wohnung lag zur anderen Seite. Hartmut sah übernächtigt aus, er gähnte ungeniert, als er die Scheibe herunterkurbelte.

«Hast du das ganze Wochenende hier gesessen?», fragte ich.

Er schüttelte den Kopf. «Ich bin gerade erst gekommen, hab die halbe Nacht das Kinderzimmer tapeziert.»

«Mit Hamachers Erlaubnis?»

«Klar», sagte Hartmut. «Für so ein Persönchen brauchen

wir doch nicht zwei Männer. Ich komme nur, wenn du gehst.» Er sah es offenbar locker, gab auch bereitwillig Antwort auf weitere Fragen – wahrscheinlich ebenfalls mit Hamachers Einverständnis.

«Wo war sie letzten Mittwoch mit Gerswein?», fragte ich.

«In seinem Ausweichquartier.»

Damit war die Wohnung mit Rheinblick gemeint. Die Auskunft verteilte sich wie heißes Öl in meinem Magen. Hartmuts Blick tat ein Übriges. Ich meinte, von seiner Stirn ablesen zu können, was er dachte: Armes Schwein. Vermutlich hatte er am Donnerstagabend noch genug gehört, um eine rein platonische Beziehung mühelos zu widerlegen. Dass er seitdem kaum noch etwas hörte, weil die kleine Weltkugel in einem meiner Küchenschränke lag, erwähnte er mit keinem Wort.

«Wie lange?», fragte ich.

«Von sechs bis kurz nach acht. Dann kam ein Taxi für sie. Sie ließ sich hier absetzen, ging aber nicht rauf in deine Wohnung, hat noch einen Spaziergang am Rhein gemacht.»

«Und was haben sie in Gersweins Wohnung gemacht?»

Hartmut zuckte mit den Achseln. «Hab ich einen Röntgenblick?»

«Sie hatte eine Wanze», sagte ich. «Komm schon, ich muss das wissen. Haben sie nur geredet, oder hat er sie angefasst?»

«Er hat's versucht», erklärte Hartmut. «Aber sie hat ihn nicht rangelassen. Beruhigt?»

Noch nicht ganz. «Und am Freitagnachmittag?», fragte ich weiter. «War sie da auch mit ihm zusammen?»

«Nein, sie war wieder am Rhein. Von mittags bis gegen fünf Uhr hat sie da still in der Sonne an einem Fleck gesessen, mit dem Rücken gegen den Stein beim Cranachwäldchen gelehnt. Stromkilometer 693, du weißt schon, welche Stelle ich meine. Mich hat's geschüttelt. Du solltest ihr mal von dem armen Ding erzählen, das vor zwanzig Jahren da gelegen hat.»

«Hab ich schon», sagte ich. «Hat sie mit Gerswein über ihre Mutter gesprochen?»

Nun grinste Hartmut. «Sie hat es versucht, ist aber offenbar nicht sein Thema. Für tote Robbenbabys und die Walfangquote der Japaner konnte er sich auch nicht erwärmen. Sie meinte, man müsste den Japanern mal auf die Finger schlagen, er sagte, dafür sei er nicht zuständig. Sonst noch Fragen?»

Nein. Es müssen zwei oder sogar drei dicke Steine gewesen sein, die mir vom Herzen fielen. Wenig später hörte ich von Hamacher, dass Philipp Assmann immer noch in Hamburg war und am Samstagabend einen ersten Bericht auf den Weg gebracht hätte, der im Laufe des Vormittags eintreffen müsste.

Hamacher wusste zu dem Zeitpunkt vermutlich schon, was es zu berichten gab, zumindest in groben Zügen. Es fehlte ihm nur die Zeit, es mit mir zu erörtern, er wiederholte sich auch nicht gerne. Aber ich hatte den Eindruck, er war ebenso erleichtert wie ich und brannte darauf, die Sache abzuschließen. Es lag ein neuer Auftrag aus Düsseldorf vor. Hartmut sollte so rasch wie möglich dorthin. Das erwähnte Hamacher beiläufig.

«Warum sitzt er dann noch vor meiner Tür?», fragte ich.

Hamacher grinste nur.

Kurz nach elf rief er mich dann in sein Büro. Vor ihm auf dem Schreibtisch lagen ein Häufchen Computerausdrucke und ein großformatiger Umschlag. Der Inhalt bestand aus drei getippten Seiten und einigen Schwarzweißfotos, die Philipp Assmann in Hamburg geschossen hatte. Hamacher deutete auf einen der Sessel vor seinem Schreibtisch. «Setz dich.»

Dann legte er eine Hand auf die Ausdrucke. Das Tagebuch in lesbarer Form. Nach hundertzwanzig Seiten sah das Häufchen Papier nicht aus. Aber manche Einträge waren sehr kurz gewesen, da passten drei oder vier auf eine Seite.

«Wenn ihre Mutter das geschrieben hat», begann Hamacher, «muss sie früher ein komischer Vogel gewesen sein. Durchaus intelligent, aber hoffnungslos romantisch und furchtbar verklemmt. Wie war sie denn letztes Jahr, als du zum Tee eingeladen warst?»

Ich bestätigte seinen Eindruck von der jungen Helga. Beschrieb sie nun als eine Frau, die es nicht anders machte als die eigene Mutter. Die Tochter von Leid und Elend, Schmerz und Tod fernhalten. Helga war ja auch erst vom Tod des Vaters benachrichtigt worden, als dessen Beerdigung unmittelbar bevorstand.

Fatalerweise benutzte ich ihren Namen nicht. Es war keine Absicht, nicht einmal ein Versäumnis. Ich sagte Frau Schmitting oder Candys Mutter. Und was ich sagte, deckte sich mit Philipp Assmanns Bericht ebenso wie mit den Fotos, die er geschickt hatte. Soll ich noch einmal sagen: fatalerweise?

11. Kapitel

In der schönen, alten Villa in Hamburg-Blankenese hielten sich derzeit vier Personen auf, allesamt Schmittings, zwei Ehepaare, eines in den Sechzigern, das andere jünger. Diese Information hatte Philipp Assmann durch eigene Beobachtungen und im Zuge einer Befragung zur Steuerpolitik – wir hatten für solche Zwecke die passenden Ausweise eines renommierten Meinungsforschungsinstituts – bei der Nachbarschaft eingezogen.

Mit der Masche funktionierte es immer. Man stellte Fragen zum vorgegebenen Thema, ließ beiläufig ein paar anerkennende Bemerkungen zum Häuschen und der Umgebung einfließen und kam nach dem Motto: Es kann der Frömmste nicht in Frieden leben, zum Kernpunkt.

Die Nachbarin lebte in Frieden. Nette Leute, die Schmittings, hatte sie gesagt, ruhig, freundlich, umgänglich, ganz normale Leute, die sich in Deutschland wohl fühlten, weil es hier doch ganz anders zuging als in Amerika. Sozialstaat und so weiter, nicht diese Ellbogenmentalität wie in den Staaten, wo die Schmittings lange gelebt hatten. Gut, die Steuern waren entschieden zu hoch, aber darüber fluchte ja jeder, der Steuern zahlen musste.

Philipp hatte die vier Personen einmal um einen Tisch auf einer Terrasse versammelt abgelichtet. Der Nachmittagstee. Den ich angeblich schon einmal mitgetrunken hatte. Glück gehabt, bei Schmittings gab es nachmittags immer Tee und Napfkuchen. Hamacher unterzog mich einem Test, schob mir das Foto zu und wollte die Personen identifiziert haben, um festzustellen, ob ich die Familie tatsächlich kannte.

Aber ich hatte sie ja alle in Candys Album gesehen. Auch wenn sie da zwanzig Jahre jünger gewesen waren, ich erkannte sie wieder. Die ältere Frau musste Margarete sein, Gertrud war nämlich ein spindeldürres Geschöpf und Margarete schon damals sehr kräftig.

Der jüngere Mann hieß Rüdiger. Er trug einen Vollbart, was es erschwerte, sein Alter zu schätzen. Ich hielt ihn für Dad. An Vetter Rudy dachte ich nicht mehr, mein Gott, ich hatte den Namen nur einmal von Frau Scherer gehört. Und dass ich Candys Vater nicht mit Vornamen kannte, war nicht verräterisch. Man sagte schließlich nicht, mein Dad Rüdiger. Man sagte nur Tante Margarete und Onkel Ted oder Ed.

Der ältere Mann wurde Ed gerufen, die jüngere Frau ausschließlich mit dem Kosewort Liebes – zumindest an dem Nachmittag, auf den sich der Teil des Berichts bezog, den Hamacher mit mir durchging. Er ließ mich nicht den kompletten Bericht lesen und sich durch die Übereinstimmungen beschwichtigen. Das wäre jedem anderen auch passiert.

Auf dem Foto saßen Ed, Margarete und Rüdiger in Korbsesseln, Liebes lag auf einer dick gepolsterten Liege und war den hochsommerlichen Temperaturen zum Trotz mit einer karierten Wolldecke zugedeckt bis zum Hals. Sie wirkte unförmig, aufgeschwemmt, vielleicht von Medikamenten – oder vom Darmkrebs. Candy hatte doch behauptet, jetzt sei es der Darm.

Über der karierten Decke ein aufgedunsenes Gesicht, umrahmt von feinem, sehr hellem Haar. Und ich sah im Geist das scheue Lächeln von Helga 1970 und die Abgezehrtheit von Helga 71. Natürlich hatte sich dieses Gesicht mit den Jahren und unter dem Einfluss ihrer schweren Krankheit verändert. Aber Zweifel, nein, Zweifel hatte ich nicht die geringsten. Um den Hals trug Liebes ein Kettchen, daran hing ein Buchstabe, der über der Wolldecke lag und unter einer Lupe deutlich als H zu erkennen war – wie auf dem Weihnachtsfoto von 1972.

«Sie sieht jünger aus als zweiundvierzig», meinte Hamacher. «Aber gesund sieht sie wahrhaftig nicht aus.»

Während sie Tee tranken und Napfkuchen aßen, hatten

sich die vier unterhalten. Philipp hatte über Richtmikrophon mitgehört und Notizen gemacht. Aufgezeichnet hatte er nicht, sonst hätten wir eine Vergleichsmöglichkeit gehabt. Auf dem Band, das an meiner Telefonleitung hing, waren ja auch ein paar Sätze von Mami.

Von Krankheit und Tod war nicht die Rede gewesen, nur mal andeutungsweise von Schmerzen. «Liegst du bequem, Liebes? Was macht dein Rücken? Ist es besser?» Ansonsten hatten sie hauptsächlich über «unsere Kleine» gesprochen.

Ed sorgte sich, weil die Kleine so wenig von sich hören ließ, man ihre Angaben nicht überprüfen konnte und nicht wusste, ob sie sich nun tatsächlich in guter Gesellschaft befand. Margarete bemängelte die Schreibfaulheit der Kleinen. Eine Postkarte könnte sie doch mal schicken, dann wüsste man wenigstens, ob sie tatsächlich in Spanien sei. Rüdiger wies darauf hin, dass junge Mädchen anderes im Kopf hatten als Ansichtspostkarten. Daraufhin war auch einmal ihr Name gefallen. Liebes hatte gesagt: «Ihr könnt sie nicht ständig in Watte packen. Candy ist alt genug und weiß, was sie tut. Ehe sie jemandem die Hand gibt, schaut sie ihn sich sehr genau an.»

Genau das hatte Candy zu Mami gesagt. Ich hätte losbrüllen mögen vor Erleichterung. Dass in dem Telefongespräch, welches ich zwischen Bügelbrett und Staubsauger stehend belauscht hatte, ein Name gefallen war, der auch mit einem H begann – «Wie geht es Helen?» –, ich hatte es gehört und irgendwo im Gedächtnis abgelegt, aber nicht griffbereit. Griffbereit war nur Helga.

Ich hielt mich an dem Buchstaben fest. Hamacher begnügte sich mit meiner Erklärung, die aufgeschwemmt wirkende Frau unter der Wolldecke sei Candys Mutter. Und seiner Meinung nach hatte es uns nicht zu interessieren, mit welchen Geschichten die Kleine den Herrn Ministerialrat unterhielt. Da er das Wort Geschichten nicht über Gebühr betonte, dachte ich nur an Robbenbabys und Wale. Und da Erika Jungblut auf politisch korrektes Verhalten überprüft war, war die Sache für Hamacher erledigt.

Hartmut Bender, der ohnehin nur im Wagen saß und den Hauseingang beobachtete, wurde über Funk zurückbeordert und umgehend nach Düsseldorf geschickt. Frau Grubert telefonierte mit dem Hotel in Hamburg, in dem Philipp Assmann abgestiegen war. Sie hinterließ die Nachricht, er könne zurückkommen.

Ich erhielt die Anweisung, nach Frankfurt zu fahren und dort den Kollegen zu vertreten, der in Köln eingesprungen war. Einen lauten Protest wagte ich nicht, fragte nur: «Wäre es nicht zweckmäßiger, wenn der Kollege zurück nach Frankfurt fährt und ich hier …» Weiter kam ich nicht.

Der Frankfurter Kollege und Uli Hoger waren nämlich schon am Samstag mit der trauernden Witwe zuerst in einen IC nach Frankfurt und dort in einen Flieger gestiegen.

«Jetzt mecker nicht», sagte Hamacher. «Kairo hätte dir auch nicht in den Kram gepasst. Da sind sie jetzt. Fahr nach Hause, pack ein paar Sachen und mach dich auf die Socken. Frau Grubert kümmert sich um ein Hotel. Du nimmst den nächsten Zug, Autos haben wir in Frankfurt genug. Kannst dir ja was zu lesen mitnehmen für unterwegs.» Mit dem letzten Wort schob er mir die Computerausdrucke zu.

«Und wie lange soll ich in Frankfurt bleiben?», fragte ich.

Hamacher zuckte mit den Achseln. «Woher soll ich das wissen? Sobald der angeblich Ertrunkene in der Nähe seiner lustigen Witwe auftaucht, ist die Sache ausgestanden. Vielleicht zwei Tage, vielleicht zwei Wochen. Aber übers Wochenende kannst du zurückkommen.»

Da er nicht genau wusste, für welche Aufträge ich in Frankfurt eingesetzt werden sollte, das müsse vor Ort entschieden werden, meinte er, bekam ich noch eine dicke Mappe mit Informationsmaterial zu sämtlichen dort anliegenden Fällen in die Hände gedrückt und wurde verabschiedet.

Vielleicht nur zwei Tage, vielleicht die ganze Woche weg. Wie sollte ich das Candy beibringen? Steuerberater machten wahrscheinlich keine Dienstreisen. Aber sie mussten wohl häufig an Fortbildungsseminaren teilnehmen. Die Steuergesetze änderten sich ja häufig. Ich konnte sie doch jetzt nicht mit der Wahrheit konfrontieren und dann mit ihrer Verblüffung oder Wut allein zurücklassen. Also präsentierte ich ihr eine Schulung, deren Dauer ich noch nicht ganz überblicken könne.

Sie war viel zu schockiert, um stutzig zu werden. «Was machen wir denn jetzt, Mike? Kann ich hier bleiben? Gerswein kennt doch nur diese Telefonnummer. Wenn er mich hier nicht mehr erreichen kann …»

«Natürlich kannst du bleiben», unterbrach ich den Redeschwall. «Wenn es dir nichts ausmacht, alleine hier zu sein.»

«Das macht mir gar nichts aus, wirklich nicht. Ich halte die Wohnung sauber, ich werde auch die Fenster putzen und die Pflanzen gießen und deine Post raufholen. Und ich werde nicht herumschnüffeln, Mike, das verspreche ich dir.»

Sie überschlug sich fast vor Dankbarkeit, Eifer und all den vielen kleinen Versprechen. Ich mache nichts kaputt. Ich werde nicht schnüffeln. Ich werde ganz vorsichtig sein mit deiner Stereoanlage. Ich mache ein ganz tolles Essen, wenn du zurückkommst, Mike. Du rufst vorher an und sagst mir, wann genau du da bist, dann steht es auf dem Tisch. Steaks habe ich noch nie gemacht, aber ich versuche es einfach mal.

«Ich werde entweder Freitagabend oder am Samstagvormittag zurückkommen», sagte ich. Als ich dann auch noch fragte, ob sie Lust hätte, mich zum Bahnhof zu fahren, ansonsten müsste ich mir ein Taxi rufen, geriet sie völlig aus dem Häuschen.

«Mit deinem Auto, Mike? Ich darf wirklich? O Mike, du bist …»

Was ich war, erfuhr ich nicht. Sie konnte es nicht mehr aussprechen, war zu beschäftigt mit Küssen.

Ich packte meine Reisetasche, sie fuhr mich zum Bahnhof. Dreimal insgesamt gab sie mir das Versprechen, den Wagen jetzt nur wieder heimzufahren und ihn während meiner Abwesenheit nicht zu benutzen. Ganz bestimmt nicht, Mike. Das Versprechen hat sie gehalten.

Während der Zugfahrt nach Frankfurt kam ich nicht dazu, die Computerausdrucke zu lesen. Ich ging das Informationsmaterial durch, das Hamacher mir in die Finger gedrückt hatte. In Frankfurt fand ich auch nicht die Zeit, mich mit Helgas Tagebuch zu beschäftigen. Es war ziemlich stressig.

Ich schaffte es mit knapper Not nur dienstags und donnerstags am späten Abend, Candy noch anzurufen, ehe es für ein bisschen Liebesgeflüster viel zu spät war. Nachts um drei wollte ich sie dafür nicht unbedingt aus dem Schlaf klingeln. Donnerstags fragte ich auch, ob Gerswein sich inzwischen nochmal bei ihr gemeldet hätte. Sie klang bedrückt bei der Antwort. «Nein.»

Das glaubte ich ihr, weil ich davon ausging, dass er inzwischen einen Bericht der Agentur erhalten hatte. Und auch wenn dieser Bericht sich nur auf Erika Jungblut bezog, weil er an Candys Familie ausnahmsweise nicht interessiert gewesen war, er musste doch bloß bei der Studienrätin nachgefragt haben, was ihr in den Sinn gekommen sei, woher sie überhaupt seine Geheimnummer hätte, dann würde sich die Sache für Candy in Rauch auflösen.

Davon war ich überzeugt, weil ich vieles nicht bedachte. Wie leicht es ist, einem gestressten Ministerialrat einzureden, er müsse die Endsilbe eines Namens überhört haben. Schmitt oder Schmitting, so groß war der Unterschied wirklich nicht. Und eine Lehrerin mit Namen Müller, davon dürfte es in Aachen auch eine oder zwei gegeben haben. Candy hatte Erika Jungblut ja gar nicht als Informationsquelle angegeben.

Wie sie sich bei Gerswein aus der Affäre gezogen hat, da kann ich nur spekulieren. Schwer wird es ihr nicht gefallen sein. Möglich, dass sie die Weltkugel um den Hals trug, als sie ihr Märchen in eine neue Fassung brachte. Es war nur niemand mit einem Empfänger in der Nähe.

Am Freitagnachmittag rief ich sie zum letzten Mal aus Frankfurt an, weil es ausgeschlossen war, dass ich abends zu Hause wäre. «Ich schaffe es leider erst morgen», sagte ich und nannte ihr meine Ankunftszeit.

«Darf ich dich abholen, Mike?»

«Wenn du Lust hast.»

«Mit deinem Mercedes?»

«Ja, aber fahr vorsichtig.»

«Mache ich doch immer, Mike. Du bist ein Schatz.»

Ich war ein verdammter Idiot, so blind und blöd, so naiv und gutgläubig, dass es per Gesetz verboten werden müsste.

Während der Heimfahrt beschäftigte ich mich endlich mit Helgas Tagebuch, das in der Agentur kurz darauf nur noch mit der Bezeichnung Märchenbuch belegt wurde. Der Ausdruck umfasste knapp siebzig Seiten. Die erste Hälfte überflog ich bloß, um mir die Zeit zu vertreiben. Da stand auch nichts von Bedeutung.

Nach dem Tod ihres Vaters hatte Helga anscheinend wochenlang keine Einträge mehr gemacht. Dann ging es wieder los mit Querelen in der Wohngemeinschaft. Sieglinde brach den Henkel einer Tasse ab, aus der Vater getrunken hatte. Walter bemächtigte sich zum wiederholten Male Helgas Studienunterlagen.

Helga war todunglücklich, völlig vereinsamt, mit Heimweh und Sehnsucht nach ihrer Familie angefüllt bis an die Haarspitzen. Sie hatte in Köln keine Kontakte, abgesehen von Leo, den sie als Neutrum betrachtete, ein Mann war er jedenfalls nicht, und Erika, die Helga insgeheim bewunderte, weil sie unabhängig war und auf alle herabschaute. Leider, und das wusste Helga genau, gab Erika sich nur mit ihr ab, um irgendwelche

Arbeiten abzuschreiben. Alle anderen scherte Helga über einen Kamm. Es war nun einmal die Zeit der sexuellen Befreiung, Revolution in allen Betten. Und Helga suchte das ganz große Gefühl.

Ich suchte nach dem Beginn des großen Gefühls, aber im Ausdruck gab es keine Herzchen. Da musste ich lesen. Einzug bei Leo und seiner prüden Mutter. Am 5. März 69, wie Frau Scherer gesagt hatte. Einerseits war Helga dankbar für das Zimmer und die Privatsphäre, die es ihr bot. Die Abende waren auch nicht mehr gar so trist. Heiße Diskussionen über Gott und die Welt mit Leo, aber immer noch nichts fürs Herz.

Semesterferien 69. Aufenthalt bei Margarete und ihrer Familie. Das deckte sich auch mit dem, was ich von Frau Scherer gehört hatte. Margarete schickte natürlich die Tickets, und Helga genoss ein paar Wochen die Fürsorge ihrer Schwester sowie die Zuneigung von Emanuel, Tassilo und Richard.

Tamara hatte sich wirklich Mühe gegeben und nach eigenem Gutdünken, ohne Anhaltspunkte, wer mit all den einzelnen Buchstaben gemeint sein könnte, schöne Namen erfunden. Ich hoffte nur, dass Hamacher das Märchenbuch nicht gelesen hatte. Und zurück in die Trostlosigkeit. Weihnachten 69 bei Mutter in Hamburg. Gertrud und Paul – wenigstens ein Treffer – waren auch da. Vom schönen Holger immer noch kein Wort. Aber dann entdeckte ich ihn. Und mit ihm einen ganz neuen Aspekt.

Erstmals erlebt hatte Helga den späteren Ministerialrat im März 1970 – in seiner Eigenschaft als Werber für politischen Nachwuchs. Was er so von sich gab, war ganz in ihrem Sinne. Von den umstürzlerischen Gedanken ihrer Mitstudenten hielt sie ja auch nichts. Sein Vortrag war ein kleiner Lichtblick in ihrem trostlosen Dasein. Natürlich besprach sie es gleich mit Leo. Sie hätte den genialen Redner gerne näher kennen gelernt, wusste jedoch nicht, wie sie das bewerkstelligen sollte, hätte sich nie getraut, einen Mann anzusprechen. Und dann geschah das Wunder.

Mit dem 20. Mai 1970 waren immerhin anderthalb Seiten gefüllt – Computerausdruck. Das mussten drei oder vier Fotos gewesen sein. Anfangs war dieser 20. Mai ein scheußlicher Tag gewesen. Helga war ganz unerwartet unpässlich geworden. Und als sie aus dem Waschraum trat, kam ganz zufällig dieser tolle Redner des Wegs. Welch ein Glück aber auch. Dabei war es in den ersten Minuten entsetzlich peinlich.

Er sah, dass sie unpässlich geworden war, weil sie die Flecken nicht völlig aus ihrem Rock hatte entfernen können und dieses Kleidungsstück nun ziemlich nass war. Darüber hinaus hatte Helga einen Packen Toilettenpapier lose in ihre ebenfalls nasse Unterwäsche gelegt – und ging damit wohl wie auf Eiern.

Anteilnehmend erkundigte der tolle Mann sich, ob er ihr behilflich sein dürfte. Dann machte er sich auf, ihr ein Päckchen Binden zu besorgen. Sie war so hingerissen von dieser unerwarteten Begegnung, schwärmte wie ein unreifer Teenager, und das war sie wohl auch, trotz ihrer zweiundzwanzig Jahre.

Zum Dank für seine uneigennützige und für einen Mann so untypische Hilfsbereitschaft hatte Helga ihn auf einen Tee in die Mensa einladen wollen. Wobei ihr das Herz in der Kehle schlug und sie noch im Nachhinein nicht wusste, woher sie den Mut genommen hatte.

Ein Viertelstündchen in der Mensa konnte der schöne Holger wohl nicht erübrigen, vielleicht war auch der Tee dort nicht nach seinem Geschmack. Er bat um eine Stunde am Nachmittag. Helga fasste ihr Glück gar nicht. In einem Café hatten sie sich getroffen und so gut unterhalten, über Gott und die Welt, Familie und Sehnsucht.

Er war voller Verständnis für sie, ihre Ängste und die Hoffnung, dem Leben doch noch eine schöne Seite abgewinnen zu können, fern der Heimat und der Geborgenheit einen Menschen zu finden, der zu ihr gehörte. Als sie sich verabschiedeten, hatte er behauptet, sich noch niemals so gut mit einer Frau unterhalten zu haben.

Natürlich hatte er auf Anhieb eine geistige Verwandtschaft festgestellt. Er dachte ja genauso wie Helga und verabscheute die jungen Wilden, die nichts anderes im Sinn hatten als Sex. Er träumte von einer Frau, die sich für die große Liebe aufsparte. Die Richtige hatte er noch nicht gefunden und es nicht versäumt, gleich die nächste Verabredung zu treffen, damit man weitere Gemeinsamkeiten entdecken könne.

Die Schwärmereien setzten sich über etliche Seiten fort. Mal ein Cafébesuch, bei dem er verstohlen unter dem Tisch Helgas Hand hielt und allein damit Sicherheit, Ruhe und Wärme vermittelte. Mal ein Spaziergang am Rheinufer, bei dem Helga seinen Arm um ihre Schultern und sich geborgen fühlen durfte. Mal eine Autofahrt über Land, bei der er versehentlich ihr Knie streifte, was in ihr diese süße Schwäche auslöste. Sie hätte Kitschromane schreiben sollen, der Ton passte dazu.

Holger ließ ihr so viel Zeit, obwohl er schon in den ersten Minuten vor dem Waschraum diesen Gleichklang ihrer Seelen gespürt hatte, bedrängte er sie nicht um einen Beweis ihrer Liebe. So unendlich viel Zeit. Ganze vier Wochen, in denen er ihre Hingabefähigkeit kitzelte, bis sie ihm wie eine überreife Frucht direkt in den Schoß fiel.

ES war an einem Juniabend 1970 passiert. In ihrer geschwollenen Ausdrucksweise hatte Helga jeden seiner Handgriffe festgehalten. Zelebriert hatte der schöne Holger die Angelegenheit unter freiem Himmel, im Cranachwäldchen, was für Helga auf der einen Seite vollendeter Genuss war. «Ich glaubte mich mitten zwischen den Sternen, als er mich nahm.» Und auf der anderen Seite vermutlich eine Höllenqual. «Ich wagte nicht zu atmen, aus Furcht, jemand könne uns hören oder sehen.»

Ich sah es bildlich vor mir, Stromkilometer 693, auch wenn es im Text keinen Hinweis auf den Stein gab. Vielleicht kam der ja später, auf den Seiten, die ich auf meinen fünf Filmen nicht mehr untergebracht hatte. Mit dem ersten Mal war ich jedenfalls am Ende meiner Lektüre angelangt und hatte bis Köln noch etwas Zeit, um die Gedanken schweifen zu lassen.

Ein Juniabend 70, vier Wochen nach dem 20. Mai, also fast Ende Juni. Und laut Erika Jungblut hatte der schöne Holger die Blümchen immer ein paar Wochen lang gepflegt. Da war es für Dad aber verdammt knapp geworden. Ich hatte plötzlich die Fotos aus dem Album vor Augen. Die pummelige Helga August 1970, die ausgezehrte mit Baby Mai 1971 und dazwischen Helga in Sturmwind und Gischt, das Wetterzeug vom Wind gegen den mageren Körper gepresst. 17. April 1971.

Auf dem Foto war Helga nicht schwanger gewesen. Von Ende Juni 70 bis Mitte April 71 waren es ja auch nur neun Monate. Mir wurde ein bisschen mulmig bei meiner Rechnerei. Hatte Helga die Flucht ergriffen, als sie feststellte, dass sie schwanger war? Oder hatte der schöne Holger sie in die Wüste geschickt und Dad bei der Begrüßungsparty in Philadelphia nur herhalten müssen, damit man es ihm in die Schuhe schieben konnte?

Mir fehlte der Rest vom Tagebuch zur Gewissheit, aber ich war mir meiner Sache ziemlich sicher. Candy hatte in Köln nicht nur Helgas große Liebe gesucht, sondern den eigenen Vater. Und sie musste das wissen. – Hatte es mir indirekt sogar schon gesagt. «Bedenk mal, wie alt der Kerl ist. Er könnte ja mein Vater sein.»

Wusste sie es, oder vermutete sie es nur? Egal, das erklärte so viel, ihre Schwindeleien, ihre Enttäuschung über einen Mann, den sie nach dieser Courths-Maler-Lektüre vermutlich für einen Halbgott gehalten hatte, der kaum ihren Vorstellungen entsprochen haben dürfte. Mein armer Hase.

Sie stand auf dem Bahnsteig, als der Zug einfuhr, trippelte von einem Fuß auf den anderen, spähte über die Menge der anderen Fahrgäste, die ausgestiegen waren, entdeckte mich. Dann hing sie auch schon an meinem Hals. Die Leute um uns herum müssen geglaubt haben, ich käme nach drei Jahren aus Afrika zurück.

«Du kannst dir nicht vorstellen, wie ich dich vermisst habe. O Mike, das war schrecklich. Wenn ich daran denke, dass ich dich ab Oktober immer so lange nicht sehe, wird mir ganz komisch. Das kann ich wirklich nicht. Wenn ich den Studienplatz bekomme, werde ich versuchen, ihn zu tauschen. Dann studiere ich eben nur Biologie oder ganz etwas anderes. Hauptsache, ich bin bei dir. Ich wusste nicht, wie lang ein paar Tage sein können.»

Sie muss sich in diesen Tagen zweimal mit Gerswein getroffen haben. Es war zwar niemand in ihrer Nähe gewesen, der es hätte bezeugen können. Doch es gab einen Beweis. Davon erfuhr ich erst am späten Montag – durch das Aufnahmegerät, das immer noch an meiner Telefonleitung hing.

Hartmut Bender holte es ab, kaum dass wir wieder in meiner Wohnung waren. Dabei richtete er mir auch aus, dass ich am Montag nicht zurück nach Frankfurt müsste. Der Kollege und Uli Hoger befanden sich auf dem Heimflug mit hübschen Aufnahmen einer fröhlichen Witwe und einem angeblich bei einem Türkeiurlaub Ertrunkenen im Gepäck.

Hartmut kam nicht rauf, ich musste ihn nur ins Haus und in den Keller lassen. Candy gegenüber erklärte ich das mit einem Handwerker. Als er das Gerät einsteckte, sagte ich noch: «Hör erst mal rein, ehe du es Hamacher gibst. Da ist etwas Liebesgeflüster drauf, das muss er nicht unbedingt hören.»

Danach hatte ich ein traumhaftes Wochenende mit ihr. Ich dachte wohl ein paar Mal daran, die Sprache auf Gerswein zu bringen. Sie zu fragen, was sie wirklich von ihm wollte. Ihn nur kennen lernen? Oder so eine Art Familienzusammenführung an Mamis Sterbebett? «Sieh mal, wen ich gefunden habe.»

Hatte Gerswein nie erfahren, dass er eine Tochter hatte?

Oder war damit der Ärger gemeint, den er im Sommer 71, wenige Monate vor seiner Hochzeit, bekommen hatte? Hatte er Verdacht geschöpft? Aus dem Bericht der Agentur über Erika Jungblut? Oder schon vorher? Im Prinzip hätte er sie sich doch nur einmal genau anschauen müssen. Keine Ähnlichkeit mit Helga – aber mit dem Strahlemann neben dem schwarzen Porsche.

Jetzt, wo ich glaubte, Bescheid zu wissen, schalt ich mich einen blinden Idioten. Und ich wollte nicht unnötig in einer Wunde stochern, auch nicht zugeben, dass ich in ihren Sachen geschnüffelt und Helgas Tagebuch übersetzt hatte. Vielleicht hatte sie sich in den letzten Tagen ja an den Gedanken gewöhnt, dass sie in ihrer Familie all die Jahre gut aufgehoben gewesen war. Dad mochte ein Schussel sein, aber sie war doch sein Darling. Und ein widerlicher Schleimer wie Gerswein lohne keinerlei Mühe.

Sie schien dankbar, dass ich das Thema auf sich beruhen ließ, und besessen von dem Gedanken, mir zu beweisen, wie sehr ich ihr gefehlt hatte. Dass sie anders war, fiel mir wohl auf, und mir fiel dazu immer nur ein Ausdruck ein. Unersättlich. Beginnend mit dem: «Bist du sehr hungrig, Mike? Ich habe zwei gute Steaks besorgt, die sind bestimmt schnell fertig.»

Ich war nur hungrig nach ihr, hatte sie ja ebenfalls vermisst. Wir aßen irgendwann am frühen Nachmittag – kalte Ravioli direkt aus der Dose, tranken Cola dazu, gingen danach wieder ins Bett. Sie war so randvoll mit Zärtlichkeiten und den atemlosen Beteuerungen ihrer Liebe, als müsse sie sich selbst und aller Welt beweisen, dass ich der Mann ihres Lebens war, die ganze Nacht hindurch und den Sonntag. Die Steaks aßen wir erst am Sonntagabend. Ich bereitete sie zu.

Und montags fuhr ich in die Agentur. Frau Grubert erinnerte mich zuerst an die Weltkugel. Die hätte ich eigentlich mitbringen sollen. Davon hatte Hartmut am Samstag nichts gesagt. Ich fragte mich kurz, wie sie sich das vorstellte. Sollte ich ein «Geschenk» zurückfordern? Ich wollte bei einem Juwelier ein Duplikat anfertigen lassen, ohne Elektronik, versteht sich, und die beiden Kugeln austauschen.

Dann sagte Frau Grubert: «Herr Hamacher erwartet Sie in seinem Büro.»

Ich dachte, er wolle einen Bericht aus Frankfurt oder einen neuen Auftrag besprechen. Aber als ich sein Büro betrat, lag das verfluchte Aufnahmegerät auf seinem Schreibtisch. Er grinste nicht, als er fragte: «Du weißt, was da drauf ist? Ein bisschen Liebesgeflüster, das ich nicht hören sollte.»

Er grinste auch nicht, als ich sagte: «Ja, mein Gott, platonische Beziehungen können sich ändern, wenn man eine Weile zusammenlebt. Das betrachte ich als meine Privatsache.»

Hamacher nickte, zeigte auf einen Sessel und verlangte: «Setz dich. Dein Liebesgeflüster interessiert mich nicht.» Dann drückte er die Wiedergabetaste und erklärte noch: «Sie hat insgesamt sechs Gespräche geführt, das letzte am Freitag.»

Logisch, da hatte ich sie ja zuletzt angerufen, um ihr zu sagen, dass ich erst samstags heimkäme. Damit hatte ich ihr kein Betriebsgeheimnis verraten. Ich verstand nicht, worüber Hamacher sich aufregte, hörte ihre Stimme vom Band. Sie meldete sich mit einem leicht atemlosen: «Hallo.» Dann ordnungsgemäß: «Hier bei Schröder.» Genau so hatte sie meinen Anruf entgegengenommen.

Ich erwartete, als Nächstes meine eigene Stimme zu hören. Doch was dann kam, hatte nicht ich zu ihr gesagt.

«Ich bin's, Mäuschen. Ich störe dich doch hoffentlich nicht?»

Mäuschen! Ich hatte ihn noch nie reden hören, kannte seine Stimme nicht. Hamachers Miene machte mir klar, wer da zu ihr sprach. Im ersten Augenblick war es ein Gefühl, als ob mir das Gehirn einfrieren würde.

«Nein», sagte Candy sehr zurückhaltend.

Darauf wieder er, um einen jovialen Tonfall bemüht: «Du

klingst ein bisschen verschnupft, Kleines. Kannst du nicht offen reden? Ist dein Bruder schon da?»

Noch ein Nein, sehr kühl diesmal, fast schon abweisend. «Er kommt erst morgen.»

Ich rief mich mit Gewalt zur Ordnung. Mäuschen, Kleines, was bedeutete das schon? Vielleicht wusste er inzwischen, wer sie war. Wenn er mit Erika Jungblut gesprochen hatte. Und warum sollte nicht ein Vater seine Tochter mit derartigen Kosenamen ansprechen?

Da sprach er weiter: «Jetzt mach es mir doch nicht so schwer, Kleines. Da bin ich nun fest entschlossen, dir einen Vorschlag zu machen, von dem ich annehme, dass er dir gefallen wird, und du bist so kurz angebunden. Ich habe noch einmal über all das nachgedacht, was du mir am Mittwoch gesagt hast. Du hast ja Recht, in jedem Punkt hast du Recht. In deinem Alter gibt man sich nicht mit den Bröckchen zufrieden, die andere übriglassen. Da will man mehr, da will man alles. Und du sollst es bekommen, Mäuschen, alles. Wir sollten noch einmal in Ruhe darüber reden. Das müsste doch mit dem Teufel zugehen, wenn wir nicht eine Lösung finden. Was hältst du von einer kleinen Reise für den Anfang? Hm? Nur wir beide, eine Woche. Das kann ich einrichten. Wir könnten ans Meer fahren oder fliegen. Ich dachte an die Karibik, ein bisschen tauchen. Die Unterwasserwelt dort ist herrlich. Da sind Fische, die du bestimmt noch nie gesehen hast. Und nachts siehst du Sterne, die du auch noch nicht kennst.» Im Anschluss lachte er leise und vielversprechend.

Ich schaute Hamacher an und er mich. «Du hattest davon keine Ahnung», stellte er fest, während gleichzeitig Candys Stimme aus dem Lautsprecher drang. «Und dann kommen wir zurück, und alles ist wieder so, wie es vorher war.»

Daraufhin er, ich weiß nicht, ob der Ton echt war. Es klang nach einem Betteln. «Nein. Das verspreche ich dir. Aber etwas Zeit musst du mir lassen. Ich kann nicht von heute auf morgen mein gesamtes Leben auf den Kopf stellen. Nun komm schon, Mäuschen. Eine Chance musst du mir geben, noch eine. Du kannst einem armen Mann nicht den Himmel zeigen und ihn dann zurück auf die Erde werfen.»

Ich hatte das Gefühl, meine Krawatte würge mich. Und Hamachers Miene war wie ein Faustschlag in die Magengrube. Da war fast so etwas wie Mitleid in seinem Blick. Und noch war das Band nicht zu Ende.

«Ich warte auf eine Antwort», sagte Gerswein.

Dann kam dieses Stammeln. «Ich kann nicht, Holger. Ich will ja. Aber ich habe Angst, dass du mich nur …» Candy brach mit einem Laut ab, der wie ein ersticktes Schluchzen klang.

«Na, na», sagte Gerswein, «nicht weinen, kleine Maus. Vertrau mir, es wird alles gut.»

Ich konnte nicht mehr hinhören, es tat so entsetzlich weh. Ein Schmerz, der nicht zu lokalisieren war, er war einfach überall, im Magen, in der Kehle, sogar in meinen Beinen. Und es wurde noch schmerzhafter, als Gerswein fragte: «Was hältst du davon, wenn ich dich besuche? Wenn dein Bruder erst morgen zurückkommt, haben wir die ganze Nacht Zeit.»

Candys atemlose Stimme gab mir den Rest, dieser mühsam unterdrückte Jubel: «Du willst wirklich zu mir kommen und die ganze Nacht bei mir bleiben? Du hast keine Angst, dass dich jemand sieht? Du meinst das alles ehrlich?»

«Sonst hätte ich nicht angerufen», sagte er noch und fügte an: «Bis gleich, kleine Maus. Sei lieb und zieh das schwarze Kleid an. Du weißt schon, welches ich meine.»

Ich wusste es auch, sie hatte es am Sonntag für mich getragen. Der elastische, schwarze Schlauch war ein atemberaubendes Kleid, man konnte es durch all die Gummizüge so spielerisch über die Brüste nach unten und über die Schenkel nach oben schieben. Ich glaubte, ich hätte einen Krampf im Gehirn und einen in den Leisten. Und endlich das erlösende Klacken. Gerswein hatte den Hörer aufgelegt.

Ich wollte etwas sagen. Hamacher hob eine Hand, um mich daran zu hindern. Habe ich eigentlich schon erklärt, wie dieses Aufnahmegerät funktionierte? Es schaltete sich automatisch ein, sobald der Hörer des überwachten Telefonapparats abgehoben wurde, und nach dem Auflegen schaltete es sich wieder aus. Candy hatte noch nicht aufgelegt. Nach dem Klacken kam noch etwas. Eine volle Sekunde Stille, nur ein bisschen Bandrauschen. Dann dieses andächtige: «Ich habe ihn, Muttileinchen. Du hast es gehört, ich habe ihn. Jetzt gehört er dir.»

Was soll ich noch sagen? Dass ich in dem Moment alles begriffen hätte? Nein, ich hatte ein Brett vor dem Kopf und verstand gar nichts. Hamacher wollte unbedingt über die Bedeutung der letzten Sätze reden. Und ich konnte nicht einmal mehr denken. Mir fuhr ein schwarzer Porsche quer durch das Hirn. Und an seiner Stoßstange schleppte er einen kurzen, elastischen Gummischlauch, der ein atemberaubendes Kleid war, hinter sich her. Und Candy stand bei Stromkilometer 693 am Rheinufer, streichelte den Stein und sagte: «Hier muss es gewesen sein.»

«Es.» Was wohl? Unendliches Glück für Helga, über sich nur noch das Herz und die Sterne. Candy wusste, dass er ihr Vater war. Sie musste es wissen, sie kannte Helgas Tagebücher in- und auswendig, darauf hätte ich geschworen. Sie konnte doch nicht … auch noch in meiner Wohnung – in meinem Bett … und mir anschließend erzählen, wie sehr sie mich vermisst hätte. Das konnte alles nicht so sein, wie es sich angehört hatte. Es musste eine andere Erklärung geben.

Ich spürte gar nicht, dass ich den Kopf zu schütteln und zu sprechen begann. Erst als Hamacher mich so konsterniert ansah, bemerkte ich das Wackeln im Gehirn und die Bewegung meiner Zunge. Nur konnte ich nicht gleich damit aufhören.

«Das ist völlig ausgeschlossen», hörte ich mich sagen, «absolut unmöglich. Das klingt nach einem Verhältnis, genau genommen ist es auch eines. Aber sie schläft nicht mit Gerswein, das ist völlig ausgeschlossen. Das darf sie gar nicht. Wahrscheinlich geht es um Unterhaltsansprüche oder eine Erbschaftsangelegenheit. Uneheliche Kinder sind doch inzwischen erbberechtigt. Und eine Woche in der Karibik, das könnte eine Entschädigung für entgangene Vaterliebe sein. Gerswein ist nämlich ihr Vater.»

Hamacher starrte mich an, den Mund ein wenig geöffnet vor Fassungslosigkeit. «Was hat dich denn auf die Idee gebracht? Behauptet sie das?»

«Nein», sagte ich. «Das Tagebuch, haben Sie es nicht gelesen? Na, im Ausdruck steht das ja auch nicht, es fehlen noch ungefähr dreißig Seiten.»

Nun schüttelte Hamacher den Kopf, und ich rechnete ihm vor. Ende Juni 1970, Ankunft in Philadelphia im August, Geburt im April 1971 auf hoher See. Und Dad wollte nicht, dass Candy als Geburtsort irgendeinen Längen- und Breitengrad angeben musste, also datierte er auf den 18. Mai. Aber als Helga an Bord fotografiert worden war, musste Candy schon auf der Welt gewesen sein.

Meinem Rechenkunststück hatte Hamacher überhaupt keine Beachtung geschenkt. Seine gesamte Aufmerksamkeit blieb an dem Namen hängen. Als ich schwieg, erkundigte er sich mit gerunzelter Stirn: «Wer ist Helga?»

«Helga Schmitting», erklärte ich gereizt, «Candys Mutter. Die Kranke auf dem Foto.»

«Moment mal», sagte Hamacher, hob eine Hand und fasste sich mit der anderen an die Stirn. «Liebes heißt Helen Schmitting, und so krank ist sie gar nicht. Sie ist schwanger, eine Risikoschwangerschaft, wegen ihres Alters vielleicht, ich weiß es nicht. Als wir im Hotel Bescheid gaben, der Auftrag sei erledigt, war Philipp noch unterwegs. Er ist den beiden Frauen in eine Klinik gefolgt und hat ihre Unterhaltung gehört. Als er das durchgab, wollte ich dich schon aus Frankfurt zurückpfeifen und um einen Kopf kürzer machen. Aber du warst noch nicht eingetroffen, und dann dachte ich mir …»

Was er gedacht hatte, erfuhr ich nicht, wollte es auch gar nicht wissen. Sollte er mich doch feuern, weil ich ihn belogen hatte. Dass ich belogen worden war, nach Strich und Faden, und vermutlich auch noch betrogen, in meiner eigenen Wohnung, das war mehr, als ich auf Anhieb verkraften konnte.

«Wie geht es Helen?», fragte Candy in meinen Gedanken.

Ich sah sie in Hamachers Büro den sündhaft kurzen Kostümrock noch ein Stück höher ziehen, hörte sie sagen: «Ich würde alles tun.» Ich sah mich im Schlafzimmer ihr Handtäschchen durchwühlen und die Schachtel mit dem Verhütungsmittel herausziehen. Das musste sie sich doch schon vorher beschafft und auch sofort mit der Einnahme begonnen haben. Um von wem nicht schwanger zu werden? Dass sie im Zug einen dusseligen Steuerberater treffen würde, der bereit war, sie bei sich aufzunehmen, hatte sie doch nicht vorhersehen können.

In meinem Hinterkopf erzählte die alte Frau Scherer mir etwas von dem jungen Ding, das keine Ahnung, aber behauptet hatte, Helgas Nichte zu sein. Und Hamacher sprach über die Sorte Mann, die nicht älter wurde und nur mit einem Finger schnipsen musste, um junge Mädchen ins Bett zu bekommen. Und dass es nicht unsere Sache sei, Moralapostel zu spielen. Wenn der Herr Ministerialrat genau wissen wollte, mit wem er sich vergnügte, wenn er dafür gut zahlte, hatten wir für ihn zu arbeiten, verurteilen durften wir ihn nicht. Wir hatten nur zu verhindern, dass er noch einmal schlechte Erfahrungen machte.

Dann sprach Philipp Assmann auch noch über ein Mädchen, mit dem Gerswein sich eine Weile beschäftigen wollte. «Der wird mit siebzig noch auf die Jagd gehen, um sich zu beweisen, was für ein toller Hecht er ist. Im Grunde kann man solche Kerle nur bedauern. Er ist ja nicht der Einzige, der sich einbildet, es läge an seiner Ausstrahlung. Dabei ist so ein junges Ding nur beeindruckt von seiner Armbanduhr, seiner Brieftasche oder seiner Karriere. Aus lauter Verliebtheit steigt garantiert keine Zwanzigjährige mit einem alten Sack ins Bett. Das ist Berechnung, weiter nichts.»

Ja, natürlich, es war immer Berechnung gewesen. Ich hatte Helga im Blümchenkleid vor Augen und Candys Tränen, und sie im Blümchenkleid. Und wie sie aus dem Bad kam mit dem Kleid über dem Arm und nichts weiter als diesem weißen Fetzen auf dem Leib. Reizwäsche. Ich dachte, dass ich den Verstand verliere. Wenn dieser alte Bock sie angefasst hatte. Ich würde ihn abknallen, mir eine von der Berettas aus dem Waffenschrank der Agentur nehmen und so lange abdrücken, bis das Magazin leer war und der Schmerz nachließ.

Hamacher schlug mit der Faust auf den Tisch. Seine Stimme klang ebenfalls nach Donnergrollen. «Was hast du dir dabei gedacht? Du kennst die Familie, hast mit denen schon Tee getrunken. Was ist das für eine verfluchte Geschichte? Gerswein ihr Vater? Dass ich nicht lache. Ihre Mutter ist Anfang sechzig.»

Noch während er das sagte, drückte er auf die Gegensprechanlage und verlangte mit dem nächsten Atemzug, Frau Grubert solle die Abschrift der Bandaufnahme vom 18. Juli hereinbringen. Das war der Mittwoch gewesen, den Candy mit Gerswein in seinem Ausweichquartier verbracht hatte. Und Hartmut Bender hatte mitgehört und aufgezeichnet.

Abgetippt las es sich relativ harmlos. Von Candys zählte ich insgesamt achtmal das Wort «nicht». In Verbindung mit Gersweins verbalen Reaktionen und den diversen anderen, vom Band übernommenen Geräuschen ergab sich daraus, dass er ihr immerzu an die Wäsche wollte, und sie ließ ihn nicht. So hatte Hartmut Bender es mir ja auch erzählt. Aber von sterbenden Robbenbabys oder der japanischen Walfangquote war nicht die Rede gewesen.

Einmal fragte Gerswein: «Was ist denn los mit dir?» Ein andermal stellte er fest: «Am Samstag hat es dir doch gefallen.»

Nicht sehr einfallsreich, fand ich. Und Candy konterte: «Ich hatte zu viel getrunken.»

Mir wurde speiübel. Ich sah sie noch einmal vor dem Toilettenbecken auf dem Boden knien und sich das Herz aus dem Leib würgen. «Es sind die Schnecken, Mike.» Irrtum, es war ein Wurm gewesen, ein widerlicher, steifer Wurm, der sich in ihre Eingeweide gebohrt hatte. Ich sah sie in der Duschkabine stehen, wo sie wohl versucht hatte, ihn sich wieder vom und aus dem Leib zu waschen. Und später dann in meinem Bett. «Halt mich fest, Mike.»

Wäre es nicht so verdammt persönlich gewesen, ich hätte sie bewundert, doch wirklich, das hätte ich, sie bewundert für die reife schauspielerische Leistung. Was war ich denn in der Nacht für sie gewesen? Ein Radiergummi? Manchmal zeichnen Kinder irgendwelche Figuren in ihre Schulhefte, obwohl sie wissen, dass es sich nicht gehört. Und dann greifen sie eben zu einem Gummi. Kein schmeichelhafter Vergleich für mich, aber wahrscheinlich ein treffender.

«Wohnt sie noch bei dir?», wollte Hamacher wissen.

Ich nickte gegen die Sturzflut in meinem Schädel an.

«Du fährst jetzt auf der Stelle nach Hause», polterte er, «und holst diese Scheherezade her, zusammen mit ihren Fotos und dem Märchenbuch.»

Das überlegte er sich jedoch schnell anders, kam wohl zu der Erkenntnis, dass es ein großer Fehler wäre, mich jetzt allein loszuschicken. Weil ich sie vielleicht tot geprügelt hätte. Weil ich sie liebte, wie ich noch nie vorher eine Frau geliebt hatte. Weil sie mit Gerswein geschlafen haben musste, schon an dem Samstagabend, weil sie nun mit ihm in die Karibik fliegen wollte. Weil sie mich belogen hatte, von hinten bis vorne belogen, betrogen und schamlos ausgenutzt. Dass ich eines Tages so denken würde, hatte sie ja gesagt. Und das war ausnahmsweise mal die Wahrheit gewesen.

12. Kapitel

Ich kam mir so hilflos vor, hing in der Luft, strampelte mit den Beinen, hatte keinen Boden mehr unter den Füßen. Hamachers Wutausbruch verklang. Er sah, was er mit der Bandabschrift angerichtet hatte, und rief noch einmal über die Gegensprechanlage nach Frau Grubert. Sie sollte umgehend Uli Hoger aus seinem wohlverdienten Urlaub reißen. Außerdem sollte sie das gesamte Material bringen, das Philipp Assmann in Hamburg zusammengetragen hatte.

Er hatte noch nicht die Zeit gehabt, alles durchzuschauen, und meinte nun, es gäbe vielleicht einen Hinweis auf ein weiteres Familienmitglied. Ich schätze, damit wollte er mich nur ablenken. Bis zu Uli Hogers Eintreffen gingen wir Philipps Berichte und die von ihm gemachten Fotos durch. Es half nicht viel gegen diesen Schmerz, der mir auch völlig neu war.

Fünf Personen lebten normalerweise in der schönen, alten Villa in Blankenese. Rüdiger und Helen, Edgar und Margarete und Candy. Candys Mutter hieß Margarete, und das nicht erst seit gestern, sondern seit Jahr und Tag. Candys Vater hieß Edgar, war siebenundsechzig Jahre alt und Meeresbiologe, seit zwei Jahren im Ruhestand. Candy hatte zwei Brüder. Rüdiger, der ältere, und Tom, der jüngere, der mit seiner Familie in Philadelphia lebte, wie sie mir erzählt hatte.

Philipp Assmann hatte sich bei seiner Befragung zum Thema Steuerpolitik auf die Nachbarin beschränkt, die unmittelbar neben den Schmittings wohnte. Wobei unmittelbar ein relativer Begriff ist. Es waren sehr große Grundstücke. Und wir durften nie zu viel Aufsehen erregen, damit den observierten Personen nicht zu Ohren kam, dass jemand Erkundigungen über sie einzog.

Die eine Nachbarin hatte sich aber als ergiebige Quelle erwiesen, weil Margarete sich manchmal mit ihr über den

Gartenzaun austauschte. Dabei ging es zwar meist um andere Blümchen als die, für die Holger Gerswein sich stets interessiert hatte. Margarete war offenbar eine begeisterte Gärtnerin. Aber hin und wieder verlor sie auch ein paar Sätze über Familienangehörige. Gertrud und Paul in Augsburg, Tom, Schwiegertochter Heather und zwei Enkelkinder in den Staaten.

Es traf zu, dass die komplette Familie Schmitting lange Jahre in den USA gelebt hatte. Bis vor sieben Jahren war das Anwesen in Hamburg-Blankenese von einem Filmstar bewohnt gewesen. Ob die Schmittings es dem Eigentümer abgekauft hatten oder ob es sich um Margaretes Elternhaus handelte, das nur vermietet gewesen war, wusste die Nachbarin nicht. Sie hatte ihre Villa erst vor zehn Jahren gekauft.

1983 waren zuerst Rüdiger und Helen zurückgekehrt. Beide waren seitdem an der Hamburger Universität beschäftigt, sie hatte in den letzten Monaten allerdings nicht mehr arbeiten können wegen ihrer Risikoschwangerschaft. Vor zwei Jahren waren dann Edgar, Margarete und das Nesthäkchen Candy in die Villa eingezogen. Und «unsere Kleine» befand sich zurzeit auf einem Trip quer durch Europa, für den sie monatelang hart gearbeitet hatte. Die Schmittings waren zwar vermögend, hielten aber nichts davon, ihre Kinder zu verwöhnen.

«Kein Wort von Helga», resümierte Hamacher.

Aber Philipp hatte auch nicht gezielt nach einer Helga gefragt. Es musste sie geben. Sie hatte von Oktober 1968 bis zum Sommer 1970 in Köln studiert. Die alte Frau Scherer hatte Helgas Aufenthalt in der Stadt nicht nur bestätigt, sie hatte Helga Kuhn auch anhand des Fotos wiedererkannt, war mit der Familie Schmitting vertraut gewesen.

Als Uli Hoger eintraf, brachen wir zusammen auf. Das Aufnahmegerät mussten wir wieder mitnehmen. Uli klemmte es erneut an meine Telefonleitung. Dann fuhren wir mit dem Aufzug hinauf zu meiner Wohnung. Hamachers Anweisung konnten wir nicht komplett Folge leisten. Meine Scheherezade war nicht da, nur ihr Gepäck stand hinter meiner Schlafzimmertür. Der immer noch gut gefüllte Geldgürtel steckte an der Seite. Fotoalbum und Märchenbuch waren in dem schwarzen Schlauch eingewickelt. Uli wollte auf Candy warten, ich nicht. In meinem Schlafzimmer bekam ich keine Luft. So fuhr ich allein zurück zur Agentur.

Hamacher blätterte zuerst im Fotoalbum, stellte die Ähnlichkeit zwischen der jüngeren und älteren Margarete fest. Das junge Paar auf dem Weihnachtsfoto von 1972 hielt er für Helen und Rüdiger. Und Helga – gut, dem Album nach zu urteilen schien sie zur Familie zu gehören. Wahrscheinlich war sie die jüngste Schwester von Margarete – und für Candy Tante Helga, wie sie es der alten Frau Scherer erklärt hatte.

Hamacher entlarvte das zweckentfremdete Gebetbuch mit einem Blick als Fälschung. Das hätte ich eigentlich auch sehen müssen, dass dieses Büchlein nicht vor zwanzig Jahren entstanden sein konnte, meinte er. Die Klebestreifen sahen viel zu frisch aus. Er gab beide Bücher ins Labor, dort sollten sie alles abfotografieren, damit wir größere Abzüge bekamen.

Dann diskutierten wir eine Weile, wobei die meiste Zeit er sprach. Zuerst vertrat er die Ansicht, die Herz-Schmerz-Geschichte sei komplett der Phantasie eines jungen Mädchens entsprungen, das locker eine sterbenskranke Mutter aus dem Ärmel schüttelte, um einen ganz bestimmten Mann kennen zu lernen. Allerdings ließ das die Frage offen, wie sie von der Existenz dieses Mannes erfahren hatte.

Oder Candy hatte auf irgendeinem Dachboden tatsächlich alte Tagebücher von der Tante gefunden. Die höchstwahrscheinlich lesbar geschrieben gewesen seien, meinte Hamacher. Wer machte sich denn die Mühe, seine täglichen Gedanken und Erlebnisse zu codieren? Wer trennte fein säuberlich sämtliche Seiten aus einem Gebetbuch und klebte mittels Tesafilm neue ein? So einen Aufwand betrieb nur ein Mädchen, das ein ganz bestimmtes Ziel verfolgte.

Bis Mittag war Uli Hoger noch nicht zurück. Und Hamacher wollte ihn unbedingt zu Frau Scherer schicken, um Helga Kuhns Aufenthalt in Köln bestätigen zu lassen. Er rief Uli in meiner Wohnung an. «Was machst du da die ganze Zeit? Lässt du dir auch ein Märchen erzählen?»

Nein, Uli saß nur da und langweilte sich. Hamacher brachte ihn auf den Weg nach Köln-Klettenberg und rastete dabei erneut aus. «Was heißt, ich hab kein Auto? Bin ich neuerdings nur noch von Gehirnamputierten umgeben? Ruf dir ein Taxi, komm her und hol dir eins!»

Er knallte den Hörer auf die Gabel und fauchte mich an: «Wo treibt die sich rum?»

Woher sollte ich das wissen? Vielleicht saß sie wieder im Cranachwäldchen bei Stromkilometer 693. Daran dachte ich nicht, sah sie im Geist in einem Flieger. Und Gerswein neben ihr. Was bedeutete es denn, dass ihr Gepäck noch in meinem Schlafzimmer stand und sie ihr Vermögen nicht mit auf Reisen genommen hatte? In der Karibik wäre sie mit ihren Jeans sowieso nicht passend gekleidet gewesen. Und Gerswein zeigte sich bestimmt spendabel.

Niemand von uns wusste, was sie mit ihm vereinbart hatte in der Nacht zum Samstag. Eine ganze Nacht mit ihm allein in meiner Wohnung! In meinem Bett! Um mit ihr über einen Trip in die Karibik zu plaudern! Tagsüber tauchen und die herrliche Unterwasserwelt bewundern. Nachts die fremden Sterne anschauen und sich von ihr bestätigen lassen, dass er kleine Mädchen immer noch um den Finger wickeln konnte!

Das Wochenende, die Beteuerungen ihrer Liebe zu mir, ihre Unersättlichkeit, es war der Abschied gewesen, ich wusste es, fühlte es und glaubte, daran zu sterben.

Hamacher beruhigte sich erneut, las wohl von meiner Miene ab, was ich befürchtete, und versuchte zu trösten. «Jetzt mach dir mal keine Sorgen, Michael. So schnell kann Gerswein nicht mit ihr auf Reisen gehen. Seine Billa hat gerade ein paar Wochen auf einer Schönheitsfarm verbracht und gibt am nächsten Wochenende eine Party, damit auch alle sehen, dass es sich gelohnt hat. Da kann er sich nicht drücken, sonst setzt sie ihm den Koffer vor die Tür. Das riskiert er nicht. Du glaubst doch nicht etwa, dass er es ernst meint mit der Kleinen? Der erzählt immer denselben Schmus.»

Es war das erste Mal, dass ich ihn so respektlos reden hörte. Und es klang, als kenne er auch Gersweins Frau persönlich. Seine Billa. Und mein Löffel Honig.

Aber so sicher, wie Hamacher sich gab, war er nicht. Nur ein paar Sekunden später wählte er Gersweins Geheimnummer. Da ging keiner ran. Beim zweiten Versuch im Vorzimmer hieß es, der Herr Ministerialrat befände sich derzeit in Urlaub.

Daraufhin wurde auch noch Philipp Assmann zugezogen und mit entsprechender Ausrüstung zu Gersweins Liebesnest geschickt. «Wahrscheinlich sind sie da», meinte Hamacher und wollte von mir wissen, ob Candy die Weltkugel um den Hals trüge.

Ich zuckte nur mit den Achseln, und er sagte noch etwas. Ich verstand ihn nicht richtig. Er klang nach Ungläubigkeit und ging wohl darum, wie er mich bisher eingeschätzt hatte. Der Einzelgänger, der ewige Junggeselle, der im Privatleben keine Probleme wollte und die holde Weiblichkeit deshalb lieber auf Distanz hielt. Und dann kam so ein Kätzchen mit Krallen und scharfen Zähnen.

Ich dachte an die kurzen, rundgefeilten Fingernägel, an ihre festen, warmen Kinderhände und die kleinen, weißen Zähne. An ihre Naivität und das Gespinst aus Lügen, das sie um sich herum ausgebreitet hatte wie ein Kätzchen, das mit der Garnrolle spielte und sich dann in den Fäden verhedderte. Nicht nur sich selbst, andere gleich mit. Mami und diese entsetzliche Leidensgeschichte. Die großen, runden Augen, das Wiegen des Oberkörpers, die ganze Verzweiflung. Das konnte doch nicht alles nur Schauspielerei gewesen sein.

«Du glaubst nicht, was die alles spielen können, wenn sie was Bestimmtes erreichen wollen», sagte Hamacher.

Ich wusste, dass er Recht hatte. Aber genau genommen irrte er sich gewaltig. Er hatte keine Ahnung, wie das war, wenn ein Löffel Honig sich in ein Zugabteil quetschte, mit einem Rucksack voller Konserven, einer antiquierten Reisetasche quer vor den Knien, einem Vermögen um die Taille und einem Herzen, das sie dem Erstbesten vor die Füße legte. Nein, nicht dem Erstbesten, mir!

Wir saßen den ganzen Tag in Hamachers Büro. Der Gedanke, einen zweiten Bericht an Gerswein zu schicken und seinen Stammkunden über sämtliche Erkenntnisse zu informieren, kam Hamacher nicht. Aber so ein Bericht per Post an die Adresse mit Rheinblick geschickt, wäre auch keine hundertprozentig sichere Lösung gewesen. Wer wusste denn, wann Gerswein das nächste Mal in seinen Briefkasten schaute?

Abgesehen davon, was hätte Hamacher dem Herrn Ministerialrat mitteilen sollen? Dass der erste Bericht über Erika Jungblut nur die Oberfläche gekratzt hatte? Dass einer seiner Mitarbeiter eine Zufallsbekanntschaft bei sich aufgenommen hatte? Ja, darüber sprachen wir auch. Ich war viel zu schockiert, um damit noch hinter dem Berg zu halten.

Philipp Assmann meldete über Funk, aus Gersweins Wohnung sei kein Ton zu hören. Entweder war niemand da oder die Wanze lag in meinem Küchenschrank.

«Drück mal auf die Klingel», verlangte Hamacher. Das tat Philipp, es kam keiner an die Tür. Aber Hamacher kannte auch die Privatadresse seines Stammkunden, schickte Philipp noch nach Marienburg, wo eine Hausangestellte mitteilte, Herr Doktor Gerswein und die gnädige Frau seien unterwegs.

«Gut», sagte Hamacher. «Den haben wir aus der Schusslinie.»

Auch so ein Satz, der mir immer noch im Ohr klingt.

Philipp durfte Feierabend machen, sollte ein paar Stunden schlafen, dann zurück nach Hamburg fahren und direkten Kontakt zur Familie Schmitting aufnehmen, sich nach Helga erkundigen und Mami erklären, wo die Kleine sich derzeit aufhielt und wen sie dort kennen gelernt hatte.

Uli Hoger kam aus Klettenberg zurück und bestätigte alles, was ich über meine Unterhaltung mit Frau Scherer von mir gegeben hatte. Obwohl Uli hundemüde war, schickte Hamacher ihn nochmal zum Wiener Platz, irgendwann musste Candy ja wieder in meiner Wohnung auftauchen.

Im Labor waren währenddessen unzählige großformatige Fotos entwickelt worden. Tamara tippte bis um fünf die letzten dreißig Seiten aus dem Märchenbuch ab und ließ den Computer die restliche Arbeit tun. Dann machte sie Feierabend.

Hamacher überlegte sogar, Hartmut Bender aus Düsseldorf zurückzupfeifen. Doch das war einerseits unmöglich und andererseits überflüssig. Zwei Mann im Einsatz, mich zählte er nicht mit, ich war auch nicht einsatzfähig. Eine Menge Aufwand, für den niemand zahlte, und das nur für eine verworrene Geschichte. Vielleicht für ein junges Mädchen, das nichts weiter wollte als ein Abenteuer mit dem tollen Mann, den Tante Helga vor zwanzig Jahren in Köln gehabt hatte. Mit Tante Helgas ehemaligem Freund ins Bett zu hüpfen war nicht verboten, nur so verdammt persönlich.

Wenige Minuten vor sieben gab Uli Hoger Candys Ankunft durch. «Soll ich sie mitbringen?»

«Nein», entschied Hamacher. Wir waren auch nicht befugt, eine Person gegen ihren Willen «mitzubringen». Und dass Candy einen ihr Fremden freiwillig zur Agentur Hamacher oder sonst wohin begleitete, war auszuschließen. Dass sie noch einmal auf Tour ginge, konnte ich mit ziemlicher Sicherheit ausschließen. Sie musste davon ausgehen, dass ihr dämlicher Steuerberater jeden Moment nach Hause käme. Also durfte auch Uli nach Hause fahren, ich jedoch nicht.

Die Couch in seinem Büro sei sehr bequem, meinte Hamacher, ehe er sich verabschiedete. Frau Grubert, die ich ja schon lange im Verdacht hatte, dass sie nur in Sekundenintervallen schlief, blieb als Wachhund bei mir, damit ich mich nicht doch noch auf den Heimweg und Dummheiten machte. Man kann wirklich nicht behaupten, Hamacher hätte in dieser unseligen Angelegenheit zu irgendeinem Zeitpunkt nachlässig oder gar fahrlässig gehandelt.

Dass ich mich nicht sofort auf die Couch im Chefbüro legen wollte, verstand er. Ich war ja kein kleines Kind mehr, das man um sieben ins Bett schickte. Ich war auch überhaupt nicht müde, nur halbtot. Frau Grubert bekam die Anweisung, mir die Flasche für gute Kunden auszuhändigen. Damit könnte ich mir die nötige Bettschwere verschaffen – und den Schmerz vielleicht betäuben. Ich bekam sogar die Erlaubnis, im Sekretariat nachzuschauen, ob Tamara die letzten dreißig Fotos vom Märchenbuch sauber abgetippt hatte.

Nachdem Hamacher endlich weg war, stellte Frau Grubert mir die Flasche mit Hochprozentigem sowie ein Glas auf Tamaras Schreibtisch. Sie selbst genehmigte sich auch ein Gläschen, zog sich damit ins Vorzimmer zurück und telefonierte mit einer Bekannten.

Ich rief die Datei auf, die Tamara freundlicherweise mit «Herz» betitelt hatte, und begann mit dem letzten Textstück. Warum sich mit dem vorletzten oder dem vorvorletzten aufhalten, wo die letzte Seite im Gebetbuch von all diesen Herzchen umrahmt war? Und darunter das eine, das zweifellos ein gebrochenes Herz darstellen sollte. Es musste doch damit eine besondere Bewandtnis haben. Helgas kurzer Aufenthalt in Köln im Sommer 71, ein letztes Treffen mit Gerswein. Und das wollte ich als Erstes lesen.

Warum mir das so wichtig war? Ist doch logisch. Helga durfte nicht Candys Tante sein, das hätte ich nicht ausgehalten. Ich hatte in den letzten Stunden meine eigene Theorie entwickelt, mich nur gehütet, sie mit Hamacher zu erörtern. Helga war «meine Mutter» und Muttileinchen.

Und Mami war eine liebevolle und vernünftige Frau, nahm ich jedenfalls an. Wenn die Geschichte von der Geburt auf See stimmte, was ja nicht bewiesen war, aber wenn, dann war diese Geschichte des Rätsels Lösung. Eine vernünftige, über vierzigjährige, zum dritten Mal schwangere Frau begleitet ihren Mann nicht auf eine mehrmonatige Forschungsreise. Wenn allerdings die vernünftige Frau nur an ihre kleine Schwester dachte, der sie eine vermeintliche Schande ersparen wollte, sah die Sache anders aus. Sein Forschungsteam hatte Dad bestimmt gut an der Kandare gehabt.

Als das Schiff wieder in den Heimathafen einlief, erfreute Margarete sich nach zwanzigjähriger Pause an neuem Mutterglück. Helga dagegen war einsamer als je zuvor, verzehrte sich vor Sehnsucht nach dem Liebsten, fragte sich, warum sie nicht um ihr Glück gekämpft hatte, wie sie hatte gehen können. Nur mit den Füßen, sie war gestorben dabei. Das hatte nur noch keiner gemerkt. Verdammt nochmal, Candy hatte es doch zitiert.

Aber es stand nirgendwo. Der letzte Eintrag war am 8. August 1971 gemacht worden. Das Datum stand in der ersten Zeile. «Sie sind alle sehr lieb zu mir. Es fällt mir schwer, mich ohne Abschied davonzuschleichen, aber ich kann nicht anders. Mit wem soll ich auch noch reden? Immer wissen sie besser als ich, was für mich das Beste ist. Also gehe ich heimlich wie eine Diebin in der Nacht, ich fühle mich schlecht. Eine Frau, die alle betrügt und hintergeht, um dem eigenen Glück nachzujagen. Und ich kann nicht einmal mehr sagen, ich tue es doch nicht nur für mich. Ich tue es nur für mich. Ich will endlich wieder leben.»

Meine Augen waren trocken, die Lider schwer, es musste am Monitor liegen. Kein Wort von einem Kind und keins über die Absicht, nach Deutschland zu fliegen. Ich las das vorletzte und das vorvorletzte Stück. Und noch eins und noch eins und noch eins. Immerhin fand ich einige Zeilen über eine Entscheidung, die Helgas Herz in zwei Teile zerrissen hatte, die jedoch für alle Beteiligten die beste Lösung war, auch wenn sie für Helga vordergründig einen weiteren Verzicht bedeutete. Ein paar Sätze über Margarete, die eine so gute und liebevolle Mutter war, wie Helga glaubte, nie eine sein zu können.

Gut möglich, dass Helga Recht hatte, dass Candy, wäre sie von Helga erzogen worden, heute ein genauso schrulliges Wesen wäre. Ich hatte mit inzwischen sechs oder sieben Gläschen Cognac genug vom Geist des Weines intus, um den völligen Durchblick zu haben und meine Überzeugung zu festigen. Besoffene können ziemlich stur sein, aber manchmal entwickeln sie auch eine ungeahnte Phantasie.

Auch wenn es nicht im Märchenbuch stand, ich wusste genau, wie es gewesen war. Weil es nicht anders gewesen sein durfte. So verlogen konnte Candy nicht sein, sich diese ganze Herz-Schmerz-Geschichte und Mamis elendes Sterben aus den Fingern zu saugen, nur um Tante Helgas tollen Freund aus Jugendjahren persönlich kennen zu lernen.

Helga war vom schönen Holger schwanger gewesen, als sie im Sommer 1970 aus Köln floh. Sie hatte im April 1971 ihr Kind heimlich an Bord eines Forschungsschiffes bekommen. Im Mai 1971 war sie mit ihrer Tochter im Arm beim blühenden Kirschbaum fotografiert worden und drei Monate später aufgebrochen, um ihrem Einzigen vom heroischen Verzicht zu berichten und ihn damit vielleicht zurückzugewinnen.

Doch der schöne Holger hatte Helga etwas gehustet. Er war fest entschlossen, seine von und zu Geldadel zu ehelichen und Karriere im Staatsdienst zu machen. Das konnte er sich doch von einem Blümchenkleid nicht kaputtmachen lassen.

Und wie war es mit Helga weitergegangen? Warum wurde sie bei Gesprächen über den Gartenzaun in Blankenese nie erwähnt? War doch ganz einfach. Nach der eiskalten Abfuhr schleppte Helga sich mit wundem Herzen zurück zum Bahnhof und fuhr nach Afrika, um zehn kleinen Negerlein von Adorno und seinen philosophischen Ergüssen zu erzählen. Ehe man nach dem Himmel greift, sollte man auf Erden stehen können.

Vielleicht hatte Helga schon in Philadelphia den Entschluss gefasst, in die Entwicklungshilfe zu gehen. Und vielleicht war Helga in Afrika krank geworden oder bei irgendwelchen Unruhen ums Leben gekommen. Da herrschte doch immer an irgendeiner Ecke Bürgerkrieg. Sie war tot, darauf hätte ich einen Eid geschworen.

Margarete zog liebevoll ihr Nesthäkchen auf, litt halbjährlich unter der Trennung von Ed und überbrückte die Zeit mit Erzählungen von früher. Vielleicht nur zur Abschreckung erzählte sie auch von Tante Helga, die ebenfalls mal ein Nesthäkchen gewesen war, in Köln ein Herz und in Afrika ein gar schreckliches Ende gefunden hatte.

Und eines Tages fielen Klein-Candy ein paar alte Büchlein in die neugierigen Finger. Da las sie dann, wer wirklich ihre Mutter war und wie sehr sie gelitten hatte. Genauso hatte sie es doch ausgedrückt. Klein-Candy schrieb die wichtigsten Passagen ab, wobei sie das Geschreibsel verschlüsselte, damit kein Mensch einen Durchblick bekam. Dann brach sie auf, um den Mann zu suchen, der ihrer Mutter den Bauch gefüllt und das Herz zerrissen hatte.

Helga, ein Drama in zwei Akten. Erster Akt, ein mieser Gärtner, zweiter Akt, Candys Rache. Ich glaubte zu wissen, was sie geplant und offenbar auch geschafft hatte. Ihn geködert, ihn heiß gemacht, ihm den Kopf verdreht. Er sollte verrückt nach ihr werden und dann leiden, wie Helga gelitten hatte. Am eigenen Leib sollte er erfahren, wie das ist. Zu lieben und einen Tritt zu bekommen.

Mein dummer, kleiner Hase. Wusste sie nicht, dass Männer wie Gerswein sich einen Dreck um die Gefühle kleiner Mädchen scherten? Dass so alte Böcke nur auf eines aus waren? Und wenn sie das bekommen hatten, einmal, zweimal oder dreimal, so oft jedenfalls, wie ihnen selbst der Sinn oder etwas anderes danach stand, war die Sache erledigt. Wie Leid sie mir plötzlich wieder tat, für all die Mühe, die sie sich gemacht, für all den Ekel, den sie bereits geschluckt und wieder ausgewürgt hatte.

Ich war gut an dem Abend, ich war sogar hervorragend. Als es am nächsten Abend um mein zerrissenes Herz ging, war ich nur noch halb so gut.

Um zehn Uhr schaute Frau Grubert mal kurz nach mir und wollte wissen, ob ich vielleicht einen Kaffee trinken möchte. Es sähe ja nicht so aus, als wolle ich mich hinlegen. Ihr Schlafbedürfnis hatte ich falsch eingeschätzt. Sie war müde. Und wenn ich nicht auf Hamachers Couch wollte, man musste das bequeme Möbel ja nicht ungenutzt herumstehen lassen.

Ich ließ mir einen starken Kaffee bringen in der Hoffnung, damit den Cognac zu verscheuchen. Frau Grubert goss sich noch einen Schlummertrunk ein, zog sich ins Allerheiligste zurück und schloss die Tür hinter sich. Eine halbe Stunde später war sie jenseits von gut und böse. Ich warf einen raschen Blick ins Chefbüro. Sie schnarchte leise.

Der Waffenschrank war leider abgeschlossen. Mit der Suche nach dem Schlüssel hätte ich Frau Grubert vielleicht aus schönen Träumen gerissen. Ich legte ihr noch einen Zettel auf den Schreibtisch. «Bitte überprüfen: Helga Kuhn nach 1971 in Afrika verstorben?» Dann schlich ich mich ohne eine Beretta davon – so besoffen, wie ich vorher noch nie gewesen war. Aber das kam mir gar nicht so vor.

Ich fuhr nicht auf direktem Weg nach Hause, machte noch Station bei einer Kneipe, weil ich von all dem Cognac und dem Kaffee so einen klebrigen Hals hatte. Zwei Bier auf die Schnelle, auch nicht die richtige Medizin, um die Risse im Herz zu kleben. Ich war immer noch halbtot, vielleicht sogar schon zu drei Vierteln, als ich wieder ins Auto stieg. Zum Glück – eher wohl unglücklicherweise – war keine Polizei unterwegs.

Um die Haustür zu öffnen, brauchte ich etliche Sekunden. Das Schlüsselloch verschwamm mir vor den Augen. Ich nahm nicht den Aufzug, sondern die Treppen, um noch ein bisschen Zeit zu schinden. Mit jeder Stufe legte ich mir ein Wort mehr zurecht. Schocktherapie. Ich weiß alles! Ich bin gar kein Steuerberater! Ich arbeite im zweiten Stock, und gelegentlich schnüffeln wir für einen gewissen Ministerialrat. Meine Kollegen haben ein paar höchst interessante Dinge herausgefunden.

Vor der Wohnungstür hatte ich das alles der Reihe nach im Kopf. Ich war sogar schon darauf eingestellt, Candys Wutanfall zu parieren. Mit zwei Bier und sechs oder acht Cognac auf fast nüchternen Magen schien das kein Problem. Aber als ich dann in die Diele kam …

Alle Zimmertüren standen offen. Der Lichtschein aus der Diele fiel auf mein Bett. Sie lag so friedlich zusammengerollt da, das Gesicht halb in einem angewinkelten Arm vergraben, die Beine angezogen. Und ich sah sie mit diesem alten Bock. Ich wusste, warum sie nicht mit mir hatte schlafen können, ehe sie ihn getroffen hatte. Eine Jungfrau für den Dreckskerl, damit er sich einbilden konnte, er wäre immer noch der Größte.

Es tat so entsetzlich weh. Meine Brust fühlte sich an, als wäre sie mit glühendem Blei ausgegossen, und mein Kopf, als hätte ihn jemand in einen Schraubstock gespannt. Ich hätte sie aus dem Bett prügeln mögen. «Steh auf, du Miststück! Was hast du dir dabei gedacht, du verlogenes Aas?»

Aber ich torkelte nur bis zur Schlafzimmertür, hielt mich am Rahmen fest und schaute sie an. Jetzt lag sie in meinem Schatten, schlief immer noch fest. Das dünne Laken unter eine Achsel geklemmt, darüber die nackte Schulter. Und ich wusste genau, wie weich und glatt ihre Haut war, wie warm und lebendig. Viel lebendiger als jede Frau, die ich vor ihr gehabt hatte.

Ihr Anblick wurde unscharf. Nein, nicht der Cognac und das Bier. Die paar Promille hatte ich doch locker weggesteckt. Es war nur Salzwasser, begleitet von heiseren Lauten, die sich anhörten wie von einem jungen Hund. Wie ein Welpe, den man den ganzen Tag gehätschelt hat, um ihn nachts vor der verschlossenen Schlafzimmertür jaulen und winseln zu lassen. Da kann er ganz schön laut werden.

Candys Arm rutschte nach unten, sie drehte den Kopf, richtete sich auf. «Mike?» Pause. Trotz der Dunkelheit, in der ihr Gesicht lag, konnte ich erkennen, wie sie gegen das Licht anblinzelte. «Was machst du denn da, Mike? Wo warst du so lange?»

Der junge Hund winselte immer noch. Ich wischte mit dem Handrücken über die Wangen und unter der Nase vorbei. Candy schwang die Beine aus dem Bett, kam zögernd und verunsichert auf mich zu, blieb dicht vor mir stehen. Den Kopf ein wenig zurückgelegt, damit sie mir besser ins Gesicht sehen konnte.

«Mike, was hast du denn? Weinst du? Mike, sag doch etwas. Warum weinst du denn? Warum kommst du so spät? Ist etwas passiert?»

Du elendes Miststück.

Ich weiß nicht, ob ich es sagte oder nur dachte. Ich dachte es wohl nur, denn Candy reckte sich auf Zehenspitzen, schlang die Arme um meinen Nacken, rieb ihr Gesicht an meinem Hemd und bettelte: «Mike, bitte, wein doch nicht so. Sag mir, was passiert ist. Es ist bestimmt nicht so schlimm, wie du meinst. Hast du einen Unfall gehabt? Oder ist etwas mit deiner Mutter?»

Endlich brachte ich die Zähne richtig auseinander. Mutter war mein Stichwort. «Hör auf. Ich muss dir doch nicht erzählen, was passiert ist. Hat es wenigstens Spaß gemacht, sich von diesem Dreckskerl flachlegen zu lassen? Los, sag schon!»

Ich spürte, wie sie zusammenzuckte, aber sie rückte nicht von mir ab. Ich griff in meinen Nacken, um ihre Arme zu lösen, aber sie hatte die Finger ineinander verschlungen und drückte sich noch fester gegen mich. «Mike, was redest du denn? Du bist ja betrunken.»

Wir standen immer noch unter dem Türrahmen. Ich konnte mich nicht dazu überwinden, meine Arme um sie zu legen, obwohl ich das Gefühl hatte, wenn ich das nicht gleich täte, würde ich an meiner Unfähigkeit ersticken.

«Ich bringe ihn um», sagte ich. «Ich knall das elende Schwein ab. Ich schieß ein ganzes Magazin in ihn rein.»

Ich spürte, wie sie an meiner Brust den Kopf schüttelte, hörte sie flüstern: «Jetzt rede doch keinen Unsinn, Mike. Du hast doch gar keine Pistole.»

«Ich kann mir ein halbes Dutzend beschaffen», erklärte ich. «Kaliber neun Millimeter, das macht schöne, große Löcher. Und morgen komme ich auch an den Schlüssel vom Waffenschrank.»

«Aber es gibt überhaupt keinen Grund, warum du ihn erschießen solltest, Mike. Was hast du nur plötzlich?»

«Ich kann dir gleich zwei Gründe nennen», sagte ich. «Er hat deine Mutter auf dem Gewissen und dich gefickt.»

Diesmal blieb der Kopf an meiner Brust ruhig liegen. «Armer Mike, was redest du dir ein? Wie kommst du auf solche Gedanken?» Ihre Hände in meinem Nacken lösten sich, begannen den Haaransatz zu kraulen. «Jetzt sei vernünftig und komm ins Bett. Es ist schon spät, und es ist überhaupt nichts passiert. Ich habe dir doch gesagt, ich mache ihn ein bisschen an, damit er denkt, er kann mich haben. Aber ich halte ihn mir vom Leib. Das habe ich dir gesagt.»

Ihre Stimme war nur ein Flüstern. Ich verstand sie kaum. «Komm jetzt. Komm ins Bett. Wir reden, wenn du ausgeschlafen und wieder nüchtern bist.»

«Nein, wir reden jetzt», widersprach ich. «Morgen reden

nämlich andere, und die wollten mich gar nicht mehr zu dir lassen.»

Dann schaffte ich es endlich, beide Arme um sie zu legen. Wie zierlich sie war. Und so warm. Und fast nackt. Und sie duftete. Ich hob sie hoch, hob einfach meine Arme ein bisschen an, drückte sie fester gegen mich und trug sie so zum Bett hinüber. Ich legte sie hin und deckte sie mit dem Laken zu. Es half nicht viel, der Stoff war zu dünn. Er hielt weder ihren Duft von mir ab noch ihre Wärme.

Sie hatte Angst, ich konnte es deutlich in ihrem Blick sehen. Sie war verunsichert und auf Vorsicht bedacht, wie immer auf Vorsicht bedacht. Bereit, meine Version anzuhören und sich dann gleich eine neue zurechtzulegen. Aber ich war auch auf Vorsicht bedacht, traute ihr nicht mehr, setzte mich auf die Bettkante. Im Licht aus der Diele konnte ich ihr Gesicht deutlich erkennen. Mein Gesicht dagegen lag im Schatten.

«Reden wir nicht lange um den Brei herum», sagte ich. «Du bist nach Köln gekommen, um deinen Vater aufzuspüren. Dagegen hat niemand etwas einzuwenden. Aber Blutschande ist strafbar. War es das, was du wolltest? Willst du ihn auf die Weise hinter Gitter bringen, weil man ihn für den Tod deiner Mutter nicht zur Verantwortung ziehen kann? Das funktioniert nicht, Candy. Es kann nicht funktionieren, solange er nicht weiß, dass du seine Tochter bist. Und das weiß er nicht, hab ich Recht?»

Sie schwieg, schaute mich nur an.

«Na, komm schon», forderte ich, «mir kannst du es verraten. Der dämliche Mike wird es nicht weitersagen. Wie hast du es dir vorgestellt? Einen hübschen Skandal in der Presse? Hoher Beamter im Verteidigungsministerium schläft mit der eigenen Tochter?»

Endlich flüsterte sie: «Du weißt ja gar nicht, wovon du sprichst.»

«Ja, ich weiß», sagte ich. «Männer sind zu blöd, die wissen nie, was Sache ist. Aber vielleicht weiß ich es doch. Deine Mutter, die romantische Heldin, die sich sogar ihr Kind wegnehmen ließ, damit es ein schönes und geordnetes Leben hat. Dein Vater, das Schwein. Und du, der Racheengel. Das verstehe ich sogar. Ich verstehe nur nicht, warum ich dann auch noch herhalten musste. War der Mistkerl nicht gut genug? Brauchtest du nach den Schnecken noch ein Dessert? Oder hattest du dich einfach überschätzt? Brauchtest du anschließend einen Radiergummi?»

Jetzt verstand sie nicht, wie denn auch? Sie starrte mich nur an, biss sich auf die Lippen, ihre Lider flatterten. «Ich liebe dich, Mike.» Und gleich darauf: «Du tust mir weh.» Ich hatte gar nicht bemerkt, dass ich ihre Schultern mit beiden Händen umklammert hielt.

«Du liebst mich.» Ich wusste wieder einmal nicht, ob ich darüber lachen oder weinen sollte. «Natürlich», sagte ich. «Mich liebst du, ihn hasst du, er ist ja nur ein Stück Dreck. Wenn man ihn in den Arsch tritt, muss man die Schuhe anschließend wegwerfen. Glaubst du, ich stecke es einfach weg, dass du deine Schuhe dann in mein Schlafzimmer geworfen hast?»

«Ich habe nicht mit ihm geschlafen», murmelte sie. «Ich weiß gar nicht, wie du auf so eine verrückte Idee kommst. Hat er damit geprahlt? Dann lügt er, Mike.»

Sie nahm offenbar an, ich hätte mit Gerswein gesprochen. Und dann machte ich einen großen Fehler. Ich erzählte ihr, was ich mir zurechtgelegt hatte, was ich beruflich machte und gelesen hatte über den Abend, den sie mit Gerswein in seinem Apartment mit Rheinblick verbracht hatte. Den kleinen Sender, den sie selbst an ihrem Hals in eine der Wohnungen getragen hatte, erwähnte ich nicht, sprach nur von einem Richtmikrophon, von Philipp Assmann und dem Gespräch auf der Terrasse in Hamburg. Margarete und Helen. Keine Helga, nirgendwo eine Helga.

Ich redete vielleicht ein bisschen durcheinander, stellte meine Vermutungen am Computer ebenso als erwiesen hin wie alles andere. Candy hörte zu; ganz ruhig, wie es schien. Nur an ihrem Atem konnte ich erkennen, welch einen Schlag ich ihr versetzte. Der liebe, gute, arme, blöde Mike war nur ein mieser Schnüffler.

Irgendwann kroch ich zu ihr ins Bett und nahm sie mir. Ich wusste einfach nicht, was ich sonst mit ihr tun sollte. Es gab ja nur zwei Möglichkeiten. Sie windelweich prügeln oder sie lieben. Und schlagen konnte ich sie nicht. Ich hätte ihr niemals ein Haar krümmen können.

Mir fiel zwar auf, wie steif sie sich machte. Aber ich hielt sie fest, oder mich an ihr, erzählte weiter, dass ich anfangs gelacht hatte, genau so, wie der schöne Holger eines Tages über sie und ihren naiven Racheplan lachen würde. Dass sie einfach der Typ Frau war, besser gesagt Mädchen, der Typ jedenfalls, der einen zum Lachen brachte. Und nicht nur das. Der einen nachdenklich machte. Der einem das eigene geruhsame Leben plötzlich in Frage stellte. Der einem zeigte, was man bisher versäumt hatte. Der Typ eben, den man lieben musste, heute, morgen, ein Leben lang, den man nicht wieder hergeben und mit niemandem teilen konnte. Und ich erzählte, wie mir das Lachen vergangen war. Dass ich mich immer noch halbtot fühlte vor Eifersucht und Schmerz. Ich erzählte noch, als ich längst wieder neben ihr lag. Übers Erzählen schlief ich ein. Da hielt ich sie noch fest im Arm, das weiß ich genau. Und als ich aufwachte, lag sie nicht mehr neben mir.

13. Kapitel

Es war neun Uhr vorbei und taghell im Schlafzimmer. Im Wohnzimmer klingelte das Telefon. Das hatte mich geweckt. Hamacher war persönlich am Apparat und ziemlich ungehalten. «Hatte ich nicht gesagt, du fährst nicht nach Hause?»

Dass ich mich seiner Anweisung widersetzt hatte, wusste er erst seit fünfzehn Minuten. Um acht war er ins Büro gekommen, und zuerst hatte Frau Grubert auch mal ein bisschen geschwindelt, um zu vertuschen, dass sie auf seiner Couch genächtigt hatte und vom Schlaf übermannt worden war. Sie hätte die ganze Nacht aufgepasst, hatte sie ihm weisgemacht. Ich hätte mich mit den letzten Seiten des Tagebuchs an Tamaras Computer beschäftigt und einen Hinweis auf eine Tote in Afrika gefunden. Um acht Uhr sei ich aufgebrochen, um das bei einem Konsulat zu überprüfen.

Da Frau Grubert zuvor noch nie die Unwahrheit gesagt hatte, zumindest nicht ihm gegenüber, da war sie immer die Zuverlässigkeit in Person gewesen, hatte Hamacher ihr das erst einmal abgenommen. Als jedoch Tamara bei ihrer Suche nach einem Hinweis auf eine Tote in Afrika auf den entschlüsselten Seiten nicht fündig wurde, war ihm das zu dumm geworden.

Zweimal hatte er seitdem bei mir durchklingeln lassen. Seiner Meinung nach hätte das einen Toten aufwecken müssen. Warum denn nicht wenigstens die Kleine ans Telefon gegangen sei, wollte er wissen.

Weil sie nicht da war. Ich legte den Hörer auf den Beistelltisch, ohne Hamacher großartig etwas zu erklären, und rannte zurück ins Schlafzimmer. Aber ich hatte im Aufspringen keine Halluzination gehabt. Candys Reisetasche und ihr Rucksack standen unverändert hinter der Tür. Während ich durch die Diele zur Küche lief, rief ich der offenen Wohnzimmertür zu: «Moment noch.»

Im Bad und in der Küche war Candy natürlich auch nicht, aber es lag ein Zettel auf dem Tisch. «Ich hole uns frische Brötchen.»

Ich fragte Hamacher, seit wann er versuche, mich zu erreichen. Seit einer Viertelstunde etwa. Die Zeitspanne war noch zu kurz, um der Notiz auf dem Küchentisch zu misstrauen. Hamacher beruhigte sich wieder, nachdem ich zweimal versichert hatte, dass Candy noch am Leben gewesen war, als ich einschlief.

«Ich dachte schon, du wärst über sie hergefallen. Du musst ja ziemlich gebechert haben. Wie bist du auf den Blödsinn mit Afrika gekommen?»

Ich wollte es erklären, aber er unterbrach mich schon nach einem halben Satz. Philipp Assmann hatte sich vor einer halben Stunde bereits aus Hamburg gemeldet. Ein Mitglied der Familie Schmitting hatte er leider nicht zu packen bekommen, obwohl er schon um sieben in der Früh an ihrer Tür geklingelt hatte. Aber die schienen über Nacht alle ausgeflogen. Ersatzweise hatte Philipp sich noch einmal an die Nachbarn gehalten, um schnellstmöglich etwas über Helga in Erfahrung zu bringen.

Und gegenüber von Schmittings lebte eine Frau Herbolsheimer schon seit ihrer Geburt. Bei Philipps Meinungsumfrage hatte er an ihrer Tür vergebens geklingelt. Nun war sie daheim. Sie kannte die Familie von Kindesbeinen an. Frau Herbolsheimer hatte sogar das Ehepaar Kuhn noch gut gekannt, Helga natürlich auch, von klein auf.

Frau Herbolsheimer wusste vom Studium in Köln, das nicht zum Abschluss gebracht worden war, weil vorher die Mutter starb. Im Frühjahr 1971. Nach deren Tod war Helga in die USA ausgewandert, wo ja bereits die mittlere Tochter der Familie Kuhn lebte. Und nach Margaretes Rückkehr aus Philadelphia hatte Frau Herbolsheimer schon mehr als einmal gehört, Helga sei glücklich verheiratet mit einem Ozeanographen und die meiste Zeit auf See. Die Ehe sei kinderlos, deshalb könne Helga ihren Mann problemlos auf sämtlichen Reisen begleiten.

«Philipp soll auf jeden Fall mit Margarete Schmitting reden», bat ich. «Oder hat Frau Herbolsheimer Helga in den letzten Jahren mal persönlich gesehen? Auch wer die meiste Zeit auf See ist, besucht irgendwann mal die Verwandtschaft.»

«Ja, ja», sagte Hamacher unwillig. «Philipp ist jetzt unterwegs zur Uni, vielleicht bekommt er dort Rüdiger zu packen. Aber welchen Grund sollte Margarete Schmitting haben, ihre Nachbarin zu belügen? Der jüngere Sohn und sein Anhang waren auch noch nie in Hamburg. Letztes Weihnachten waren Margarete und Ed drüben.»

«Warum wusste die andere Nachbarin nichts von Helga?»

«Was weiß ich», sagte Hamacher. «Die wohnt ja noch nicht so lange da, hat Helga nicht persönlich gekannt. Vielleicht ist Helga das schwarze Schaf der Familie.»

Zehn Minuten später kam Candy mit frischen Brötchen, Käse und zwei Flaschen Cola zurück. Zu dem Zeitpunkt war ich bereits im Bad und bemühte mich, den Schmerz aus dem Kopf zu spülen. Sie machte Frühstück, dann saßen wir uns am Küchentisch gegenüber. Zuerst noch schweigend.

Irgendwann flüsterte sie: «Es tut mir furchtbar Leid, Mike. Ich wollte dir nicht wehtun, das musst du mir glauben.»

«Was willst du von Gerswein?», fragte ich. «Und wenn ich dir überhaupt nochmal etwas glauben soll, sagst du mir jetzt besser die Wahrheit.»

Sie schaute interessiert in ihrer Kaffeetasse nach, als ob sie die Wahrheit da drin vermutete. Dann zuckte sie mit den Achseln, hielt den Kopf gesenkt und begann: «Meine Mutter …»

«Deine Mutter», unterbrach ich sie sanft und nachsichtig, «ist laut unseren Informationen Anfang sechzig und kerngesund. Du solltest die Möglichkeiten einer großen Detektei nicht unterschätzen, Candy. Mein Chef hat mich eben angerufen. Im Moment sitzt ein Kollege von mir bei deiner Mutter und bei

Helen und Ed und Rüdiger, ach nein, der wird um diese Zeit in der Uni sein. Aber drei Leute reichen ja für so eine Unterhaltung. Mein Kollege erklärt ihnen, dass du nicht in Spanien bist und im Zug auch keine lustige Clique kennen gelernt hast. Dass sie sich aber keine Sorgen um dich machen müssen.»

Candy presste für den Bruchteil einer Sekunde die Lippen fest aufeinander. Wut? Sehr wahrscheinlich. Aber ich war auch wütend, so wütend wie nie zuvor in meinem Leben.

«Und vor gut einer Stunde», fuhr ich fort, «hat mein Kollege mit euren Nachbarn gesprochen. Frau Herbolsheimer, die wirst du wohl kennen. Sie hat ihm von Helga erzählt.»

«Findest du das eigentlich gut?», fragte sie, «wenn ihr im Leben anderer Leute herumschnüffelt?»

«Wir schnüffeln nie ohne Grund.»

Sie nickte, presste noch einmal für einen Moment die Lippen aufeinander. Dann begann sie plötzlich zu weinen, ziemlich heftig sogar. Es erinnerte mich sekundenlang an den Ausbruch, den ich aus dem Einbauschrank beobachtet hatte. Doch der Eindruck verging, als sie mit der Faust auf den Tisch schlug und fluchte: «Du bist ein Mistkerl, Mike.»

Noch zwei oder drei Schluchzer. Sie fasste sich sehr schnell wieder und schimpfte los: «Ich wollte von Anfang an nicht, dass du dich einmischst. Ich habe gesagt, dass ich das nicht will. Aber du musstest ja unbedingt. Jetzt weiß ich auch, warum. Das steckt einem wahrscheinlich im Blut, wenn man es Tag für Tag macht. Aber ihr wisst längst nicht alles, und ihr werdet auch nie alles erfahren. Es gibt Dinge, über die spricht Mami mit keinem Menschen, bestimmt nicht mit Frau Herbolsheimer.»

«Und was wären das für Dinge?», fragte ich.

«Sie ist operiert worden, drei Jahre vor meiner Geburt hat man ihr die Gebärmutter entfernt. Sie kann also gar nicht meine Mutter sein. Helga ist meine Mutter. Und Holger Gerswein ist mein Vater, ein anderer kommt gar nicht in Frage.»

«Hast du mit ihm geschlafen?», fragte ich.

Sie antwortete nicht sofort. Erst nach einer Weile senkte sie den Kopf, schüttelte ihn gleichzeitig und murmelte dabei: «Er ist doch mein Vater.»

«Aber das weiß er nicht», sagte ich.

Wieder zwei Sekunden Stille. Dann das geflüsterte: «Nein.» Und gleich noch einmal lauter und von ihrer Faust untermalt: «Nein! Er hat ein bisschen an mir rumgefummelt, schon an dem Samstagabend im Restaurant. Wir saßen in einer Nische, da konnte er sich das erlauben. Über mein Bein streicheln, mehr hat er nicht getan. Und als er das mittwochs wieder versuchte und ich ihm auf die Finger schlug, da sagte er eben das, was dein Kollege gehört hat. Und das ist genauso eine Schweinerei, Leute zu belauschen, da kannst du noch hundertmal sagen, ihr schnüffelt nicht ohne Grund.»

Ich glaubte ihr noch einmal, weil ich ihr glauben wollte, glauben musste, um nicht noch einmal leiden zu müssen wie ein Tier, das nicht weiß, wie es mit dem Schmerz umgehen soll.

Wir saßen noch länger als eine Stunde am Tisch, eine Weile schweigend, jeder hing seinen Gedanken nach. Irgendwann sagte sie erneut: «Es tut mir wirklich furchtbar Leid, Mike. Ich wollte dich nicht benutzen. Und ich habe dir gesagt, dass du es irgendwann denken wirst. Aber du hast dich aufgedrängt, das kannst du nicht leugnen. Ich hab dich so lieb, Mike. Was soll ich noch sagen? Ich wollte ihn doch nur kennen lernen. Verstehst du das nicht?»

Sie schniefte, senkte den Kopf und spielte mit ihrem Kaffeelöffel. Ungefähr so wie sie mit Messer und Gabel gespielt hatte, als sie über den Onkologen sprach, der Mamis Krebs behandelte. Das machte mich wachsam, so gut glaubte ich sie inzwischen zu kennen, um aus ihren Gesten und ihrer Körperhaltung meine Schlüsse zu ziehen. Aber diesmal klang es nach der reinen Wahrheit.

«Sie haben mich all die Jahre belogen, Mike. Wenn ich nicht vor unserem Umzug die Rechnung gefunden hätte von der Operation, dann hätte ich nie erfahren, dass Mami nicht meine richtige Mutter ist. Zuerst habe ich gedacht, sie hätten mich adoptiert. Und ich wollte gerne wissen, wer meine Eltern sind. Das ist doch normal, Mike, oder? Jeder Mensch will das wissen. Wie wäre dir zumute, wenn du nicht wüsstest, wer dich neun Monate lang im Bauch hatte?»

Ich wusste nicht, was ich ihr darauf antworten sollte, sah zwei, drei Tränen rollen, als sie den Kopf einmal kurz anhob, um die Antwort von meinem Gesicht abzulesen.

Nach ein paar Sekunden sprach sie weiter. «Zuerst wollte ich ja nur wissen, wer mich auf die Welt gebracht und warum sie mich weggegeben hat. Ob meine richtige Mutter mich nicht lieb haben konnte, weil mein Vater ihr etwas Schlimmes angetan hatte. Oder ob sie nur kein Geld hatte, um richtig für mich zu sorgen. Ich habe Rudy gefragt, weil ich – ich konnte damit nicht sofort zu Mami gehen. Sie war immer so …» Eine hilflose Handbewegung, begleitet von einem Achselzucken.

«Mami war nie ganz gesund, Mike. Wirklich nicht, sie wirkt so kraftstrotzend wie das Leben selbst. Aber sie hatte schon mehrfach Krebs und ich entsetzliche Angst, dass sie stirbt. Ich wollte sie nicht aufregen. Rudy hat mit ihr gesprochen. Dann hat sie mir alles erklärt. Sie sagte, meine Mutter hätte mich sehr lieb, viel lieber, als andere Mütter ihre Kinder haben. Sie hätte mich ja auch nicht richtig weggegeben, nur das Beste für mich gewollt und getan, obwohl es ihr unendlich schwer gefallen sei. Aber sie hätte immer davon geträumt, nach Afrika zu gehen und etwas für die Menschen dort zu tun. Und mit einem Baby in ein Land, in dem es nicht mal sauberes Wasser gibt und Moskitos und Malaria, das wäre ja wirklich nicht gut gewesen.»

«Helga ist nicht nach Afrika gegangen», sagte ich.

«Doch, Mike, sie war fast vier Jahre dort. Dann ist sie krank geworden und hat lange in einer Klinik gelegen. Als sie entlassen wurde – sie wollte nicht bei uns leben. Zuerst ist sie nach Boston gezogen und hat in einem Kinderheim gearbeitet. Dann hat sie ihren Mann kennen gelernt und war ständig mit ihm unterwegs. Ich kannte sie kaum. Und Mami sagte, ich müsse das verstehen. Es wäre nicht leicht für Helga, mich zu sehen. Und ich hätte gerne gewusst, ob das etwas mit meinem Vater zu tun hat. Mami sagte, damit hätte es bestimmt nichts zu tun. Und gleichzeitig erklärte sie, nicht zu wissen, wer mein Vater ist.»

«Hast du nie mit Helga darüber gesprochen?»

Candy zuckte mit den Achseln. «Wann denn? Als ich endlich wusste, dass sie meine Mutter ist, waren wir schon in Hamburg und sie irgendwo. Manchmal ruft sie an, aber das Telefon gehört Mami. Kurz nach meinem Abitur habe ich auf dem Dachboden diese alten Tagebücher gefunden. Da dachte ich, vielleicht freut wenigstens mein Vater sich, mich zu sehen.»

Dem letzten Satz folgten wieder ein paar Schniefer und ein kurzes, raues Lachen. «Das war aber ein Irrtum.»

«Wo ist Helga jetzt?», fragte ich.

Candy kaute auf der Unterlippe. «Irgendwo auf dem Atlantik. Ihr Mann vermisst ständig irgendwo den Meeresboden. Sie sind auf dem Schiff zu Hause. Eine eigene Wohnung haben sie nicht. Wenn sie mal ein paar Wochen an Land sind, wohnen sie bei Tom. Ich bin ja nicht mehr da.»

Ihre Stimme war so klein wie sie selbst. «Ich konnte dir nicht sofort die Wahrheit sagen, Mike. Weißt du, ich will diese Wahrheit doch selbst nicht. Ich wünschte, ich hätte nie diese Rechnung gefunden. Aber ich werde dich nie wieder belügen, nie mehr. Ich werde Gerswein auch nicht wiedersehen, wirklich nicht, Mike. Er ist ein Arschloch. Glaubst du mir, Mike? Das musst du mir glauben. Du darfst keine Dummheiten machen, hörst du, Mike. Du hast mir richtig Angst gemacht in der Nacht, als du gesagt hast, du willst ihn erschießen. Das hast du nur so gesagt, oder? Weil du wütend warst und eifersüchtig. Aber du hast keinen Grund, eifersüchtig zu sein. Du darfst ihm nichts tun, dafür stecken sie dich ins Gefängnis. Und dann habe ich keinen Menschen mehr, der mich richtig liebt. Sie lieben mich eigentlich alle, aber keiner so wie du.»

Mike, Mike. Mike! Als ich zur Tür ging, hing sie an meinem Hals, lachend, weinend, kichernd, schluchzend, küssend. Du lässt mich doch nie allein, Mike. Wir bleiben für immer zusammen. Wir werden nichts falsch machen. Habe ich schon gesagt, dass sie lebendiger war als jede andere Frau? Ja, ich glaube, ich hab's schon ein paar Mal gesagt. Aber ich kann es nicht oft genug wiederholen, weil es die Wahrheit ist. Die einzige Wahrheit. Wie habe ich sie geliebt damals. Ich liebe sie immer noch.

Warum ich überhaupt zur Agentur fuhr an dem verfluchten Dienstag, weiß ich nicht. Es gab keinen vernünftigen Grund. Ich wollte nur hören, ob Philipp sich noch einmal aus Hamburg gemeldet hatte. Und ich dachte, Hamacher hätte vielleicht keine Zeit, mich sofort zu informieren. Er war unterwegs wie so oft, als ich ankam, wurde jedoch innerhalb der nächsten beiden Stunden zurück erwartet. Und Philipp hatte noch nicht wieder angerufen.

Es gab nichts zu tun für mich, als Frau Gruberts vorwurfsvolle Miene zu betrachten und zu warten. Und zu wissen, dass ich wertvolle Zeit verplemperte. Spielte es denn eine Rolle, wohin die Familie Schmitting über Nacht ausgeflogen war? Vermutlich in eine Klinik, vielleicht hatte Helen in der Nacht Wehen bekommen und Philipp verplemperte wertvolle Zeit mit seiner Suche nach Rüdiger auf dem Unigelände. Aber sobald Philipp Rüdiger oder Ed oder Margarete zu packen bekäme, sobald sie hörten, wo Candy war, würde er erfahren, dass Helga nicht mit ihrem Mann irgendwo auf dem Atlantik den Meeresboden vermaß.

Ich wusste es und hatte Angst, weil ich Candy nicht gefragt hatte, was diese Sätze in eine tote Telefonleitung bedeuteten. «Ich habe ihn, Muttileinchen. Du hast es gehört. Ich habe ihn. Jetzt gehört er dir.»

Ich wusste genau, dass sie mich wieder belogen hatte. Sie konnte das eben, Herz-Schmerz-Geschichten aus dem Ärmel schütteln. Nur hin und wieder gaben ihre grünen Augen ein bisschen Wahrheit preis, wenn sie braun wurden und diese arktische Kälte ausstrahlten.

Es ging auf und ab in meinem Innern, die reinste Achterbahnfahrt. Einmal sah ich mich heimkommen und eine verlassene Wohnung vorfinden. Und ein paar Minuten später sah ich mich die Diele betreten. Sie wartete mit dem Essen auf mich, schlang die Arme um meinen Nacken und fragte: «Bist du mir noch böse, Mike?» Nein, ich war ihr überhaupt nicht böse. Weshalb denn auch, wenn Gerswein nur ihr Bein betatscht hatte.

Um zwei Uhr war Hamacher noch nicht zurück und auch noch kein Anruf aus Hamburg eingegangen. Ich griff zum Telefon, um ihr zu sagen, wie sehr ich sie liebte und dass ich mir nicht vorstellen konnte, noch einmal ohne sie zu leben. Sie hob nicht ab.

Sie wird Einkäufe machen, wollte ich mir einreden, oder einen Spaziergang. Es ist herrliches Wetter. Und wenn sie heute Abend nicht für uns gekocht hat, fahren wir in das beste Steakhaus und essen dort das Allerbeste auf der Karte.

Kurz vor drei kam Hamacher endlich zurück. Was mir so alles durch den Kopf ging, konnte ich ihm nicht sagen. Wir sprachen nur über Candys Geständnis. Hamacher erkundigte sich zweifelnd: «Und sie bleibt dabei, Gerswein sei ihr Vater?»

«Ich bin überzeugt, dass es so ist», antwortete ich.

«Na schön», meinte er. «Dann fahr nach Hause. Ich rufe dich an, sobald ich etwas von Philipp höre.»

Ich fuhr heim und kam in eine verlassene Wohnung. Candys Tasche und der Rucksack standen immer noch hinter der

Schlafzimmertür. Aber ihre Jacke mit den großen Taschen, in denen man so viel unterbringen konnte, war nicht da. Und es war heiß draußen, viel zu heiß für so eine Jacke. Der schwarze Schlauch fehlte ebenfalls. Und in meinem Hinterkopf sagte Gerswein noch einmal: «Sei lieb und zieh das schwarze Kleid an.»

Mir war speiübel. Außer dem Frühstück hatte ich nichts im Magen. Es kam nur eine ätzende Brühe hoch, ich würgte mir daran fast den Magen selbst heraus. Die Hand hielt ich auf dem Abdrücker des Spülkastens. Zuerst bemerkte ich nichts. Aber dann kam nichts mehr, nur der Brechreiz dauerte noch an, der Magen krampfte sich immer noch schmerzhaft zusammen. Ich richtete mich auf, drückte noch einmal auf die Wasserspülung. Und da fiel mir endlich auf, dass der Deckel nicht fest auf dem Spülkasten lag.

Ich hatte den Deckel noch nie abgenommen. Als ich ihn anhob, sah ich die breiten Klebestreifen an der Unterseite. Isolierband – und ein wasserdichter Plastikbeutel, in dem noch ein öliges Tuch steckte. Darüber kam mein Magen seltsamerweise zur Ruhe. In Kriminalfilmen hatte ich öfter gesehen, wie eine Pistole wasserdicht verpackt und mit Klebeband im Spülkasten einer Toilette versteckt wurde.

Ich sah im Geist auch noch einmal diesen kleinen, metallischen Gegenstand aus ihrem Schlafsack rollen und unter meinem Bett verschwinden, sah mich die Patrone aus dem Staubbeutel fischen. Ob mir auch das leise Klirren wieder einfiel, mit dem ihre Reisetasche am letzten Freitagabend im Juni auf die Fliesen in meiner Diele aufgeschlagen war, könnte ich nicht sagen. Aber ich hatte noch nie einen Gegenstand in der Tasche gesehen, der ein Klirren verursacht haben könnte.

Ich wusste, dass Gerswein für sie wirklich nur ein Stück Dreck war. Für mich war er noch weniger. Aber er war auch ein Stammkunde der Agentur. Und wir hatten dafür zu sorgen, dass jeder Schaden von unseren Kunden abgewendet wurde.

Mit dem Gedanken ging ich zum Wagen und fuhr zu seinem Liebesnest.

Ich wollte ihn aus der Wohnung klingeln, wie Philipp Assmann es am vergangenen Nachmittag hätte tun sollen. «*Guten Tag, Herr Gerswein. Ich komme von der Agentur Hamacher. Wir haben noch Erkenntnisse gewonnen, die wir Ihnen nicht vorenthalten möchten.*»

Nachdem ich dreimal erfolglos auf den Klingelknopf gedrückt hatte, war ich mit meinem Berufsethos bereits wieder am Ende, fuhr wieder heim und versuchte mir einzureden, dass sie nicht mit ihm zusammen sein könne. Es hatte doch gestern geheißen, er hätte Urlaub und wäre mit der gnädigen Frau unterwegs. Aber gestern war gestern.

Mein Magen rebellierte erneut. Ich trank ein halbes Glas Cola gegen die Übelkeit. Es half tatsächlich. Ich dachte, dass ich vielleicht auch etwas essen sollte. Nur eine Kleinigkeit, ein paar kalte Ravioli oder etwas Thunfisch direkt aus der Dose. Und als ich den Vorratsschrank öffnete, fiel mir die kleine Schmuckschachtel in die Finger. Sie war leer.

Ich hätte in der Agentur Bescheid sagen müssen, dass Candy mit der Wanze am Hals unterwegs war und ich es für denkbar hielt, dass sie Gerswein nun zu ihrer Mutter bringen wollte – ob er dahin wollte oder nicht. Ich wollte auch anrufen. Aber eine Sendereichweite von dreihundert Metern im Freien, das ist in einer Stadt wie Köln die Suche nach der Stecknadel im Heuhaufen.

Sie konnten überall sein. Ich kannte nur noch einen Platz, konnte mir jedoch nicht vorstellen, dass Gerswein sie freiwillig dorthin begleitet hatte. Vielleicht war sie allein dort, nahm Abschied von ihrem Ursprungsort. Vielleicht. Vielleicht. Vielleicht. Man findet viele *Vielleicht*, wenn man die Wahrheit kennt, aber nicht wahrhaben will.

Wieder runter zum Auto, Richtung Niehler Hafen, die Straße Am Molenkopf entlang. Ich wusste nicht, welches Auto

Gerswein fuhr, aber als ich den 750er BMW sah, wusste ich Bescheid. Ich stellte meinen Mercedes daneben ab und lief hinunter zum Uferstreifen, verlangsamte meine Schritte erst, als ich sie sah.

Fast wie ein Liebespaar standen sie neben dem weißen Stein mit den drei schwarzen Ziffern. Stromkilometer 693. Es sah überhaupt nicht gefährlich aus. Gerswein hatte beide Hände an ihre Taille gelegt. Ihr linker Arm lag in seinem Nacken, ihre rechte Hand steckte in der ausgebeulten Jackentasche. Es sah aus, als streichle sie durch den Stoff über seinen Hosenstall. Trotz der hochhackigen roten Sandaletten stand sie auf Zehenspitzen. Unter der Blousonjacke trug sie das schwarze Kleid, dessen Saum hochgerutscht war und ein bisschen weißer Spitze sehen ließ.

Holger Gerswein, der schöne Mann mit der sonnenbraunen Haut, war nicht mehr braun. Er war gelb im Gesicht. «Jetzt hör auf mit dem Blödsinn», hörte ich ihn sagen.

Candy sah mich kommen und machte ihn aufmerksam. «Sieh mal, Herzchen, da kommt Unterstützung. Weißt du, wer das ist? Das ist der Schnüffler, der mir geholfen hat, dich zu finden. Was meinst du, auf wessen Seite er sich jetzt stellt?»

Gerswein schaute mir entgegen und verlangte: «Schaffen Sie mir diese Verrückte vom Hals.»

«Das kann er nicht», sagte Candy. «Wenn er noch einen Schritt näher kommt, drücke ich ab.»

Ich war noch etwa drei Meter entfernt. Sicherheitshalber rief sie mir noch zu: «Bleib, wo du bist, Mike! Ich meine es ernst.»

Daran zweifelte ich nicht. «Warum?», fragte ich. Bestimmt nicht sehr einfallsreich. Aber was soll man sonst fragen in solch einer Situation? Sie lachte, ein hässliches, abfälliges Lachen. «Bist du so blöd, Mike, oder tust du nur so? Du hast es mir doch selbst erzählt. Aber ich wusste es auch vorher schon. Genau an dieser Stelle hat meine Mutter gelegen – vor neunzehn Jahren im August. Ich habe Fotos davon gesehen. Abzüge von Polizeifotos.»

Kann sein, dass ich geflucht habe. Kann sogar sein, dass ich erfasste, was ich während der Fahrt im Intercity für Candy gewesen war. Nicht der Erstbeste, sondern ein Mann, der wusste, was mit ihrer Mutter geschehen war. Kleiner Irrtum von ihrer Seite. Ich hatte bisher nur gewusst, was Hartmut Bender mir über eine unbekannte Tote erzählt hatte.

«Ich weiß nicht, was dieses verrückte Weib sich einredet», ließ Gerswein sich vernehmen.

«Nenn mich nie wieder verrückt, du Schwein», fauchte Candy ihn an. «Los, sag jetzt, was du getan hast. Und sprich laut, damit Mike dich verstehst. Ich kenne nur den Polizeibericht. Sie konnten nicht mit Bestimmtheit sagen, ob eine Vergewaltigung stattgefunden hatte. Aber du hast sie nicht mit Gewalt nehmen müssen. Sie hat sich garantiert noch einmal freiwillig für dich hingelegt und geglaubt, sie sei im Himmel. Und dahin hast du sie dann ja auch befördert.»

Ich dachte, es ginge ihr nur darum, ein Mordgeständnis zu erpressen, und ich sollte es bezeugen. Ihre Hand in der Jackentasche drückte fester gegen seinen Unterleib. Er wurde ganz starr vor Panik. Seinen Gesichtsausdruck werde ich nie vergessen. So viel Abwehr, so viel Furcht. «Jetzt nimm doch das Ding weg», bettelte er.

«Gleich», sagte Candy. «Ich will zuerst hören, wie es war, sie zweimal mit deinem Porsche zu überfahren. Es war doch der Porsche, nicht wahr? Im Polizeibericht stand etwas von schwarzen Lacksplittern. Warum du es getan hast, brauchst du nicht zu erklären, das weiß ich. Sie war dir lästig. Aber du hättest sie einfach wegschicken können. Sie wäre gegangen. Warum musstest du ihr Gesicht zerstören? Sie war so hübsch. Warum musstest du ihr auch noch die Papiere wegnehmen? Hattest du Angst, dass sie Frau Scherer erzählt hatte, mit wem sie sich trifft?»

Die nächsten Sätze gingen an mich. «Tante Gertrud hat erst nach über einem Jahr erfahren, warum sie nicht zurückgekommen ist, Mike. Aber Tante Gertrud wusste, warum sie hierher gekommen war. Um ihren Liebsten noch einmal zu sehen und ihm alles Glück zu wünschen für sein weiteres Leben, auch wenn er sie nicht daran teilhaben lassen wollte.»

«Das ist ein Irrtum», sagte Gerswein, ob zu ihr oder zu mir, blieb ungewiss. «Ich habe damit nichts zu tun.»

«O doch», widersprach Candy. «Sie hat dich aus Heidelberg angerufen. Tante Gertrud stand daneben und hat mitgehört. Du hast zugesagt, sie noch einmal zu treffen, an dem Platz, dem sie so glücklich mit dir war. Das muss hier gewesen sein. Und wer außer dir hätte wissen sollen, dass sie um zehn Uhr abends hier war?»

«Ich habe es nicht geschafft», sagte Gerswein mit flehentlichem Blick auf mich. «Mein Schwiegervater gab ein Essen, ich konnte nicht weg. Tun Sie doch etwas.»

«Du bittest den Falschen», erklärte Candy. «Mike wird dir nicht helfen. Er wartet darauf, dass ich endlich abdrücke. In der vergangenen Nacht hat er gesagt, dass er es selbst tun will.»

Ich wollte etwas unternehmen. Die letzten Schritte gehen, ihr die Hand aus der Jackentasche ziehen, ihr die Pistole wegnehmen. Verhindern, dass sie sich mit dem Ding unglücklich machte. Blöder Ausdruck, aber wie soll man es sonst nennen? Nur konnte ich nicht gehen. Ich war nicht etwa vor Entsetzen oder sonst etwas wie gelähmt. Es war ein Genuss, ein Triumph, ein Sieg, eine Gewissheit. Er war nie mein Konkurrent gewesen, er war nur ein Mörder. Natürlich suchte er nach Ausflüchten. Aber wie Hartmut Bender gesagt hatte – kein Zufallsopfer eines Verkehrsunfalls.

«Jetzt sag es endlich», verlangte Candy. «So schwer kann es doch nicht sein. Sprich mir nach: Ich habe am 19. August 1971 Helga Kuhn mit meinem Wagen zweimal überfahren, um sie daran zu hindern, mich mit ihrem Balg zu erpressen.»

Es blieb still, nur ein bisschen Plätschern und das Tuckern eines Motors vom Wasser her. Mitten auf dem Strom schipperte ein Schleppkahn gemächlich dahin. Gerswein schaute in Richtung Wasser, als hoffe er auf Hilfe von dort.

«Mach den Mund auf, oder du bist tot», drohte Candy. «Ich will es einmal von dir hören. Und ich will hören, dass es dir Leid tut, wenigstens das. Es war so unnötig. Sie wollte dich doch nicht erpressen. Sie wollte dir nur sagen, dass sie deiner Tochter ein behütetes Leben verschafft hat. Für eine Erpressung hätte sie gar nichts in der Hand gehabt. Sie haben das sehr geschickt gemacht. Sie haben Dad begleitet. Ein paar Monate auf See. Und da hat Mami ihr drittes Baby bekommen. Meine Mutter hat dich geliebt. Sie hat alles getan, damit du ungestört an deiner Karriere basteln konntest. Sie hätte dich nie wieder belästigt, wenn du ihr gesagt hättest, sie soll verschwinden. Sag es!»

Die letzten beiden Worte waren nur gezischt, die las ich mehr von ihren Lippen ab. Ich sah noch, wie Gerswein den Kopf schüttelte und eine Bewegung mit den Hüften machte, als wolle er ihrer Hand in der Jackentasche ausweichen. Dann hörte ich den scharfen Knall und sein Gebrüll.

Sie ließ ihn los, trat einen Schritt von ihm zurück. Er sackte vornüber auf die Knie, presste die Fäuste in den Unterleib und brüllte wie ein Tier, ein großes Tier, ein angeschossener Elefant oder so. Man musste es Hunderte von Metern weit hören. Aber ich hörte nur ihre Stimme.

«Genau da wollte ich dich treffen. Von dem Moment an, wo du mir das verdammte Ding gezeigt hast, wusste ich, dass ich dich da treffen wollte, sonst hätte ich es auch nicht ausgehalten, es mir reinschieben zu lassen. Du hättest ihn damals besser in den Dreck gesteckt als in meine Mutter. Tut es sehr weh?»

Jetzt konnte ich mich wirklich nicht mehr rühren, selbst wenn ich gewollt hätte. Sie hatte mit ihm geschlafen! Beugte sich über ihn, zog die Hand aus der Tasche. Und mit der Hand eine Beretta, ein älteres Modell als die Waffen, die wir in der Agentur hatten, aber auch Kaliber neun Millimeter.

Sie war so kalt, so fremd und so ruhig, als hätte sie alle Zeit der Welt. «Wenn du jetzt gestehst, bringe ich dich sofort in ein Krankenhaus. Sie werden dir dein Prachtstück amputieren müssen, aber du wirst es überleben. Und es hätte keine weiteren Konsequenzen für dich. Ein mit Gewalt erpresstes Geständnis hat keinen Wert.»

Sein Brüllen trieb mir den Schweiß aus allen Poren, machte mir die Knie weich und die Hände lahm. Sie schien taub dafür, fuchtelte ihm mit der Beretta vor dem Gesicht herum, richtete den Lauf nach unten. «Soll ich noch einmal? Oder sagst du es mir?»

Warum bin ich nicht losgehetzt und habe ihr die Waffe aus der Hand geschlagen? Sie hätte sie nicht gegen mich gerichtet, da bin ich sicher. Unterlassene Hilfeleistung, Beihilfe zum Mord, eines von beidem wird es gewesen sein. Aber ich konnte eben nicht.

Sie richtete den Lauf auf sein Gesicht, zuckte mit den Achseln und sagte: «Auch gut. Wir wissen ja Bescheid, wir wissen es alle.»

Dann drückte sie noch einmal ab, irgendwie beiläufig. Und da erst konnte ich die drei Meter überwinden.

Sie schaute mir ohne ersichtliche Regung entgegen. «Willst du mich jetzt festnehmen? Das darfst du gar nicht. Privatschnüffler!» Es klang so nach Verachtung.

Ohne sich noch weiter um mich zu kümmern, setzte sie sich in Bewegung. Ich stolperte neben und hinter ihr her am Wäldchen entlang, dann nach rechts auf die Straße.

«Ich hatte alles so genau geplant», schimpfte sie. «Ich w ihn da liegen lassen, so, wie er meine Mutter dort abgel Und kein Mensch hätte gewusst, mit wem er zuletz men war. Du hast mir alles kaputtgemacht, Mike. D ne Scheißkollegen. Jetzt muss ich ihn wegschaffen. Gut, schaffe ich ihn eben weg. Ich werde ihn auf irgendeiner Müllkippe abladen. Da gehört er hin.»

Sie hatte die Straße erreicht, lief weiter zum Parkplatz, stieg in den BMW und fuhr ein paar Meter weiter. Es gab dort eine Durchfahrt, an der man mit einem Wagen hinunter zum Ufer konnte. Sie war wohl normalerweise durch einen Pfahl gesichert. Jetzt lag der Pfahl am Boden. Ich lief hinter dem Wagen her. Als ich die Stelle erreichte, an der Gerswein lag, stand der BMW bereits neben der Leiche. Er war tot, daran gab es keinen Zweifel. Sie hatte ihn mit der zweiten Kugel zwischen die Augen getroffen.

«Geh mir aus dem Weg, Mike», verlangte sie, als ich ihr zu nahe kam. Jetzt weinte sie, öffnete den Kofferraum. Für Sekunden stand sie aufrecht zwischen Wagen und Leiche. Ihr Schluchzen steigerte sich. Als ich mich nach Gerswein bücken wollte, fauchte sie mich an: «Rühr ihn bloß nicht an. Das mache ich ganz allein. Ich habe es meiner Mutter versprochen.»

Sie ließ sich nicht helfen. Und sie hatte schließlich einen Kurs in erster Hilfe machen müssen für den Führerschein. Davon erzählte sie mir, während sie ihn einlud. Sie keuchte, aber sie beherrschte die Griffe, mit denen man eine bewegungsunfähige Person bergen kann, selbst wenn sie doppelt so schwer ist wie man selbst. Sie ächzte, als sie ihn endlich mit dem Oberkörper auf die Kante des Kofferraums gehievt hatte.

Und ich stand einfach nur dabei. Mir ist, als hätte ich die ganze Zeit auf sie eingeredet, aber vielleicht waren es nur Gedanken. Wie soll es denn jetzt weitergehen, Candy? Du glaubst doch nicht, dass du ungeschoren davonkommst? Es wissen zu viele Leute, dass du mit ihm zusammen warst.

Wenn ich das wirklich gesagt habe, kümmerte sie sich nicht darum. Sie stieg ein, nachdem sie den Deckel des Kofferraums über ihm zugeworfen hatte. Sie weinte immer noch, als sie erklärte: «Wenn es nach mir gegangen wäre, hätte außer uns beiden kein Mensch etwas gewusst. Und du liebst mich doch, oder? Du hast es gesagt, Mike.»

Dann hob sie eine Hand, als wolle sie mir noch einmal zuwinken. Aber als ich näher kam, schrie sie: «Hau ab, Mike! Hau endlich ab und lass mich in Ruhe.» Dann zog sie die Autotür zu, ließ den Motor aufheulen. Der BMW schoss auf dem weichen Boden vorwärts. Zu viel Gas, dachte ich, viel zu viel Gas. Die Reifen schleuderten Dreck und ein paar mickrige Grasbüschel nach allen Seiten. Vom Uferstreifen ging es im Bogen auf die Straße, der Wagen schlingerte, fing sich wieder. Ich wusste, dass ich sie nie wiedersehe, wenn ich ihr nicht folge. Und ich hatte auch ein schnelles Auto, sportlich, wendig, noch etwas schneller als der schwere BMW.

Ich hetzte zurück zum Parkplatz, warf mich in meinen Flitzer und fuhr ihr hinterher, irgendwo auf eine Landstraße. Ich weiß nicht wo, weil ich nicht darauf geachtet habe. Nur den BMW nicht aus den Augen verlieren. Und so viel Fahrpraxis konnte sie noch nicht haben, sich mit mir eine wilde Verfolgungsjagd zu liefern und zu entkommen. Sie hat sich bestimmt mehrfach nach mir umgedreht, statt in die Rückspiegel zu schauen. Sie wusste doch, dass ich hinter ihr war.

Und dann war da diese Überführung, ein Betonpfeiler. Es ging alles rasend schnell, auch wenn ich immer noch das Gefühl habe, es hätte Jahre gedauert, den BMW in ein Blechknäuel zu verwandeln.

Dass ich angehalten habe und mit mir zwei oder drei andere Fahrer; ich kann mich nicht daran erinnern. Ich weiß nicht, wer die Unfallstelle gesichert und die Rettungskräfte alarmiert hat. Ich weiß nur noch, dass ich auf Knien neben diesem Blechhaufen lag und überhaupt nichts tun konnte, sie nicht einmal in den Arm nehmen. Und sie weiß Gott nicht aus dem Wrack herausziehen. Ich konnte durch die zerborstene Scheibe nur immer wieder über ihr Gesicht streicheln.

Nach einer Weile schlug sie die Augen auf, lächelte mich an.

Sie lächelte tatsächlich. «Mike», sagte sie, «du bist ja immer noch da. Du gibst wohl nie auf, was? Aber es ist gut, dass du da bist.»

Ihre Stimme war nur ein undeutliches Murmeln. Die einzelnen Worte kamen mit großem Abstand dazwischen. Ich verstand sie trotzdem, verstand alles, auch den Fluch: «Verdammter Mist. Ich dachte, ich hätte es geschafft. Aber wenn ich schon mal denke. Mami hat mal gesagt, ich solle das Denken den Pferden überlassen, die hätten größere Köpfe. Das ist schon lange her, Mike, da war ich noch klein. Ich weiß gar nicht mehr, warum sie es gesagt hat. Aber dass ich es gut fand, das weiß ich noch. Ich wollte so gerne ein Pferd haben und dachte, nun würde ich eins bekommen, damit es für mich denkt. Mami hat mir aber kein Pferd gekauft.»

Etliche Sekunden Schweigen, dann flüsterte sie: «Es tut überhaupt nicht weh, Mike, kein bisschen, wirklich nicht. Es ist nur ein komisches Gefühl. – Wirst du Mami sagen, was ich getan habe? Sag es ihr nicht, Mike, bitte. Sie findet das bestimmt nicht gut. Sie hat einmal gesagt: Man muss vergeben und vergessen können, damit man Freude am Leben hat. Sonst macht man sich das Leben kaputt. Ich wollte mir nichts kaputtmachen, Mike. Aber sie hätten mich nicht all die Jahre belügen dürfen. Du findest es doch auch nicht gut, wenn man immerzu belogen wird, oder?»

«Nein», sagte ich, «das finde ich gar nicht gut.»

«Ich weiß», murmelte sie. «Sag Mami, dass ich sie sehr lieb habe, ehrlich, genauso lieb wie dich.»

Und dann, nach über einer Minute: «Meine Beine, Mike. Kannst du sehen, was mit meinen Beinen ist? Ich kann das linke gar nicht fühlen. Das rechte auch nicht.»

«Sie sind eingeklemmt», sagte ich.

«Ach so.» Als ob es eine ganz alltägliche Angelegenheit sei. Ich glaube, sie wusste besser als ich, dass es ihre letzten Minuten waren.

«Du darfst nicht so viel reden», sagte ich.

«Aber ich muss dir noch so viel sagen, Mike.»

Einer der anderen Fahrer, die angehalten hatten, entdeckte Gersweins Leiche. Sie war aus dem Kofferraum geschleudert worden und lag etliche Meter weiter bei einem Gebüsch. Zwei Männer liefen hin.

Sie schaute ihnen nach und sagte: «Ich weiß, dass du es nicht verstehst, Mike. Ich weiß auch, dass ich dir furchtbar wehgetan habe damit. Aber ich musste mit ihm schlafen. Sonst hätte er mich doch überhaupt nicht beachtet. Ich dachte, es bringt mich um. Aber das habe ich überlebt, weil du da warst. Du warst so lieb, Mike. Ich wollte dir wirklich nicht wehtun. Ich wollte Babys mit dir. Das war nicht gelogen. Glaubst du mir das? Nein, du glaubst mir gar nichts mehr. Aber das musst du mir glauben, Mike. Glaubst du mir? Ich liebe dich doch. Ich wollte gar nicht für immer weg von dir, Mike. Ich wollte ihn nur wegschaffen, dann wäre ich zurückgekommen. Und wenn dann jemand gefragt hätte, ob ich mit ihm zusammen war, hättest du sagen können, ich wäre die ganze Zeit bei dir gewesen. So hatte ich mir das vorgestellt. Glaubst du mir das?»

«Ja», sagte ich.

«Aber du glaubst nicht, dass ich jetzt für immer bei dir bleibe. An so etwas glaubst du ja nicht.»

«Doch», sagte ich.

Danach schaute sie mich nur noch an. Ihr kleines Gesicht schien zu schrumpfen und verlor dabei jede Farbe. Ich ahnte mehr, als ich wusste, dass sie schwere innere Verletzungen haben musste. Der Motorblock lag in ihrem Schoß. Sie verblutete.

Man sagt viel in solchen Augenblicken. Und man kann einfach nicht genug sagen, längst nicht alles, was noch wichtig wäre. Gebettelt habe ich, dass wir alles in Ordnung bringen, dass ich ihr beistehe, auf sie warte, dass sie durchhalten muss.

Weil ich sie liebe, weil ich sie brauche, weil ich mir nicht vorstellen kann, ohne sie weiterzuleben.

Was ist das? Egoismus? Du musst durchhalten, Candy! Durchhalten, für die Polizei, den Staatsanwalt, für Richter und Geschworene, für die Gefängniswärterinnen! Du musst durchhalten, Candy. Lass mich nicht allein.

Sie starb ein paar Minuten bevor der Rettungswagen und der Notarzt eintrafen.

Wie es weiterging, weiß ich nicht. Sie sagten, ich hätte getobt, einen der Sanitäter zusammengeschlagen, der mich vom Wrack und von ihr wegziehen wollte. Kann sein, ich erinnere mich wirklich nicht, auch nicht daran, dass mich zwei Männer festhielten, damit der Notarzt mich ruhig stellen konnte.

Meine Erinnerung setzt erst wieder ein mit dem Gesicht eines Polizisten. Das muss irgendwann in der Nacht gewesen sein. Ich lag in einem Krankenhaus. Der Polizist war nicht allein, wechselte sich mit seinem Kollegen ab. Sie hatten unendlich viele Fragen. Nur hatte ich noch keine Antworten für sie. Es war noch viel zu früh für Antworten.

Es ging nicht darum, ob ich sie in den Tod gehetzt hatte. Mag sein, dass einer der anderen Unfallzeugen darauf hingewiesen hatte. Aber da war Gersweins Leiche, die nachweislich im Kofferraum seines eigenen Wagens transportiert worden war und zwei Schussverletzungen aufwies. Mit der Beretta in Candys Jackentasche war ich nur ein Zeuge. Die Polizisten zeigten Verständnis für meine Verfassung. Ich könne meine Aussage auch im Laufe des Tages im Präsidium machen, sagten sie und fuhren mich sogar nach Hause. Ich war ja nicht verletzt, nicht körperlich.

Dann lag ich auf der kleinen Couch in meiner Wohnung, wo sie noch so gegenwärtig war, dass ich sie fühlte mit jeder Faser. Gegen Morgen kam Hamacher. Er brachte ein Bandgerät mit. Philipp Assmanns zweiter Anruf aus Hamburg.

Aufgespürt hatte Philipp die komplette Familie Schmitting schon im Laufe des vergangenen Nachmittags. Sie waren wirklich alle in der Klinik gewesen, in der Helen mit ihrer Risikoschwangerschaft in Behandlung war. In der Nacht zuvor hatten die Wehen eingesetzt. Und für Philipp gab es keine Veranlassung, die Familie in dieser Situation mit Fragen zu belästigen. Er wartete bis zum Abend, als Helens Sohn endlich auf der Welt war. Rüdiger blieb noch bei ihr. Ed und Margarete fuhren heim, und Philipp schloss sich ihnen an.

Er hatte nicht lange gebraucht, um Margarete zum Reden zu bringen. Es gab ja bereits Alarmzeichen. Seit Candys Besuch in Augsburg vermisste Schwager Paul seine alte Beretta, konnte allerdings nicht sagen, ob er sie selbst verlegt hatte. Und die Sache mit Gertruds Schreibtisch. Darin lagen die Polizeiberichte und Fotos aus Köln. Und Gertrud sagte, sie hätten vorher ganz unten in einem Schubfach gelegen.

Margarete war sogar bereit gewesen, mit Philipp zu Helga zu fahren. Auf einen Friedhof hatte sie ihn dirigiert, zum Familiengrab. Dort lag Helga Kuhn seit Dezember 1972. Vorher hatte sie auf einem Kölner Friedhof gelegen. Eine unbekannte Tote ohne Papiere, deren Gesicht so zerstört gewesen war, dass man es nicht in den Zeitungen zeigen konnte. Sonst hätte vielleicht Frau Scherer sagen können, wen Spaziergänger im August 1971 im Cranachwäldchen gefunden hatten. Und Hartmut Bender hätte sie wahrscheinlich auch anhand der Fotos aus Candys Album wiedererkannt. Überfahren von einem schwarzen Wagen, wie die Polizei anhand von Lackspuren hatte ermitteln können. Wie Candy zuletzt gesagt hatte. Den schuldigen Fahrer hatten sie nicht ausfindig machen können.

Es gab keinen Hinweis auf Holger Gerswein – weder in Köln noch in Helgas Tagebüchern. Und Gertrud hatte nicht gewusst, mit wem Helga sich in Köln treffen wollte. Ihrer ältesten Schwester hatte Helga etwas von einem Professor und Studienunterlagen erzählt. Deshalb waren die Nachforschungen ihrer Familie damals über ein Jahr lang ins Leere gelaufen. An der Kölner Uni hatte kein Mensch Helga zu Gesicht bekommen. Niemand konnte sagen, ob sie überhaupt in Köln eingetroffen oder vielleicht in Frankfurt in einen Flieger gestiegen war, um irgendwo Entwicklungshilfe zu leisten.

Das alles habe ich auch noch einmal persönlich von Margarete gehört, als ich mutig genug war, Candys Familie in Hamburg zu besuchen. Das war Ende August 1990. Sie war schon beerdigt. Und in meinem Schlafzimmer standen immer noch ihr Rucksack und ihre Reisetasche hinter der Tür.

Hamacher hatte sich erboten, die Sachen nach Hamburg zu schicken. Doch das musste ich selbst erledigen. Kann sein, dass ich während der Fahrt auf einen Betonpfeiler oder sonst etwas gehofft habe. Aber es ging vorbei wie alles andere.

Margarete erfuhr erst von mir, wie Candy den Tatsachen auf die Spur gekommen war. Rudy hatte von nichts eine Ahnung. Und Margarete machte sich große Vorwürfe, weil sie «ihrer Kleinen» niemals die Wahrheit gesagt, ihr nur viel von Helga erzählt und dann zugelassen hatte, dass Candy vor dem Umzug nach Hamburg dabei helfen durfte, den Dachboden zu räumen.

So viel altes Papier, Rechnungen für Operationen, Krankenhausaufenthalte und die alten Tagebücher. Candy hätte alles in den Müll werfen sollen. Niemand hatte sich davon überzeugt, ob sie es tatsächlich getan hatte. Sieben Tagebücher waren es insgesamt, verständlich geschrieben, wie Hamacher vermutet hatte, allerdings gab es auch darin keine Namen, nur Buchstaben und die kleinen Zeichnungen, die Candy übernommen hatte. Man fand die Bücher in ihrem Zimmer, und vorher hatten sie offenbar versteckt auf dem Dachboden des Hauses in Philadelphia gelegen. Margarete hatte sie nie zu Gesicht bekommen.

«Ich wusste nicht einmal, dass Helga Tagebuch geführt hat», sagte sie. «An die Arztrechnungen habe ich nicht gedacht.»

Natürlich war ihr aufgefallen, dass Candy nach dem Umzug anders war, stiller, nachdenklicher, verschlossener, dass sie oft stundenlang bei verschlossener Tür in ihrem Zimmer saß. Aber das hatten sie der großen Umstellung zugeschrieben. Ein fremdes Land, eine neue Schule.

Es drängte Margarete, von mir zu erfahren, wie Candy die Wochen in Köln verbracht hatte. Aber dass sie mehr als einmal mit Gerswein zusammen gewesen war, hätte ich nie über die Lippen gebracht. Und auch nicht, dass ich dabei war, als er starb.

Bei der Polizei hatte ich ausgesagt, ich hätte angenommen, dass Candy einen Spaziergang im Cranachwäldchen machte. Deshalb wäre ich hingefahren. Als ich dort angekommen sei, wäre der BMW gerade abgefahren. Ich hätte gesehen, dass sie am Steuer saß, und wäre ihr gefolgt. Und ich hätte nicht gewusst, dass sie im Besitz einer Schusswaffe war. Woher hätte ich das auch wissen sollen?

Niemand hat Vorwürfe oder gar eine Anklage gegen mich erhoben. Ich hatte nichts getan, was per Gesetz oder nach moralischen Gesichtspunkten verboten gewesen wäre. Ich hatte nur ein fremdes Mädchen bei mir aufgenommen, von dem ich bloß wusste, was es bereitwillig erzählte. Für eine Nacht, hatte ich auf dem Bahnsteig gedacht. Und schon nach der ersten Nacht passte es mir nicht mehr, dass sie wieder aus meinem Leben verschwinden wollte.

Ich hatte ihr verschwiegen, welchem Beruf ich nachging. Und seitdem muss ich mich ständig fragen, was und wie viel sie mir erzählt hätte, wenn ich es ihr schon im Zug gesagt hätte, zumindest andeutungsweise. Oder wenigstens an dem Samstagmorgen, als ich sie zur Mutter vom Löwen Leo und zu dem vermeintlich lügenden Vermieter nach Köln-Sülz fuhr.

Ich hatte meine Anstellung bei Hamacher genutzt, um Candys Wunsch zu erfüllen. Ohne an ihrer Version zu zweifeln. Dabei wusste ich schon zu dem Zeitpunkt, dass sie es mit der

Wahrheit nicht so genau nahm. Und man sollte auch meinen, vier Jahre Arbeit für die Agentur hätten mich wachsam gemacht, hellhörig, aufmerksam für die kleinen Widersprüche und Ungereimtheiten im Leben anderer. Aber wer rechnet denn damit, eines Tages im eigenen Wohnzimmer über so ein dunkles Geheimnis zu stolpern? Ich hatte nicht damit gerechnet.

Ich hätte das Drama verhindern können. Niemand sprach es aus. Aber ich wusste, was alle dachten. Ich denke es heute noch. Wäre ich nicht gar so blauäugig gewesen und nicht gar so sehr damit beschäftigt, Candy zu lieben – hätte ich sie noch schneller wieder verloren. Und wie heißt es so schön: «Liebe macht blind.» Kann schon sein.

Was soll ich noch sagen? Dass ich immer noch für Hamacher arbeite, immer noch in der Wohnung am Wiener Platz und nach dem Motto lebe, dass man in einer Beziehung nur Probleme löst, die man allein gar nicht hätte. Ich bin gerne allein, weil ich – es klingt vielleicht verrückt, aber manchmal habe ich das Gefühl, sie hat mich mit ihrem letzten Atemzug nicht belogen und wäre bei mir geblieben.